I0574897

ଉତ୍କଳ କାହାଣୀ

ଉତ୍କଳ କାହାଣୀ

ଗୋପାଳ ଚନ୍ଦ୍ର ପ୍ରହରାଜ

ବ୍ଲାକ୍ ଈଗଲ୍ ବୁକ୍ସ
ଭୁବନେଶ୍ୱର, ଓଡ଼ିଶା

BLACK EAGLE BOOKS
Dublin, USA

ଉତ୍କଳ କାହାଣୀ / ଗୋପାଳ ଚନ୍ଦ୍ର ପ୍ରହରାଜ

ବ୍ଲାକ୍ ଇଗଲ୍ ବୁକ୍ସ : ଭୁବନେଶ୍ୱର, ଓଡ଼ିଶା • ଡବ୍ଲିନ୍, ଯୁକ୍ତରାଷ୍ଟ୍ର ଆମେରିକା

BLACK EAGLE BOOKS

USA address:
7464 Wisdom Lane
Dublin, OH 43016

India address:
E/312, Trident Galaxy, Kalinga Nagar,
Bhubaneswar-751003, Odisha, India

E-mail: info@blackeaglebooks.org
Website: www.blackeaglebooks.org

First International Edition Published by
BLACK EAGLE BOOKS, 2023

UTKAL KAHANI
by **Gopal Chandra Praharaj**

Copyright © **BEB**

All rights reserved. No part of this publication may be reproduced, stored in a retrieval system, or transmitted, in any form or by any means, electronic, mechanical, photocopying, recording or otherwise without the prior permission of the publisher.

Cover & Interior Design: Ezy's Publication

ISBN- 978-1-64560-406-8 (Paperback)

Printed in the United States of America

ସମର୍ପଣ

ଏ କ୍ଷୁଦ୍ର ପୁସ୍ତିକା ଖଣ୍ଡି
'ଉତ୍କଳ ସାହିତ୍ୟ'ର
ସୁଯୋଗ୍ୟ ସମ୍ପାଦକ
ଶ୍ରୀଯୁକ୍ତ ବିଶ୍ୱନାଥ କର ମହୋଦୟଙ୍କ
ହସ୍ତରେ ଶ୍ରଦ୍ଧାର ଚିହ୍ନ ସ୍ୱରୂପ
ଅର୍ପଣ କଲି ।

ପ୍ରଣତ
ଗୋପାଳ

ଭୂମିକା

ସମସ୍ତ ଦେଶର ସାହିତ୍ୟର ଆଲୋଚନା କଲେ ଦେଖାଯିବ ଯେ ଗାଲଗଳ୍ପ (Fiction) ସାହିତ୍ୟର ଗୋଟିଏ ନିତାନ୍ତ ନଗଣ୍ୟ ଅଙ୍ଗ ନୁହେ। ଗ୍ରୀସ୍, ଇଟାଲି, ପାରସ୍ୟ, ଇଂଲଣ୍ଡ ଓ ଜର୍ମାନୀ ଦେଶମାନଙ୍କର ସାହିତ୍ୟଚୟ ଏଥିର ଜ୍ୱଳନ୍ତ ଉଦାହରଣ। ପ୍ରତ୍ୟେକ ଇଂରାଜୀଭାଷାଭିଜ୍ଞିକ ବ୍ୟକ୍ତି Aesop's Fable ସହିତ ନିତାନ୍ତ ଅପରିଚିତ ନୁହନ୍ତି। ନୀତିଶିକ୍ଷାଛଳରେ କେତେକ ଜୀବଜନ୍ତୁଙ୍କର କଥୋପକଥନ ଓ ବ୍ୟବହାର ଉକ୍ତ ପୁସ୍ତକରେ ସନ୍ନିବେଶିତ ହୋଇଅଛି। ଭାରତର ପ୍ରାଚୀନ ସାହିତ୍ୟରେ ବେତାଳ ପଞ୍ଚବିଂଶତି, ବତ୍ରିଶ ସିଂହାସନ ଓ ହିତୋପଦେଶରେ ମଧ୍ୟ ଏହିପରି କେତେକ ନୀତିଗର୍ଭ ଗଳ୍ପ ସନ୍ନିବେଶିତ ହୋଇଅଛି। କିନ୍ତୁ ଏମାନ ସ୍ୱଳ୍ପ ବୁଦ୍ଧି ବାଳକବାଳିକାମାନଙ୍କର ସହଜରେ ବୋଧଗମ୍ୟ ହେବା ଦୁରୂହ। କାରଣ ଏଥିରେ କଳ୍ପନାଶକ୍ତିର ବିଶେଷ ପରିଚାଳନା ଓ ପରିଚାଳିତ କଳ୍ପନାଶକ୍ତିର ମାଧୁର୍ଯ୍ୟ ଉପଲବ୍ଧି ଅବଶ୍ୟମ୍ଭାବୀ ହୋଇ ଉଠେ। ଯାହା ହେଉ, ଶୁଷ୍କ ନୀତିଶିକ୍ଷାକୁ ସରସ କରବା ଉପର୍ଯ୍ୟୁକ୍ତ ପୁସ୍ତକମାନଙ୍କର ପ୍ରଧାନ ଉଦ୍ଦେଶ୍ୟ ମଧ୍ୟରେ ପରିଗଣିତ। ସୁକୁମାରମତି ବାଳକବାଳିକାମାନଙ୍କୁ ଶିକ୍ଷା ଦେବା ଓ ସଙ୍ଗେ ସଙ୍ଗେ ଚିତ୍ତାକର୍ଷକ କରିବା ଉକ୍ତ ପୁସ୍ତକମାନଙ୍କର ଲକ୍ଷ୍ୟ; କିନ୍ତୁ ଶିକ୍ଷଣୀୟ ବିଷୟ ସର୍ବତୋଭାବରେ ଚିତ୍ତାକର୍ଷକ ହେବା ସର୍ବଦା ଅଶା କରାଯାଇ ନ ପାରେ। ଇଂଲଣ୍ଡର Nursery Tales (ଧାତ୍ର୍ୟାଳୟର ଗଳ୍ପନିଚୟ) ଯେପରି ନିତାନ୍ତ ଅଳ୍ପବୟସ୍କ ବାଳକବାଳିକାମାନଙ୍କର ଉପଯୋଗୀ ବୋଧ ହୁଏ, ତଦ୍ରୂପ ସ୍ୱଳ୍ପବୟସ୍କ ବାଳକବାଳିକାମାନଙ୍କ ମନୋମୁଗ୍ଧକର ଗଳ୍ପ ପ୍ରତ୍ୟେକ ଦେଶର ସାହିତ୍ୟରେ ବିରାଜିତ। ବଙ୍ଗଳାର ଖ୍ୟାତନାମା ଲେଖକ ଶ୍ରୀଯୁକ୍ତ ଲାଲବିହାରୀ ଦେ କିଛିକାଳ ପୂର୍ବେ ବଙ୍ଗଦେଶ ପ୍ରଚଳିତ କାହାଣୀମାନଙ୍କୁ ଇଂରାଜୀ ଭାଷାରେ ପ୍ରକାଶ କରିଥିଲେ। ଉକ୍ତ ପୁସ୍ତକର ଅଧିକାଂଶ ଗଳ୍ପ ବର୍ତ୍ତମାନ ଉତ୍କଳର ଅନେକ ପିତାମହୀ ଓ ପ୍ରପିତାମହୀଙ୍କର ପ୍ରଧାନ

ସମ୍ବଳ। ସ୍ଥାନବିଶେଷରେ ଅଧିବାସୀମାନଙ୍କ ରୁଚିର ପାର୍ଥକ୍ୟ ଅନୁସାରେ ଏକ ଗଳ୍ପ ବିଭାଗବିଶେଷରେ ପରିବର୍ତ୍ତିତ, ପରିମାର୍ଜିତ, ପରିବର୍ଦ୍ଧିତ ବା କର୍ତ୍ତିତ ହୋଇ ଭିନ୍ନ ଭିନ୍ନ ରୂପ ଓ ଅବୟବ ଧାରଣ କରିଅଛି। ଉତ୍କଳଦେଶର ଏକ ଅଂଶରେ ବର୍ଷୀୟସୀମାନଙ୍କ ମୁଖରୁ ଯେଉଁ ଗଳ୍ପଟି ଶୁଣାଯିବ, ତାହା ଅନ୍ୟ ଅଂଶରେ ପ୍ରଚଳିତ ଗଳ୍ପଠାରୁ ଅବଶ୍ୟ କେତେକ ପରମାଣରେ ବିଭିନ୍ନ, ଏଥିରେ ସନ୍ଦେହ ନାହିଁ। କେହି କେହି ଏପରି ମନେ କରି ପାରନ୍ତି ଯେ, କ୍ଷୁଦ୍ରବୁଦ୍ଧି ବାଳକବାଳିକାମାନଙ୍କ ନିମନ୍ତେ କଳ୍ପିତ କାହାଣୀମାନ ସାହିତ୍ୟର ଅଙ୍ଗ ବୋଲି କିପରି ବିବେଚିତ ହେବ? ଏହାର ଉତ୍ତରରେ ଏତିକି ମାତ୍ର ବୋଲାଯାଇ ପାରେ ଯେ, ଦେଶପ୍ରଚଳିତ କାହାଣୀମାନ ଦେଶବିଶେଷର ରୁଚିର ପରିମାପକ ଅଟେ ଏବଂ ଏହି ବାଳଯୋଗ୍ୟ କାହାଣୀମାନ କେତେକ ଏକତ୍ରିତ କରି ସେମାନଙ୍କୁ ମନୋଯୋଗପୂର୍ବକ ପର୍ଯ୍ୟାଲୋଚନା କଲେ ଦେଶୀୟ ସାହିତ୍ୟର ଭଙ୍ଗୀ କେତେକ ଅଂଶରେ ପ୍ରକାଶିତ ହେବ, ଏଥିରେ ଆଉ ସନ୍ଦେହ କ'ଣ? ଦେଶୀୟ ସାହିତ୍ୟର ଉନ୍ନତି କରିବାକୁ ହେଲେ ପୁରାତନ ଓ ଅଧୁନାତନ ଆଚାର, ବ୍ୟବହାର, ରୁଚି, ନୀତି, କଳ୍ପନାଶକ୍ତିର ପରାକ୍ରମ ଜ୍ଞାତ ହେବା ସର୍ବତୋଭାବରେ ଶ୍ରେୟସ୍କର; କାରଣ ତାହା ନ କଲେ ସାହିତ୍ୟର ଇତିହାସ ସର୍ବତୋଭାବରେ ହୃଦୟଙ୍ଗମ କରିବା ଏକାନ୍ତ ଅସାଧ୍ୟ ହୋଇ ଉଠେ। ଅତଏବ ଯେଉଁ ଉପାୟଦ୍ୱାରା ପୁରାତନ ବା ଅଧୁନାତନ ରୁଚି ବା କଳ୍ପନାଶକ୍ତିର ପରିଚାଳନ (ଯତ୍‌କିଞ୍ଚିତ୍ ହେଉ ପଛକେ) ଜଣାଯିବ, ସେଥିରେ ପରିଶ୍ରମ ଯେ ସାହିତ୍ୟ ପ୍ରତି ବୃଥା ଶ୍ରମ, ଏହା ବା କିପରି ବୋଲାଯିବ?

କାହାଣୀଗୁଡ଼ିକ ବାଳକବାଳିକାମାନଙ୍କ ମନୋରଞ୍ଜନ କରିବା ଉଦ୍ଦେଶ୍ୟରେ ରଚିତ ବା କଳ୍ପିତ, ଏଥିରେ ମତଦ୍ୱୈଧ ହୋଇ ନ ପାରେ। କିନ୍ତୁ ଏହା ସର୍ବାଗ୍ରେ ସ୍ୱୀକାର କରିବାକୁ ହେବ ଯେ, ବାଳକବାଳିକାମାନେ ଏହାର ଉଦ୍ଭାବକ ନୁହନ୍ତି। ଏହା ପ୍ରାପ୍ତବୟସ୍କମାନଙ୍କର କପୋଳକଳ୍ପିତ, କିନ୍ତୁ ବିଶେଷତଃ ବୃଦ୍ଧାମାନଙ୍କ ମୁଖରୁ ଏ ଗଳ୍ପମାନ ଶୁଣାଯାଏ ଓ ଏହି ବର୍ଷୀୟସୀମାନେ ଏହି କାହାଣୀମାନଙ୍କର ଉଦ୍ଭାବିକା ବୋଲି ଆମ୍ଭମାନଙ୍କର ଏକାନ୍ତ ପ୍ରତୀତ ହେଉଅଛି।

ପରମ୍ପରାକ୍ରମେ ବୁଢ଼ୀମା, ଆଈମା ଓ ଗ୍ରାମର ଅନ୍ୟାନ୍ୟ ବୃଦ୍ଧାମାନେ ସନ୍ଧ୍ୟାସମୟରେ ସମ୍ମିଳିତ ଓ ଏକାନ୍ତଚିତ୍ତରେ ଅବସ୍ଥିତ ବାଳକବାଳିକାମାନଙ୍କ ନିକଟରେ ଗଳ୍ପଚୟ କହି ଆସୁଅଛନ୍ତି। ମଧ୍ୟ ଏହି ଗଳ୍ପମାନଙ୍କର ଉଦ୍ଭାବନ ବିଷୟରେ କଳ୍ପନାଶକ୍ତିର ନିତାନ୍ତ ଅଳ୍ପ ପରିଚାଳନା ହୋଇଅଛି, ଏହା ସମସ୍ତେ ଉପଲବ୍ଧି କରୁଥିବେ। ପରିଶେଷରେ ସ୍ୱଭାବସୁଲଭ ଚପଳ କାର୍ଯ୍ୟମାନଙ୍କରୁ ବାଳକବାଳିକାମାନଙ୍କୁ ଭୁଲାଇ ନିଶ୍ଚଳଭାବରେ ରଖାଇବା ଏକାନ୍ତ ଅବଶ୍ୟକ ହୋଇ ଉଠେ ଓ ଅନ୍ତତଃ ଅମ୍ଭମାନଙ୍କ

ଦେଶରେ ଏ କାର୍ଯ୍ୟ ଗୃହର ବୃଦ୍ଧାମାନଙ୍କ ଉପରେ ପଡ଼େ। ସେମାନେ ଏଥିର ଉପାୟ ଉଦ୍ଭାବନ କରିବାକୁ ଯାଇ ନିଜର ସ୍ୱକ୍ଷଶକ୍ତି କଳ୍ପନାପ୍ରସାଦରୁ ଏ କାହାଣୀମାନ ଉଦ୍ଭାବନ କରିଅଛନ୍ତି, ଏହା ଆମ୍ଭେମାନେ ସ୍ଥିର କରୁଁ।

ତାହା ବୋଲି ଯେ ଏହି ଗଳ୍ପମାନଙ୍କରୁ କିଛି ସାରବତ୍ତାର ଉପଲବ୍ଧି ନ ହେବ, ଏମନ୍ତ ନୁହେଁ। ବାଲୋପଯୋଗୀ କାହାଣୀମାନଙ୍କରେ କେବଳ ଯେ କଳ୍ପନାଶକ୍ତି ପରିଚାଳିତ ହୋଇଅଛି, ତାହା ନୁହେଁ। ଏଥିରେ ଆଉ କିଛି ବିଶେଷତ୍ୱ ଅଛି। କାହାଣୀମାନ ଯେପରି ବାଳକବାଳିକାମାନଙ୍କର ଚିତ୍ତାକର୍ଷକ ଓ ସହାନୁଭୂତିବ୍ୟଞ୍ଜକ ହେବ, ଏଥିପାଇଁ ବାଳକବାଳିକାମାନଙ୍କର ଅତି କ୍ଷୁଦ୍ର କଳ୍ପନାଶକ୍ତିର ବେଗ ସଙ୍ଗେ ଏମାନେ ପରିଧାବିତ ହେବା ଏକାନ୍ତ ଅବଶ୍ୟକ। ଏଥିରେ ଅବଶ୍ୟ କୃତିତ୍ୱ ଅଛି; କାରଣ ବାଳକବାଳିକାମାନଙ୍କ ହୃଦୟର ଓ ବୋଧଶକ୍ତିର ଗଭୀରତା ନିରୂପଣ କରି ତଦୁପଯୋଗୀ ଗାଲଗଳ୍ପଚୟ ଉଦ୍ଭାବନ କରିବା କୌଶଳସାପେକ୍ଷ। ଅତଏବ ଆମ୍ଭେମାନେ ସିଦ୍ଧାନ୍ତ କଲୁଁ ଯେ, ଏପରି ଗଳ୍ପମାନ ଯେଉଁମାନଙ୍କ କପୋଳକଳ୍ପିତ, ସେମାନେ ବିଚକ୍ଷଣା-ଅତଏବ୍ ଧନ୍ୟା।

ପାଶ୍ଚାତ୍ୟ ଶିକ୍ଷା ଓ ସଭ୍ୟତାର ବୃଦ୍ଧି ସଙ୍ଗେ ସଙ୍ଗେ ଆମ୍ଭମାନଙ୍କ ଦେଶପ୍ରଚଳିତ କାହାଣୀମାନ ପ୍ରକାଶିତ କିମ୍ବା ଲିପିବଦ୍ଧ ହୋଇ ନ ରହିଲେ ଶୀଘ୍ର ଲୋପ ପାଇଯିବ, ଏପରି ଭୟ ହୁଏ। କାରଣ କ୍ରମଶଃ ପାଶ୍ଚାତ୍ୟ କାହାଣୀମାନ ଏ ଦେଶର କାହାଣୀମାନଙ୍କ ସ୍ଥାନ ଅଧିକାର କରିବ, ପାଶ୍ଚାତ୍ୟ ସଭ୍ୟଭାର ବୃଦ୍ଧି ସଙ୍ଗେ ସଙ୍ଗେ ଲୋକମାନଙ୍କର ଓ ବାଳକବାଳିକାମାନଙ୍କର ରୁଚି କ୍ରମଶଃ ପ୍ରାଚ୍ୟ ରୁଚିଠାରୁ ବିଭିନ୍ନ ହୋଇଯିବ, କାରଣ ବାଳକବାଳିକାମାନଙ୍କ ରୁଚି ଦେଶପ୍ରଚଳିତ ରୁଚିର କେତେକ ଅଂଶରେ ପରିମାପକ ଅଟେ। ଅତଏବ୍ ଦେଶପ୍ରଚଳିତ କାହାଣୀମାନ କିପରି ବିନଷ୍ଟ ନ ହୋଇ ଲିପିବଦ୍ଧ ହୋଇ ସାହିତ୍ୟ-ଭଣ୍ଡାରରେ ସୁରକ୍ଷିତ ହେବ, ଏହା ସାହିତ୍ୟଯୋଦ୍ଧାମାନଙ୍କର ଗୋଟିଏ ପ୍ରଧାନ ଉଦ୍ଦେଶ୍ୟ ମଧ୍ୟରେ ପରିଗଣିତ ହେବା ଉଚିତ।

ମୋହର ସ୍ୱୀୟ ଅନୁଭବରୁ ମୁଁ ବୁଝି ପାରିଅଛି ଯେ, ମୁଁ ବାଲ୍ୟକାଳରେ, ଯେତେ କାହାଣୀ ଶୁଣିଥିଲି ଓ ସ୍ମରଣ ରଖିଥିଲି, ବର୍ତ୍ତମାନ ମୋହର ଅଳ୍ପବୟସ୍କ କନିଷ୍ଠମାନେ ସେଥିର ଅର୍ଦ୍ଧେକ ସୁଦ୍ଧା ଜାଣି ନାହାନ୍ତି ଓ ଯେଉଁମାନଙ୍କଠାରୁ ମୁଁ ଏମାନ ଶୁଣିଥିଲି, ସେମାନଙ୍କୁ କେତେକ ଅର୍ଦ୍ଧବିସ୍ମୃତ କାହାଣୀମାନଙ୍କ ବିଷୟ ଜିଜ୍ଞାସା କଲେ, ସେମାନେ ଅନଭ୍ୟାସବଶତଃ ଅନେକ କାହାଣୀ ଆଂଶିକ ଭୁଲି ଯାଇଥିବାର ପ୍ରକାଶ କରନ୍ତି। ଏଥିରୁ କ'ଣ ସ୍ପଷ୍ଟ ପ୍ରତୀୟମାନ ହେବ ନାହିଁ ଯେ, ମୋର ବାଲ୍ୟକାଳର ବାଳକମାନଙ୍କ ଅପେକ୍ଷା ଅଧୁନାତନ ବାଳକମାନଙ୍କର କାହାଣୀ ଶୁଣିବାର ଉତ୍କଣ୍ଠା

କ୍ଷୀଣତର ହୋଇଅଛି ? ମୁଁ ବାଲ୍ୟକାଳରେ ମୋର ପିତାମହୀ, ପିତାମହସ୍ୱସା ଓ ଜେଠେଈଙ୍କଠାରୁ ଅନେକ କାହାଣୀ ଶୁଣିଥିଲି। ଆହା ! ସେ ଦିନ ମନେ ପଡ଼ିଲେ ଅନ୍ତରତମ ପ୍ରଦେଶ ଆନନ୍ଦରେ ନାଚି ଉଠେ। ସନ୍ଧ୍ୟା ହେଲେ କେଡ଼େ ଆଗ୍ରହସହକାରେ 'ସାଇ'ର ବାଳକବାଳିକାମାନଙ୍କ ସମଭିବ୍ୟାହାରରେ ବୁଢ଼ୀ ମା ଓ ଜେଠେଈଙ୍କର ଆଗମନ ସତୃଷ୍ଣ-ନୟନରେ ପ୍ରତୀକ୍ଷା କରିଥାଉଁ। ସେମାନଙ୍କର ନିକଟବର୍ତ୍ତୀ ସ୍ଥାନରେ ବସିବାକୁ ସୁବିଧା ମିଳିଲେ ସେ ଦିନ ନିଜକୁ କୃତକୃତ୍ୟ ମଣୁଥାଉଁ। ଗୋଟିଏ ଗୋଟିଏ ଭୂତ ଓ ରାକ୍ଷସୀର ଗଳ୍ପ ଶୁଣି ଆମ୍ଭେମାନେ ଏତେଦୂର ଭୟବିହ୍ୱଳ ହେଉ ଯେ, ଦିନେ ଦିନେ ରାତ୍ରରେ ନିଦ୍ରା ସୁଖରୁ ବଞ୍ଚିତ ହେଉ ଓ କଳ୍ପନାଦେବୀ ଆମ୍ଭମାନଙ୍କୁ ରାତ୍ରରେ ଏକାକୀ ଦେଖି ତାଙ୍କର ଅଭିନବ ଚିତ୍ରନୈପୁଣ୍ୟ ପ୍ରକାଶ କରନ୍ତି।

ଆଉ ଗୋଟିଏ କଥା ଏଠାରେ ଅବତାରଣା କରିବା ଆବଶ୍ୟକ- ଆମ୍ଭମାନଙ୍କ ଦେଶରେ ଓ ବିଶେଷତଃ ସ୍ତ୍ରୀମାନଙ୍କ ମଧ୍ୟରେ ରୁଚି ନିତାନ୍ତ ପରିମାର୍ଜିତ ନୁହେ। ଏପରି ସ୍ଥଳରେ କାହାଣୀମାନ ଯେପରି ଭାବରେ ବୃଦ୍ଧାମାନଙ୍କ ମୁଖରୁ ଶୁଣାଯାଏ, ସେମାନେ ଅବିକଳ ଲିପିବଦ୍ଧ କଲେ ତାହା ପରିମାର୍ଜିତ ରୁଚିର ବିରୁଦ୍ଧ ହୋଇ ଉଠିବାର ସମ୍ଭବ; କିନ୍ତୁ ଉକ୍ତ ଗଳ୍ପମାନ ପରମାର୍ଜିତ କରିବାକୁ ଗଲେ କାହାଣୀମାନଙ୍କର ଅକୃତ୍ରିମ ମନୋହାରିତ୍ୱ ଓ ସରସତାରେ ବାଧା ପଡ଼େ। ଅତଏବ ଏହା ଗୋଟିଏ ଗୁରୁତର ପ୍ରଶ୍ନ। ଏହାର ମୀମାଂସା ସଚିନ୍ତ ଅନୁଶୀଳନସାପେକ୍ଷ। ବର୍ତ୍ତମାନ ଦେଖାଯାଉ, ଆମ୍ଭେମାନେ ଏ ଜଟିଳ ବିଷୟ ମୀମାଂସା କରିବାରେ କେତେଦୂର ସମର୍ଥ ହେବୁଁ।

ପୂର୍ବେ ଆମ୍ଭେମାନେ ଦେଖେଇଅଛୁଁ ଯେ, ଦେଶପ୍ରଚଳିତ କାହାଣୀମାନ ଦେଶପ୍ରଚଳିତ ରୁଚିର ପରିମାପକ ଅଟେ ଓ ଏମାନ ପ୍ରକାଶ କରିବାଦ୍ୱାରା ଦେଶପ୍ରଚଳିତ ରୁଚିର ମାର୍ଗ ସହଜରେ ବୋଧଗମ୍ୟ ହେଲେ ଦେଶୀୟ ସାହିତ୍ୟର କିୟଦଂଶରେ ଉପକାର ସାଧିତ ହେବ। କିନ୍ତୁ ବର୍ତ୍ତମାନ ଦେଖାଗଲା ଯେ, ଆମ୍ଭମାନଙ୍କ ଦେଶପ୍ରଚଳିତ କାହାଣୀମାନ ପ୍ରକାଶ କରିବା ପୂର୍ବରୁ ସେମାନଙ୍କୁ ମାର୍ଜିତ କରିବା ଏକାନ୍ତ ଆବଶ୍ୟକ; କିନ୍ତୁ ମାର୍ଜିତ କରିବାକୁ ଗଲେ ଆମ୍ଭମାନଙ୍କର ପ୍ରଥମ ଉଦ୍ଦେଶ୍ୟ ନଷ୍ଟପ୍ରାୟ ହୁଏ। ଏପରି ସ୍ଥଳରେ ଆମ୍ଭମାନଙ୍କର କର୍ତ୍ତବ୍ୟ ଯେ ନିତାନ୍ତ ଅପରିମାର୍ଜିତ ରୁଚିସିଦ୍ଧ ଅଂଶମାନ ପରିବର୍ତ୍ତନ କରି ଗଳ୍ପମାନଙ୍କର ଗ୍ରାମ୍ୟ ମଧୁରତା ରକ୍ଷା କରି କାହାଣୀମାନଙ୍କୁ ମୁଖ୍ୟ ଲକ୍ଷ୍ୟକୁ ପୂର୍ବ ପର ରଖି ଉକ୍ତ କାହାଣୀମାନଙ୍କୁ ପ୍ରକାଶ କରିବା। କିନ୍ତୁ ଏଥିରେ ବିଶେଷ କୃତିତ୍ୱ ଅବଶ୍ୟକ। କେଉଁ ଅଂଶ ପରିତ୍ୟାଗ କରିବାକୁ ହେବ, କେଉଁ ଅଂଶ ମାର୍ଜିତ କରିବାକୁ ହେବ ଓ କେଉଁ ଅଂଶ ପରିବର୍ତ୍ତିତ କରାଯିବ, ଏହା ଲୋକବିଶେଷଙ୍କର ରୁଚି, ପାଣ୍ଡିତ୍ୟ ଓ ଶକ୍ତିର ପରିମାଣ ଉପରେ ନିର୍ଭର କରେ। ଏ ବିଷୟରେ ସୀମା

ନିରୂପଣ କରିବା ଆମ୍ଭମାନଙ୍କର ସାଧ୍ୟାୟତ୍ତ ବୋଲି ମନେ ହୁଏ ନାହିଁ। ତେବେ ଏତିକି ମାତ୍ର ବୋଲାଯାଇ ପାରେ ଯେ, ଭିନ୍ନ ଭିନ୍ନ ଲେଖକ ପରିଶ୍ରମ କରି ଏମାନ ସଂଗ୍ରହ କଲେ ସର୍ବସାଧାରଣ ଲେଖକମାନଙ୍କର ପଟୁତା ଓ ଅପଟୁତା ନିଷ୍ପତ୍ତି କରିଦେବେ ଓ ସର୍ବସାଧାରଣଙ୍କ ଦ୍ୱାରା ସମାଦୃତ ସର୍ବୋଚ୍ଚ ଲେଖକଙ୍କୁ ଏ ବିଷୟରେ ଅନୁକରଣ କରିବାକୁ ହେବ।

ମୁଁ କେତେକ କାହାଣୀ ସଂଗ୍ରହ କରିଥିଲି। ପରେ ଦେଖିଲି ଯେ ପରିମାର୍ଜିତ ନ ହେଲେ ଉକ୍ତ କାହାଣୀମାନ ପ୍ରକାଶଯୋଗ୍ୟ ହେବ ନାହିଁ। ଚେଷ୍ଟା କରି ଦେଖିଲି ଯେ, ଗଳ୍ପର ଗ୍ରାମ୍ୟ ମାଧୁରୀକୁ ଅକ୍ଷୁଣ୍ଣଭାବରେ ରଖିବାକୁ ଗଲେ ଗଳ୍ପନିହିତ ରୁଚି ପରିବର୍ତ୍ତନ କରିବାର କ୍ଷମତା ମୋର ନାହିଁ କିମ୍ବା ରୁଚିପରିବର୍ତ୍ତନ କଲେ ଗଳ୍ପର ମଧୁରିମା ରହି ପାରୁ ନାହିଁ। ଏପରି ଦ୍ୱିଧା ଘଟନାସ୍ଥଳରେ ହତାଶ ନ ହୋଇ ଚେଷ୍ଟା କରିବା ଆବଶ୍ୟକ। ଯାହା ମୋହର ଚେଷ୍ଟା ସାଧନ କରି ପାରି ନାହିଁ, ତାହା ସମୟକ୍ରମେ ସାଧିତ ହୋଇ ପାରେ ଓ ଯାହା ମୋହର 'କୀଟସ୍ୟ କୀଟ' ବୁଦ୍ଧିର ଅସାଧ୍ୟ, ତାହା ଅନ୍ୟ କୌଣସି ବ୍ୟକ୍ତିଙ୍କର ସହଜସାଧ୍ୟ। ଏହି କ୍ଷୁଦ୍ର ରଚନାଟି ଲେଖିବାଦ୍ୱାରା ମୁଁ ଯଦି ଜଣେ ସୁଦ୍ଧା ସାହିତ୍ୟସେବକଙ୍କ ହୃଦୟରେ କାହାଣୀଲିଖନଲିପ୍ସା ଜାଗ୍ରତ କରି ପାରିବି, ତେବେ ମୋର ଉଦ୍ଦେଶ୍ୟ କେତେକ ଅଂଶରେ ସାଧିତ ହୋଇଅଛି ବୋଲି ନିଶ୍ଚିନ୍ତ ହେବି। ପ୍ରକାଶ ଥାଉ କି, ବିଭିନ୍ନ ଅଞ୍ଚଳରେ ପ୍ରଚଳିତ ଭାଷାଗତ ବୈଷମ୍ୟ ହେତୁରୁ କଷ୍ଟକର କାହାଣୀମାନଙ୍କୁ ସର୍ବବାଦସମ୍ମତ ଭାଷାରେ ଲେଖିବା କଷ୍ଟକର ହୋଇ ଉଠେ। ଏଥି ପ୍ରତି ରଚକମାନଙ୍କ ଦୃଷ୍ଟି ରହିବା ଏକାନ୍ତ ଆବଶ୍ୟକ।

ପରିଶେଷରେ ବକ୍ତବ୍ୟ ଏହି ଯେ ମୁଁ ଏ ପ୍ରବନ୍ଧ ଲେଖିବାପରେ ସ୍ଥିର କଲି ଯେ ଉତ୍କଳଦେଶ ପ୍ରଚଳିତ କାହାଣୀମାନ ଦୁଇ ଭାଗରେ ବିଭକ୍ତ ହେବାର ଯୋଗ୍ୟ। ପ୍ରଥମ ବାଳୋପଯୋଗୀ କାହାଣୀ, ଦ୍ୱିତୀୟ ବୃଦ୍ଧୋପଯୋଗୀ କାହାଣୀ। ଦ୍ୱିତୀୟ ପ୍ରକାର କାହାଣୀରେ ସାରବତ୍ତାର ମାତ୍ରା ସୁପରିସ୍ଫୁଟଭାବରେ ବିଦ୍ୟମାନ। 'ଚାରି ମହାଜନପୁଅକଥା' ଦ୍ୱିତୀୟ ଶ୍ରେଣୀର। କୌଣସି ସାରବାନ୍ ଉଦ୍ଦେଶ୍ୟ ଘେନି ଏ ଶ୍ରେଣୀର କାହାଣୀମାନ କଳ୍ପିତ। ସଂକ୍ଷେପରେ କହିବାକୁ ଗଲେ ସବୁ କାହାଣୀର ମୂଲ୍ୟ ଅଛି।

- ଗୋପାଳଚନ୍ଦ୍ର ପ୍ରହରାଜ

ଦଶମ ସଂସ୍କରଣର ଭୂମିକା

ସ୍ୱର୍ଗୀୟ ସୁଲେଖକ ଗୋପାଳଚନ୍ଦ୍ର ପ୍ରହରାଜଙ୍କ 'ଉତ୍କଳ କାହାଣୀ' ଉତ୍କଳରେ ସର୍ବତ୍ର ପରିଚିତ ଓ ସମାଦୃତ; ତାହାର କାରଣ, ଏହି ପୁସ୍ତକର ଭାଷା ଓ କଥନରୀତି, ସରଳ ସହଜ ଗ୍ରାମ୍ୟ ଭାଷାରେ ଗଳ୍ପ କହି ସାଧାରଣଙ୍କର ମନୋରଞ୍ଜନ କରିବା ବିଷୟରେ ଗୋପାଳବାବୁ ଏ ଦେଶରେ ଅଦ୍ୱିତୀୟ ଥିଲେ ବୋଲି କହିଲେ ଚଳେ। ଓଡ଼ିଆ ସାହିତ୍ୟକ୍ଷେତ୍ରରେ ତାଙ୍କର ଭାଷା ଓ ଲିଖନରୀତିକୁ ଏ ପର୍ଯ୍ୟନ୍ତ ଯଥାଯଥ ଭାବରେ ଅନୁକରଣ କରାଯାଇ ପାରି ନାହିଁ ବୋଲି ଆମ୍ଭର ବିଶ୍ୱାସ। ଗୋପାଳବାବୁଙ୍କର ଅସାଧାରଣ ଲିଖନଭଙ୍ଗୀରେ ପ୍ରାଣବନ୍ତ ଏହି ପୁସ୍ତକଖଣ୍ଡି କି ପୁରୁଷ, କି ସ୍ତ୍ରୀ, କି ବାଳକବାଳିକା ସମସ୍ତଙ୍କର ଅତି ଆଦର ଓ ଉପଭୋଗର ବିଷୟ ହୋଇ ଗଳ୍ପ-ସାହିତ୍ୟରେ ତାର ଉଚ୍ଚତମ ସ୍ଥାନ ଏ ପର୍ଯ୍ୟନ୍ତ ଦୃଢ଼ଭାବରେ ରଖି ଆସିଅଛି।

ଏହି କାହାଣୀ ପୁସ୍ତକଟି ଯେତେବେଳେ ପ୍ରଥମେ ପ୍ରକାଶିତ ହେଲା, ସେତେବେଳେ ପାଠକପାଠିକାମାନଙ୍କର ଆଗ୍ରହର ଆଧିକ୍ୟ ହେତୁରୁ ପ୍ରକାଶିତ ଏବଂ ଦ୍ୱିତୀୟ ସଂସ୍କରଣମାନଙ୍କର ସମସ୍ତ ପୁସ୍ତକ ଅଳ୍ପ ସମୟ ମଧ୍ୟରେ ନିଃଶେଷ ହୋଇଯାଇଥିଲା। ନବମ ସଂସ୍କରଣ ପରେ ବହୁବର୍ଷ ଅତୀତ ହୋଇଯାଇଥିଲେହେଁ କାଗଜ ଅଭାବ ଏବଂ ଅନ୍ୟାନ୍ୟ କେତେକ ଅସୁବିଧା ହେତୁ ଏହାର ଆଉ ଅନ୍ୟ ସଂସ୍କରଣ ପ୍ରକାଶ ହୋଇ ନ ଥିବାରୁ, ସାଧାରଣ ପାଠକପାଠିକା ବଡ଼ ଅଭାବ ଅନୁଭବ କରୁଥିଲେ। ଆମ୍ଭେମାନେ ମଧ୍ୟ ଅନେକ ସମୟରେ ଭିନ୍ନ ଭିନ୍ନ ଲୋକଙ୍କଠାରୁ ପୁସ୍ତକର ଉପାଦେୟତା ଏବଂ ତତ୍‌ପ୍ରତି ସାଧାରଣଙ୍କର ଆଗ୍ରହ ବିଷୟରେ ଶୁଣିବାକୁ ପାଉଥିଲୁ।

ତେଣୁ ପାଠକ ସାଧାରଣଙ୍କର ସନିର୍ବନ୍ଧ ଅନୁରୋଧ ହେତୁରୁ ଆମ୍ଭେମାନେ ଏହି ପୁସ୍ତକର ନୂତନ ସଂସ୍କରଣ ପ୍ରକାଶ କଲୁଁ। ବିଶ୍ୱାସ କରୁଁ ଏହି କାର୍ଯ୍ୟଦ୍ୱାରା ଆମ୍ଭେମାନେ ଉତ୍କଳସାହିତ୍ୟ କ୍ଷେତ୍ରରେ ଗୋଟିଏ ଦୀର୍ଘଅନୁଭୂତ ଅଭାବ ପୂରଣ କରିବା ସଙ୍ଗେ ସଙ୍ଗେ ସହୃଦୟ ପାଠକପାଠିକାମାନଙ୍କର ଆଗ୍ରହର ସମ୍ୟକ୍ ସମାଧାନ କରିପାରିଅଛୁଁ। ଦେଶର ସାହିତ୍ୟିକ ଓ ପାଠକଶ୍ରେଣୀ ଯଦି ଏହାକୁ ଏହି ସହାନୁଭୂତିମୂଳକ ଦୃଷ୍ଟିରୁ ଦେଖନ୍ତି, ତାହାହେଲେ ଆମ୍ଭର ଶ୍ରମ ସାର୍ଥକ ହେଲା ବୋଲି ମନେ କରିବୁଁ। ଇତି।

କଟକ

ତା ୩-୫-୪୬ **ରମଳା କର**

ସୂଚିପତ୍ର

ଚକୁଳିଆ ପଣ୍ଡା କଥା

(ସୁନାନାକୀ ଝିଅ)

କଥାଟିଏ କହୁଁ, କଥାଟିଏ କହୁଁ।
କିସ କଥା ? ବେଙ୍ଗ ମଥା।
କି ବେଙ୍ଗ ? ଠୁରା ବେଙ୍ଗ।
କି ଠୁରା ? ବ୍ରାହ୍ମଣମରା।
କି ବ୍ରାହ୍ମଣ ? ଶୁଦ୍ଧ ବ୍ରାହ୍ମଣ।
କି ଶୁଦ୍ଧ ? ପିଠାମଧ।
କି ପିଠା ? ତାଳ ଗଇଁଠା।
କି ତାଳ ? ସୋରିଷମାଳ।
କି ସୋରିଷ ? ଅଣସୋରିଷ।
କି ଅଣ ? କିଆବଣ।
କି କିଆ ? ରଜାଭିଆ।
କି ରାଜା ? ଖଣ୍ଡିଖଜା।
କି ଖଣ୍ଡି ? ମିରିଗ ଲଣ୍ଡି।
କି ମିରିଗ ? ଝାଡ଼ ମିରିଗ।
କି ଝାଡ଼। କଣ୍ଟା ବାଡ଼।
କି କଣ୍ଟା ? କାନକୋଳି କଣ୍ଟା।
ଯହିଁରେ ଲାଗିବ ଲଟାପଟା।

ଏ କଥାଟି ନା ଚକୁଳିଆପଣ୍ଡା କଥା। ଏକ ଗାଁରେ ଗୋଟିଏ ଚକୁଳିଆପଣ୍ଡା ଥାଏ, ତାର ସାତ ଝିଅ। ଦିନେ ପଣ୍ଡା ପଣ୍ଡିଆଣୀକି କହିଲା, ପଣ୍ଡିଆଣୀ ଲୋ, ପିଠା କଲୁ ନାହିଁ? ପଣ୍ଡା ସକାଳୁ ଉଠି ଭିକ ମାଗିବାରୁ ଗଲା। ପଣ୍ଡିଆଣୀ ଗାଁରୁ ଯା ଘରୁ ଶୀଳ, ତା ଘରୁ ତେଲଉଣୀ, କାହା ଘରୁ ପିଠାଖଡ଼ିକା ମାଗି ଆଣି ପିଠା କଲା। ପିଠା କରି ସାରିଲାଣି, ତାକୁ 'ପୋଖରୀ' ମାଡ଼ିଲା। ତେଣୁ ଆସି ଦେଖେ ଯେ ସାତ ଝିଅ ସାତଟିଯାକ ପିଠା ଖାଇ ସାରିଲେଣି। ପଣ୍ଡା ଆସି ଶୁଣିଲେ ଆଉ ସଂସାର ରଖିବ ନାହିଁ। ଝିଅଙ୍କୁ ଟାଙ୍କେ ଲେଖାଏଁ ଛେଚିଲା, ପଛକୁ ପିଠାଖଡ଼ିକା ତତେଇ ସମସ୍ତଙ୍କ ପିଚାରେ ଚିଆଁ ଦେଲା। ଦୁଃଖୀ ଘର, ଆଉ କଣ ଚାଉଳ, ବିରି ଅଛି ଯେ ଆଉ ଥରେ ପିଠା କରି ଥୋଇ ଦେବ? ବହେ କୋଡ଼ି କଚାଡ଼ି ହେଲା, ପଛକୁ ଆପେ ବସି କାନ୍ଦୁଥାଏ। ସନ୍ଧ୍ୟାବେଳେ ପଣ୍ଡା ଘରକୁ ଅଇଲା, ପଣ୍ଡିଆଣୀ ଏସବୁ କଥା କହିଲା। ପଣ୍ଡା, ପଣ୍ଡିଆଣୀ ବିଚାରିଲେ, ଝିଅଙ୍କୁ ନେଇ ବଣରେ ଛାଡ଼ି ଦେଇ ଅଇଲେ କଳଙ୍କ ଯିବ। ଯା ବିଚାରି ଦିହେଁଯାକ ରାତିରେ ଶୋଇଲେ। ତହୁଁ ଆରଦିନ ସକାଳୁ ପଣ୍ଡିଆଣୀ ଗୋଟିଏ ପୁଡ଼ାରେ ଭାତ, ଆଉ ପୁଡ଼ାକେ କପାମଞ୍ଜି ଗୁଡ଼ାଏ ସଜାଡ଼ି ଦେଲା। ପଣ୍ଡା ଝିଅଙ୍କୁ ମାମୁଘରକୁ ନେଇ ଯିବା ବାହାନାରେ ବାଟରେ ଖାଇବ ବୋଲି କହି ଦିଓଟିଯାକ ପୁଡ଼ା ଯାଉଁଳି କଲା। ସାତ ଝିଅଙ୍କୁ ଭଣ୍ଡେଇ କରି ଘରୁ ନେଇ ଯାଉଁ ଯାଉଁ ଅଗ୍ନାଗ୍ନି ବନସ୍ତ ପଡ଼ିଲା। କୁଆର ଥଣ୍ଟ ନାହିଁ, କି ଚଢ଼େଇର ବେଣ୍ଟ ନାହିଁ। ଝିଅଙ୍କୁ ଭୋକ କଲା। ତାଙ୍କୁ ଗଛମୂଳେ ବସାଇ ଦେଇ ମନ୍ଦାଏ ପାଣି ଆଣିବ ବୋଲି ଗଲା। ଏଣେ ଗଲାବେଳେ ଭାତ ପୁଡ଼ାଟି ଆପେ ନେଇ ଗଲା। କପାମଞ୍ଜି ପୁଡ଼ାଟି ଝିଅଙ୍କ ପାଖରେ ରଖି ଦେଇ ଗଲା। ଚାହୁଁ ଚାହୁଁ ଆସି ଛାଇ ଲେଉଟାଣି, ଏତେବେଳଯାଏ ବାପା କିଆଁ ନ ଅଇଲେ? ବାପକୁ କେତେ ଡାକିଲେ, କେହି ଶୁଣିଲା ନାହିଁ। କେତେ କାନ୍ଦିଲେ, ତେବେ ସୁଦ୍ଧା ବାପ 'ଓ' କଲା ନାହିଁ। ଭୋକରେ କରଡ଼ି ଜଳିଲାଣି। ପୁଡ଼ା ଫିଟେଇ ଦେଖନ୍ତି, ତା ଭିତରେ କପାମଞ୍ଜି ଗୁଡ଼ିଏ। କାଲି ପିଠାଖିଆ କଥା ମନେ ପଡ଼ିଲା। ପଛକୁ ଜାଣି ପାରିଲେ, ବାପା ତାଙ୍କୁ ଭଣ୍ଡେଇ ବଣରେ ଛାଡ଼ି ଦେଇ ଗଲା, ଆଉ ଆସିବେ ନାହିଁ।

ବେଳ ବୁଡ଼ିଲା, ମଝିରେ ମଝିରେ କେତେବେଳେ ବିଲୁଆଟାଏ, କେତେବେଳେ ହେଟାଟାଏ ବୋବାଳି ଛାଡୁଥାନ୍ତି। ପାଖରେ କେହି ନାହିଁ। ପିଲା ଲୋକ, ଏକୁଟିଆ ତାଙ୍କୁ ବଡ଼ ଡର ମାଡ଼ିଲା। ଅନ୍ଧାର ମାଡ଼ି ଆସୁଛି। ବଣରେ ଭୂତ ବ୍ରହ୍ମରାକ୍ଷସ ଡାହାଣୀ ଚିରଗୁଣୀ ବହୁତ। ପଛକୁ ପାଟି କରି କାନ୍ଦି କାନ୍ଦି ଥକି ଗଲେଣି। ଗୋଟିଏ ଗଛ ଉପରେ ସାତ ଭଉଣୀଯାକ ଚଢ଼ିଲେ। ଡାଳରେ ବସି ତୁନି ହୋଇ ଆଖିରୁ ଟୋପାଏ ଲେଖାଏଁ ଲୁହ ଗଡ଼ଉଥାନ୍ତି। ରାତିରେ ସେଠେଇ କିଏ ଅଛି ଯେ, ପାଟି କରି କାନ୍ଦିଲେ କାନ୍ଦ ଶୁଣି ଦଉଡ଼ି ଆସିବ?

ସେ ଦେଶର ରଜା ଯାଇଥିଲେ ପାରିଧିକି। ଲେଉଟି ଆସୁ ଆସୁ ବେଳ ବୁଡ଼ିଗଲା। ଘୋଡ଼ାରେ ଚଢ଼ିଛନ୍ତି, ସେ ଗଛ ତଳେ ଯାଉଁ ଯାଉଁ ଶ୍ରୀଅଙ୍ଗରେ ଟୋପାଏ ପାଣି ଗଛରୁ ପଡ଼ିଲା। ରଜାଙ୍କୁ କେଉଁ କଥା ଅପୂର୍ବ? ସାଙ୍ଗରେ ପାତ୍ର ମନ୍ତ୍ରୀ ସାଧବ କଟୁଆଳ ଗଉଡ଼ ଭଣ୍ଡାରି ଛତିଶା ନିଯୋଗ ସମସ୍ତେ ଅଛନ୍ତି। ସେହିକ୍ଷଣି ଦେଖୁଣିଆକୁ ଦେଖେଇଲେ, ଚାଖୁଣିଆକୁ ଚଖେଇଲେ। ଠିକ୍ ହେଲା, ସେ ଟୋପାକ ପାଣି ନୁହେଁ, ମଣିଷ ଆଖି ଲୁହ। ଗଛ ଉପରକୁ ଚାହିଁଲେ, ସାତୋଟି ଝିଅ ବସି କାନ୍ଦୁଛନ୍ତି। ରଜା ଆଜ୍ଞା ଦେଲେ, ସାତ ଭଉଣୀଯାକ ଗଛରୁ ଓହ୍ଲେଇଲେ।

ସେଥିରୁ ରଜା କହିଲେ, କିଏ କି ପାଇଟି କରିବ କହ, ଆମେ ତୁମକୁ ନଅରରେ ନେଇ ରଖେଇବା।

ବଡ଼ ଭଉଣୀ କହିଲା- ମୁଁ ଚାଉଳ ବାଉଁଶିଆଏ ଭାତ ରାନ୍ଧି ଦେଲେ ନଅର ଘର ଚତୁରଙ୍ଗ ବଳ ଖାଇଲେ ସରିବ ନାହିଁ।

ତା ତଳଟି କହିଲା- ମୁଁ ପିଠଉ ପିତଳକେ ପିଠା କଲେ ନଅର ଘର ଚତୁରଙ୍ଗ ବଳ ଖାଇଲେ ସରିବ ନାହିଁ।

ତହିଁ ଆରକ କହିଲା- ମୁଁ ହଳଦି କାଠୁଆଏ ବାଟି ଦେଲେ ନଅର ଘର ଚତୁରଙ୍ଗ ବଳ ଲଗେଇଲେ ସରିବ ନାହିଁ।

ଆଉ ଜଣେ କହିଲା- ମୁଁ ହାଣ୍ଡିଏ ତିଅଣ ରାନ୍ଧିଲେ ସରିବ ନାହିଁ।

ଇମିତି ଛ ଭଉଣୀ ଛ କଥା କହିଲେ। ପଛକୁ ସାନ ଭଉଣୀଟି କହିଲା, ମୁଁ ବିଭା ହେଲେ ଉତ୍ତମ ସୁନ୍ଦର ସାତ ପୁଅ, ସୁନାନାକୀ ଝିଅ ଜନମ କରିବି।

ରଜା ସବୁ ଭଉଣୀଙ୍କୁ ସାଙ୍ଗରେ ନଅରକୁ ନେଲେ। ଯେଝା କହିବା ଆଡ଼ତିପତ୍ରରେ ଛ ଭଉଣୀଯାକଙ୍କୁ ରଖି ସଭା ସାନଟିକି ପାଟରାଣୀ କଲେ।

ଦିନାକେତେ ଗଲାରୁ ରାଣୀଙ୍କର ମାସ ଗଡ଼ିଲା। ରଜା ସବୁବେଳେ ଦରବାର କରୁଥାନ୍ତି। ରଣୀଙ୍କ କଥା 'ଠାରୁ ନ ଉଠେ ବର, ଧରାଧରି କର ବାହା କର'; ରାଣୀ ଯେଉଁଠି ବସନ୍ତି, ଆଉ ଉଠି ପାରନ୍ତି ନାହିଁ। ରଜାଙ୍କୁ ଦେଖିଲେ କେଡ଼େ ଉଶ୍ୱାସ ଲାଗେ। ରାଣୀଙ୍କର ଖାଇ ମନ ହେଲା - କେତେବେଳେ ଶୁଖୁଆ ରାଇ ଟିକିଏ, କେତେବେଳେ ମୂଳାକାଞ୍ଜି ଟିକିଏ, କେତେବେଳେ ଦୁଧଛେନା ଟିକିଏ, ଯାହା ଯେତେବେଳେ ମନ ହୁଏ, ରଜା ଘଡ଼ିକେ ସବୁ କଥା ଆଣି ଦିଅନ୍ତି। ରଜା ଘର, ତାଙ୍କୁ କି କଥା ଅପୂର୍ବ? ସ୍ୱର୍ଗରୁ ତରା ଘେନି ଅସିବେ। ଚାହୁଁ ଚାହୁଁ ଦଶ ମାସ ପୂରିଲା। ରଜା ତ ସବୁବେଳେ ଉଆସରେ ରହି ପାରିବେ ନାହିଁ, ଦରବାରକୁ ଯିବେ, ପାତ୍ର ମନ୍ତ୍ରୀ କଟୁଆଳ ସାଧବଙ୍କ ସାଙ୍ଗେ ମାମଲା ବୁଝିବେ। ସେ ଏବେ କାହିଁ ରାଣୀଙ୍କ ପାଖରେ ସବୁବେଳେ ବସି ରହିବେ?

ପଛକୁ ରଜା ଦରବାରକୁ ଗଲାବେଳେ ଖଣ୍ଡିଏ ବଇଁଶୀ ରାଣୀଙ୍କୁ ଦେଇ ଯାନ୍ତି। ରାଣୀ ଯେତେବେଳେ ଦୁଃଖ ପାଇବେ, ଏ ବଇଁଶୀଟିକି ବଜେଇଲେ ରଜା ତାଙ୍କ ପାଖକୁ ଆସିବେ। ରଜା ୟା କହି ଦରବାରକୁ ଗଲେ। ରାଣୀ କହିଲେ, କାଳେ ଏ କଥା ମିଛ ହୋଇଥିବ ! ୟା ବିଚାରି ରଜା ଦରବାରକୁ ଯାଇଛନ୍ତି, ରାଣୀ ଦିନେ ମିଛରେ ମିଛରେ ବଇଁଶୀଟି ବଜେଇ ଦେଲେ। ରଜା ଯିମିତ ବଇଁଶୀ ବାଜିଲା ଶୁଣିଲେ, ସେହିକ୍ଷଣି ଉଆସକୁ ବାହାରି ଆସିଲେ। ରାଣୀଙ୍କ ଦେଖିଲେ, ଦୁଃଖ ଫୁଖ କିଛି ନାହିଁ, ଥିର ହୋଇ ବସିଛନ୍ତି। ରାଣୀଙ୍କ ପଚାରିଲେ, କି ହୋ ! କାହିଁକି ମତେ ଡକେଇଲ ? ତୁମେ ତ ଏଇଲାଗେ ଦୁଃଖ ପାଇ ନାହଁ ! ରାଣୀ କହିଲେ, ବଇଁଶୀ ବଜେଇଲେ ତୁମେ ସତରେ ଆସିବ କି ନାହିଁ, ଏ କଥା ବିଡ଼ିବା ପାଇଁ ବଇଁଶୀ ବଜେଇ ଦେଲି। ଏବେ ଜାଣିଲି ତୁମ କଥା ସତ।

ରଜା ୟା ଶୁଣି ଫେରି ଗଲେ। ଏ କଥା ମନେ ଥାଏ। ଦିନେ ସତକୁ ସତ ରାଣୀ ଦୁଃଖ ପାଇଲେ। ରାଣୀ ସେତିକିବେଳେ ରଜାଙ୍କୁ ସୁମରି ବଇଁଶୀ ବଜେଇଲେ। ରଜାଙ୍କର ତ ଆଗ କଥା ମନେ ଥାଏ, କହିଲେ, ରାଣୀ ପରିହାସରେ ବଇଁଶୀ ବଜାଉଛନ୍ତି। ଏ କଥା ବିଚାରି ରଜା ଅଇଲେ ନାହିଁ। ରାଣୀ ଏକା ଥରକେ ସାତୋଟି ଉତ୍ତମ ସୁନ୍ଦର ପୁଅ, ଗୋଟିଏ ସୁନାନାକୀ ଝିଅ ଜନମ କଲେ।

ଏଣେ ଫେର ଏକା ମା ପେଟର ସାତ ଭଉଣୀ, ସେଥିରୁ ଛଅଟି ହେଲେ ରଜାଙ୍କ ପୋଇଲୀ, ଗୋଟିଏ ହେଲା ପାଟରାଣୀ, ଫେର ଯେ ହେଲା ପାଟରାଣୀ ସେ ସବୁଙ୍କଠଉଁ ସାନ। ୟା କି ରକତ ମାଉଁସ ଦିହ ସହେ ? ମନେ ମନେ ଛ ଭଉଣୀ ବହେ ଲେଖାଏଁ ରବେଇ ଖବେଇ ହୁଅନ୍ତି, ସାନକୁ କେତେ ଟଙ୍କା ଶମ୍ପା କରି ଧର୍ମଦେବତାଙ୍କୁ ସାକ୍ଷୀ ଦିଅନ୍ତି, ନିତି ତା ନାଆଁରେ ସନ୍ଧ୍ୟା ବଳିତା ବସାନ୍ତି। ଅପଣା ଉପରେ ବିଚରା ବିଚରି ହେଉଥାନ୍ତି, ଥରେ ହେଲେ ଯେବେ ୟାକୁ ଆମ କଳରେ ପାଇବା, ତେବେ ଅଛା କରି ଚେଖେଁ ଦବା।

ପିଲାଏ ଜନମ ହେଲେ, ଫୁଲ ପଡ଼ିଲା, ରାଣୀଙ୍କ ଚେତା ବୁଡ଼ିଗଲା। ଛ ଭଉଣୀଯାକ ସେତେବେଳେ କଣ କଲେ, ତା ଆଗରୁ ସେ ଅଠୋଟିଯାକ ପିଲା ନେଇ ଆଠୋଟି କାଠ କୁଣ୍ଢେଇ ଦେଲେ, ପିଲାଙ୍କୁ ନେଇ ଖତଗଦାରେ ପୋତି ପକେଇଲେ। ରାଣୀ ଫେର ଚେତା ପାଇଲେ, ଦେଖିଲେ ଆଠୋଟି କାଠ କୁଣ୍ଢେଇ ଜନମ କରିଛନ୍ତି। ୟା ଦେଖି ବୁକୁ ଫାଟିଗଲା। ରଜାଙ୍କର ପୁଅ ହବ ବୋଲି କାହିଁ ବାଇଦ, କାହିଁ ଶଙ୍ଖ, କାହିଁ ତେଲଙ୍ଗିବାଜା, କାହିଁ ନାଟ- ୟା ହଉଛି; ବୁଝିଲା ବେଳକୁ ଆଠୋଟି କାଠ କୁଣ୍ଢେଇ ! ଯେ ଶୁଣିଲା ସେ ଅପସନ୍ଦ କଲା, ଯେ ଶୁଣିଲା ସେ ମୁଣ୍ଡରେ ହାତ ଦେଲା। ସମସ୍ତେ ଛି ଛି କଲେ। 'ଚମ ବାଇଦ କୋଶେ – ତୁଣ୍ଡ-ବାଇଦ ସହସ୍ର କୋଶ',

ରାଜ୍ୟଯାକ ଏ କଥା ହୁରି ପଡ଼ିଗଲା। ରଜା ଏ କଥା ଶୁଣିଲେ, ସତକୁ ସତ ଆସି ଦେଖନ୍ତି ଯେ ଏପରି ଏପରି ସମାଚାର। ତାଙ୍କୁ ଏ କଥା ବଡ଼ ସରମ ହେଲା, ପାତ୍ର ମନ୍ତ୍ରୀ ସମସ୍ତଙ୍କୁ ଡକେଇଲେ, ପଛକୁ ରଜାଙ୍କର ଆଜ୍ଞା ହେଲା ଯେ ରାଣୀକି ଲାଣ୍ଡି କରି ଘୋଡ଼ାଶାଳରେ ରଖ, ସେ ଘୋଡ଼ା ଲଣ୍ଡି ପୋଛୁ। ଯେତେ ଯେ କହିଲେ, ରଜା ତ ସହଜେ ଅବୁଝା, ସେ କି ଆଉ ଶୁଣନ୍ତି ? ପଛକୁ ସେହି କଥା ହେଲା। ରାଣୀ କାନ୍ଦି ବୋବେଇ ଆପଣା କର୍ମ ଆଦରି ଘୋଡ଼ାଶାଳରେ ପଡ଼ିଥାନ୍ତି; ଯେ ଚାହୁଁଥାଏ, ସେ ପଦେ ଉଲୁଗୁଣା ଦଉଥାଏ। ରଜା ଘରେ କଣ ସେ ଭୋଗ କରୁ ନ ଥିଲେ ! ଏଡ଼େ ଭାଗ୍ୟ ଯେ ପାଟ ପୀତାମ୍ବରି ପିନ୍ଧି ହଗି ଯାଉଥିଲେ, ଘିଅରେ କୁଳୁକୁଞ୍ଚା କରୁଥିଲେ, ହଗିଗଲେ ସୁଦ୍ଧା ଟେରାବାଡ଼ ପଡୁଥିଲା; ଏବେ ଫେର ଏତେ ଅବସ୍ଥା ଭୋଗ କଲେ !

ଏଣେ କଣ ହୋଇଛି - ଛ ଭଉଣୀଯାକ ତ ଖତଗଦାରେ ଆଠୋଟିଯାକ ପିଲାଙ୍କୁ ପୋତି ଦେଇ ଆସିଲେ। ଖତଗଦାରୁ କୁକୁର ତାଙ୍କୁ ଗିଳି ଦେଲା। କୁକୁର ଯାଇ ସେ ପିଲାଙ୍କୁ ପୋଖରୀରେ ବାନ୍ତି କଲା। ପିଲାଏ ସେତେବେଳକୁ ବଞ୍ଚିଥାନ୍ତି। ଗଙ୍ଗାମାତା ସେ ପିଲା ଆଠୋଟିଙ୍କୁ ରଖି ପାଳିଲେ। ଦିନକୁ ଦିନ ପିଲାଏ ବଢ଼ିଲେ, ଖେଳି ବୁଲି ଶିଖିଲେ। ଗଙ୍ଗାମାତା କଣ କଲେ, ସାତୋଟି ଅଣ୍ଡିରି ପୁଅଙ୍କୁ ସାତୋଟି କାଠଘୋଡ଼ା ଦେଲେ ଖେଳିବେ ବୋଲି। ପିଲାଏ ସାତୋଟି ଘୋଡ଼ା ନେଇ ନିତି ପୋଖରୀ ତୁଠରେ ଖେଳୁଥାନ୍ତି। ଘୋଡ଼ାଙ୍କୁ ଜଙ୍ଘେ ପାଣିକି ନେଇ ଘୋଡ଼ାଙ୍କ ମୁହଁ ପାଣିରେ ମାଡୁଥାନ୍ତି, କହୁଥାନ୍ତି- 'କାଠ ଘୋଡ଼ା ପାଣି ପି', 'କାଠ ଘୋଡ଼ା ପାଣି ପି', 'କାଠ ଘୋଡ଼ା ପାଣି ପି'। ପୋଖରୀଟି ରଜାଙ୍କ ନଅର ପାଖରେ। ରଜାଙ୍କ ଧୋବା ସେହି ତୁଠରେ ଲୁଗା କାଚେ। ଲୁଗା କାଚୁଥାଏ, ପିଲା ଘୋଡ଼ା ଖେଳାଉଥାନ୍ତି ଦେଖେ। ପିଲାଙ୍କୁ ଦେଖି କହିଲା, "ବାଇ ହୋଇଛ କି ବାଳୁତ ଭାଇ, କାଠର ଘୋଡ଼ା କି ପାଣି ପିଇ ?" ସେଥିକୁ ପିଲାଏ କହିଲେ, "ବାଇ ହୋଇଛ କି ସେଠି ଭାଇ, ମଣିଷ ହୋଇ କି କାଠ କୁଣ୍ଢେଇ ବେଇ ?" ଧୋବା ଯା ଶୁଣି ବଡ଼ ଆଚମ୍ବିତ ହେଲା। ରଜାଙ୍କ ନଅରରେ ଯାଇ ଖବର କଲା। ରଜା ପୋଖରୀ ତୁଠକୁ ମଣିଷ ପଠେଇଲେ। ଗଙ୍ଗାମାତା ମାୟା କରି ପିଲାଗୁଡ଼ିଙ୍କୁ ଲୁଚେଇ ଦେଲେ। ଯେ ଶୁଣିଲା, ସେ କାବା ! ଦିନାକେତେ ଗଲାରୁ ଗଙ୍ଗାମାତା ମାୟାରେ ସାତୋଟି ଭାଇଙ୍କ ସାତୋଟି ଅର୍ଜୁନ ଗଛ, ଆଉ ଭଉଣୀକି ପାଟଳୀ ଗଛଟିଏ କରି ସେହି ପୋଖରୀ ହୁଡ଼ାରେ ଲଗେଇ ଦେଲେ। ପାଟଳୀ ଗଛ ଫୁଲରେ ଭାଙ୍ଗି ପଡୁଥାଏ। ସମସ୍ତେ ଦେଖି ଆଚମ୍ବିତ ହେଲେ। ଦିନେ ସେ ବାଟେ ଶଗଡ଼ିଆ ଯାଉଥିଲେ, ସେ ଗଛରୁ ଫୁଲ ଡାଳ କେତେ ଭାଙ୍ଗି ନେଲେ। ରଜାଙ୍କ ମାଳୀ ତାଙ୍କୁ ସେ ଫୁଲ ମାଗିଲା। ଶଗଡ଼ିଆ କହିଲେ, ତୁମ ନଅର ପାଖ ପୋଖରୀହୁଡ଼ାରେ

ଫୁଲ ଭାଙ୍ଗି ପଡୁଛି, ତୁମେ ଆମକୁ କଣ ମାଗୁଛ ? ମାଳୀ ପୋଖରୀହୁଡ଼ାରେ ଦେଖିଲା, ଏ ପାଟଳୀ ଗଛ, ଆଉ ଏ ସାତୋଟି ଅର୍ଜୁନ ଗଛ; ଏଠେଇଁ ତ କେବେ ଦେଖା ନ ଥିଲା, ଏ ଏଠିକି କାହୁଁ ଅଇଲା ? ମାଳୀକି ଦେଖି ପାଟଳୀ ଗଛଟି ଗୀତ ଗାଇଲା-

ଭାଇ ରେ ଭାଇ ରେ, ଆମ ବାପାଙ୍କର ମାଳୀ ଆସିଅଛି,
ଦେବା କି ନ ଦେବା ଫୁଲ ?

ସେଥିରୁ ସାତୋଟିଯାକ ଅର୍ଜୁନ ଗଛ ଆଉ ଗୋଟିଏ ଗୀତ ଗାଇଲେ-

ସ୍ୱର୍ଗେ ଲଗୁ ଡାଳ, ମଞ୍ଚେ ଲାଗୁ ଡାଳ,
ଆମେ ସାତ ଭାଇ ଭଉଣୀଏ ଥାଉଁ ମା ପୋଛେ ଘୋଡ଼ାଶାଳ-
ଆଲୋ ଲୋ ଭଉଣୀ ! ନ ଦିଅ ନ ଦିଅ ଫୁଲ ।

ଯା କହିଲାରୁ ପାଟଳୀଗଛ ଡାଳ ଉପରକୁ ଉଠି ଯାଉଥାଏ, ଫେର ତଳକୁ ନଇଁ ପଡୁଥାଏ। ଆଉ ମାଳୀ ଫୁଲ ତୋଳି ପାରିଲା ନାହିଁ। ଘରକୁ ଅଇଲା, ରଜାଙ୍କୁ ଏକଥା ଜଣେଇଲା। ରଜା ମନ୍ତ୍ରୀଙ୍କି ପଠେଇଲେ। ମନ୍ତ୍ରୀ ଗଛମୂଳକୁ ଗଲାରୁ ଗଛଯାକ ଗୀତ ବୋଲାବୋଲି ହେଲେ -

"ଭାଇ ରେ ଭାଇ ରେ, ଆମ ବାପାଙ୍କ ମନ୍ତ୍ରୀ ଅଇଲେଣି,
ଦେବା କି ନ ଦେବା ଫୁଲ ?"
"ସ୍ୱର୍ଗେ ଲାଗୁ ଡାଳ, ମଞ୍ଚେ ଲାଗୁ ଡାଳ,
ଆମେ ସାତ ଭାଇ ଭଉଣୀଏ ଥାଉଁ ମା ପୋଛେ ଘୋଡ଼ାଶାଳ-
ଆଲୋ ଲୋ ଭଉଣୀ ! ନ ଦିଅ ନ ଦିଅ ଫୁଲ ।"

ମନ୍ତ୍ରୀ ଏ ସମାଚାର ଦେଖି ଯାଇ ରଜାଙ୍କୁ କହିଲେ, ପଛକୁ ରଜା ନିଜେ ଅଇଲେ। ରଜାଙ୍କୁ ଦେଖି ଗଛଯାକ ବୋଲାବୋଲି ହେଲେ -

"ଭାଇ ରେ ଭାଇ ରେ, ଆମ ବାପା ଏବେ ନିଜେ ଅଇଲେଣି,
ଦେବା କି ନ ଦେବା ଫୁଲ ?"
"ସ୍ୱର୍ଗେ ଲାଗୁ ଡାଳ, ମଞ୍ଚେ ଲାଗୁ ଡାଳ,
ଆମେ ସାତ ଭାଇ ଭଉଣୀଏ ଥାଉଁ ମା ପୋଛେ ଘୋଡ଼ାଶାଳ-
ଆଲୋ ଲୋ ଭଉଣୀ ! ନ ଦିଅ ନ ଦିଅ ଫୁଲ ।"

ଯା ଶୁଣି ରଜାଙ୍କର ଆଗ କଥା ସବୁ ମନେ ପଡ଼ିଲା। ରାଣୀ ଘୋଡ଼ାଶାଳରେ ଲଣ୍ଡି ପୋଛୁଥିଲେ। ତାଙ୍କୁ ସେଇଠିକି ଡକେଇ ଆଣିଲେ। ରାଣୀ ସେ ଗଛମୂଳକୁ ଗଲାରୁ ସବୁ ଡାଳଯାକ ଭାଙ୍ଗି ପଡ଼ି ମା ଉପରେ କୁଢ଼େଇ ହୋଇ ପଡ଼ିଲା। ସେହିକ୍ଷଣି ସାତୋଟି ଉତ୍ତମ ସୁନ୍ଦର ପୁଅ, ସୁନାନାକୀ ଝିଅ ହୋଇ ମା ଚାରିପାଖ ବେଢ଼ି ଠିଆ

ହୋଇଗଲେ । ରଜା ଯା ଦେଖି କାବା । ଯେ ଦେଖିଲା, ସେ ଆହା କଲା । ସେଠିକି ରଜା, ପାତ୍ର, ମନ୍ତ୍ରୀ, ତୁରୀ, କାହାଳୀ, ଯାନବାହନ ଅଣେଇ ଭାଇ ଭଉଣୀ ମା ସମସ୍ତଙ୍କୁ ଗାଧୋଇ ପାଧୋଇ ପାଟ ପୀତାମ୍ବରି ପିନ୍ଧେଇ ନଅରକୁ ନେଇଗଲେ । କେତେ ଉତ୍ସବ ହେଲା, କେତେ ଲୋକ ଖାଇଲେ, ରାଣୀ ସବୁ ପୂର୍ବ କଥା କହିଲେ । ରଜା ସେଥିରୁ ଛ ଭଉଣୀଙ୍କି ତଳ କଣ୍ଟା ଉପର କଣ୍ଟା କରି କୂଅ ଖୋଳି ସେ କୂଅରେ ପୋତି ପକେଇଲେ । ରାଣୀଙ୍କି, ପୁଅ ଝିଅଙ୍କୁ ନେଇ ଘର ଦୁଆର କଲେ । ସୁନାନାକୀ ଝିଅକୁ ଠାକୁର ରଜାଙ୍କ ପୁଅ ସଙ୍ଗେ ବିଭା ଦେଲେ । କେତେ ପିଠା ବାଣ୍ଟିଲେ, କେତେ ଲୁଗା ବାଣ୍ଟିଲେ, ମୁଁ ଗଲି ଯେ, ମୋତେ କଥା କହିଲେ ନାହିଁ । କଲିକତାଠଉଁ ପୁରସ୍ତମଯାଏ ଖଣ୍ଡେ ଲୁଗା ଦେଲେ ଯେ, ସେ ମୋ କାନ୍ଧକୁ ପାଇଲା ନାହିଁ ।

ମୋ କଥା ସଇଲା - ଫୁଲ ଗଛଟି ମଲା-
ହଇ ରେ ଫୁଲଗଛ, ତୁ କାହିଁକି ମଲୁ ?
ମତେ କାଳୀଗାଈ ଖାଇଲା ।

ହଇ ଲୋ କାଳୀଗାଈ, କିଆଁ ଖାଇଲୁ ?
ମତେ ଗଉଡ଼ ଜଗିଲା ନାହିଁ ।

ହଇ ରେ ଗଉଡ଼, ତୁ କିଆଁ ଜଗିଲୁ ନାହିଁ ?
ମତେ ବଡ଼ ବୋହୂ ଖାଇବାକୁ ଦେଲା ନାହିଁ ।

ହଇ ଲୋ ବୋହୂ, ତୁ କିଆଁ ଖାଇବାକୁ ଦେଲୁ ନାହିଁ ।
ପୁଅ କାନ୍ଦିଲା ।

ହଇ ରେ ପୁଅ, ତୁ କିଆଁ କାନ୍ଦିଲୁ ?
ମତେ ଧୂଳିଆ ଜନ୍ଦା କାମୁଡ଼ିଲା ।

ହଇ ରେ ଧୂଳିଆ ଜନ୍ଦା, ତୁ କିଆଁ କାମୁଡ଼ିଲୁ ?
ଭୂଇଁ ତଳେ ତଳେ ଥାଏଁ,
କଅଁଳ ମାଉଁସ ଟିକିଏ ପାଇଲେ ରୁଟ୍ କିନା ଖାଏ ।

କଲୁରୀବେଣ୍ଟ କଥା

ଏକ ଗାଁରେ ଗୋଟିଏ ରାଣ୍ଡୀପୁଅ ଅନନ୍ତା ଥାଏ। ତା ମା ଦିନଯାକ ୟା ଦୁଆର ତା ଦୁଆର ବୁଲି କେଉଁଠୁ ଧାନ କୁଟି ଚାଉଳ ସେରେ, କେଉଁଠୁ ଧାନ ଉସେଇଁ ଚାଉଳ ପାଏ, କାହାଘରୁ ହଳଦି ବାଟି ଲୁଣ ପୋଷେ, ଏହିପରି ଆଣେ। ଏଣେ ରାଣ୍ଡୀପୁଅ ଅନନ୍ତା ପେଟେ ଗିଳି ଦିନଯାକ ୟାକୁ ମାର, ତାକୁ ଧର ଏହିପରି କରି ବୁଲୁଥାଏ; କୁଟା ଖଣ୍ଡିକ ଦି ଖଣ୍ଡ କରେ ନାହିଁ। ଖାଇଲା ବେଳକୁ ଆଜି ତିଅଣ ହେଲା ନାହିଁ, ଆଜି ଭଜା ନାହିଁ, ଏହିପରି ନାନାଦି ପର୍ବ ଲଗାଏ, ମାକୁ ମାରେ, ହାଣ୍ଡି କୁଣ୍ଡେଇ ବାଡ଼େଇ ଦିଏ। ଦିନେ ମା କେତେ ଆଡୁ ମାଗି ଯାଚି ସାତ ତିଅଣ ଆଠ ଭଜା କରି ଅନନ୍ତାକୁ ଖାଇବାକୁ ଦେଲା। ଅନନ୍ତା ଆଜି ଖାଇ ପିଇ ସାରି ଭାରି ଖୁସି। ଖାଇ ସାରିଲାରୁ ମା ଅନନ୍ତାକୁ ସାକୁଲେଇ କରି କହିଲା, ଆରେ ପୂତ ! ଏ ଗାଁରେ ଲୋକେ ପରିବାରେ ଭାସୁଛନ୍ତି, ଆମର ଏତେ ବାଡ଼ି ପଡ଼ିଆ ପଡ଼ିଛି, ବୁଦାଏ ଖଣ୍ଡେ ପନି ପରିବା ଲାଗିଲେ ଆମେ ଆଉ କୁଆଡ଼େ ଖୋଜିବାକୁ ଯାନ୍ତୁ ନାହିଁ। ଅନନ୍ତା ତହୁଁ ଆର ଦିନ ସକାଳୁ ଉଠି ମାକୁ ପରିବା ମଞ୍ଜି ମାଗିଲା। ମା ଗୋଟିଏ କଲରାମଞ୍ଜି ଠଣାରେ ଗୋବର ଭିତରେ ସାଇତି ରଖିଥିଲା, ବାହାର କରିଦେଲା। ଅନନ୍ତା ଖଣତି ନେଇ ସେ ମଞ୍ଜିଟି ପୋତି ଆସିଲା। ସନ୍ଧ୍ୟାବେଳକୁ ଟୋପିଏ ପାଣି ଦେଇ ମଞ୍ଜିକି କହିଲା, 'ଯେବେ କାଲିକି ଗଜା ହୋଇ ନ ଥିବୁ, ତେବେ ମାମୁଘର କଟୁରି ଆଣି ସାତ ଖଣ୍ଡ କରି କାଟିବି।' ରାଣ୍ଡୀପୁଅ ଅନନ୍ତା ବଡ଼ ଦୁଷ୍ଟ, ତାକୁ ନ ଡରେ କିଏ ? ତହିଁ ଆର ଦିନ ସତକୁ ସତ ଦେଖିଲା ବେଳକୁ କଲରା ଗଜା ବାହାରିଲା। ଫେର ସନ୍ଧ୍ୟାବେଳକୁ ଗଛରେ ପାଣି ଦେଲା ବେଳେ ଅନନ୍ତା କହିଲା, ଯେବେ କାଲିକି ଦି'ପତ୍ର ନ ହେଇଥିବୁ, ତେବେ ମାମୁଘର କଟୁରି ଆଣି ସାତ ଖଣ୍ଡ କରିବି। ସତକୁ ସତ ତହିଁ ଆର ଦିନକୁ ଗଜାରୁ ଦିଓଟି ପତ୍ର ହେଇଛି। ଏହିପରି ନିତି ପାଣି ଦେଲା ବେଳେ କଲରା ଗଛକୁ

ଡରାଏ। ଚାହୁଁ ଚାହୁଁ ଦିନକୁ ଦିନ ଚାରି ପତ୍ର ହେଲା, ଲଟା ମାଡ଼ିଲା, କଲରା କଷିଟିଏ ହେଲା। ପଛକୁ କଲରାଟି ପାଚିଲା। ଅନନ୍ତାର ଆନନ୍ଦର ସୀମା ନାହିଁ। ଯେ ଦାଣ୍ଡରେ ଯାଏ, ତାକୁ ନେଇ କଲରାଟି ଦେଖାଏ। ଆଜି ଅନନ୍ତାର ଗୋଡ଼ ତଳେ ଲାଗିବାକୁ ନାହିଁ।

ପାଚିଲା କଲରାକୁ କୁଆ ବାଇ। ଡାମରା କୁଆଟାଏ କଲରାଟିକି ଦେଖିଲା। କଲରାକୁ କହିଲା, 'ହେ କଲରା, ମୁଁ ତତେ ଖାଅନ୍ତି!' କଲରା କହିଲା, 'ଯା, ମାମୁଘର କୂଅରେ ଥଣ୍ଟ ଧୋଇ ଆସିବୁ, ତେବେ ମତେ ଖାଇବୁ।' କୁଆ ଯାଇ ମାମୁଘର କୂଅ ପାଖରେ ପହଞ୍ଚି କୂଅକୁ କହିଲା, 'ରେ କୂଅ ଦେ ପାଣି, ଧୁଏଁ ଥଣ୍ଟ, ଧାଇଁ ଧାଇଁ ଖାଏଁ କଲୁରୀବେଣ୍ଟ।' କୂଅ କହିଲା, 'ଯା' କୁମ୍ଭାର ଘରୁ କଳସଟିଏ ଆଣିବୁ, ପାଣି କାଢ଼ି ପିଇବୁ।' କୁଆ କୁମ୍ଭାର ଘରକୁ ଯାଇ କହିଲା, 'ଦେ କୁମ୍ଭାର କଳସ ଗୋଟି, କାଢ଼େ ପାଣି, ଧୁଏଁ ଥଣ୍ଟ, ଧାଇଁ ଧାଇଁ ଖାଏଁ କଲୁରୀବେଣ୍ଟ।' କୁମ୍ଭାର କହିଲା, 'ଯା' ବିଲରୁ ମାଟି ଆଣିବୁ, ମୁଁ କଳସ ଗଢ଼ି ଦେବି।' କୁଆ ଯାଇ ବିଲରେ ପହଞ୍ଚିଲା। କହିଲା, 'ରେ ବିଲ ଦେ ମାଟି, ଗଢୁ କୁମ୍ଭାର କଳସ ଗୋଟି, କାଢ଼େଁ ପାଣି, ଧୁଏଁ ଥଣ୍ଟ, ଧାଇଁ ଧାଇଁ ଖାଏଁ କଲୁରୀବେଣ୍ଟ।' ବିଲ କହିଲା, 'ଯା' ମିରିଗ ପାଖରୁ ଶିଙ୍ଘ ଆଣ, ମାଟି ଖୋଳିବୁ, ନବୁ।' କୁଆ ଯାଇ ମିରିଗ ପାଖରେ କହିଲା, 'ରେ ମିରିଗ ଦେ ଶିଙ୍ଘ, ଖୋଳେ ମାଟି, ଗଢୁ କୁମ୍ଭାର କଳସ ଗୋଟି, କାଢ଼େଁ ପାଣି, ଧୁଏଁ ଥଣ୍ଟ, ଧାଇଁ ଧାଇଁ ଖାଏଁ କଲୁରୀବେଣ୍ଟ।' ମିରିଗ କହିଲା, 'ଯା, କାଳୀଗାଈଠଉଁ ଦୁଧ ଆଣି ଦେ, ମୁଁ ପିଇଲେ ଶିଙ୍ଘ ଦେବି।' କୁଆ ଯାଇ କାଳୀଗାଈକି କହିଲା, 'ରେ କାଳୀଗାଈ ଦେ ଦୁଧ, ପିଉ ମିରିଗ ଦେଉ ଶିଙ୍ଘ, ଖୋଳେଁ ମାଟି, ଗଢୁ କୁମ୍ଭାର କଳସ ଗୋଟି, କାଢ଼େଁ ପାଣି, ଧୁଏଁ ଥଣ୍ଟ, ଧାଇଁ ଧାଇଁ ଖାଏଁ କଲୁରୀବେଣ୍ଟ।' କାଳୀଗାଈ କହିଲା, 'ମତେ ହିଡ଼ରୁ ଘାସ ଆଣି ଦେ, ମୁଁ ଦୁଧ ଦେବି।' କୁଆ ହିଡ଼ ପାଖରେ ପହଞ୍ଚି କହିଲା, 'ରେ ହିଡ଼ ଦେ ଘାସ, ଖାଉ କାଳୀଗାଈ ଦଉ ଦୁଧ, ପିଉ ମିରିଗ, ଦଉ ଶିଙ୍ଘ, ଖୋଳେଁ ମାଟି, ଗଢୁ କୁମ୍ଭାର କଳସ ଗୋଟି, କାଢ଼େଁ ପାଣି, ଧୁଏଁ ଥଣ୍ଟ, ଧାଇଁ ଧାଇଁ ଖାଏଁ କଲୁରୀବେଣ୍ଟ।' ହିଡ଼ କହିଲା, 'ଯା' କମାରଘରୁ ଦା ଆଣ, ଘାସ କାଟି ନେଇକରି ଯିବୁ।' କୁଆ ଯାଇ କମାରଶାଳରେ ପହଞ୍ଚିଲା। କମାରକୁ କହିଲା, 'ରେ କମାର ଦେ ଦା, କାଟେଁ ଘାସ, ଖାଉ କାଳୀଗାଈ ଦଉ ଦୁଧ, ପିଉ ମିରିଗ ଦଉ ଶିଙ୍ଘ, ଖୋଳେଁ ମାଟି, ଗଢୁ କୁମ୍ଭାର କଳସ ଗୋଟି, କାଢ଼େଁ ପାଣି, ଧୁଏଁ ଥଣ୍ଟ, ଧାଇଁ ଧାଇଁ ଖାଏଁ କଲୁରୀବେଣ୍ଟ। କମାର ମନେ ମନେ କହିଲା, କୁଆଟିଏ ତୋର ଏତେ ଫିକର? ରହ, ଦଉଛି ଚେଁଖେ। କୁଆକୁ କହିଲା, 'ତୋର ତ ହାତ ନାହିଁ, କେଉଁଥିରେ ଦା

ନବୁ?' କୁଆ କହିଲା, 'ମୋ ଅଣ୍ଟ ଭିତରେ ଥୋଇ ଦେ, ମୁଁ ନେବି।' କମାର ଦା ଖଣ୍ଡକ ଆଛା କରି ନିଆଁରେ ତତେଇ କରି କୁଆ ଅଣ୍ଟରେ ରଖି ଦେଲା। କୁଆଟି ଛଟ୍ ଛଟ୍ ହୋଇ ମରିଗଲା। ତହିଁ ଆର ଦିନ ରାଣ୍ଡୀପୁଅ ଅନନ୍ତା ପାଚିଲା କଲରାଟି ଭାଜି ସୁଖରେ ଖାଇଲା। ମୋ ପାଇଁ ଖଣ୍ଡେ ରଖିଲା ନାହିଁ।

ମୋ କଥାଟି ସଇଲା, ଫୁଲ ଗଛଟି ମଲା।

■

"ଏକ ଦୁଇ ତିନି ଚାରି.... ଏଗାର ବାର"

ଗୋଟିଏ ରାଇଜରେ ଏକ ରଜା ଥାଅନ୍ତି। ତାଙ୍କ ରାଣୀ ତାଙ୍କୁ ନିତି କହନ୍ତି, ଗୋଟିଏ କଥା କହିଲ ନାହିଁ? ରଜା ଅତି ବ୍ୟସ୍ତ ହୋଇ ଦିନେ କହିଲେ, ଯେବେ ମୋ କଥାର ଉତ୍ତର ନ ଦେବ, ତେବେ ଶୂଳି ପାଇବ। ରାଣୀ ମନେ ମନେ ବିଚାରିଲେ, ରଜା କଣ ସତେ ମତେ ଶୂଳିରେ ଦେବେ? ରାଣୀ କହିଲେ, ହେଉ। ସେଥିରୁ ରଜା କହିଲେ, "ଏକ ଦୁଇ ତିନି ଚାରି ପାଞ୍ଚ ଛଅ ସାତ ଆଠ ନଅ ଦଶ ଏଗାର ବାର, ଏ କଥାକୁ କହି ନ ପାରିଲେ ଗାଁ ବାହାରେ ନେଇ ମାର।" ରାଣୀ ଏଥିର ଉତ୍ତର ଦେଇ ପାରିଲେ ନାହିଁ। ରଜା ତ ଏକବୁଝା। ଯାହା ବୁଝିଛନ୍ତି, ସେ କଥା ଆଉ ନ ଫେରେ। ମନ୍ତ୍ରୀଙ୍କି ହୁକୁମ ଦେଲେ, ରାଣୀଙ୍କି ନେଇ ଶୂଳିଆପଦାରେ ଶୂଳି ଦେଇ ରକତ ଆଣିଲେ ମୁଁ ଚିତା ଘିନିଲେ ମଣୋହିକି ଯିବି। ମନ୍ତ୍ରୀ ଯା ଶୁଣି ତଟସ୍ଥ ହେଲେ। ପଛକୁ ରଜା କହିଲେ, ମତେ ରାଣୀଙ୍କ ରକତ ଆଣି ନ ଦେଲେ କାଲି ସକାଳେ ତୁମେ ସବଂଶେ ହାଣ ଖାଇବ। ମନ୍ତ୍ରୀ ରାଣୀଙ୍କି ନେଇ ଶୂଳିଆପଦାକୁ ଗଲେ। ବାଟରେ ରାଣୀ ମନ୍ତ୍ରୀଙ୍କି କହିଲେ, ମୋର ମାସ ଗଡ଼ିଛି, ତୁମେ ମତେ ଶୂଳି ଦେଲେ ସ୍ତିରୀହତ୍ୟା ଓ ବାଳକହତ୍ୟା ଦୋଷ ଲାଗିବ। ମତେ ଶୂଳି ଦିଅ ନା, ମୁଁ ତୁମର ଧରମ ଝିଅ ହେଲି। ମନ୍ତ୍ରୀ ଯା ଶୁଣି ରାଣୀଙ୍କି ନେଇ ଆପଣା ଘରେ ରଖିଲେ, ଏଣେ ଗୋଟିଏ ଚଢ଼େଇ ମାରି ତା ରକତ ଆଣି ରଜାଙ୍କୁ ଦେଲେ। ରଜା ରକତ ଚିତା ଘିନି ମଣୋହୀ କଲେ। ରାଣୀ ମନ୍ତ୍ରୀଙ୍କ ସଙ୍ଗେ ଧରମ ଝିଅ ହେଇ ଥାଆନ୍ତି। ଦିନେ କହିଲେ, ମତେ ବଣରେ ନଅର କରି ଦିଅ, ମୁଁ ରହିବି। ମନ୍ତ୍ରୀ ଅଗ୍ନାଗ୍ନି ବନସ୍ତ ଭିତରେ ଉତ୍ତମ ସୁନ୍ଦର ନଅର ତୋଳାଇ ଦେଲେ। ରାଣୀ ସେଇଠି ଯାଇ ରହିଲେ। ନଅର ଭିତରେ କୂଅ, ପୋଖରୀ, ଦୋକାନ ସବୁ କରି ଦେଲେ। ଚାହୁଁ ଚାହୁଁ ଆସି ଦଶ ମାସ ଦଶ ଦିନ ପୂରିଲା। ରାଣୀ ଉତ୍ତମ

ସୁନ୍ଦର କୁମରଟିଏ ଜନମ କଲେ। ପୁଅ ଦିନକୁ ଦିନ ବଢ଼ିଲା, ଚାହାଳିକୁ ଯାଇ ପାଠ ପଢ଼ିଲା। ପଢୁ ପଢୁ ଚାରି ମାସରେ ଚାରି ପାଠ ହାସଲ କଲା। ଦିନେ ପଢୁ, ପଢୁ ରଜାପୁଅର ଖଡ଼ି ଗଡ଼ିଗଲା, ସାଙ୍ଗ ପାଠୁଆଙ୍କୁ କହିଲା, ମୋ ଖଡ଼ି ଗୋଟେଇ ଆଣି ଦିଅ। ସାଙ୍ଗ ପିଲାଏ କହିଲେ, ତୁ ଅଣବାବୁଆ, ତୋ ଖଡ଼ି ଆମେ ଉଠେଇ ଆଣି ଦବୁ ନାହିଁ। ଯା ଶୁଣି ରଜାପୁଅ ମନରେ ରାଗ ହେଲା। ଘରକୁ ଆସିଲା, ଗୋଟିଏ ଘରେ ମୂଷାମାଟି ରଣଭଣ, ବିରାଡ଼ିଗୁହ ସଣସଣ, ସେହି ଘରେ କବାଟ କିଳି ମୁହଁ ମାଡ଼ି ଶୋଇଲା। ଖିଆ ନାଇଁ, ପିଆ ନାହିଁ, ଦିନ ହେଲାଣି ଆସି ଦି ପହର। ରାଣୀ ଆସି କବାଟ ପାଖରେ ଡାକିଲେ, 'ପୁତ! ହଜି ଯାଇଥିଲେ ଖୋଜେଇ ଦେବି, ଭାଙ୍ଗି ଯାଇଥିଲେ ଗଢ଼େଇ ଦେବି। ତୋତେ କି କଥା ଅପୂରୁବ? ତୁ କବାଟ ଫିଟା।' ରଜାପୁଅ କହିଲା, 'ସତ୍ୟ କର, ମୁଁ ଯାହା ପଚାରିବି ତୁ ସତ୍ୟ କହିବୁ, ମୁଁ ତେବେ ଯାଇ କବାଟ ଫିଟେଇବି।' ରାଣୀ ସତ୍ୟ କଲେ। ରଜାପୁଅ ଗାଧୋଇ ପାଧୋଇ ଗଣ୍ଡାଏ ଖାଇଲା। ଖାଇ ସାରିଲାରୁ ମାକୁ ପଚାରିଲା, 'ମୋ ବାପ କିଏ?' ମା ସବୁ ପୂର୍ବ କଥା କହିଲା। ପଛକୁ କହିଲା, ତୋ ବାପ ମତେ ପଚାରିଲେ, ଏକ ଦୁଇ ତିନି ଚାରି ପାଞ୍ଚ ଛ ସାତ ଆଠ ନଅ ଦଶ ଏଗାର ବାର, ଏ କଥାକୁ କହି ନ ପାରିଲେ ଗାଁ ବାହାରେ ନେଇ ମାର। ରାଣୀ ସବୁ କଥା କହିଗଲେ, ତେବେ ସୁଦ୍ଧା ରଜାପୁଅ ମନରେ ବିଶ୍ୱାସ ହେଲା ନାହିଁ। ଯାଇଁ ମନ୍ତ୍ରୀଙ୍କି ସତ୍ୟ କରେଇଲା। ମନ୍ତ୍ରୀ ସବୁ ପୂର୍ବ କଥା କହିଲେ। ରଜାପୁଅ ମାକୁ କହିଲା, ମତେ କିଛି ବାଟଖରଚ ଦେ। ମୁଁ ବିଦେଶ ଯିବି, ଏ କଥାର ଉତ୍ତର ଆଣିବି, ଘରକୁ ଆସିବି। ରାଣୀ କେତେ ମନା କଲେ। ରଜାପୁଅ ଏକା ଜିଦି ଧଇଲା। କିଛି ଟଙ୍କାଟୋକର ଧରି ମନ୍ତ୍ରୀଙ୍କ ଘୋଡ଼ାଶାଳରୁ ପକ୍ଷିରାଜ ଘୋଡ଼ାଟିଏ ନେଇ ପାଗପଟୁକା ପିନ୍ଧିଲା। ଚାରି ହତିଆର ବାନ୍ଧି ବିଦେଶ ଗଲା। ଯାଉଁ ଯାଉଁ ଆଉ ଏକ ରାଇଜ ପଡ଼ିଲା। ସେ ରାଇଜର ଜେମାଦେଈ କଳା ଧଳା ନାଲି ତିନି ଗାର ଆଗରେ କାଟି ଦେଇ ବସିଛି। ଏ ଗାରକୁ ଡେଇଁ ମତେ ପାଠରେ ଯେ ଜିଣିବ, ମୁଁ ତାକୁ ବିଭା ହେବି; ଏହିପରି ସତ୍ୟ କରିଛି। ରଜାପୁଅ ସେ ଗାରକୁ ଡେଇଁ କରି ଗଲା। ରଜାଝିଅ ସାଙ୍ଗରେ ରଜାପୁଅର ପାଠ ପରଖ ହେଲା। ରଜାପୁଅ ଜେମାକୁ ପାଠରେ ଜିଣିଲା। ଜେମା କହିଲା, ମୁଁ ତୁମକୁ ବିଭା ହେବି। ରଜାପୁଅ କହିଲା, ମୁଁ ଯେଉଁ କଥାର ଉତ୍ତର ନବାକୁ ଆସିଛି, ସେ କଥା ନ ମିଳିଲେ ମୁଁ ବିଭା ହେବି ନାହିଁ। ରଜାଝିଅ କହିଲା, ମୁଁ ତୁମ ଦେଶକୁ ଯାଏଁ, ଏ କଥାର ଉତ୍ତର ଦେବି। ଜେମା ଏ କଥା ସତ୍ୟ କଲାରୁ ରଜାପୁଅ ବିଭା ହେଲା। ଯାନ ବାହନ ଚତୁରଙ୍ଗ ବଳ ପାଲିଙ୍କି ପାଟଛତା ହାତୀ ଘୋଡ଼ା ନେଇ, ଜେମାକୁ ନେଇ ଆପଣା ଦେଶକୁ ଗଲା। ରଜା ଦେଖି ମନ୍ତ୍ରୀଙ୍କୁ

ପଚାରିଲେ, ଏ କିଏ ସେ ? ମନ୍ତ୍ରୀ କହିଲେ ମୋ ଝିଅର ପୁଅ ବିଭା ହବାକୁ ଯାଇଥିଲା, ବିଭା ହୋଇ ଘରକୁ ଆସିଲା। ଘରେ ପହଞ୍ଚି ରଜାଝିଅ ମନ୍ତ୍ରୀଙ୍କି କହିଲା, ରଜାଙ୍କ ନଅର ଆଗରେ ଆମର ସାତ ଗୁଣ କରି ନଅର ତୋଳାଅ। ରଜାଙ୍କ ବଗିଚା ଆଗରେ ଆମର ସାତ ଗୁଣ କରି ବଗିଚା କର। ରଜାପୁଅ ମୁଁ ଦୁହେଁଯାକ ସେଠେଇଁ ରହିବୁ। କହିବା ଭଳି ନଅର, ବଗିଚା ସବୁ ହେଲା। ରଜାପୁଅ ବୋହୂ ଦୁହେଁଯାକ ସେଠେଇଁ ରହିଲେ। ଏଣେ ରଜା ଯେତେବେଳେ ନଅରରେ ଯାହା କରନ୍ତି, ବୋହୂ ତ ନଅରରେ ସିମିତ କରେ। ରଜା ଯେତେବେଳେ ବଗିଚାକୁ ବାହାରନ୍ତି, ବୋହୂ ସେତିକିବେଳେ ବଗିଚାକୁ ବାହାରେ। ଦିନେ ରଜା ସେ ବୋହୂକୁ ଦେଖିଲେ। ରଜା ତ ଜାଣନ୍ତି ନାହିଁ ତାଙ୍କ ବୋହୂ ବୋଲି ! ରଜା ତହିଁ ଆର ଦିନ ମନ୍ତ୍ରୀଙ୍କି କହିଲେ, ମନ୍ତ୍ରୀ ! ତୁମ ନାତୁଣୀବୋହୂ ଆମକୁ ବିଭା କରେଇ ଦିଅ, ତୁମ ନାତିକୁ ଆଉ ଗୋଟିଏ ଦେଖି ବିଭା କରେଇ ଦବା। ମନ୍ତ୍ରୀ କହିଲେ, ମୁଁ ମୋ ନାତୁଣୀବୋହୂକୁ ପଚାରେଁ, ସେ ଯେବେ ମଙ୍ଗିବ, ତେବେ ଛାମୁ ତାକୁ ବିଭା ହେବେ। ଘରେ ଯାଇ ରଜାଝିଅକୁ ପଚାରିଲେ, ତହିଁ ଆର ଦିନ ଅସି ରଜାଙ୍କୁ ଏତଲା ଦେଲେ - ମଣିମା ! ବୋହୂ କହିଲା, ଯେବେ ରଜା ରାଣୀ ଦୁହେଁଯାକ ଦି'ମଙ୍ଗରେ ବସି ଭରାବୋଝେଇ କରି ଶୁଖିଲାରେ କାତ କେରୁଆଳରେ ଡଙ୍ଗା ବୋହି କରି ତାଙ୍କ ସିଂହଦ୍ୱାରଯାଏ ଆସିବେ, ତେବେ ମୁଁ ତାଙ୍କୁ ବିଭା ହେବି। ରଜାଙ୍କର ତ ସହଜେ ରାଣୀ ନାହାନ୍ତି, ରଜା ଜାଣିବାକୁ ରାଣୀ କୋଡ଼ିଏ ବରଷ ହେଲା ଶୂଳି ପାଇଛନ୍ତି। ଫେର ଆଉ ଗୋଟିଏ କଥା- ଶୁଖିଲାରେ କାତ କେରୁଆଳରେ ଡଙ୍ଗା କିମିତି ଚଳିବ ? ଏ କଥା ଅସମ୍ଭବ। ରଜା ଯା କରି ପାରିବେ ନାହିଁ ବୋଲି ନାସ୍ତି କଲେ। ଫେର ମନ୍ତ୍ରୀଙ୍କ ହାତରେ ବୋହୂ ଖବର ଦେଲା ଯେବେ ମୁଁ ଆମ ସିଂହଦୁଆରୁ ଶୁଖିଲାରେ କାତ କେରୁଆଳ ମାରି ଡଙ୍ଗା ବୋହି ରଜାଙ୍କ ସିଂହଦୁଆରଯାଏ ନେବି, ତେବେ ରଜା ତାଙ୍କ ମୁଲକରୁ ଅଧେ ମତେ ଛାଡ଼ି ଦେବେ ବୋଲି ଜବାବ୍ କରନ୍ତୁ। ରଜା ମନେ ମନେ ବିଚାରିଲେ, ଏ ଅପସନ୍ଦ କଥା ସତେ ହବ ଯେ, ସେ ମୋଠଉ ଅଧେ ମୁଲକ ନବ। ଯା ବିଚାରି ରଜା ଏ କଥାରେ ସମ୍ମତି ହେଲେ। ତହିଁ ଆର ଦିନ ରଜାଙ୍କ ସିଂହଦୁଆରୁ ରଜାପୁଅ ସିଂହଦୁଆରଯାଏ ଟେରାବାଡ଼ ପଡ଼ିଲା, ତଳେ ପଟା ବି ଛାଉଣୀ ହେଲା, ଦି'ପାଖରେ ଦଶ ଦଶ ହାତ ଛଡ଼ାରେ କାଠ ଖୁମ୍ବ ପୋତା ଗଲା, ପଟାରେ ବାଡ଼ ଦିଆଗଲା। ଉପରେ ବିରି, ସୋରିଷ, କୋଳଥ ଫେଶି, ଛ ସାତ ହାତ ଉଚ୍ଚରେ ଗଦା ହେଲା। ରଜାବୋହୂ ମଙ୍ଗରେ ବସିଲା, ରାଣୀ ମଝିରେ ବସିଲେ, ରଜାପୁଅ କାତ ଧଇଲା। ଡଙ୍ଗା ଭରାବୋଝେଇ ହେଲାରୁ କାତ ମାରି ଦେଲାରୁ ବିରି କୋଳଥ ଫେଶି ଉପରେ ଡଙ୍ଗା ସଡ଼କନି ଖସିଯାଇ ରଜାଙ୍କ

ସିଂହଦରଜାରେ ଲାଗିଲା। ରଜା ୟା ଦେଖି ତାଟକା ହେଲେ। ରାଇଜରୁ ଅଧେ ଯିବ, ୟା ତ ସତ୍ୟ କରିଛନ୍ତି, ଆଉ କହିବେ କଣ? ରଜାଙ୍କ ବୁଦ୍ଧି ହଜିଲା। ପଛକୁ ବୋହୂ ରଜାଙ୍କୁ ପଚାରିଲେ, ଏ ମଝିରେ କିଏ ବସିଛନ୍ତି? ରଜା ଦୋଦୋଚିହ୍ନା କଲେ, ବିଚାରିଲେ ରାଣୀକି ତ ମୁଁ ଶୂଳି ଦେଇଛି, ଏ ରାଣୀ ନୁହେଁ। ସେଥିରୁ ବୋହୂ କହିଲା, ତୁମେ ରାଣୀଙ୍କି ଯେଉଁ କଥା ପଚାରିଥିଲ, ଯେବେ ସେ କଥାର ଉତ୍ତର ପାଇବ, ତେବେ ରାଣୀଙ୍କି ରଖିବଟି? ରଜାଙ୍କ ପୂର୍ବକଥା ସବୁ ମନେ ପଡ଼ିଲା, ରାଣୀଙ୍କି ସୁମରି କେତେ କାନ୍ଦିଲେ, ଆଉ କିଛି ଉତ୍ତର ଦେଲେ ନାହିଁ; ତୁନି ହୋଇ ରହିଲେ। ପଛକୁ ବୋହୂ କହିଲା 'ମଣିମା! ଶୁଣ- ଏକରେ ଏକାବନ, ଦୁଇରେ ଦ୍ୱିତୀୟାଚାନ୍ଦ, ତିନିରେ ତ୍ରିବେଣୀ ଘାଟ, ଚାରିରେ ଚତୁର୍ଦ୍ଧା ମୂରତି, ପାଞ୍ଚରେ ପଞ୍ଚପାଣ୍ଡବ, ଛରେ ଛଡ଼ଅଇରି, ସାତରେ ସପ୍ତଫେଣୀ ନାଗ, ଆଠରେ ଅଷ୍ଟବକ୍ର ଋଷି, ନଅରେ ନବଗ୍ରହ, ଦଶରେ ଦଶଅବତାର, ଏଗାରରେ ଅଗ୍ନି ଦେବତା, ବାରରେ ବାମନମୂରତି, ଶୁଣ ହେ ରଜା ନୃପତି, ମୁଁ ତୁମ ବୋହୂ ପଦ୍ମାବତୀ-ଆଗ ମଙ୍ଗରେ ତୁମ ପୁଅ, ମଝିରେ ତୁମ ରାଣୀ'। ୟା ଶୁଣି ରାଜା ଆନନ୍ଦରେ ଭାସି ଗଲେ, ସମସ୍ତଙ୍କୁ କୁଣ୍ଢେଇ କେତେ କାନ୍ଦିଲେ। ପୁଅ ବୋହୂ ନେଇ ସହସ୍ରେ ବରଷ ରାଇଜ କଲେ। ରାଇଜ ଲୋକକୁ ଖିରି, ପିଠା, ପାଟ, ପୀତାମ୍ବରି ଶାଢ଼ୀ ବାଣ୍ଟିଲେ। ମୁଁ ଗଲି ଯେ ମତେ କଟକଠଉଁ ପୁରସ୍ତମ ପର୍ଯ୍ୟନ୍ତ ଖଣ୍ଡେ ଲୁଗା ଦେଇଥିଲେ। ମୁଁ ପିନ୍ଧିଲାବେଳକୁ କାନ୍ଧକୁ ପାଇଲା ନାହିଁ।

ମୋ କଥାଟି ସଇଲା, ଫୁଲ ଗଛଟି ମଲା।

■

ଦୁଇ ସଙ୍ଗାତ

ଏକ ଦେଶରେ ରଜାପୁଅ ମନ୍ତ୍ରୀପୁଅ ଦି'ସଙ୍ଗାତ ଥାଅନ୍ତି। ଦି'ସଙ୍ଗାତ ଦିନେ ବିଚାରିଲେ ବିଦେଶ ଯିବା। ଘୋଡ଼ାଶାଳରୁ ଗୋଟିଏ ଗୋଟିଏ ପକ୍ଷିରାଜ ଘୋଡ଼ା ବାଛି ପାଗ ପଟୁକା ଚାରି ହତିଆର ବାନ୍ଧି ବାହାରିଲେ। ଯାଉଁ ଯାଉଁ ବାଟରେ ଗୋଟାଏ ଭାରି ବଣ ପଡ଼ିଲା। ରଜାପୁଅକୁ ଶୋଷ କଲା, ଶୋଷରେ ତୋଟି ଶୁଖିଯାଉଥାଏ, ଏକେ ସୁକୁମାର ଜୀବନ, ତା ଉପରେ ଉଦୁଉଦିଆ ଖରା; ରଜାପୁଅର ଆଉ ଖୋଜେ ଆଗକୁ ଯିବାର ସାମର୍ଥ୍ୟ ନାହିଁ। ପାଖରେ ଆଖରେ କେଉଁଠି ପାଣି ନାହିଁ। ମନ୍ତ୍ରୀପୁଅ ଗୋଟାଏ ଡେଙ୍ଗା ଗଛ ଉପରେ ଚଢ଼ି ଚାରିଆଡ଼କୁ ଅନିଷା କଲା। ଦେଖିଲା, ବହୁତ ଦୂରରେ ଚିଲ ବଗ ଉଡୁଛନ୍ତି। ଦିଗ ବାରି ବାରି ପକ୍ଷିରାଜ ଘୋଡ଼ାରେ ଚଢ଼ିଲା, ରଜାପୁଅକୁ କହିଗଲା, 'ତୁମେ ଥାଅ, ମୁଁ ଏହିକ୍ଷଣି ପାଣି ଆଣି ଦେବି'। ଚାହୁଁ ଚାହୁଁ ମୁହୂର୍ତ୍ତକେ ଘୋଡ଼ା ଯାଇଁ ଗୋଟିଏ ପୋଖରୀକୂଳରେ ପହଞ୍ଚିଲା। ଉତ୍ତମ ସୁନ୍ଦର ପୋଖରୀଟିଏ, ପୋଖରୀରେ ଗୋଟିଏ ତୁଠ, ଶଙ୍ଖମଲମଲ ପାହାଚ, ସେଠେଇଁ ଜନପ୍ରାଣୀର ଚିହ୍ନ ନାହିଁ। ମନ୍ତ୍ରୀପୁଅ ପୋଖରୀରୁ ପେଟେ ପାଣି ପିଇଲା, ପାଣି ଦୁଧ ପରି ସୁଆଦ ଲାଗିଲା। ପୋଖରୀ ପାହାଚ ଉପରେ ଗୋଟିଏ ଦିବ୍ୟ ସୁନ୍ଦର ସ୍ତିରୀ ରୂପଟିଏ ପଥରରେ ଲେଖା ହୋଇଛି। ମନ୍ତ୍ରୀପୁଅ ମନେ ମନେ ବିଚାରିଲା, କାଳେ ସଙ୍ଗାତ କହିବେ, ଏ ସୁଆଦିଆ ପାଣି ଯେଉଁ ପୋଖରୀରୁ ଆଣିଲ, ସେ ପୋଖରୀ ମୁଁ ଦେଖିବି। ଯା କହି ଯେବେ ଏ ପୋଖରୀକୂଳକୁ ଆସନ୍ତି, ଏ ରୂପକୁ ଦେଖି କାଳେ କହିବେ ଯେ ଏ ସ୍ତିରୀରୁ ମୁଁ ବିଭା ହେଲେ ଯିବି। ତାହାହେଲେ ବଡ଼ ବ୍ୟସ୍ତ କଥା ହବ। ଯା ବିଚାରି ସେ ପଥର ରୂପରେ ଆଚ୍ଛା କରି ମେଞ୍ଚାଏ ପଙ୍କ ବୋଳି ଦେଲା। ଯେଉଁ ପାଣି ମନ୍ଦାକ ନେଉଥିଲା, ସେଥିରେ ପଙ୍କ ଗୋଳି ରଜାପୁଅ ପାଖକୁ ନେଇଗଲା। ରଜାପୁଅ ପାଣି ମନ୍ଦାକ ପିଇଲା, ଭାରି

ସୁଆଦିଆ ଲାଗିଲା । ସଙ୍ଗାତକୁ କହିଲା, ଚାଲ ଏ ପୋଖରୀକୂଳକୁ ଯିବା । ସଙ୍ଗାତ କେତେ ବାହାନା ଫାନ୍ଦି ରଜାପୁଅ କଥାକୁ ଭାଙ୍ଗିଲା, କିନ୍ତୁ ରଜାପୁଅ ଏକା ଜିଦ୍ ଧଇଲା । ପଛକୁ ଦିହିଙ୍କି ଦିହେଁ ଘୋଡ଼ା ଚଢ଼ି ସେ ପୋଖରୀକୂଳକୁ ଗଲେ । ପୋଖରୀକୂଳ କଦମ୍ବଗଛମୂଳେ ଘୋଡ଼ା ଦିହିଁଙ୍କି ବାନ୍ଧିଲେ । ରଜାପୁଅ ପୋଖରୀତୁଠରୁ ପେଟେ ପାଣି ପିଇଲା, ପିଇ ସାରି ପାହାଚ ଉପରକୁ ଚାହିଁଲା ବେଳକୁ ମେଞ୍ଚାଏ କାଦୁଅ ମରିଛି । ମନ୍ତ୍ରୀପୁଅକୁ ପଚାରିଲା, ଏ କଣ ? ମନ୍ତ୍ରୀପୁଅ କହିଲା, ତୁଠରେ ମାଇପେ ଗାଧୋଇ ସାରି ଦୁତୀଆ ଓଷା ପୂଜା କରିଛନ୍ତି । ରଜାପୁଅର ଏକା ଜିଗର, ଚାରି ଆଞ୍ଜୁଳା ପାଣି ଫୋଫାଡ଼ି ଧୋଇଲା ବେଳକୁ ଉତ୍ତମ ସୁନ୍ଦର ସ୍ତିରୀକୁ ରୂପଟିଏ ଦିଶିଲା । ରଜାପୁଅ ସେ ରୂପକୁ ଦେଖି କହିଲା, ଏ ସ୍ତିରୀକୁ ଆଣି ମୋତେ ବିଭା ଦେଲେ ମୁଁ ଏଠଉଁ ଯିବି । ମନ୍ତ୍ରୀପୁଅକୁ ବଡ଼ ଭାଳେଣି ପଡ଼ିଲା । ସନ୍ଧ୍ୟା ବୁଡ଼ିଲାରୁ ଦି'ଘୋଡ଼ାଙ୍କୁ ସେ କଦମ୍ବ ଗଛମୂଳେ ବାନ୍ଧି ଦି'ସଙ୍ଗାତଯାକ ଗଛରେ ଚଢ଼ିଲେ । ନିର୍ଜନ ଥାନ, ନିଶା ଗରଜିଲା ବେଳକୁ ସେ ପୋଖରୀରୁ ଏକ ଅହିରାଜ ସାପ ବାହାରିଲା । ମୁଣ୍ଡରେ ଗୋଟିଏ ମଣି ଜଳୁଛି, ଆଡ଼ ଦୀର୍ଘରେ କୋଶେ ବାଟ ଆଲୁଅ ହେଇଛି । ସାପ ସେ ମଣିଟିକି ପୋଖରୀତୁଠରେ ରଖିଦେଇ ଚରିବାକୁ ଗଲା । ରଜାପୁଅ ମନ୍ତ୍ରୀପୁଅକୁ କହିଲା, 'ସଙ୍ଗାତ ! ମୁଁ ଯାଉଛି, ସେ ମଣିକି ଆଣିବି । ମଣିଟିକି ଧଇଲା କ୍ଷଣି ସାପ ଯେତେବେଳେ ମୋତେ ଖାଇବାକୁ ଗୋଡ଼େଇବ, ତୁମେ ସେତିକିବେଳେ ଖଣ୍ଡାରେ ସେ ସାପକୁ ହାଣି ଦବ ।' ଅହିରାଜ ସାପ ଆସି ଆଗ କରି ଘୋଡ଼ା ଦିହିଙ୍କୁ ଗିଳିଲା । ଚରୁ ଚରୁ ଖଣ୍ଡେ ଦୂରକୁ ବାହାରି ଗଲା । ରଜାପୁଅ ମନ୍ତ୍ରୀପୁଅ ଦୁହେଁ ଗଛରୁ ଓହ୍ଲାଇଲେ । ରଜାପୁଅ ସେ ମଣିଟିକି ଆପଣା ପାଗ ଭିତରେ ଗୁଡ଼େଇଲା ବେଳକୁ ସାପ କୁଆଡ଼େ ଥିଲା, ରଜାପୁଅ ଉପରକୁ ଚମକି ଆସିଲା । ସେତିକିବେଳକୁ ମନ୍ତ୍ରୀପୁଅ ଖୋଳରୁ ଖଣ୍ଡା ବାହାର କରି ଠିକ୍ କରି ରଖିଥିଲା, ସାପ ବେକରେ ଚୋଟେ ପକେଇଇା । ସାପ ମଲା । ରଜାପୁଅ ମନ୍ତ୍ରୀପୁଅ ସେ ମଣିକି ଧରି ପାଣିରେ ପଶିଲେ । ଯହୁଁ ଯହୁଁ ପାଣିରେ ପଶୁ ଥାଆନ୍ତି, ପାଣି ଆଡ଼େଇ ହେଇ ଯାଉଥାଏ । ପୋଖରୀ ଭିତରେ ଦେଖିଲା ବେଳକୁ ଉତ୍ତମ ସୁନ୍ଦର ନଅର ହୋଇଛି, ପଦାରେ କେହି ନାହିଁ । ନଅର ଭିତରେ ଗୋଟିଏ ଦିବ୍ୟସୁନ୍ଦର ସ୍ତିରୀ ପଲଙ୍କରେ ଶୋଇଛି । ସେ ଦି' ସଙ୍ଗାତଙ୍କୁ ଦେଖିଲା କ୍ଷଣି କହିଲା, 'ଆହା । କାହିଁକି ଅଇଲ ? ଏହିକ୍ଷଣ ନାଗରଜା ଅଇଲେ ଗିଳି ପକେଇବ ।' ମନ୍ତ୍ରୀପୁଅ ସବୁ କଥା କହିଲାରୁ ସେ ଆପଣା କଥାଯାକ ତାଙ୍କ ଆଗରେ କହିଲା । କହିଲା, 'ଏ ମୁଲକ ନାଗରଜାର ମୁଲକ । ମୁଁ ନାଗରଜାର ଝିଅ । ନିତି ନାଗରଜା ଯାହା ଆଣି ଦିଏ, ମୁଁ ଖାଏଁ । ଆଉ ପଦାକୁ ବାହାରେ ନାହିଁ । ଏକା ଗାଧୋଇବା ବେଳକୁ ମନପବନ ଡଙ୍ଗାରେ ପୋଖରୀତୁଠକୁ ଯାଏଁ ।

ଗାଧୋଇ ପାଧୋଇ ସେହି ଡଙ୍ଗାରେ ନଅରକୁ ଫେରି ଆସେ। ମୁଁ ସେ ରୂପକୁ ତୁଠ ପଥର ଉପରେ ଲେଖିଥିଲି। ସତ୍ୟ କରିଥିଲି, ଯେ ଏ ରୂପକୁ ଦେଖି ମୋ ପାଖକୁ ଅସିବ, ମୁଁ ତାକୁ ବିଭା ହେବି।' ରଜାପୁଅ ମନ୍ତ୍ରୀପୁଅକୁ କହିଲା, 'ସଙ୍ଗାତ ଏ ସ୍ତିରୀଟିକି ଦିହେଁଯାକ ପାଇଲେ, ଯାକୁ ଦିହେଁଯାକ ବିଭା ହେବା।' ମନ୍ତ୍ରୀପୁଅ ହରସ୍ତାପ ନାହିଁ କଲା। ରଜାପୁଅ ବିଭା ହେବାର ଠିକ୍ ହେଲା। ମନ୍ତ୍ରୀପୁଅ କହିଲା, "ସଙ୍ଗାତ, ତୁମେ ଏଠେଇଁ ଥାଅ। ମୁଁ ଆମ ମୁଲକକୁ ଯାଇ ତୁମ ବାପ ରଜାଙ୍କୁ ଜଣା କରି ଯାନ, ବାହନ, ଚତୁରଙ୍ଗ ବଳ ସାଙ୍ଗରେ ଘେନି ଆସିବି, ବିଭାଘର ହବ। ମନ୍ତ୍ରୀପୁଅ ହାତରେ ମଣିଟିକି ଧଇଲା, ପାଣିରେ ବାଟ ଫିଟିଗଲା। ଏଣୁ ଉପରକୁ ଆସି ଆପଣା ମୁଲକକୁ ଗଲା। ମନ୍ତ୍ରୀପୁଅ ସଙ୍ଗରେ ମଣିଟି ଥାଏ। ଏଣେ ନିତି ସେ କନ୍ୟାଟି ମନପବନ ଡଙ୍ଗାରେ ଚଢ଼ି ପୋଖରୀତୁଠକୁ ଆସେ, ଗାଧୋଇ ସାରି ଫେର ପୋଖରୀ ଭିତରକୁ ଯାଏ। ସେ ଦେଶର ରଜା ଆସିଥିଲେ ପାରିଧିକି। ଦିନେ ସେ କନ୍ୟାକୁ ପୋଖରୀ-ତୁଠରେ ଦେଖିଲେ। ପାଖକୁ ଗଲାବେଳକୁ କନ୍ୟା ମନପବନ ଡଙ୍ଗାରେ ଚଢ଼ି ପଳେଇଲା। ଇମିତି ନିତି ଯାନ୍ତି, ନିତି ସେ କନ୍ୟା ପଳାଏ। ରାଜା ତାଙ୍କ ମୁଲକର ୧୨୦୦ ବଢ଼େଇଙ୍କି ଡକାଇଲେ। କହିଲେ, 'ଯେବେ କାଲି ସକାଳକୁ ମନପବନ ଡଙ୍ଗା ତିଆରି କରି ଆଣି ଦବ, ତେବେ ତୁମ ମୁଣ୍ଡ ରହିବ, ନଇଲେ କାଲି ସକାଳୁ ସବଂଶ ମୁଣ୍ଡକାଟ ହେବ।' ଗୋଟିଏ ବୁଢ଼ା ବଢ଼େଇ ଅତି ବ୍ୟସ୍ତ ହୋଇ ଗୋଟିଏ କଦମ୍ବ ଗଛମୂଳରେ ଶୋଇଲା। ରାତିଯାକ ନିଦ ମାଡ଼ିବାକୁ ନାହିଁ। ସେ ଗଛରେ ଫୁଲଶାଗୁଣାଟିଏ ବସା କରି ଥାଏ, ରାତିକି ବସାକୁ ଫେରି ଆସିଲା ବେଳକୁ ଛୁଆଯାକ କେଁ କଟର ହେଲେ ଖାଇବେ ବୋଲି। ଫୁଲଶାଗୁଣା ପିଲାଙ୍କୁ ବୋଧ ଦେଇ କହିଲା, 'ଆଜି ଯାହା ଆଣିଛ ଖାଇ ଶୁଅ, କାଲିକି ୧୨୦୦ ବଢ଼େଇ ସବଂଶେ ହାଣ ହେବେ, କାଲି ଯେତେ ଇଚ୍ଛା ମନବୋଧ କରି ଖାଇବ। ସତେ କଣ ବଢ଼େଇ ମନପବନ ଡଙ୍ଗା ତିଆରି କରିବେ ଯେ ହାଣରୁ ବର୍ତ୍ତିବେ? ଶାଗୁଣାଛୁଆ ଜିଗର କରି ମା'କୁ ପଚାରିଲେ, 'କେଉଁ ଗଛରେ ଭଲା ସେ ଡଙ୍ଗା ତିଆରି ହେବ?' ମା' କହିଲା, 'ଆମେ ଯେଉଁ ଗଛରେ ଅଛୁଁ, ସେଇ ଗଛରେ ମନପବନ ଡଙ୍ଗା ତିଆରି ହୁଅନ୍ତା।' ବୁଢ଼ା ବଢ଼େଇ ଯା ଶୁଣି ଭାରି ଖୁସି ହେଲା। ଆଉ ବଢ଼େଇଯାକଙ୍କୁ ଉଠାଇଲା। ସକାଳେ ସେ ଗଛକୁ ହାଣି ମନପବନ ଡଙ୍ଗା ତିଆରି କରି ରାଜାଙ୍କୁ ଭେଟି ଦେଲେ। ରଜା ସେ ଡଙ୍ଗାରେ ଚଢ଼ି କହିଲେ, 'ମନେପବନ ଡଙ୍ଗା ରେ! ସେ କନ୍ୟା ଯେଉଁଠି ଥିବ ମତେ ଦବୁ।' ମନପବନ ଡଙ୍ଗା ଗଲାବେଳକୁ କନ୍ୟା ପୋଖରୀତୁଠରେ ଗାଧୋଉଥିଲା। ରଜା ସେ କନ୍ୟାକୁ ଘେନି ଆସିଲେ। ମନ୍ତ୍ରୀପୁଅ ତ ଆଗରୁ ମଣି ନେଇ ଯାଇଛି, ଫେରି ନାହିଁ।

କନ୍ୟା ତ ମନପବନ ଡଙ୍ଗାରେ ବସି ଗାଧୋଇବାକୁ ଯାଇଛି। ସେ ରହିଲା ସେଇ ଆଢ଼େ। ରଜାପୁଅ ପୋଖରୀ ଭିତରେ ନଅରରେ ଏକୁଟିଆ ବସିଛି। ମଣି ଥିଲେ ସିନା ପଦାକୁ ଯାଅନ୍ତା ! ନଅରରେ ବଡ଼ ଭାବନାରେ ଥାଏ। ଦିନାକେତେ ଗଲାରୁ ମନ୍ତ୍ରୀପୁଅ ଯାନବାହାନ ଘେନି ପୋଖରୀକୂଳରେ ଆସି ପହଞ୍ଚିଲା। ପୋଖରୀ କୂଳରେ ମଣିଷଯାକ ରଖି ମଣିକି ଧରି ପାଣିରେ ପଶିଲା। ନଅର ଭିତରେ ଦେଖିଲାବେଳକୁ ରଜାପୁଅ ଏକୁଟିଆ ଅଛି, କନ୍ୟାଟି ନାହିଁ। କନ୍ୟାକୁ ଖୋଜିବାକୁ ଆସିଲା। ରଜାପୁଅକୁ କହିଲା, ‘ସଙ୍ଗାତ ! ତୁମେ ଥାଅ, ମୁଁ କନ୍ୟାକୁ ଘେନି ଆସିବି, ତୁମେ ଭାବନା କରିବ ନାହିଁ। ମୁଁ ନିଶ୍ଚେ ଫେରି ଆସିବି।’ ଯା କହି ରଜାପୁଅକୁ ନଅରରେ ଛାଡ଼ି କନ୍ୟା ଅନିଷାରେ ଗଲା। ପୋଖରୀକୂଳରେ ଯେତେକ ମଣିଷ ଥିଲେ, ତାଙ୍କୁ ଆପଣା ମୂଲକକୁ ବିଦା କରି ଦେଲା। ସବୁ ଦେଶରେ ବୁଝୁଥାଏ, କେଉଁ ରଜା ନୂଆ ବିଭା ହେଇଛି। ପଛକୁ ଏ କନ୍ୟାକୁ ଯେଉଁ ରଜା ନେଇଥିଲେ, ସେ ଦେଶରେ ଏକ ମାଲୁଣୀ ଘରେ ପହଞ୍ଚିଲା। ମାଲୁଣୀ କହିଲା, ‘ଆମ ଦେଶ ରଜା ଏକ ପୋଖରୀରୁ କନ୍ୟାଟିଏ ଆଣିଛନ୍ତି, ସେ କନ୍ୟାର ବାର ବରଷ ତପସ୍ୟା ପୂରିଲେ ତାକୁ ବିଭା ହେବେ। ତପସ୍ୟା ପୂରିବାଯାକେ କନ୍ୟା ରହିବାକୁ ଅଲଗା ନଅର ତୋଳି ଦେଇଛନ୍ତି, କନ୍ୟା ସେଠେଇଁ ଅଛି। ମନ୍ତ୍ରୀପୁଅ ଯା ଶୁଣି ରଜାଙ୍କ ପାଖରେ କହିଲା, ‘ମୁଁ ଚାକିରି କରିବାକୁ ଆସିଛି।’ ରଜା ପଚାରିଲେ, ‘କି ଚାକିରି କରିବ ?’ ମନ୍ତ୍ରୀପୁଅ କହିଲା, ‘ମୁଁ ମଣିମାଙ୍କ ନଅର ରାତିରେ ପହରା କରିବି, ରାତିଯାକ ମୋର ପଲକ ପଡ଼ିବ ନାହିଁ।’ ରଜା ହୁକୁମ ଦେଲେ, ମନ୍ତ୍ରୀପୁଅ ଯାଇ ନୂଆ ନଅରରେ ପହରା ଦେଲା। ଅଧରାତି ହେଲା, ଯାଇଁ କନ୍ୟା ପାଖରେ ପହଞ୍ଚିଲା। କନ୍ୟା ମନ୍ତ୍ରୀପୁଅକୁ ଚିହ୍ନିଲା। କେମିତି ଏଠଉଁ ପଳେଇବେ, ଦିହେଁଯାକ ଏଇ ବିଚାର କଲେ। ରଜା ତାଙ୍କ ମନପବନ ଡଙ୍ଗାକୁ ଯେଉଁଠି ରଖିଥିଲେ, ତାକୁ ସୂତ୍ର କରି ଖଞ୍ଜରେ ଆଣି କନ୍ୟାକୁ ସେଥିରେ ବସେଇ ଆସି ପୋଖରୀକୂଳରେ ପହଞ୍ଚିଲେ। ମନ୍ତ୍ରୀପୁଅ ପାଖରେ ତ ମଣିଟି ଥାଏ ! ମଣିଟି ଧରି ଦିହେଁଯାକ ରଜାପୁଅ ପାଖରେ ପହଞ୍ଚିଲେ। ସେ ନଅର ଭିତରେ ଯେଉଁଠି ଯାହା ଧନ ଦରବ ଥିଲା, ସବୁ ଲୁଣ୍ଠେଇ ପୁଣ୍ଠେଇ ନେଇ ଆପଣା ଦେଶକୁ ବାହାରିଲେ। ବାଟରେ ଯାଉଁ ଯାଉଁ ଗୋଟିଏ ମଠ ପଡ଼ିଲା। ସେ ମଠ ମହନ୍ତ ମରି ଯାଇଥାଆନ୍ତି। ତାଙ୍କର ଦି’ ଚେଲା। ଚେଲାଙ୍କ ଭିତରେ କଜିଆ ଲାଗିଛି, ମହନ୍ତଙ୍କ କଠଉ, ଝୁଲି, ବେତ ଯାକୁ କିଏ ନେବ ? ଦି’ ଚେଲା ଯାକ ରଜାପୁଅ ମନ୍ତ୍ରୀପୁଅକୁ ଭଲଲୋକ ମାନିଲେ। ଏ ପଚାରିଲେ, ‘ଏଥିପାଇଁ କିଆଁ ଏତେ କଜିଆ ଲାଗିଛି ?’ ଚେଲାଏ କହିଲେ, ‘ଏ କଠଉକୁ ମାଡ଼ିଲେ ବ୍ରହ୍ମାଣ୍ଡ ଯାକ ଦଣ୍ଡକେ ବୁଲି ଆସିବ, ଏ ଝୁଲାମୁଣିକି ଝାଡ଼ି ଦେଲେ ଲକ୍ଷେ ଲୋକଙ୍କର ଖାଇବା

ସାମଗ୍ରୀ ଗଳି ପଡ଼ିବ, ଏ ବେତ ଚାରି ପବକୁ ଧୋଇ ରଖିଦେଲେ ଏଥିରୁ ୩୬ ପାଟକ ଦଣ୍ଡକେ ଜନ୍ମ ହୋଇ ପଡ଼ିବେ।' ଯା ଶୁଣି ମନ୍ତ୍ରୀପୁଅ କହିଲା, 'ତୁମେ ଦୁହେଁଯାକ ଦୌଡ଼, ଯେଉଁ ଜଣକ ଘଡ଼ିକେ କୋଶେ ବାଟ ଦଉଡ଼ି ଯିବ, ସେ ଯାକୁ ସବୁ ନବ।' ଦୁହେଁଯାକ ପାରୁ ପର୍ଯ୍ୟନ୍ତ ଦଉଡ଼ିଲେ। ଏଣେ ରଜାପୁଅ ମନ୍ତ୍ରୀପୁଅ ସେ କଠଉ, ଝୁଲି, ବେତ ନେଇ ଡିଆଁ ମାରି ଦେଲେ। ଏ କଠଉ ହେରିକା ନେଇ ରଜାପୁଅ ବାଟରେ ମନ୍ତ୍ରୀପୁଅକୁ କହିଲା, 'ସଙ୍ଗାତ ! ଆମର ତ ସଙ୍ଗରେ ସବୁ ଅଛି, ଏଇଠି ବିଭା ହୋଇ ଘରକୁ ଯିବା।' ବେତକୁ ପବ ଧୋଇ ରଖି ଦେଲାରୁ ସେଥିରେ ୩୬ ପାଟକ ଜନ୍ମ ହେଲେ। ଝୁଲିମୁଣିକି ଝାଡ଼ି ଦେଲାରୁ ୩୬ ପାଟକଯାକ ଖାଇ କରି ବୋଧ ହେଲେ। ସେଠଉଁ ଯାଇ ଖଣ୍ଡେ ଦୂରରେ ଗୋଟିଏ ପୋଖରୀ ଦେଖିଲେ, ତା କୂଳରେ ଦେଉଳଟିଏ ଅଛି, ସେଠେଇଁ ବେଳ ବୁଡ଼ିଗଲା, ସେଠେଇଁ ରହିଲେ। ଦୈବଯୋଗକୁ ସେ ଦିନ ସେହି ପୋଖରୀରେ ବାରିଣୀ ଯୋଗ ପଡ଼ିଥାଏ। ରାତିରେ ବହୁତ ଲୋକ ସ୍ନାନ କରିବାକୁ ଆସିଲେ। ରଜାପୁଅ, କନ୍ୟା ଦୁହେଁଯାକ ଶୋଇ ପଡ଼ିଲେ। ମନ୍ତ୍ରୀପୁଅ ବଡ଼ ଚତୁର। ରାତିଯାକ ଚେଇଁ ଥାଏ, କଡ଼ ମାଡ଼ି ପଡ଼ିଥାଏ, ଯେ ଯାହା ପୋଖରୀତୁଠରେ କଥାବାର୍ତ୍ତା ହେଉଥାନ୍ତି, ଶୁଣୁଥାଏ। ପହିଲେ ଦେବଲୋକମାନେ ସେ ପୋଖରୀରେ ବୁଡ଼ି ପକେଇବାକୁ ଆସିଲେ। ଗାଧୋଇ ସାରି ଗଲାବେଳେ ଜଣେ କହିଲା, 'ଦେଖିଲଣି, ଏଠେଇଁ କି ସୁନ୍ଦର ବର କନ୍ୟା ଯୋଡ଼ିଏ ଶୋଇଛନ୍ତି।' ଆଉ ଜଣେ କହିଲା, 'ହେଲେ କଣ ହେବ, ଏ ରଜାପୁଅ ନଅରକୁ ଗଲାବେଳେ ତା ଉପରେ ମେଘନାଦ ପାଚିରି ଭାଙ୍ଗି ପଡ଼ିବ, ଏ ମରି ଯିବ।' ପହିଲୁ ଜଣକ କହିଲା, 'ଭଲା, ଏଥିକି କିଛି ଉପାୟ ନାହିଁ ?' ଆର ଜଣକ କହିଲା, 'ଯେବେ କେହି ଲୋକ ଆଗରୁ ସେ ପାଚିରିକି ଭଙ୍ଗେଇ ଦବ, ତେବେ ଏ ରଜାପୁଅ ବଞ୍ଚିବ। ଏ କଥାକୁ ଯେବେ କିଏ ପ୍ରଘଟ କରିବ, ତେବେ ସେ ପଥର ପାଲଟି ଯିବ।' ଫେର ଘଡ଼ିକ ବାଦ ପିତୃଲୋକେ ସେ ଘାଟକୁ ଗାଧୋଇ ଆସିଲେ। ଗଲାବେଳେ କଥାବାର୍ତ୍ତା ହୋଇ ଗଲେ, 'ରଜାପୁଅ ପକ୍ଷିରାଜ ଘୋଡ଼ା ଉପରେ ନଅରକୁ ବିଜେ କଲାବେଳେ ପକ୍ଷିରାଜ ଘୋଡ଼ା ତାକୁ ନେଇ ସମୁଦ୍ରରେ ମାଡ଼ି ଦବ। ଯେବେ କିଏ ଆଗରୁ ସେ ଘୋଡ଼ାକୁ ହଣେଇ ଦବ, ତେବେ ରଜାପୁଅ ବଞ୍ଚିବ। ଏ କଥାକୁ କିଏ ଯେବେ ପ୍ରଘଟ କରିବ, ତେବେ ସେ ପଥର ପାଲଟି ଯିବ।' ଆର ପହରକୁ ନାଗଲୋକେ ସେଠିକି ଆସିଲେ। ଗଲାବେଳେ କଥାବାର୍ତ୍ତା ହେଲେ– 'ରଜାପୁଅ ଘରେ ପହଞ୍ଚିଲାରୁ ସାବତ ମା ପହିଲେ ସୁନା ଥାଳିରେ ଯେଉଁ ଭାତ ଆଣିବ, ସେଥିରେ ବିଷ ଗୋଳିଥିବ। ରଜାପୁଅ ତାକୁ ଖାଇ ମରିବ। ଯେବେ କିଏ ସେ ଭାତ ଥାଳିକି ପୋତେଇ ପକେଇବ, ତେବେ ରଜାପୁଅ ବଞ୍ଚିବ।

ଏ କଥାକୁ ଯେ ପ୍ରଘଟ କରିବ, ସେ ପଥର ପାଲଟି ଯିବ।' ରାତି ଶେଷ ପହରକୁ ନରଲୋକେ ଗାଧୋଇବାକୁ ଆସିଲେ। ଗଲାବେଳେ କଥାବାର୍ତ୍ତା ହେଲେ, 'ମହୁଶଯ୍ୟା ଦିନ ରାତିରେ ଏ ଦୁହେଁ ପଲଙ୍କରେ ଶୋଇଥିବେ, ଖଟଖୁରାରୁ ଏକ ନାଗ ସାପ ବାହାରି ରଜାପୁଅକୁ ଦଂଶିବ। ଯେବେ କିଏ ରାତିଯାକ ଖଟ ପାଖରେ ପହରା ଦେଇ ସେ ସାପ ବାହାରିଲାବେଳେ ସାପକୁ ହାଣି ଦବ, ତେବେ ରଜାପୁଅ ବଞ୍ଚିବ। ଏ କଥାକୁ ଯେ ପ୍ରଘଟ କରିବ, ସେ ପଥର ପାଲଟି ଯିବ।' ମନ୍ତ୍ରୀପୁଅ ଏ କଥା ସବୁ ଶୁଣିଥାଏ। ସକାଳୁ ଉଠି ରଜାପୁଅକୁ କହିଲା, 'ସଙ୍ଗାତ ! ମୁଁ ଆଗରେ ଯାଇ ରଜାଙ୍କୁ ତୁମ ଆସିବା କଥା ଜଣା କରିବି।' ଯା କହି ଆଗରେ ରଜାଙ୍କ ଛାମୁରେ ଆସି ପହଞ୍ଚିଲା। କହିଲା, 'ମଣିମା ! ତୁମ ପୁଅ ବିଭା ହେଇ ଯାନ ବାହନ ଘେନି ଆସୁଛନ୍ତି। ଛାମୁଙ୍କୁ ଖବର ଦେଇଛନ୍ତି, ମେଘନାଦ ପାଚିରିଟା ଭଙ୍ଗା ଯିବ, ପକ୍ଷିରାଜ ଘୋଡ଼ାର ମୁଣ୍ଡ କଟା ହେବ।' ରଜା ବିଭାଘର କଥା ଶୁଣି ଭାରି ଖୁସି ହେଲେ। ରଜାଙ୍କ ହୁକୁମରେ ଦଣ୍ଡକ ଭିତରେ ମେଘନାଦ ପାଚିରି ଭଙ୍ଗା ହେଲା, ପକ୍ଷିରାଜ ଘୋଡ଼ାର ମୁଣ୍ଡ କଟା ହେଲା। ରଜାପୁଅ ଆସି ଘରେ ପହଞ୍ଚିଲା ବେଳକୁ ମା ସୁନା ଥାଳିରେ ଭାତ ଘିନି ଆସି ପହଞ୍ଚିଲେ। ମନ୍ତ୍ରୀପୁଅ ଜାଗତିଆର ଥାଏ। ରଜାପୁଅକୁ କହିଲା, 'ସଙ୍ଗାତ ! ମୁଁ ତୁମର ଏତେ କାମ କରିଛି, ମୋର ଗୋଟିଏ କଥା ଆଜି ମାନିବ। ତୁମ ସାବତ ମା ଯେଉଁ ଭାତ ଥାଳିକ ଆଣି ତୁମକୁ ଭେଟିବେ, ସେ ଭାତ ଥାଳିକ ତୁମେ ଖାଇବ ନାହିଁ, ପୋତେଇ ପକେଇବ। ମା ପଛକେ ଆଉ ଥାଳିଏ ଭାତ ଆଣି ଦିଅନ୍ତୁ; ତାକୁ ଖାଇବ।' ରଜାପୁଅ ଏ କଥାରେ ସନମତ ହେଲାରୁ ଭାତ ଥାଳିକ ପୋତା ହେଲା। ରାତିରେ ଖିଆପିଆ ସରିଲା, ରଜାପୁଅ ମହୁଶଯ୍ୟାକୁ ବାହାରିଲା। ରଜାପୁଅ କହିଲା, 'ସଙ୍ଗାତ ! ଏଥରକ ତୁମେ ଘରକୁ ଯାଅ।' ମନ୍ତ୍ରୀପୁଅ କହିଲା, 'ସଙ୍ଗାତ ! ମୁଁ ତୁମ ଦୁହିଙ୍କପାଇଁ ଏତେ ଦୁଃଖ ସହିଛି। ଆଜି ରାତିରେ ତୁମେ ବରକନ୍ୟା ମହୁଶଯ୍ୟାରେ ଶୋଇବ, ମୁଁ ଆଜି ରାତିକ ଠିଆ ପହରା ଦେବି, ସକାଳେ ମୋ ସୁଖେ ମୁଁ ଘରକୁ ଯିବି।' ମନ୍ତ୍ରୀପୁଅ କେତେ ଉପକାର କରିଛି, ତା କଥା ଭାଙ୍ଗି ଦେଲେ ଚଳିବ ନାହିଁ। ରଜାପୁଅ କହିଲା, 'ହଉ।' ବରକନ୍ୟା ଶୋଇଲେ, ମନ୍ତ୍ରୀପୁଅ ଚାରି ହତିଆର ବାନ୍ଧି ସେ ପଲଙ୍କ ପାଖରେ ପହରା ଦେଲା। ବରକନ୍ୟା ଶୋଇ ପଡ଼ିଲେ, ଘୁଙ୍ଗୁଡ଼ି ମାଇଲେ। ଖଟ ଖୁରାରୁ ଏକ ନାଗ ସାପ ବାହାରିଲା। ଯେତେବେଳେ ସାପ ଖଟ ବାଡ଼ ଉପରକୁ ଉଠିଲା, ସେତିକିବେଳେ ମନ୍ତ୍ରୀପୁଅ ଖୋଳରୁ ଖଣ୍ଡା ବାହାର କରି ଏକା ଚୋଟକେ ସାପକୁ ଦି'ଗଡ଼ କରିଦେଲା। ହାଣି ଦେଲାବେଳେ ସାପ ଦିହରୁ ଟୋପାଏ ରକତ ଛିଡ଼ିକି କନ୍ୟା ଗାଲରେ ପଡ଼ିଲା। ମନ୍ତ୍ରୀପୁଅ ମଲା ସାପକୁ ନେଇ ଦାଣ୍ଡରେ ପକେଇ ଦେଲା। ଫେର ଆସି ମୁଣ୍ଡରୁ ପାଟ ପାଗ ଫିଟେଇ

ଖଣ୍ଡାରେ ଗୁଡ଼େଇଲା। ଖଣ୍ଡାକୁ ବଢ଼େଇ ଖଣ୍ଡା ଅଗରେ କନ୍ୟା ଗାଲରୁ ସେ ରକତ ଟୋପାକ ପୋଛିଲା ବେଳକୁ ଖଣ୍ଡା ମୂଳ ପାଖ ରଜାପୁଅ ଦିହରେ ଲାଗିଗଲା। ରଜାପୁଅ ଉଠି ବସି ମନ୍ତ୍ରୀପୁଅ ଚୁଟି ଧଇଲା, କହିଲା, 'ମୁଁ ତ ବେଳସୁଁ କହିଲି ଦିହେଁଯାକ ଏ କନ୍ୟାଟି ବିଭା ହବା, ସେତେବେଳେ କିଆଁ ନ ମଙ୍ଗିଲ, ଏତେବେଳେ କିଆଁ ଏ ଖଟ ଉପରେ ହାମୁଡ଼େଇ ପଡ଼ିଥିଲ ? ଏ କଥା କହିବ ଯେବେ କହ, ନଇଲେ ମୁଁ ଏଇଲାଗେ ତୁମକୁ ହାଣି ଦେବି, ମୁଁ ନିଜେ ହାଣି ହୋଇ ମରିବି।' ମନ୍ତ୍ରୀପୁଅର ପ୍ରାଣ ଗଲେ ପଛକେ ଯିବ, ସେଥି ପାଇଁ କିଛି ହାନି ନ ଥିଲା। କାଳେ ରଜାପୁଅ ଆପେ ହାଣି ହେଇ ମରିବ, ତେବେ ମନ୍ତ୍ରୀପୁଅ ଏତେ ଯେ ଶ୍ରମ କରିଛି, ଅକାରଣ ଯିବ। ମନ୍ତ୍ରୀପୁଅ ରଜାପୁଅକୁ ଯେତେ ବୁଝାଇଲା, ରଜାପୁଅ ବୁଝିଲା ନାହିଁ; ଏକା ଜିଦି ଧଇଲା, ନ କହିଲେ ନ ଚଳେ। ଅତି ଜିଗର କଲାରୁ ମନ୍ତ୍ରୀପୁଅ କହିଲା, 'ସଙ୍ଗାତ ! ମୁଁ ଯେବେ ଏ କଥା କହିବି, ତେବେ ପଥର ହୋଇଯିବି। ମତେ କିଆଁ ଏତେ ବଳଉଛ ?' ରଜାପୁଅ ଏ କଥାକୁ ଅପସନ୍ଦ କଲା, କହିଲା, 'ମଣିଷ କେବେ ପଥର ହେଲାଣି ? ତୁମେ ମତେ ଭଣ୍ଡାଉଛ, ତୁମ ମନରେ ଥିଲା, ମତେ ହାଣି ଏ କନ୍ୟାକୁ ବିଭା ହୁଅନ୍ତ।' ମନ୍ତ୍ରୀପୁଅ ୟା ଶୁଣି ମନେ ମନେ ନିଆଁ ହୋଇଗଲା। ପଛକୁ କହିଲା, 'ସଙ୍ଗାତ ! ମତେ ପାସୋରିବ ନାହିଁ। ମୁଁ ପଥର ହେଇଗଲେ ପଥର ଖଣ୍ଡକୁ ତୁମ ଶୋଇବା ବସିବା ଘରେ ରଖି ଦବ। ଯେତେବେଳେ ହେଲେ ଦିହେଁଯାକ ମୋ ଉପରେ ଟିକିଏ ଦୃଷ୍ଟି ପକଉଥିବ।' ୟା କହି ପୋଖରୀକୂଳରେ ଦେଉଳ ପାଖରେ ରାତିରେ ଯାହା ଯାହା ଶୁଣିଥିଲା, ସବୁ କହିଗଲା। ପହିଲୁ ମେଘନାଦ ପାଚିରି କଥା କହି ସାରିଲାରୁ ଗୋଡ଼ ଆଣ୍ଠୁ ପର୍ଯ୍ୟନ୍ତ ପଥର ହୋଇଗଲା। ପକ୍ଷିରାଜ ଘୋଡ଼ା କଥା କହିଲାରୁ ଅଣ୍ଟାଯାଏ ପଥର ପାଲଟି ଗଲା। ଭାତ ଥାଳି କଥା କହିଲାବେଳକୁ ବେକଯାଏ ପଥର ହେଲା। ସାପ କଥା କହିଲାବେଳକୁ ମୁଣ୍ଡଟି ପଥର ହୋଇଗଲା। ୟା ଦେଖି ରଜାପୁଅର ଆଉ ବୁଦ୍ଧି ସୁରିଲା ନାହିଁ। ଯିମିତ ଶୋଇଥିଲା, ସିମିତି ଉଠିଲା। ଏ ପଥରକୁ କାନ୍ଧେଇଲା, ବାବାଜୀ କଠଉ ଯୋଡ଼ିକ ମାଡ଼ିଲା, ଝୁଲିମୁଣିଟି, ବେତ ଖଣ୍ଡିକ ଧଇଲା, ମୁଣ୍ଡ ଉପରେ ଖଣ୍ଡାଟି ଥିଲା, ତାକୁ ଧଇଲା, ବାହାରିଲା। କନ୍ୟାକୁ କହିଗଲା- 'ମୁଁ ଯାଉଛି, ସଙ୍ଗାତକୁ ମଣିଷ କରେଇବି, ତେବେ ଘରକୁ ଫେରି ଆସିବି। ଯେବେ ସଙ୍ଗାତକୁ ମଣିଷ କରେଇ ନ ପାରିବି, ତେବେ ସଙ୍ଗାତକୁ ନେଇ ସମୁଦ୍ରରେ ଝାସ ଦେବି।' କନ୍ୟା କେତେ ବୁଝେଇଲା, ବୁଝିଲା ନାହିଁ। ପଛକୁ କନ୍ୟା ଅପଣା କର୍ମକୁ ଆଦରି କାନ୍ଦି ବୋବେଇ ରହିଲା। ରଜାପୁଅ ବିଦେଶ ଗଲା। ସଙ୍ଗାତକୁ ମୁଣ୍ଡେଇ ଏଗାର ବରଷ ବୁଲିଲା। ପଛକୁ ବାର ବରଷ ପୂରି ନ ଥାଏ, ଦିନେ ଯାଇ ଏକ କଦମ୍ବରଛ ମୂଳେ ପହଞ୍ଚିଲା।

ସେ ଗଛରେ ଗୋଟିଏ ଫୁଲଶାଗୁଣା ବସା କରି ଥାଏ। ଛୁଆଗୁଡ଼ିକ ବସାରେ ଛାଡ଼ି ଶାଗୁଣା ଦିନଯାକ ଆଧାର ଖୋଜି ଯାଏ। ସେ ଦିନ ରଜାପୁଅ ସେ ଗଛମୂଳେ ଶୋଇଛି, ଗଛ ଉପରେ ଶାଗୁଣାଛୁଆଯାକ କେଁ କାଁ ହେଲେ। ଏ ଉଠି ଦେଖିଲା, ଏକ ଅଜଗର ସାପ ଗଛ ଉପରକୁ ଉଠୁଛି, ସେ ଛୁଅଙ୍କୁ ଖାଇବ। ରଜାପୁଅ ସାପକୁ ଦେଖିଲାକ୍ଷଣି ଖୋଳରୁ ଖଣ୍ଡା ବାହାର କରି ସାପକୁ ଗଡ଼ ଗଡ଼ କରି କାଟିଲା। ଏଣେ ଫୁଲଶାଗୁଣା ଦିନଯାକ ବୁଲି ବୁଲି ସନ୍ଧ୍ୟାବେଳକୁ ବସାକୁ ନେଉଟି ଆସିଲା। ଛୁଆଙ୍କୁ ଆଧାର ଦେଲାବେଳକୁ ଛୁଆଯାକ କହିଲେ, 'ମାଲୋ ମା! ଅମକୁ କଣ ଖାଇବାକୁ ଦଉଛୁ, ଆମ ଜୀବନ ଆଜି ଯେ ରଖିଛି, ସେ ବାଟୋଇଟି ଗଛମୂଳେ ଶୋଇଛି; ତା କଥା ବୁଝ।' ସେଉଁଠୁ ମା'କୁ ଦିନର ସବୁ କଥାଯାକ କହିଲେ। ମା ଯାଇ ଗଛମୂଳେ ଦେଖେ, ବାଟୋଇଟି ଶୋଇଛି, ଅଜଗର ସାପ ଖଣ୍ଡ ଖଣ୍ଡ ହୋଇ ପଡ଼ିଛି। ବାଟୋଇକି ଉଠେଇଲା, କହିଲା, 'ତୋ ଉପକାର ମୋ ମନରୁ ଯିବ ନାହିଁ। ତୁ କଣ ବର ମାଗୁଛୁ, ମାଗ।' ରଜାପୁଅ ଏ ପଥରକୁ ଦେଖେଇଲା, ସବୁକଥା ଶାଗୁଣାକୁ କହିଲା। ଶାଗୁଣା କହିଲା, 'ଏ ଗଛମୂଳ ମାଟି ଚକଟି ସେ ପଥର ଦିହରେ ବୋଳି ଦେଇ ପାଣି ଦି' ମାଠିଆ ଢାଳି ଦେ'। ରଜାପୁଅ ସତକୁ ସତ ସେଇଆ କଲା ବେଳକୁ ମନ୍ତ୍ରୀପୁଅ ମଣିଷ ହେଇଗଲା। ନିଦରୁ ଉଠିଲା ଭଳି ଆଖି ମଳି କହିଲା, 'ସଙ୍ଗାତ! ମୁଁ କେତେ ଗୁଡ଼ାଏ ଶୋଇ ପଡ଼ିଲି।' ରଜାପୁଅ ହସି କରି ସବୁ ପୂରୁବ କଥା କହିଲା। ଦିହେଁଯାକ କୁଣ୍ଢିଆ କୁଣ୍ଢେଇ ହେଲେ, ଘରକୁ ଫେରି ଆସିଲେ। ଘରେ ଆସି ପହଞ୍ଚି ବେଳକୁ ବାର ବରଷ ହେଇ ଗଲାଣି। ତାଙ୍କୁ ଶୁଧ ହବାକୁ ଉଦ୍ୟମ ଲାଗିଛି। ଦି' ସଙ୍ଗାତ ଆସି ପହଞ୍ଚିଲାରୁ ସମସ୍ତେ ଦେଖି ଆନନ୍ଦ। ରଜାପୁଅ କନ୍ୟାକୁ ନେଇ ଘର ଦୁଆର କଲା। ମୁଁ ଗଲାରୁ କଥା କହିଲା ନାହିଁ।

■

ବଣିଆପୁଅ ରଜାଝିଅ

ଗୋଟିଏ ରାଇଜର ରଜା ମନ୍ତ୍ରୀ ଦିହେଁଯାକ ସଙ୍ଗାତ ହେଲେ। ଦିହିଙ୍କର ଏକାଦିନେ ଦିଓଟି ଉତ୍ତମ ସୁନ୍ଦର ବାଳୁତ ଜନ୍ମ ହେଲେ। ପନ୍ଦର କୋଡ଼ିଏ ବରଷ ଗଲା, ପୁଅ ଦିହେଁ ପାଠ ପଢ଼ି ଯୋଗ୍ୟ ହେଲେ। ଏକା ଦିନକେ ଦିହେଁଯାକ ବିଭା ହେଲେ। ପିଲା ଦିହେଁଯାକ ସଙ୍ଗାତ ବସିଲେ, ବିଦେଶ ବାହାରିଲେ। ସାଙ୍ଗରେ ଦିହେଁ ଦିହିଙ୍କ ଭାରିଯାକୁ ନେଲେ। ଗଲାବେଳେ ସତ୍ୟ କରି ଗଲେ, ଯେବେ ଏକା ସାଙ୍ଗରେ ଦିହିଙ୍କର ପୁଅ ଜନ୍ମ ହେବେ, ତେବେ ଘରକୁ ଘେନି ଆସିବା, ନଇଲେ ଯାହାର ଆଗରେ ପିଲା ହେବ, ସେ ପିଲାଟିକି ବାଟରେ ପକେଇ ଦେଇ ଫେରି ଆସିବା। କେତେ ଦିନ ବୁଲି ବୁଲି ପଛକୁ ଏକ ବନସ୍ତରେ ଘର ତୋଳି ରହିଲେ। ଆଗ କରି ରଜାପୁଅର ଗୋଟିଏ ପୁଅ ହେଲା। ପିଲାଟି ଉତ୍ତମ ସୁନ୍ଦର ପୂନିଅ ଚାନ୍ଦ ପର ଦିଶୁଥାଏ। ରଜାପୁଅ ସତ୍ୟ ତ କରିଛି। କେତେ କାନ୍ଦି ବୋବେଇ ବାଟରେ ଗୋଟିଏ ଗାତରେ ସେ ପିଲାଟିକି ରଖି ତା ଉପରେ ଗୁଡ଼ାଏ ତାଳପତ୍ର ଘୋଡ଼େଇ ଦେଇ ଆସିଲେ। ରଜାପୁଅ ପାଗରୁ ଖଣ୍ଡିଏ ମଣି ଫିଟେଇ ଖଣ୍ଡେ କନାରେ ଗୁଡ଼େଇ ସେ ପୁଅ ବେକରେ ବାନ୍ଧି ଦେଇ ଆସିଲା। ପିଲାଟିକି ଛାଡ଼ି ଦି'ସଙ୍ଗାତ ଘରକୁ ଆସିଲେ। ଦଣ୍ଡକ ବାଦ ସେ ପିଲାଟି କୁଆଁ କୁଆଁ ହେଇ କାନ୍ଦିଲା। ସେ ବାଟେ ଗୋଟିଏ ବୁଢ଼ା ବଣିଆ ତା କାମରୁ ଫେରି ଘରକୁ ଆସୁଥିଲା। ବନସ୍ତରେ କଅଁଳା ପିଲା ରାବ ଶୁଣି ଖୋଜିଲା ବେଳକୁ ଗାତରେ ଏ ଛୁଆଟିକି ପାଇଲା। ବୁଢ଼ା ଆଣ୍ଟୁକୁଡ଼ା। ପିଲାଟିକି ଦେଖିଲାକ୍ଷଣି ତାର ଆଉ ଆନନ୍ଦର ସୀମା ନାହିଁ। ପିଲାଟିକି ଲୁଚେଇ କରି ଆପଣା ଘରକୁ ନେଲା। ଘରଣୀକି କହିଲା, 'ତୁ ମିଛରେ ଦୁଃଖ ପାଇଲା ଭଳି ହୋ, ମୁଁ ଯାଇ ସାଇ ମାଇପଙ୍କୁ ଡାକି ଆଣିଲା ବେଳକୁ ତୁ ଏ ପିଲାଟିକି ଆଗରେ ପକେଇ ଦେଇ ମୂର୍ଚ୍ଛା ଗଲା ପରି ପଡ଼ିଥିବୁ।' ସାଇ ମାଇପେ ଆସିଲାବେଳକୁ ପିଲା କୁଆଁ କୁଆଁ ହୋଇ କାନ୍ଦୁଛି।

ସମସ୍ତେ ଦେଖି କହିଲେ, 'ବୁଢ଼ା ବଣିଆର ଷାଠିଏ ବରଷରେ ପୁଅ ହେଲା। ଏଣେ ବୁଢ଼ା ବଣିଆ ସେ ପିଲାବେକର ମଣିଟିକି ଦେଖିଲା, ସେଥିରେ ରଜାର ନାଁ' ଲେଖା ଅଛି। ସେ ମଣିଟିକି ଆଣି ଘରଣୀକୁ ଦେଇ କହିଲା, 'ୟାକୁ କୁଆଡ଼େ ଫୋପାଡ଼ିବୁ ନାହିଁ।' କେତେବେଳେ ହେଲେ କାମରେ ଆସିବ। ସମସ୍ତେ ଜାଣିବାକୁ ବଣିଆପୁଅ। ସେ ପୁଅଟି ବଢ଼ିଲା, କାମ ଶିଖିଲା। ଆଉ ବଣିଆଏ ଯେଉଁ କାମ ମାସକେ ଶିଖନ୍ତି, ରଜାପୁଅ ସେ କାମକୁ ଘଡ଼ିଖେ ଶିଖେ। ଦିନେ ଆଉ ବଣିଆଙ୍କ ସାଙ୍ଗରେ ଏ ଟୋକା ରଜାଙ୍କ ଘରକୁ କାମ କରିବାକୁ ଗଲା। ସମସ୍ତଙ୍କଠଉଁ ବଢ଼ିଆ କାମ କଲା। ମେଲାଣି ହେଲା ବେଳକୁ ସମସ୍ତଙ୍କୁ ତିନି ସେର ଖୋରାକି ଦେଲେ। ଏ ଟୋକା ମନେ ମନେ ବିଚାରିଲା, ଏଠେଇଁ ଧୂଆ ମୂଳା ଅଧୁଆ ମୂଳା ଏକା ସମାନ, ଏ ରାଇଜରେ କପା ବିଶାକ ଭାଉ ଯାହା, କପୂର ବିଶାକ ଭାଉ ସେଇଆ। ଇମିତି ଅବୁଝା ରାଜା ମୁଲକ ଛାଡ଼ି ପଳେଇବା କାମ। ୟା ବିଚାରି ତହିଁ ଆର ଦିନ ସକାଳୁ ଉଠି ମା'କୁ ନ କହି ଘରୁ ବାହାରି ଗଲା। ମା ବହୁତ କୋଡ଼ି କଚାଡ଼ି ହେଲା। ପଛକୁ ଦିନେ ଦିଦିନ ବାଦ ଅପଣା କର୍ମକୁ ଆଦରି ରହିଲା। ବିଚାରିଲା, 'କର୍ମେ ନ ଥାଇ ଯେବା ଫଳେ, ବିଧାତା ହରଇ ତା ବଳେ।' ଏଣେ ବଣିଆ ଟୋକା ଯାଉଁ ଯାଉଁ ବାଟରେ ସନ୍ଧ୍ୟା ହେଲା। ସେଠେଇଁ ଗୋଟିଏ ବରଗଛ ଓ ଗୋଟିଏ ଓସ୍ତ ଗଛ। ସୁକୁମାର ପିଲା, ଦିନଯାକ ଚାଲି ଚାଲି ଗୋଡ଼ ଥକି ଗଲାଣି। ସେ ଗଛମୂଳେ ବସିଲା। ସେ ଗଛ ଉପରେ ଦିଓଟି ମଣିଷ ବରପତ୍ରକୁ ଓସ୍ତପତ୍ରକୁ ଯୋଡୁଥାନ୍ତି। ଯୋଡ଼ି କରି ତଳକୁ ପକେଇ ଦଉଥାନ୍ତି। ଟୋକା ତାଙ୍କୁ ପଚାରିଲା, 'ଭୋ ମହାତ୍ମା! ତୁମେ କିଏ? ଏଠେଇଁ କଣ କରୁଛ?' ସେ ଦୁହେଁ କହିଲେ, 'ଆମେ ବିହିବିଧାତା। ପରପୁଅକୁ ପରଝିଅ ଖଞ୍ଜୁଛୁ। କିଏ କାହାକୁ ବିଭା ହବ, ସେ କଥା ଆମକୁ ଜଣା।' ଟୋକା ଆପଣା ଗାଁର କେତେ ଲୋକଙ୍କ କଥା ପଚାରିଲା। କିଏ କାହାକୁ ବିଭା ହବ, ବିହିବିଧାତା କହିଦେଲେ। ପଛକୁ ଟୋକା ଆପଣା କଥା ପଚାରିଲା। ବିହିବିଧାତା କହିଲେ, 'ତୁ ଆଜି ରାତିରେ ଏକ ରଜାଝିଅକୁ ବିଭା ହେବୁ।' ଟୋକା ୟା ଶୁଣି ଅପସନ୍ଦ କଲା। ବିହିବିଧାତା କହିଲେ, 'ତୁ ଆମ କଥା ମାନ। ତୁ ଏ ଗଛ କୋରଡ଼ରେ ପଶ। ସ୍ୱରଗରୁ ଅପସରୀମାନେ ବିଭାଘର ଦେଖିବାକୁ ଯିବେ। ରାତିରେ ଆସି ଅପସରୀଯାକ ଏ ଗଛରେ ବସିବେ। ବସିଲାରୁ ଏ ଗଛ ଉଡ଼ିଯାଇ ରଜାଘରେ ପହଞ୍ଚିବ। ତୁ ସେତେବେଳେ କୋରଡ଼ରୁ ବାହାରି ବିଭା ଥାନକୁ ଯିବୁ, ଗଲାରୁ ବିଭା ହବୁ।' ୟା ଶୁଣି ସେ ଟୋକା ଯାଇ ସେ ଗଛ କୋରଡ଼ରେ ପଶିଲା। ସତକୁ ସତ ରାତି ଦି'ତିନି ଘଡ଼ି ହେଲାରୁ ସେ ଗଛକୁ ଅପସରୀମାନେ ଆସିଲେ। ଆସି ବସିଲାକ୍ଷଣି

କୁହୁକରେ ସେ ଗଛଟି ଉଡ଼ିଲା। ଉଡ଼ିକରି ଯେଉଁ ରଜାଝିଅ ବିଭା ହେଉଥିଲା, ସେଠେଇଁ ପହଞ୍ଚିଲା। ସେଠିକି ଲକ୍ଷେ ରଜା ବରଣ ହୋଇ ଆସିଥିଲେ। କିଏ କେତେ ରଙ୍ଗରେ ଆସିଥାଏ। ଯାନ, ବାହାନ, ଚତୁରଙ୍ଗବଳ, ସୈନ୍ୟସାମନ୍ତ ସମସ୍ତଙ୍କ ସାଙ୍ଗରେ ଥାନ୍ତି। ରାତିକି ବରଣସଭା ହେଲା। ରଜାଙ୍କ ପାଇଁ ସବୁ ସୁନା, ରୂପା, ହୀରା, ମୋତି, ମାଣିକର ବେଦୀ ହୋଇଥାଏ। ରଜାଙ୍କ ପାଟହାତୀ ଯାହା ଉପରେ ସୁନା କଳସ ଢାଳିବ, ସେହି ଜେମାକୁ ବିଭା ହବ। ଏଣେ ଏ ବଣିଆଟୋକା ଗଛ କୋରଡ଼ରୁ ବାହାରି ସଭା ପଛଆଡ଼େ ବସିଥାଏ। ହାତୀ ଉପରେ ସୁନା କଳସ ରଖା ହେଲାରୁ ହାତୀକି ସଭା ଭିତରକୁ ଛାଡ଼ିଦେଲେ। ହାତୀ ସଭା ଭିତିରିଯାକ ବୁଲି ଆସିଲା। କାହାରି ଉପରେ ସୁନା କଳସ ଢାଳିଲା ନାହିଁ। ସଭା ପଛଆଡ଼କୁ ଯାଇ ସେ ଟୋକା ଉପରେ କଳସ ଢାଳି ଦେଲା। ସମସ୍ତେ ଦେଖି ଆଚମ୍ୱିତ ହେଲେ। ବୁଝିଲା ବେଳକୁ ସେ ଜାତିରେ ବଣିଆ। ବଣିଆଟାଏ ରଜାଜୋଇଁ ହବ, ସମସ୍ତଙ୍କୁ ଏ କଥା ମାଡ଼ି ପଡ଼ିଲା। ଫେର ଥରେ ହାତୀ ଉପରେ ସୁନା କଳସ ରଖିଲେ, ହାତୀ ନେଇ ଫେର ସେ ଟୋକା ଉପରେ ଢାଳିଲା। ଏହିପରି ତିନି ଥର କଲେ। ତିନିଥରଯାକ ହାତୀ ନେଇ ସେ ଟୋକା ଉପରେ ସୁନା କଳସ ଢାଳିଲା। ରଜା ତ ପୂର୍ବରୁ ସତ୍ୟ କରିଛନ୍ତି, ହାତୀ ଯାହା ଉପରେ କଳସ ଢାଳିବ, ସେଇଯାକୁ ବିଭା କରିଦେବେ। ସେହି ଦିନ ରାତିରେ ବିଭାଘର ହେଲା। ବରକୁ ହଳଦି ଲଗେଇ ଗାଧୋଇ ଦେଲେ, ଅଳତା ସିନ୍ଦୂର ଦେଲେ, ଚନ୍ଦନପାଟୀ ବେଶ କରି ଦେଲେ। ରଜାଘର, କେଉଁ କଥା ଅପୂରୁବ? ହୀରା ନୀଳା ମୋତି ମାଣିକ ସୁନା ରୂପାର ନାନାଦି ଅଳଙ୍କାର ବରକୁ ପିନ୍ଧେଇ ଦେଲେ। ବିଭାଘର ସେହି ରାତିରେ ହେଲା। ସବୁ କଥା ତ ଆଗରୁ ଠିକ୍‌ଠାକ୍ ହୋଇଥିଲା। ବିଭାଘର ସଇଲା, ମହୁଶଯ୍ୟା ହେଲା। ଟୋକା ସେ ଘରେ ଶୋଇଛି, ଜେମା ଅଇଲେ। ଏ ଟୋକା କହିଲା, 'ଏ ଦେଶରେ ମନ୍ଦାଏ ପାଣି ପିଇବାକୁ ମିଳିଲା ନାହିଁ।' ଜେମା କହିଲେ, 'କିଆଁ? ଏ ଘରେ ସୁନା କଳସରେ ବାସପାଣି ଅଛି, ପିଉ ନାହଁ?' ଜୋଇଁ କହିଲା, 'ଆମ ଗାଁରେ ଯେଉଁ ଦୁଧିଆ ପୋଖରୀ ଅଛି, ସେଥିରୁ ମନ୍ଦାଏ ପାଣି ପିଇଲେ ଆଉ କେଉଁଠା ପାଣି ଭଲ ଲାଗିବ ନାହିଁ।' ଫେର ଦଣ୍ଡକ ବାଦ ଜୋଇଁ କହିଲା, 'ଏ ଦେଶରେ ଖଣ୍ଡେ ପାନ ମିଳିଲା ନାହିଁ।' ଜେମା କହିଲେ, 'କିଆଁ? ପଲଙ୍କ ଉପରେ ସୁନା ବଟାରେ ପାନଖିଲ ଅଛି, ଖାଉ ନାହଁ?' ଜୋଇଁ କହିଲା, 'ଆମ ଗାଁରେ ଧନିଆ ତାମ୍ୱିଲୀ କଡ଼ାଏ କଉଡ଼ିକି ଖିଲେ ପାନ ଦିଏ, ସେ ପାନ ଖାଇଲେ ଆଉଠା ପାନ ଭଲ ଲାଗିବ ନାହିଁ। ଦଣ୍ଡକ ବାଦ ଟୋକା କହିଲା, 'ଏଠେଇଁ ମଣିଷ ମୁଠାଏ ଜଳଖିଆ ପାଇଲା ନାହିଁ।'

ଜେମା କହିଲେ, 'ରତ୍ନଥାଳିରେ ଦିବ୍ୟସୁନ୍ଦର ଅମୃତ ଥୁଆ ହେଇଛି, ଖାଅ।' ଟୋକା କହିଲା, 'ଆମ ଗାଁରେ ରାମା ଗୁଡ଼ିଆ ଅଧଲାକୁ ଗୋଟିଏ ମୁଆଁ ବିକେ। ସେ ମୁଆଁରୁ ଖଣ୍ଡେ ଖାଇଲେ ଆଉ କେଉଁଠା ଜଳଖିଆ ସୁଆଦ ଲାଗିବ ନାହିଁ।' ଏହି ସମୟରେ ରାତି ଜାଙ୍ଗୁଲ ଜାଙ୍ଗୁଲ ହେଲା, ବଣିଆ ଟୋକା କଣ ମନକୁ ପାଞ୍ଚିଲା, ଯେଉଁ ଗଛ କୋରଡ଼ରୁ ଆସିଥିଲା, ମହୁଶଯ୍ୟାରୁ ଉଠି ସେହି କୋରଡ଼ରୁ ବାହାରିଗଲା। ଏଣେ ଅପସରୀମାନେ ସେତିକିବେଳେ ଗଛରେ ବସି ଗଛକୁ ଉଡ଼େଇ ନେଲେ। ଗଛ ସନ୍ଧ୍ୟାବେଳେ ଯେଉଁଠି ଥିଲା, ଫେର ତହିଁ ଆର ଦିନ ଖରା ପଡ଼ିଲା ବେଳକୁ ଯାଇ ସେଇଠି। ବଣିଆ ଟୋକା ସେ କୋରଡ଼ରୁ ବାହାରିଲା। କାଲି ରାତି କଥାଯାକ ତାକୁ ସବୁ ଅପସନ୍ଦ ଲାଗୁଥାଏ। କିମିତ ଘରକୁ ଫେରି ଯିବ, ମାକୁ ନ କହି ପଳେଇ ଆସିଛି। ଏଥିରେ ଫେର ବିଭା କଥା କହିଲେ ସମସ୍ତେ ବାୟା ବୋଲି କହିବେ। ଯା ବିଚାରି ଅଳଙ୍କାରଯାକ, ବିଭା ଲୁଗାତକ କାଢ଼ି କରି ଗୋଟିଏ ବୋକଚା କଲା। ବାଟରେ ଆଚ୍ଛା କରି ଗାଧୋଇ ପାଧୋଇ ଘଷିଘାଷି ହୋଇ ସିନ୍ଦୂର ଅଳତା ହଳଦି ନିଭେଇଲା। ଯାଇ ଘରେ ପହଞ୍ଚିଲା। ମା ଘରେ ନ ଥାଏ। ସେ ବୋକଚାଟି ଘର ଭିତରେ ଗାତ ଖୋଳି ପୋତିଲା। ମା ଆସି ପଚାରିଲାରୁ କହିଲା, 'ତୁ ଘରେ ନ ଥିଲୁ, ମୁଁ ଆସି ପହଞ୍ଚିଲି, ମତେ ଭୋକ କଲା, ମୁଁ ହାତରେ ଭାତ ବାଢ଼ି ଖାଇ କରି ଅଇଁଠା ଲିପି ଦେଲି।' ମା ପୁଅକୁ ପାଇ ଆନନ୍ଦରେ ରହିଲା। ଏଣେ ରଜାଝିଅ ସକାଳୁ ଦେଖେ, ବର ନାହିଁ। କେତେ ଥାନ ଖୋଜେଇଲେ, ଜୋଇଁ ମିଳିଲା ନାହିଁ। ପଛକୁ ଡେଙ୍ଗୁରା ଦେଲେ। କେତେ ରଜା ଆସି କହିଲେ, ଆମେ ଜୋଇଁ। କିନ୍ତୁ ମହୁଶଯ୍ୟା ରାତିର ତିନୋଟି କଥା କେହି କହି ପାରନ୍ତି ନାହିଁ, ହାଣ ଖାଆନ୍ତି। ଇମିତି କେତେ ଦିନ ଗଲା। ଜେମା ବୁଦ୍ଧିଏ ପାଞ୍ଚିଲା। ଚାରି ଦିଗକୁ ଚାରି ମଣିଷ ପଠେଇଲା, କହିଲା 'ଯେଉଁଠି ଭଲ ଖାଇବା ରକମ ମିଳିବ, ଆଣିବ' ଯେ ଏ ବଣିଆ ଟୋକା ମୂଳକକୁ ଗଲା, ସେ ଦୁଧିଆ ପୋଖରୀରୁ ପାଣି ଢାଳେ, ଧନିଆ ତାମ୍ବିଳୀଠଉଁ ପାନ ଖଣ୍ଡେ, ରାମା ଗୁଡ଼ିଆଠଉଁ ମୁଆଁ ଗୋଟିଏ ଆଣିଥାଏ। ଆଉ ତିନିଜଣଯାକ ଯାହା ଆଣିଥିଲେ, ଜେମା ମନକୁ ସେମାନ ଆସିଲା ନାହିଁ। ଏ ତିନି ରକମ ଚାଖିଲା। ଜେମା ସେ ମଣିଷକୁ ପଚାରିଲା। ମଣିଷ ରାମା ଗୁଡ଼ିଆ, ଧନିଆ ତାମ୍ବିଳୀ ଏ ଦିହିଙ୍କ ନାଁ କହିଲା। ଜେମା ରାଣୀଙ୍କୁ ତହିଁ ଆର ଦିନ କହିଲା, ମୁଁ ଜୋଇଁକି ଖୋଜିବାକୁ ଯିବି। ଜେମା ଯାଇ ବଣିଆ ଟୋକା ରାଇଜରେ ପହଞ୍ଚିଲା। ସେ ରାଇଜରେ ରଜା ସାଙ୍ଗରେ ଧର୍ମଝିଅ ହେଲା। ରଜାଙ୍କୁ କହି ଏ ବଣିଆ ଟୋକା ଗାଁ ପାଖରେ ଦିବ୍ୟସୁନ୍ଦର ନଅର ତୋଳେଇ ସେଠେଇଁ ରହିଲା। ରଜାଙ୍କୁ କହିଲା,

'ବାପା ! ଏ ଗାଁରୁ ଜଣେ ଲେଖାଏଁ ମଣିଷ ନିତି ରାତିକି ମୋ ନଅରରେ ପହରା ଦେବେ।' ରଜା ସିମିତି ହୁକୁମ ଦେଲେ। ଯେ ପହରା ଦବାକୁ ଆସେ, ଜେମା ତାକୁ ବିଭା ହେବା କଥା ପଚାରେ। କାହା କଥା ଜେମା ମନକୁ ପାଏ ନାହିଁ। ପଛକୁ ସେ ବଣିଆ ଟୋକାର ପାଳି ପଡ଼ିଲା। ଦିହେଁଯାକ ଚିହ୍ନାଚିହ୍ନି ହେଲେ। ଏ ଟୋକା ମାକୁ ତା ଘରଠଉଁ ପାଲଙ୍କିରେ ପାଟ ପୀତାମ୍ବରି ପିନ୍ଧେଇ ନୂଆ ନଅରକୁ ଆଣିଲା। ଟୋକା ବେକରେ ଯେଉଁ ମଣି ବନ୍ଧା ହୋଇଥିଲା, ତାକୁ ରଜାଙ୍କୁ ଦେଖେଇଲା। ରଜା ସେ ଟୋକାକୁ ଆଣି ଗାଦିରେ ବସେଇଲେ। ପୁଅ ବହୂ ଘିନି ଘର କଲେ। ଆମେ ଗଲାରୁ କଥା କହିଲେ ନାହିଁ।

■

ଟିପାଟିପି କଥା

ଗୋଟିଏ ଦେଶରେ ବାପ ଛେଉଣ୍ଡା, ମା ଛେଉଣ୍ଡା ଯୋଡ଼ିଏ ପିଲା ଥାଅନ୍ତି। ବଡ଼ ଭାଇଟି ନାଁ ଟିପା, ସାନ ଭଉଣୀ ନାଁ ଟିପି। ଦିନେ ଟିପା ଟିପି ବିଚାରିଲେ ପିଠା କରନ୍ତେଇଁ। ଗାଁରୁ ମାଗି ଯାଚି ବିରି ଚାଉଳ ପିଠାଖଡ଼ିକା ସବୁ ଆଣିଲେ। ଘରେ ନାହିଁ ଜାଳ। ଟିପାଟିପି ଦିହେଁ କାଠ ଆଣିବାକୁ ବଣକୁ ଗଲେ। ଅଗ୍ନାଅଗ୍ନି ବନସ୍ତ, କୁଆର ଥଣ୍ଟ ନାହିଁ, କି ଚଢ଼େଇର ବେଣ୍ଟ ନାହିଁ। ସେଠେଇଁ ଜନ ପ୍ରାଣୀ ଗୋଟିଏ କେହି ଦିଶୁ ନାହିଁ। ଟିପା ଦଣ୍ଡେ କାଠ ହାଣେ, ଟିକିଏ ବସେ, ବାଳୁତ ପୁଅ, ସୁକୁମାର ଜୀବନ, ଦଣ୍ଡେ ହାଣେ, ଟିକିଏ ବସେ; ଫେର ଟିପି ଉଠେ, ଦଣ୍ଡେ କାଠ ହାଣେ, ଟିକିଏ ବସେ। ଦୁହେଁଯାକ ଏହିପରି କାଠ ହାଣୁଥାନ୍ତି, ଗୀତ ବୋଲୁଥାନ୍ତି, "କାଠ ହାଣୁ ଠୋଠା, ବାଘମାମୁ ଅଙ୍କେ ହଗି ଯା।" ବଣରେ ବାଘମାମୁ ରଜା, କୁଆଡ଼େ ଥିଲା ଆସି ପହଞ୍ଚିଲା। କହିଲା, 'ମୋ ରାଇଜରେ ତୁମେ କିଏ ରେ? ମୋ ବନସ୍ତରୁ କାଠ ହାଣୁଛ, ଫେର ମତେ ଗାଳି ଦଉଛ! ତୁମ ତୋଟି କଣା କରି ରକତ ପିଇବି। ତୁମର ଫେର ଏଡ଼େ ଗରବ!' ପିଲାଲୋକ, ଯା ଦେଖି ଦିହିଙ୍କ ଦେହରୁ ରକତ ଶୁଖିଗଲା। ବେକରେ ପାଳଦଉଡ଼ି ପକେଇ ଲମ୍ବ ହେଇ ବାଘମାମୁ ଗୋଡ଼ତଳେ ପଡ଼ିଲେ। କହିଲେ, 'ବାଘମାମୁ! ଆମେ ପିଠା କରିବୁଁ, ତତେ ପିଠା ଦବୁଁ, ଆମକୁ ଛାଡ଼ି ଦେ।' ବାଘମାମୁ କହିଲା, 'ହଉ'। ସେଥିରୁ ଟିପା ଟିପି କାଠ ଗୋଛିଏଁ ଲେଖାଏଁ ମୁଣ୍ଡେଇ ଘରକୁ ଆସିଲେ। ଘରେ ପିଠା ତିଆରି କଲେ। ଟିପା ପିଠା କରେ, ଟିପି ଖାଏ, ଫେର ଟିପି କରୁଥାଏ, ଟିପା ଖାଉଥାଏ। ଚାଖୁ ଚାଖୁ ପିଠାତକ ଆସି ସରିଲାଣି। ବାଘମାମୁ କଥା ମନେ ପଡ଼ିଗଲା। ଦିହରୁ ରକତ ଶୁଖିଗଲା। ଦଣ୍ଡେ ଗଲାରୁ ବାଘମାମୁ ଆସିଲେ ତ ଆମକୁ ଖାଇବ, କଣ କରିବା? ବିଚାରି ବିଚାରି ଟିପା ଆପଣା ଦିହରୁ ବୁଦ୍ଧି କାଢ଼ିଲା। ଦାଣ୍ଡରୁ ମାଙ୍କଡ଼ା ପଥର ଚାରି ଖଣ୍ଡ ଗୋଟେଇ ଆଣିଲା, ଶିଳରେ ବାଟି ପିଠଉ ତିଆରି

କରି ଯୋଡ଼ିଏ ପିଠା ତିଆରି କଲେ। ଦାଣ୍ଡ ଦୁଆର ଇରୁଣ୍ଡିବନ୍ଧ ଉପରେ ଗୋଟିଏ ଭଲ ପିଠା ତଳେ ମାଙ୍କଡ଼ାପଥର ପିଠା ଏପରି ଦିଓଟି ପିଠା ରଖିଲେ। ବାଡ଼ି ଦୁଆର ଇରୁଣ୍ଡିବନ୍ଧରେ ସିମିତି ଯୋଡ଼ିଏ ପିଠା ରଖି କବାଟ କିଳି କାଞ୍ଜି ପାଣି ହାଣ୍ଡିରେ ଦିହେଁଯାକ ଲୁଚିଲେ। ନିଶା ଗରଜିଲାରୁ ବାଘମାମୁ ନିଶ ଫୁଲେଇ ପିଠା ଖାଇବାକୁ ଆସିଲା। କବାଟରେ ଡାକିଲା, ଟିପା କବାଟ ଫିଟା ରେ, ଟିପି କବାଟ ଫିଟା ଲୋ। କେତେ ଡାକିଲା, କେହି କବାଟ ଫିଟେଇଲେ ନାହିଁ। ପଛକୁ ଦେଖିଲା, ଦାଣ୍ଡ ଆଡ଼ ଇରୁଣ୍ଡିବନ୍ଧରେ ଯୋଡ଼ିଏ ପିଠା। ଉପର ପିଠାଟି ଖାଇଲା, କି ସୁନ୍ଦର ଲାଗିଲା; ତଳ ପିଠାଟିରୁ ଖଣ୍ଡେ ପାଟିକି ନେଇଛି, ରୁଡ଼୍‌କିନି ଗୋଟିଏ ଦାନ୍ତ ଭାଙ୍ଗିଗଲା। ଫେର ଖଣ୍ଡେ ଚୋବେଇଲା ବେଳକୁ ଫେର ଗୋଟିଏ ଦାନ୍ତ ଉପୁଡ଼ି ଗଲା। ବାରି ଆଡ଼କୁ ଯାଇ ଦେଖେ, ଇରୁଣ୍ଡିବନ୍ଧ ଉପରେ ଯୋଡ଼ିଏ ପିଠା। ଉପର ପିଠା ଖାଇ ସାରି ତଳ ପିଠା ଖାଇଲା ବେଳକୁ ଫେର ଯୋଡ଼ିଏ ଦାନ୍ତ ଭାଙ୍ଗିଗଲା। ବାଘ ପରା ଜନ୍ତୁ, ଯା କି ସହେ ? ରାଗରେ କଡ଼ମଡ଼ ହଉଥାଏ। କବାଟରେ କେତେ ମାଇଲା, କେତେ କଅଁଳେଇ ଡାକିଲା, କେହି କବାଟ ଫିଟେଇଲେ ନାହିଁ। ପଛକୁ ଚାଳ କଣା କରି ଘରେ ପଶିଲା। ଏ କଣ ଦରାଣ୍ଡିଲା, ସେ କଣ ଦରାଣ୍ଡିଲା, ଟିପା ଟିପିଙ୍କୁ କାହିଁ ପାଇଲା ନାହିଁ। ପଛକୁ କଣ ମନେ ମନେ ବିଚାରିଲା, କାଞ୍ଜିପାଣି ହାଣ୍ଡିକ ମୁଣ୍ଡେଇଲା, ଯେଉଁ ବାଟେ ଆସିଥିଲା, ସେହି ବାଟେ ଗଲା। କାଞ୍ଜିପାଣି ହାଣ୍ଡି ଭିତରେ ଟିପାଟିପି ଅଛନ୍ତି, ତାକୁ ଜଣା ନାହିଁ। ଟିପା ଟିପି ବାଘମୁଣ୍ଡରେ ବସିଛନ୍ତି, ମହା ଆନନ୍ଦ, ଦିହିଙ୍କି ହସ ମାଡ଼ିଲା। ଟିପା କହିଲା, 'ଟିପି ଲୋ, ଥିରି କରି ହସିବୁଟି' ! ଟିପି କହିଲା, 'ଟିପା ରେ ବଡ଼ଘାଏଁ ହସିବୁ ନାହିଁଟି !' ଯା କହି କହି ଦିହେଁଯାକ ଖେଁ ଖେଁ ହେଇ ହସି ଉଠିଲେ। ହାଣ୍ଡି ଭିତରୁ ଏ ଶବ୍ଦ ଶୁଣି ବାଘମାମୁ ତର୍ଛେ ହୋଇ ହାଣ୍ଡିକି ତଳେ କଚାଡ଼ି ଦେଇ ବଣକୁ ପଳେଇଲା। ସେଇଠେଇଁ ଟିପା ଟିପି କଡ଼ାଏ କଉଡ଼ି ପାଇଲେ, କଉଡ଼ି କଡ଼ାକର ମୁଆଁଟିଏ କିଣିଲେ, ପୋଖରୀକୂଳକୁ ଗଲେ ମୁଆଁଟି ଖାଇବେ। ସେତିକିବେଳେ ପବନ ଦେଲା, ମୁଆଁଟି ଉଡ଼ି ପାଣିରେ ପଡ଼ିଲା। ପଛକୁ ଟିପା ଏକ ବୁଦ୍ଧି ପାଞ୍ଚିଲା। ଦିହେଁଯାକ ମୁହଁ ଲଗେଇ ପୋଖରୀକ ପାଣି ପିଇଲେ। ପୋଖରୀ ଶୁଖି ଗଲାରୁ ମୁଆଁଟିକି ପାଇଲେ, ଖାଇଲେ, ଆସିଲେ। କିମିତି ଯାଇ ଘରେ ପହଞ୍ଚିବେ, ଏଇ ଚିନ୍ତା ଲାଗିଲା। ଯାଉଁ ଯାଉଁ ବାଟରେ ସନ୍ଧ୍ୟା ହେଲା। ପାଖରେ ଖଣ୍ଡିଏ ଗାଁ, ଗାଁରେ ଆଠ ଦଶୋଟି ଘର। କେଉଁଠି ଟିକିଏ ଆଶ୍ରା ମିଳିଲେ ରାତିଟା ବିତିଯିବ, ଫେର ସକାଳୁ ଉଠି ଆପଣା ଘରକୁ ଯିବେ। ରାମବୋଉ ଘରେ ଯାଇଁ ପହଞ୍ଚିଲେ। ଡାକିଲେ, 'ରାମବୋଉ ଲୋ ରାମବୋଉ, ଥାନ ଟିକିଏ ଦେଇନାରୁ।' ରାମବୋଉ କହିଲା- 'ମୋ ରାମଟି ବଡ଼ ଦୁଷ୍ଟ, କହୁଣି

ମାରେ ରୁଟୁ ରୁଟୁ; ଦୂର୍ ପଳା, ଦୂର୍ ପଳା।' ସେଠଉଁ ପଳେଇଲେ, ଯାଇଁ ଭଗିଆମା ଘରେ ପହଞ୍ଚିଲେ- 'ଭଗିଆମା ଲୋ ଭଗିଆମା, ଥାନ ଟିକିଏ ଦେଇନାରୁ।' 'ମୋ ଭଗିଆ ବଡ଼ ଦୁଷ୍ଟ, କହୁଣି ମାରେ ରୁଟୁ ରୁଟୁ; ଦୂର୍ ପଳା, ଦୂର୍ ପଳା।' ଇମିତି ଶଙ୍କରାମା, ଦୀନାବୋଉ ହେରିକା କେତେ ଲୋକଙ୍କ ପାଖକୁ ଗଲେ, କେହି ଟିକିଏ ଥାନ ଦେଲେ ନାହିଁ। ପଛକୁ ଆମ ବେଲବୋଉ ଘରେ ଯାଇଁ ଡାକିଲେ। ବେଲବୋଉ ରାଣ୍ଡୀଟିଏ, ତାର କେହି ନାହିଁ, ପିଲା ଦିହିଙ୍କି ଧଡ଼କିନା କବାଟ ଫିଟେଇ ଦେଲା। ଟିପାଟିପି ଦିହେଁଯାକ ଯାଇ ବେଲବୋଉ ପାଖରେ ଶୋଇଲେ। ରାତି ପହରେ ଅଛି, ଟିପା ଟିପିଙ୍କୁ ଅତର୍ଛିଆ ପରିସ୍ରା ମାଡ଼ିଲା। ପୋଖରୀଯାକ ପାଣି ପିଇଛନ୍ତି, ଏଥିରେ କି ଆଉ ସମ୍ଭଳା ପଡ଼େ ? ଶୋଇଛନ୍ତି, ଘରଭିତରେ ହେଲା ପରିସ୍ରା। ପୋଖରୀଯାକ ପାଣିରେ ଘର ଦ୍ୱାର ବୁଡ଼ିଗଲା। ସକାଳୁ ଦେଖିଲା ବେଳକୁ ବେଲବୋଉ ଟିପା ଟିପି ତିନିଙ୍କି ତିନିହେଁ ପାଣିରେ ଉବେଇ ଟୁବେଇ। ଗାଁରୁ କଦଳୀଘୋଡ଼ା କଟା ହେଲା, ସେଥିରେ ଲୋକେ ଭେଳା କରି ତିନି ଜଣଙ୍କୁ ଶୁଖିଲାକୁ ଆଣିଲାରୁ ବଞ୍ଚିଲେ। ଆମେ ଗଲାରୁ କଥା କହିଲେ ନାହିଁ।

ମୋ କଥାଟି ସଇଲା, ଫୁଲ ଗଛଟି ମଲା।

■

ଚାରି ମହାଜନପୁଅ କଥା

ଏକ ମହାଜନର ଚାରି ପୁଅ, ମହାଜନ ମଲା ବେଳେ ଚାରି ପୁଅଙ୍କୁ ଡାକି ପାଖରେ ବସେଇଲା। କଳିକାଳ ପିଲା, ତାଙ୍କୁ କେଉଁ ବିଶ୍ୱାସ, ଆଜି ସିନା ବୁଢ଼ା ବସିଛି, କାଲି ସକାଳେ ବୁଢ଼ା ଆଖି ବୁଜିଲେ ଯେଝା ହାଣ୍ଡି ଖଣ୍ଡମାନ ଭିନେ କରିନେବେ। ଏତେ ଧନ ଦରବ ଅକାରଣେ ଖଣ୍ଡ ଖାଇବେ। ମହାଜନ ଏ କଥା ବିଚାରି ବିଚାରି ପୁଅଙ୍କୁ ପାଖରେ ବସେଇଲା। ମହାଜନର ଗୋଟିଏ ସବୁ ବଡ଼ ନ୍ୟାୟବନ୍ତ। ତାକୁ କାକଚରିତ୍ର ଜଣା। ମହାଜନ ପିଲା ଚାରିଙ୍କି କହିଲା, 'ମୁଁ ସିନା ଆଜିଯାଏ ଥିଲି ବୋଲି କେଉଁ କଥା ଭାବନା ନ ଥିଲା। ମୁଁ ତ ଏବେ ଏ ଧାମରୁ ଯାଉଛି। ଯେବେ ତୁମର ଭିନେ ହେବାକୁ ମନ ବଳିବ, ତେବେ ମଉସାକୁ ଡାକିବ, ମଉସା ତୁମକୁ ଯେଝା ଗଣ୍ଡାକ ବିଶ୍ୱାକ ବାଣ୍ଟି ଦେବେ, ତୁମେ ସେଇ ଭାଗବାଣ୍ଟ ନେଇ ଯେଝା ଘର ଯେ କରିବ, ଆଉ ଦ୍ୱନ୍ଦ୍ୱ ଲଗାଇବ ନାହିଁ।' ଯା କହି ମହାଜନ ମଲା।

ଏ ଚାରି ପୁଅଙ୍କ ଭିତରୁ ସଭା ବଡ଼ ଭାଇ ପାଠ ସାଠ କରେ। ତା ତଳ ଭାଇଟି ନ୍ୟାୟ ନିଶାପ କରେ। ତଳ ଦି'ଭାଇ ହଳକାମ କରନ୍ତି, ବିଲବାଡ଼ି ଧନ୍ଦା ବୁଝନ୍ତି। ଏହିପରି ଚାରି ଭାଇ ଥା'ନ୍ତି। ବଡ଼ ଦି'ଭାଇ ଏଣେ ତେଣେ ଘଡ଼ିଏ ଦି'ଘଡ଼ି ଯାନ୍ତି, ଆସି କରି ଘରେ ପଲଙ୍କରେ ଗଡ଼ଗଡ଼ଉଥାନ୍ତି। ସାନ ଦି' ଭାଇ ଦିନଯାକ ମିହନ୍ତ କରି ଖରା ବର୍ଷା ସହି ସନ୍ଧ୍ୟା ବେଳକୁ ଘରକୁ ଆସନ୍ତି, ମୁଠାଏ ମୋଟା ରୋଟା ଖାଇ ଏଠେଇଁ ସେଠେଇଁ ପଡ଼ିଯାନ୍ତି। ଦି' ଭାଇ ଖାଇ ପିଇ ଅୟସ କରୁଛନ୍ତି, ଆର ଦି' ଭାଇ ମୂଲିଆଙ୍କଠଉଁ ହୀନ। ଯା କି ଆଉ ବୋହୂମାନଙ୍କ ଆଖିରେ ଯିବ? ଭାଇଙ୍କ କଥା ପଛକେ ଭାଇ ବୁଝୁଥାନ୍ତୁ, ଚାରି ବୋହୂ ତ ଏକା ସମାନ! ସେଥିରୁ ବଡ଼ ଦି' ବୋହୂ କାହିଁକି ଦିନ ଚାରି ପହର କିଛି ଆଡ଼ତିପତ୍ର କରିବେ ନାହିଁ, ପାଟ ପୀତାମ୍ବରୀ ପିନ୍ଧି ପାନ ଖାଇ ପଲଙ୍କରେ ଗଡୁଥିବେ? ସାନ ଦି' ଜାଆ କଣ ନିଆଁରେ ମୂତିଛନ୍ତି ଯେ ପାଇଟି

କରି କରି ଠେଙ୍ଗି ଛିଣ୍ଡୁଥିବ? ରାତିରେ ସାନ ଦି' ବୋହୂ ଗେରସ୍ତଙ୍କୁ ଦେଖେଇ ଶିଖେଇ କେଭେ ଉଲୁଗୁଣା ଦିଅନ୍ତି, କେତେ ଧିକାରନ୍ତି। କହନ୍ତି, 'ଯେଝା ଗଣ୍ଡାକ ଯେ ବାଣ୍ଟି ନେଲେ ସୁଖରେ ରହନ୍ତ। ପର ଅନୁସରଣରେ ମୁଣ୍ଡ ଗୁଞ୍ଜି କେତେ କାଳ ପଡ଼ିଥିବ? ବଡ଼ ଦି' ଭାଇ କଣ ଦଶମାସିଆ, ତୁମେ ଦିହେଁ ଛମାସିଆ?' ଦିନାକେତେ ଗଲାରୁ ଏ କଥାମାନ ଶୁଣି ଶୁଣି ସାନ ଭାଇ ଦିହେଁ ଆଉ ସମ୍ଭାଳି ହେଇ ରହି ପାରିଲେ ନାହିଁ। ଦିନେ ବଡ଼ ଭାଇଙ୍କ ପାଖକୁ ଯାଇ କହିଲେ, 'ଭିନେ ହବା'। ସେଥିରୁ ସମସ୍ତେ କହିଲେ, 'ବାପା ବିଯୋଗ ହେଲା ବେଳେ କହି ଯାଇଛନ୍ତି, ଚାଲ, ମଉସାଙ୍କୁ ଡାକି ଆଣିବା, ମଉସା ଯାହା ବାଣ୍ଟି ଦେବେ, ଆମର ସେଥିରେ ରାଜି।' ସମସ୍ତେ ଯାଇ ମଉସାଙ୍କ ଘରେ ପହଞ୍ଚିଲେ। ମଉସାଙ୍କର କାକଚରିତ୍ର ପଢ଼ା ଥିଲା, ଆଗତ କଥା ଦଣ୍ଡକେ ଜାଣି ପାରୁଥିଲେ। ପୁତୁରାମାନଙ୍କୁ ଦେଖିଲାକ୍ଷଣି ସବୁ କଥା ଜାଣି ପାରିଲେ; ପଦାରେ ନ ଜାଣିଲା ପରି ହେଇ ପୁତୁରାଙ୍କୁ ଭାରି ଆଦର କଲେ, ଗୋଡ଼ ହାତ ଧୋଇବାକୁ ପାଣି ଅଣେଇ ଦେଲେ, ଦାଣ୍ଡ ପିଣ୍ଡାରେ ବସିବାକୁ ମସିଣା ପକେଇ ଦେଲେ, ଦୁଃଖ ସୁଖ ପଚାରିଲେ। ମହାଜନପୁଏ ଦୁଃଖ ସୁଖ କହିବେ କଣ? ଭିନେ ହବା କଥା କହିଲେ। ମଉସାଙ୍କୁ ବାପା ଭଲଲୋକ ମାନିଛନ୍ତି, ମଉସା ଗଲେ ଭାଇମାନେ ଭିନେ ହେବେ। ମଉସା ତ ସବୁ କଥା ଜାଣି ସାରିଲେଣି। କହିଲେ, 'ମତେ ତ କାଲି ରାତିରେ ସପନ ହେଇଥିଲା ତୁମେ ସମସ୍ତେ ଆଜି ଏଠିକି ଆସିବ ବୋଲି। ସପନରେ ମତେ ହୁକୁମ ହେଇଛି, ପୁତୁରା, ପୁତୁରାବୋହୂ ସମସ୍ତଙ୍କୁ ଘିନି ପୁରସ୍ତମ ଯିବି, ଜଗନ୍ନାଥଙ୍କୁ ମୁଣ୍ଡିଆଟାଏ ଲେଖାଏଁ ମାରି ଫେରି ଆସିଲେ ତୁମ ଚାରି ଭାଇଙ୍କି ଭିନେ କରି ଦେଇ ଆସିବି।' ଏ କଥାରେ ଚାରି ଭାଇଯାକ ମଙ୍ଗିଲେ। ସେଥିରୁ ମଉସା ଚାରି ପୁତୁରା, ଚାରି ପୁତୁରାବୋହୂଙ୍କୁ ଘେନି ଜଗନ୍ନାଥ ଦର୍ଶନକୁ ବାହାରିଲେ। ପୁରସ୍ତମରେ ପହଞ୍ଚି ଦିଅଙ୍କ ଦର୍ଶନ କଲେ। ଫେରି ଆସିଲାବେଳକୁ ବାଟରେ ଏକ ପଡ଼ିଆ ପଡ଼ିଲା। ଦିନ ଆସି ଦି'ପହରରୁ ବିତିଲାଣି, ଚାଲି ଚାଲି ସମସ୍ତେ ଥକିଛନ୍ତି। ମଉସା କହିଲେ, 'ଆଉ ଚାଲି ପାରିବା ନାହିଁ, ଆଜି ଏଠେଇଁ ଖରା ବର୍ଷା ପାଳିବା।' ୟା କହି ଗଣ୍ଠିରି ଫିଟେଇ ଦେଖିଲା ବେଳକୁ ଗଣ୍ଠିରିରେ ଟଙ୍କା ଗାଞ୍ଜିଆଟି ନାହିଁ। କେତେ ବ୍ୟସ୍ତ ହେଲେ। ସମସ୍ତେ କାନ୍ଦି ବୋବେଇ ତୁନି ହେଲେ। ପଛକୁ ମଉସା କହିଲେ, 'ପିଲାଏ, ତମେ ତ ସମସ୍ତେ ଗୁଣବନ୍ତ, ଚାରି ଭାଇଯାକ ଚାରି ଆଡ଼କୁ ଯାଅ, ଯେ ଯାହା କମେଇ ପାରିବ ଆଣ, ଏଠେଇଁ ରାନ୍ଧିବା, ଖାଇ ପିଇ ଆଉ ଉପାୟ ଦେଖିବା।' ଚାରି ଭାଇ ଚାରି ଆଡ଼କୁ ଗଲେ। ସଭା ସାନଭାଇ ଚାଷ କାମରେ ଧୁରନ୍ଧର। ଯାଉଁ ଯାଉଁ ବାଟରେ ଚଷାଟିଏ ହଳ ବୁଲଉଛି। ବଳଦ ଦିହେଁ ଅମଣିଆ, ଦିନ ଆସି ଦି'ପହରରୁ ବଳିଲାଣି,

ଆଚାଏ ସୁଦ୍ଧା ମଡ଼େଇ ପାରି ନାହାନ୍ତି । ଚଷା ବଡ଼ ବ୍ୟସ୍ତ ହେଇ ବସିଛି । ଏହି ସମୟରେ ସଭା ସାନ ଭାଇ ଯାଇଁ ପହଞ୍ଚିଲା । ଚଷାକୁ ପଚାରିବାରୁ ଚଷା ସବୁ ହାଲ କହିଲା । ମହାଜନପୁଅ କହିଲା, 'ମୁଁ ଘଡ଼ିକେ ଏ ବିଲଖଣ୍ଡ ଧରି ଦେବି, ତୁ କଣ ଦବୁ ?' ଚଷା ଶୁଣି ଭାରି ଖୁସି ହେଲା । ପଛକୁ ଠିକ୍ ହେଲା, ଚଷା ୫ ସେର ଚାଉଳ, ଡାଲି ପରିବା କିଛି, କାଠ ବିଡ଼ିଏ ଦବ । ଚଷା ଚାଉଳ ହେରିକା ଆଣିବାକୁ ଗଲା । ସିଧା ସାମଗ୍ରୀ ଘେନି ଆସିଲାବେଳକୁ ମହାଜନପୁଅ ସେ ବିଲଖଣ୍ଡିକ ଚଷି ସାରି ବସି ଝାଳ ମାରୁଛି । ଚଷା ଏତକ ସାମଗ୍ରୀ ମହାଜନପୁଅ କାନିରେ ବାନ୍ଧି ଦେଲା । ମହାଜନପୁଅ ସେତକ ଘିନି ଆସି ଠିକଣାରେ ପହଞ୍ଚିଲା । ତା ଉପର ଭାଇଟି ଆଉ ଆଡ଼େ ଯାଇଥିଲା । ଏକ ଜାଗାରେ ଦେଖିଲା, ୫/୬ ଜଣ ମଣିଷ ଠିଆ ହୋଇ କଥାବାର୍ତ୍ତା ହଉଛନ୍ତି । ତାଙ୍କ ପାଖରେ ଯାଇଁ ପହଞ୍ଚିଲା । ସେମାନେ କହିଲେ, 'ଏ ବିଲରେ ସବୁଦିନେ ପାଣି ରହେ, ଧାନ ହବାକୁ ନାହିଁ । ଏଣେ ରଜା କରରୁ କଡ଼ାଏ ଛାଡ଼ିବାକୁ ନାହିଁ । ଏଥିରେ ଭଲା କି ଉପାୟ କଲେ ଧାନ ଅବାଦ ହବ ?' ମହାଜନପୁଅ ତ ଚାଷ ବିଦ୍ୟାରେ ଧୁରନ୍ଧର, କହିଲା, 'କଣ ଦବ, ମୁଁ ଉପାୟ କହି ଦେବି' । ଏମାନେ କହିଲେ, 'ଆମେ ଦିଓଟି ଟଙ୍କା ଦେବୁଁ ।' ମହାଜନପୁଅ କହିଲା, 'ମାଟି ଗୋବର ମିଶେଇ ବାଟୁଳାଗୁଡ଼ିଏ ବଳି ତା ଭିତରେ ପୁଞ୍ଜାଏ ଲେଖାଏଁ କୋଇଲିବାଇ ଧାନ ପୂରେଇ ଏ ପାଣି ଉପରେ ପକେଇ ଦେଲେ ସେ ବାଟୁଳାମାନ ପାଣିରେ ବୁଡ଼ ଯିବ, ସେଥିରୁ ଗଛ ଉଠି ଧାନ ହେବ ।' ଏ କଥା ସମସ୍ତଙ୍କ ମନକୁ ଆସିଲା । ମହାଜନ ପୁଅକୁ ଦିଓଟି ଟଙ୍କା ଦେଇ ଖୁସିରେ ବିଦା କଲେ । ମହାଜନପୁଅ ଟଙ୍କା ଆଣି ବାଟରେ ସଉଦା କିଣି ଠିକଣାରେ ଆସି ପହଞ୍ଚିଲା । ଏଣେ ତା ଉପର ଭାଇ ଯାଇଥିଲା ଆଉ ଆଡ଼େ । ସେ ଭାଇଟି ନ୍ୟାୟ ନିଶାପ କରେ । ଯାଉଁ ଯାଉଁ ବାଟରେ ଗୋଟିଏ ବରଗଛମୂଳେ ଜଣେ ବସି କାନ୍ଦୁଛି, ମଣିଷଟି ସୁମୂର୍ତ୍ତିମନ୍ତ, ବଡ଼ଲୋକଘର ପୁଅ ପରି ଦିଶୁଥାଏ । ମହାଜନପୁଅ ତାକୁ ପଚାରିବାରୁ ସେ କହିଲା- 'ଆମେ ଚାରି ଭାଇ ଭିନେ ହେଇଥିଲୁଁ, ଜଣକେ ଲକ୍ଷେ ଟଙ୍କାର ସମ୍ପତ୍ତି ବାଣ୍ଟପଡ଼ିଥିଲା । ସବୁ ବାଣ୍ଟ ହେଲା, ପଛକୁ ଗୋଟିଏ କାଳି ବିରାଡ଼ି ବଣ୍ଟରାରୁ ବଳି ପଡ଼ିଲା । ତାକୁ କିଏ ନବ ? ସବୁ ଭାଇଯାକ ଅବୁଝା ହେଲୁଁ । ପଛକୁ ଭଲଲୋକ ଆସି ବାଣ୍ଟିଦେଇ ଗଲେ, ଚାରିଭାଇଙ୍କର ଚାରି ଗୋଡ଼ । ବିରାଡ଼ିଟି କୋଠରେ ରହିଲା, ଭାଇକେ ଗୋଟାଏ ଲେଖାଏଁ ଗୋଡ଼ରେ ଅଧିକାର ରହିଲା । ଦୈବିଯୋଗକୁ ବିରାଡ଼ିଟି ଦିନେ ଡେଇଁ ପଡ଼ିଲା । ମୋ ଭାଗରେ ଯେଉଁ ଗୋଡ଼ଟି ପଡ଼ିଥିଲା, ସେ ଗୋଡ଼ଟି ଭାଙ୍ଗିଗଲା । ମୁଁ ସେ ଗୋଡ଼ଟାରେ ତେଲକନା ଗୁଡ଼େଇ ଦେଲି । ଦୈବିଯୋଗକୁ ବିରାଡ଼ିଟି ପଡ଼ିଶାଘର ଚୂଲିମୁଣ୍ଡରେ ଶୋଇଥିଲା, ସେ କନାରେ ନିଆଁ ଲାଗିଗଲା । ବଡ଼ ଅସ୍ତବ୍ୟସ୍ତ ହେଇ

ଜଣକ ଭାଡ଼ିରେ ପଶିଗଲା। ଭାଡ଼ିରୁ ନିଆଁ ଡେଇଁ ଚାଳରେ ଘୋଟିଗଲା। ଘଡ଼ିକେ ସାଇ ପଡ଼ିଶାଙ୍କ ଘର ନାରଖାର ହେଇଗଲା। ବହୁତ କଷ୍ଟରେ ନିଆଁ ନିଭିଲା। କାଲି ସେ କଥା ନିଶାପ ହେଲା। ଭଲଲୋକଯାକ ମତେ କାଇଲ କଲେ। ଗାଁଯାକ ଘର ମୁଁ ତୋଳେଇ ଦେବି। ଯେତେ ଟଙ୍କା ଖରଚ ହେବ, ମୁଁ ଦେବି। ମୁଁ ଏତେ ଟଙ୍କା ଦେଲାବେଳକୁ ମୋ ସମ୍ପତ୍ତିରୁ ଅଧେ ଉଡ଼ିଯିବ। ମତେ କିଛି ବୁଦ୍ଧି ବାଟ ଦିଶୁ ନାହିଁ। ମୁଁ ଯାଉଥିଲି ରଜାଙ୍କ ଆଗରେ ଗୁହାରି କରିବାକୁ। ଫେର୍ ବିଚାରିଲି, ରଜା ଗାଁଲୋକଙ୍କ କଥା ନ ମାନି ମୋ କଥା କଣ ମାନିବେ? ଏ କଥା ମନେ ପଡ଼ିଲାରୁ ଏଠେଇଁ ବସିଛି। ମତେ ଯେ ଏଥିରୁ ଉଦ୍ଧାରି ଦବ, ମୁଁ ତାକୁ ଅନେକ ଟଙ୍କା ଦେବି।' ମହାଜନପୁଅ କହିଲା, 'ଆଚ୍ଛା, ଯେବେ ଘର ତୋଳେଇବା ଖର୍ଚ୍ଚ ତୁମକୁ ଦବାକୁ ନ ପଡ଼ିବ, ତେବେ ତୁମେ କଣ ଦେବ'? ଧନୀ କହିଲା, ମୁଁ ପାଞ୍ଚ ଶହ ଟଙ୍କା ଦେବି।' ମହାଜନପୁଅ କହିଲା, ଯା, 'ଗାଁ ମହାଜନମାନଙ୍କୁ ଡାକି ଗାଁ ଦାଣ୍ଡରେ ବସାଅ, ମୁଁ ଯାଉଛି।' ମହାଜନପୁଅ ସେ ଗାଁକୁ ଗସ୍ତ ବେଳକୁ ଗାଁ ଲୋକେ ଦାଣ୍ଡରେ ବସିଛନ୍ତି। ମହାଜନପୁଅ ନିଶାପ କରିବ ବୋଲି ଆସିଛି, ତା ଆଗରେ ଗାଁଲୋକେ ସବୁ କଥା କହିଲେ। ମହାଜନପୁଅ କହିଲା, 'ବିରାଡ଼ି ଗୋଡ଼ରେ ନିଆଁ ଲାଗିବାରୁ ବିରାଡ଼ି ପଳେଇଗଲା। ପଳେଇଲାରୁ ଘର ପୋଡ଼ିଗଲା। ସମସ୍ତେ କହୁଛ, ଯେଉଁ ଗୋଡ଼ରେ ନାଆଁ ଲାଗିଲା, ତାର ଦୋଷ। ଆଚ୍ଛା, ମୁଁ ପଚାରୁଛି, ଯେବେ ବିରାଡ଼ିର ଚାଲିବାର ଶକ୍ତି ନ ଥାନ୍ତା, ତେବେ ବିରାଡ଼ି ପଳେଇଥାନ୍ତା କିପରି? ଛୋଟା ଗୋଡ଼ରେ ତ ବିରାଡ଼ି ଚାଲି ପାରି ନ ଥାନ୍ତା! ଆଉ ତିନି ଗୋଡ଼ ଥିବାରୁ ସିନା ବିରାଡ଼ି ପଳେଇଲାରୁ ଘରେ ନିଆଁ ଲାଗିଲା! ଏଥିରେ ଆଉ ତିନି ଗୋଡ଼ର ଦୋଷ କି ଛୋଟା ଗୋଡ଼ର ଦୋଷ?' ଗାଁଯାକ ସମସ୍ତେ ଶୁଣି ଆବାକାବା ହୋଇଗଲେ। ଏଥିକି କି ଉତ୍ତର ଦେବେ, କିଛି ବାଟ ଦିଶିଲା ନାହିଁ। ପଛକୁ ସମସ୍ତେ କହିଲେ, 'ଆଉ ତିନି ଗୋଡ଼ର ଦୋଷ। ସେଥିରେ ଆଉ ତିନି ଭାଇଙ୍କ ଉପରେ କାଇଲି ଗିରିଲା। ଆଉ ତିନି ଭାଇ ଗାଁଯାକ ଘର ତୋଳେଇ ଦେବେ ବୋଲି ତାଙ୍କ ଉପରେ ଫାବିଲା ଯା ଦେଖି ଆଉ ଭାଇଟି ଖୁସି ହେଇ ମହାଜନପୁଅକୁ ପାଞ୍ଚଶହ ଟଙ୍କା ଦେଇ ଖାଇବାକୁ ସିଧା ସମଗ୍ରୀ ଦେଇ ଠିକଣାକୁ ବିଦା କଲା। ସଭା ବଡ଼ ଭାଇ ମଉସାକୁ ବସେଇ ଯାଇଥାଏ ଆଉ ଆଡ଼େ। ସେ ଭାଇ ପାଠ ଶାଠରେ ବଡ଼ ଟାଣୁଆ। ଯାଉଁ ଯାଉଁ ସେ ଦେଶର ରଜାଙ୍କ ମନ୍ତ୍ରୀଘରେ କାନ୍ଦବୋବାଳି ପଡ଼ିଛି। ମହାଜନପୁଅ ସମସ୍ତଙ୍କୁ ପଚାରିଲାରୁ ସମସ୍ତେ କହିଲେ, 'ଆମ ରଜା ଆଜି ସକାଳେ ମନ୍ତ୍ରୀଙ୍କି ଡକେଇ ହୁକୁମ ଦେଇଛନ୍ତି, ରଜାଙ୍କର ଏକଦନ୍ତା ହାତୀଟା କେତେ ଓଜନ, ଏ କଥା ଯେବେ ମନ୍ତ୍ରୀ କହି ନ ପାରିବେ, ତେବେ କାଲି ସକାଳେ ମନ୍ତ୍ରୀଙ୍କ ମୁଣ୍ଡକଟା ହେବ। ଏ

ଅସମ୍ଭବ କଥା ସତେ ମନ୍ତ୍ରୀ କହିବେ ଯେ ବର୍ତ୍ତିବେ। ଏଥିପାଇଁ ମନ୍ତ୍ରୀଙ୍କ ଘରେ କାନ୍ଦବୋବାଳି ପଡ଼ିଛି।' ମହାଜନପୁଅ ମନ୍ତ୍ରୀଙ୍କ ପାଖକୁ ଖବର ଦେଲା। ମନ୍ତ୍ରୀ କହିଲେ, ଏ ହାତୀକି ଓଜନ କରିଦେଲେ ମୁଁ ତୁମ୍ଭଙ୍କୁ ହଜାରେ ଟଙ୍କା ଦେବି। ମହାଜନପୁଅ ଗୋଟିଏ ଡଙ୍ଗା ଅଣେଇବାକୁ ମନ୍ତ୍ରୀଙ୍କି କହିଲା। ଡଙ୍ଗା ଆସିଲା। ଡଙ୍ଗାରେ ହାତୀକି ନେଇ ଠିଆ କରେଇଲେ, ଡଙ୍ଗା ତଳୁ ହାତେ ବୁଡ଼ିଗଲା। ମହାନନପୁଅ ସେଠଉଁ ସେଠେଇଁ ଫୁଲଖଡ଼ିରେ ଗୋଟିଏ ଗାର କାଟି ଦେଲା। ହାତୀକି ଡଙ୍ଗାରୁ ଓହ୍ଲେଇ ଦବାରୁ ଡଙ୍ଗା ଫେର ଉପରକୁ ଉଠିଗଲା। ମହାଜନପୁଅ କହିଲା, 'ଏ ଗାର ବୁଡ଼ିବାଯାଏ ଏ ଡଙ୍ଗାରେ ବାଲି ଭର୍ତ୍ତି କର।' ଗାର ବୁଡ଼ିଲାରୁ ସେ ବାଲିତକ ଡଙ୍ଗାରୁ କାଢ଼ି ଓଜନ କଲାରୁ ଶହେ ମହଣ ହେଲା। ମନ୍ତ୍ରୀ ଏକଥା ଦେଖି ଭାରି ଖୁସି ହେଲେ। ମହାଜନପୁଅ ଟଙ୍କା ହଜାରକ ଆଉ ସିଦ୍ଧା ସାମଗ୍ରୀ ଘିନି ଯାନ ବାହାନ ପାଲିଙ୍କି ପାଟଛତାରେ ଠିକଣାକୁ ଆସିଲା। ରନ୍ଧାବଢ଼ା ହେଲା, ସମସ୍ତେ ଖାଇପିଇ ସାରିଲେ, ମଉସା ଚାରି ପୁତୁରା, ଚାରି ବୋହୂଙ୍କୁ ପାଖକୁ ଡାକିଲେ। ଦି' ସାନ ପୁଅ ଦି' ସାନ ବୋହୂଙ୍କୁ ସବୁ ପୁଅଙ୍କ ରୋଜଗାର ଶୁଣେଇ ଦେଲେ, ପଚାରିଲେ, 'ଯେବେ ଏଥରକ ଭିନେ ହବାର ଇଚ୍ଛା ଅଛି, ଚାଲ, ମୁଁ ଯାଇ ଯେଝା ଭାଗ ଯେଝାକୁ ବାଣ୍ଟି ଦେଇ ଆସିବି।' ସାନ ଦି' ପୁଅ, ସାନ ଦି' ବୋହୂ ଆପଣା ଅଯୋଗ୍ୟପଣିଆ ବୁଝି ପାରିଲେ; ବଡ଼ ଦି ଭାଇ, ବଡ଼ ଦି' ଭାଉଜଙ୍କ ଗୋଡ଼ତଳେ ଲମ୍ୱ ହେଇ ପଡ଼ିଲେ। ଆଉ ଭିନେ ହେବେ କଣ? ଘରକୁ ସମସ୍ତେ ଆନନ୍ଦରେ ଫେରି ଗଲେ। ସେହି ଦିନୁ କଳି କଜିଆ ନ କରି ପୁଅ ବୋହୂଏ ସୁଖରେ ମିଳିମିଶି ଘର ଦୁଆର କରି ରହିଲେ।

■

ମହାଜନଙ୍କ ପୁଅ ବୋହୂ

ଏକ ରାଇଜରେ ଜଣେ ମହାଜନ ଥାଏ, ତାର ଅଚଳାଚଳ ସମ୍ପତ୍ତି। ମହାଜନର ଗୋଟିଏ ପୁଅ, ଗୋଟିଏ ବୋହୂ। ମହାଜନ ଆସି ବୁଢ଼ା ହେଲା। ମହାଜନଘରଣୀ ଦିନେ ମହାଜନଙ୍କୁ କହିଲା, "ଆମେ ତ ଆସି ବୁଢ଼ା ବୁଢ଼ୀ ହେଲୁଁ। ଦିନାକେତେ ଗଲେ ଘର ଦୁଆର ଛାଡ଼ି ଚାଲି ଯିବା। କିଛି ସାଙ୍ଗରେ ନେଇ ଯିବା ନାହିଁ। ରାଇଜରେ ଗୋଟିଏ କିଛି କୀର୍ତ୍ତି ରଖିଲେଇଁ ନାହିଁ। ପାଠରେ ପରା ଅଛି, 'ଯାହା ଖାଇଯିବ ପେଟକୁ, ଯାହା ଦେଇଯିବ ବାଟକୁ, ଯାହା ରଖିଯିବ ଖଣ୍ଟକୁ।' ପଛକୁ ବୁଢ଼ା ବୁଢ଼ୀ ଦିହେଁ ବିଚରାବିଚରି ହେଇ ଥିର କଲେ- ଗୋଟିଏ ବଡ଼ ପୋଖରୀ ଖୋଳେଇବେ। କେତେ ଭୋକି ଶୋଷିଙ୍କ ନିଃଶ୍ୱାସ ରହିବ। ଆଡ଼ ଦୀର୍ଘ ଦି' କୋଶ ଆକ୍ରାନ୍ତରେ ଗୋଟିଏ ପୋଖରୀ ଖୋଳାଗଲା। କେତେ ମୂଲିଆ ଲାଗିଲେ। ଖୋଳୁ ଖୋଳୁ ବାର ବରଷ ବିତି ଗଲା, ପୋଖରୀରେ ପାଣି ପଡ଼ିବାକୁ ନାହିଁ। ମହାଜନ ଭାରି ବ୍ୟସ୍ତ ଥାଏ। ଏତେ ପଇସା ଖରଚ ହେଲା, ଯେବେ ପୋଖରୀରେ ପାଣି ନ ପଡ଼ିଲା, ତେବେ ପୋଖରୀ ଖୋଳେଇ କେତେ, ନ ଖୋଳେଇ କେତେ? ଇମିତି ବଡ଼ ଭାବନାରେ ଥାଏ। ଦିନକରେ ଜଣେ ବାବାଜୀ ଆସି ସେଠେଇଁ ପହଞ୍ଚିଲେ। ମହାଜନ ଦିନାକେତେ ବାବାଜୀଙ୍କି ବହୁତ ଅନୁସରଣ କଲା। ପଛକୁ ବାବାଜୀଙ୍କ ଦୟା ହେଲା। ବାବାଜୀ କହିଲେ, "ତୋ ବୋହୂକୁ ଏଠେଇଁ ବଳି ଦେଲେ ପୋଖରୀରେ ପାଣି ପଡ଼ିବ।" ମହାଜନ ବିଚରା ମହରଗରୁ ଯାଇଁ କାନ୍ତାରରେ ପଡ଼ିଲା। ଏଣେ ମାଇଲେ ଗୋହତ୍ୟା, ତେଣେ ମାଇଲେ ବ୍ରହ୍ମହତ୍ୟା। ଏତେ ପଇସା ଖର୍ଚ୍ଚ କରି ପୋଖରୀ ଖୋଳୁଛି, ସେଥିରେ ପାଣି ନ ପଡ଼ିଲେ ତହୁଁ ଦୋଷ। ଏଣେ ଫେର ଗୋଟିଏ ପୁଅକୁ ଗୋଟିଏ ବୋହୂ, ବୋହୂ ପିଲାଟି କେତେ ଗେଲବସରରେ ବଢ଼ିଛି, ବୋହୂକୁ ବଳି ଦେବାକୁ କିମିତି ସତ ବଳିବ? ପଛକୁ ଅତି କଷ୍ଟରେ ବାବାଜୀଙ୍କ କଥାରେ ମଙ୍ଗିଲା। ତହିଁ ଆରଦିନ

ବୋହୂକୁ ବଳି ଦବାର ଠିକ୍ ହେଲା। ବୋହୂ ପାଖର ପୋଇଲୀଏ ଏ କଥା ଶୁଣିଲେ, ଯାଇଁ ବୋହୂକୁ ଏ ସମାଚାର କହିଲେ। ବୋହୂ ମନେ ମନେ ବିଚାରିଲା, 'ଯାହା ମୋ କରମରେ ଥିବ ହବ, ସେଥିପାଇଁ ଭାବନା କରିବି କିଆଁ? ଦିନେ ତ ମରିବି, କାଲି ମଲେ କେଡ଼େ କୀର୍ତ୍ତି ରହିବ। ଯାହାହଉ, ଆଜି ସାତ ତିଅଣ ଆଠ ଭଜା କରି ଶାଶୂ ଶଶୁରଙ୍କୁ, ଗେରସ୍ତକୁ ମନବୋଧ କରି ଖାଇବାକୁ ଦେବ।' ଚଞ୍ଚଳ ଚଞ୍ଚଳ ଆଡ଼ତି ପତ୍ର ସାରି ହାଣ୍ଡିଶାଳକୁ ଗଲା। ସାତ ତିଅଣ ଆଠ ଭଜା, ଖିରି ପିଠା, କେତେ ପଦାର୍ଥ ତିଆରି କଲା। ଶଶୁର ବୁଢ଼ାଙ୍କୁ ମନବୋଧ କରି ଖାଇବାକୁ ଦେଲା। ପଛକୁ ମହାନଜନପୁଅ ଆସିଲା ଖାଇବାକୁ। ଖାଇବାକୁ ଦେଲାବେଳେ ଗେରସ୍ତକୁ କହିଲା, "ଯେତିକି ଆଜି ଦିନକ ମୋ ହାତରେ ଖାଇଥାଅ, କାଲିକି ମୁଁ ନୂଆ ପୋଖରୀରେ ବଳି ପଡ଼ିବି।" ମହାଜନ ପୁଅ ଏ କଥା ଶୁଣି ଅବାକାବା ହେଇଗଲା। କିଛି ବୁଦ୍ଧି ସ୍ଫୁରିଲା ନାହିଁ। ରାତି ହେଲାରୁ ଘୋଡ଼ାଶାଳରୁ ପକ୍ଷିରାଜ ଘୋଡ଼ାଟିଏ ବାଛି ଆପେ ଚାରି ହତିଆର ବାନ୍ଧି କିଛି ଟଙ୍କାଟୋକର ସାଙ୍ଗରେ ନେଇ ଭାରିଯା ପାଖରେ ପହଞ୍ଚିଲା। ତାକୁ ଆଗରେ ବସାଇ ଘୋଡ଼ା ମାରି ଦେଲା। ଯାଉଁ ଯାଉଁ ଉଦୁଉଦିଆ ଦି'ପହରବେଳେ ଗୋଟିଏ ବନସ୍ତରେ ପହଞ୍ଚିଲେ। ମହାଜନପୁଅ ଗୋଟିଏ ଗଛ ଉପରେ ଚଢ଼ି ଦେଖେ ଯେ, ଗୋଟିଏ ବଡ଼ ଗାଁ, ସେ ଗାଁରେ ବଡ଼ ବଡ଼ ନଅର ବଗିଚା କୋଠା ଅଛି। ହେଲେ କଣ ହବ, ଜନ ପ୍ରାଣୀ କେହି ଦିଶୁ ନାହାନ୍ତି। ଭାରିଯାକୁ ସାଙ୍ଗରେ ନେଇ ଯାଇ ସେ ଗାଁରେ ପହଞ୍ଚିଲା। ବାଛି ବାଛି ଗୋଟିଏ ଦିବ୍ୟସୁନ୍ଦର ଖଞ୍ଜାରେ ତାକୁ ରଖି ବଣକୁ ବୁଲିବାକୁ ବାହାରିଚି, ଆଗରେ ଆସି ଏକ ଅସୁର ଓଗାଳିଲା। ଏ ଯେଉଁ ଘରେ ଭାରିଯାକୁ ଛାଡ଼ିଛି, ସେ ଘର ସେ ଅସୁରର। ସେ ଅସୁର ଗାଁଯାକ ଲୋକଙ୍କୁ ଖାଇ ପଦା କରି ସାରିଲାଣି। ତା ଦାଉରେ ସେ ଗାଁ ମଶାଣିଠଉଁ ବଳିଲାଣି। ଯାକୁ ଦେଖି ଖାଇବାକୁ ଆଁ କରି ଦଉଡ଼ି ଅଇଲାବେଳକୁ ମହାଜନପୁଅ ହତିଆର ବାହାର କରି ସେ ଅସୁରକୁ ହାଣିବାକୁ ବସିଲା। ଯାଠେଇଁ ଏତେ ହାତହତିଆର ଅଛି ବୋଲି ସେ ଅସୁରକୁ ଜଣା ନ ଥିଲା। ମହାଜନପୁଅକୁ ସିନା ଖାଇବାକୁ ଆଣ୍ଟ ବାନ୍ଧିଥିଲା, ଏବେ ଆପଣା ଜୀବନ ଉପରେ ପଡ଼ିଲା। କିଛି ଉପାୟ ନ ଦେଖି ମହାଜନପୁଅ ଆଗରେ ଲମ୍ବ ହେଇ ଗୋଡ଼ତଳେ ପଡ଼ିଲା, କହିଲା "ମହାତ୍ମା, ମୁଁ ଜାଣିଲିଣି ମୋ ବଧ ତୋହରି ହାତରେ, ଏବେ ମୁଁ ନେହୁରା ହେଉଛି, ମତେ ସାତଦିନ ରଖ, ସାତଦିନ ବାଦ ହାଣିବୁ। ମୁଁ ତୋର କିଛି କରିବି ନାହିଁ। ମତେ ଗୋଟିଏ ଘରେ କୋଲପ ପକେଇ ରଖ। ସାତଦିନ ବାଦ ଯାହା ଇଚ୍ଛା ତାହା କରିବୁ।" ମହାଜନପୁଅ ଅଲିଅଳ ଘର ପିଲା, ବଡ଼ ଦୟାବନ୍ତ। ଅସୁରକୁ ନେଇ ଗୋଟିଏ ଘରେ କୋଲପ ପକେଇ ରଖି ବନସ୍ତକୁ ବାହାରିଲା।

ଭାରିଯା ଜିମା ସବୁ ଘର କୁଞ୍ଚିଯାକ ଦେଇଗଲା। ଅସୁର କଥା କହିଲା ନାହିଁ, ଯେଉଁ ଘରେ ଅସୁର ଥାଏ, ସେ ଘର ଦେଖେଇ କହିଲା, 'ସବୁ ଘର ଫିଟେଇବୁ, ଏ ଘର ଫିଟେଇବୁ ନାହିଁ' ଯା କହି ମହାଜନପୁଅ ବଣକୁ ଗଲା। ଏ ତ ମାଇପି ଜାତି, ମନେ ମନେ ବିଚାରିଲା, ସବୁ ଘର ଫିଟେଇବାକୁ କହିଲା, 'ଏ ଘରଟି କିଆଁ ମନା କଲା, କିଛି ଭଲ ଚିଜ ରଖିଛି, ମତେ ଲୁଚେଇଛି। ଯା ବିଚାରି ସେ ଘର ଫିଟେଇ ଦେଖେ ଯେ, ଅସୁର ବସିଛି। ଅସୁର ଏ ବୋହୂକୁ ଦେଖି କହିଲା, 'ମୋର ଏ ତ ରାଇଜ, ଏତେ ସମ୍ପଦ ଏତେ କଥା ଭୋଗ କରିବାକୁ ମୁଁ ଏକା। ତୁ ମୋ ସାଙ୍ଗରେ ରହିଲେ, ଦି'ଜଣଯାକ ସୁଖରେ ରହିବା। ମହାଜନବୋହୂ ଏ କଥା ଶୁଣି ପଛଘୁଞ୍ଚା ଦେଲା, ଗେରସ୍ତ କଥା ବିଚାରିଲା, କେତେ ଘୁଞ୍ଚ ପୁଞ୍ଚ ହେଲା। ପଛକୁ କଣ ପାଞ୍ଚିଲା, ଅସୁର ସାଙ୍ଗରେ ଘରଦ୍ୱାର କରି ରହିବ ବୋଲି କହିଲା। ଅସୁର କହିଲ, 'ତୋ ଗେରସ୍ତକୁ ନ ମାଇଲେ ଆମେ ତ ସୁଖରେ ରହି ପାରିବା ନାହିଁ। ସେ ତ ଆମର କାଳ ହେବ।' ମହାଜନବୋହୂ କହିଲା, 'ତେବେ ମତେ ଉପାୟ ବତେଇ ଦେ, ମୁଁ ସେଇ ଉପାୟରେ ଗେରସ୍ତକୁ ମାରିବି, ତୁ ମୁଁ ଦିହେଁ ସୁଖରେ ଏଠେଇଁ ଘର କରି ରହିବା। ଅସୁର କହିଲା, 'ତୁ ଗୋଟିଏ କଥା କର୍। ମହାଜନପୁଅ ବନସ୍ତରୁ ଫେରି ଆସିଲାବେଳକୁ ତୁ ଆଖିରେ କପୂରଗୁଣ୍ଡା ପକେଇ ଆଖିକି ମକଚି ମକଚି ରଙ୍ଗ କରି ବସିଥା, ଗେରସ୍ତ ଆସି ପଚାରିଲେ କହିବୁ, ମୋ ଆଖି ଧରିଛି। ସେ ଯେତେ ଉପାୟ ଦବ, କହିବୁ କେଉଁଥିରେ ଭଲ ହେଲା ନାହିଁ। ପଛକୁ କହିବୁ ଯେ, ମୁଁ ପିଲା ହେଇଥିଲି, ଥରେ ଆଖି ଧରିଥିଲା। ଯେତେ ଆଉ, ଯେତେ ଉପାୟ କରି ଭଲ ହେଲା ନାହିଁ। ପଛକୁ ମୋ ବାପା ବାଘଦୁଧ ମୋ ଆଖିରେ ପକେଇ ଦେଲାରୁ ଆଖି ଭଲ ହେଲା। ତୁମେ ମତେ ବାଘଦୁଧ ଆଣି ଦେଲେ ମୁଁ ଆଖିରେ ପକେଇବି। ବାଘଦୁଧ ଆଣିଲାବେଳକୁ ତାକୁ ବାଘ ଖାଇବ, ତୁ ମୁଁ ଆନନ୍ଦରେ ରହିବା।' ସତକୁ ସତ ମହାଜନପୁଅ କିଛି ଖାଇବା ସାମଗ୍ରୀ ଘିନି ଘରେ ପହଞ୍ଚିଲାବେଳକୁ ଭାରିଯାକୁ ଆଖି ଦିହିଙ୍କି ରଙ୍ଗ କରି ବସି ବାପକୁ ବାହୁନି କାନ୍ଦୁଛି। 'ମୋ ବାପା ଥିଲେ ବୋଲି ସିନା ମୋ ଆଖି ଭଲ ହେଇଥିଲା, ଆଉ କିଏ ମୋ ଆଖି ଭଲ କରିବ ?'

ମହାଜନପୁଅ ଆସି ଏ କଥା ଶୁଣି ପଚାରିଲାରୁ ପହିଲେ ସେ ନାହିଁ କଲା। କହିଲା, 'ତୁମେ ସୁକୁମାର ମଣିଷ, ତୁମକୁ ମୁଁ କେମିତି ବାଘମୁହଁକୁ ଛାଡ଼ିଦେବି ? ମୋ ଆଖି ପଛକେ ଫୁଟି ଯାଉ; ତୁମେ ବସିଥାଅ।' ଏ କଥା ଶୁଣି ମହାଜନପୁଅ ଆହୁରି ଛାନିଆ ହୋଇ ପଚାରିଲାରୁ ଅସୁର ଯିମିତି ଶିଖେଇଦେଇଥିଲା, ବୋହୂ ସିମିତି କହିଲା। ଟୋକା ବିଚାରିଲା, 'ଯାପାଇଁ ଏତେ ଦୁଃଖ ସହି ବନସ୍ତକୁ ଆସିଛି, ତାପାଇଁ ପ୍ରାଣ

ପଛକେ ଯିବ, ମୁଁ ଯାଇଁ ବାଘଦୁଧ ଆଣିବି।' ଅଖିଆ ଅପିଆ, ଫେର ଘୋଡ଼ାରେ ଚଢ଼ିଲା। ନିୟମ କରିଗଲା, 'ବାଘଦୁଧ ନ ଆଣିଲେ ମୁଁ ପାଣି ଛୁଇଁବି ନାହିଁ।' ତିରଲାଟା ବଡ଼ ଚତୁର। ତା ଶିର ଉଣ୍ଡି ଚଡୁ ଦଉଥାଏ। ମିଛରେ ମିଛରେ କେତେ ସାକୁଲେଇ ହେଲା, ଗେରସ୍ତକୁ ମନା କଲା। ମହାଜନପୁଅ ତା କଥା ନ ମାନି ଏକଧ୍ୟାନରେ ଗଲା। ମହାଜନପୁଅ ଗଲାରୁ ଏ ମହାଜନବୋହୂ କୋଲପ ଫିଟେଇ ଅସୁର ସାଙ୍ଗରେ ହସ ଖେଳରେ ମାତିଲା। ଏଣେ ମହାଜନପୁଅ ଯାଉଁ ଯାଉଁ ଦେଖିଲା, ଗୋଟିଏ ବଣରେ ଚାରିପାଖରେ ନିଆଁ ଲାଗିଛି, ମଝିରେ ଯୋଡ଼ିଏ ବାଘଛୁଆ ପଡ଼ି ଛଟର ପଟର ହଉଛନ୍ତି। ମହାଜନପୁଅ ସେହିକ୍ଷଣି ଘୋଡ଼ା ମାରି ଦେଇ ନିଆଁକୁ ଡେଇଁପଡ଼ିଲା, ବାଘପିଲା ଦିହିଙ୍କି ଘେନି ଫେରି ଆସି ପଦାରେ ପହଞ୍ଚିଲା। ବାଘଛୁଆଙ୍କୁ ପାଣିରେ ଧୁଆ ଧୋଇ କରି ଟୋପିଏ ଲେଖାଏଁ ପାଣି ତାଙ୍କ ମୁହଁରେ ଦେଲା। ଖଣ୍ଡେଦୂର ବାଟ ଆସି ଘୋଡ଼ାରୁ ଓହ୍ଲେଇଲା, ଘୋଡ଼ାକୁ ଗୋଟିଏ ଗଛମୂଳେ ବାନ୍ଧିଲା। ଘୋଡ଼ା ଉପରୁ ଚାରିଜାମା ଫିଟେଇ ଆଉ ଗୋଟିଏ ଗଛମୂଳେ ପାରି ଦେଲା, ସେଥିରେ ବାଘଛୁଆ ଦିଓଟିଙ୍କୁ ବସେଇ ଆପେ ଶୋଇ ପଡ଼ିଲା। ଏହି ସମୟରେ ବାଘ ବାଘୁଣୀ ଆସି ପିଲାଙ୍କୁ ବନସ୍ତଯାକ ଖୋଜି ଖୋଜି ଏଠେଇଁ ପହଞ୍ଚିଲେ। ବିଚାରିଲେ, 'ଆମ ପିଲାଙ୍କୁ ଏ ମଣିଷ ଚୋରେଇ ନେଇ ପଳାଉଛି।' ଯା ପାଞ୍ଚି ମହାଜନପୁଅକୁ ଖାଇବାକୁ ବସିଛି, ସେହି ସମୟରେ ବାଘଛୁଆ ମହାଜନପୁଅର ସବୁ ଉପକାରଯାକ ବାପ ମା'ଙ୍କୁ କହିଲେ, ବାପ ମା ଶୁଣି ଭାରି ଖୁସି ହେଲେ। ମହାଜନପୁଅ ଉଠିଲା ବେଳକୁ ବାଘ ବାଘୁଣୀ ତା ପାଇଁ ଉତ୍ତମ ସୁନ୍ଦର ଖାଇବା ସାମଗ୍ରୀ, ଘୋଡ଼ାପାଇଁ ଦାନା ଘାସ ଆଣି ମହାଜନପୁଅ ଗୋଡ଼ତଳେ ପଡ଼ିଲେ। ମହାଜନପୁଅ କହିଲା, "ମୁଁ ଯେଉଁ କଥାପାଇଁ ଆସିଛି, ତା ନ ହେଲେ ପାଣି ଛୁଇଁବି ନାହିଁ।' ବାଘୁଣୀ ଏ କଥା ଶୁଣି ଠିଆ ହେଲା, କହିଲା, 'ଯେତେ ଇଚ୍ଛା ସେତେ ଦୁଧ ଦୁହିଁ ନିଅ।' ମହାଜନପୁଅ ଆପଣା ଢାଲରେ ଢାଳେ ଦୁଧ ଦୁହିଁ ରଖିଲା। ଆପେ ପେଟେ ଜଳଖିଆ କଲା, ଘୋଡ଼ାକୁ ଘାସ ଦାନା ଖୋଇ ବାହାରିଲା। ବାହାରିଲା ବେଳକୁ ବାଘ ବାଘୁଣୀ ବହୁତ ନେହୁରା ହେଲେ, କହିଲେ, 'ଆମ ବଡ଼ ପିଲାଟିକି ତୁମ ସାଙ୍ଗରେ ନେଇ ଯା, ତୁମେ ପିଲା ଦୁହିଙ୍କ ପ୍ରାଣ ରଖିଛ, ସେଥିରୁ ତୁମେ ଗୋଟିଏ ସାଙ୍ଗରେ ରଖି ଥା, ଦିନେ ହେଲେ ଏ ବହୁତ କାମରେ ଆସିବ।' ମହାଜନପୁଅ ବାଘପିଲାଟିକି ସାଙ୍ଗରେ ନେଇ ଘରକୁ ଫେରିଲା, ଭାରିଯାକୁ ନେଇ ବାଘଦୁଧ ଦେଲା। ବହୁତ ମିହନ୍ତ କରି ଆସିଥିଲା, ଯିମିତି ଘରେ ପହଞ୍ଚିଲା, ସିମିତି ଶୋଇ ପଡ଼ିଲା। ମହାଜନପୁଅ ଶୋଇଲାରୁ ମହାଜନବୋହୂ, ଯାଇ ଅସୁରକୁ ବାଘଦୁଧ ଆଣିବା କଥା କହିଲା। ଅସୁର କହିଲା, 'ତୁ କହ, ମୋ ଆଖି ବାଘଦୁଧରେ ଭଲ ହେଲା ନାହିଁ, ପୁଣି

ବିନ୍ଧିଲାଣି; ଇମିତି ଛଟା ଗାଳି ବାଡ଼େଇ କଚାଡ଼ି ହୋ। ସେ ପଚାରିଲାରୁ କହିବୁ ଯେ ପିଲାଦିନେ ମତେ ବାପା କହିଥିଲେ, ଯେବେ ଫେର ତୋ ଆଖି ଧରିବ, ଫେର ବାଘଦୁଧ ପକେଇଲେ ଭଲ ନ ହବ, ତେବେ ଦେବକୁଣ୍ଡରୁ ଅମୃତପାଣି ଟୋପାଏ ଆଣି ପକେଇ ଦେଲେ ଭଲ ହେବ, ନଇଲେ ଆଖି ଫୁଟିଯିବ। ଦେବକୁଣ୍ଡ ସ୍ୱର୍ଗରେ, ସେଥିରେ ସବୁବେଳେ ଦେବତାମାନେ ଜଗୁଆଳି। ସେଠେଇଁ କି ମଣିଷ ଗଲେ ଆଉ ବର୍ତ୍ତି ଆସିବ ନାହିଁ, ଦେବତାମାନେ ହାଣି ପକେଇବେ। ତୋ ଗେରସ୍ତ ସେଠେଇଁକି ଗଲେ ଆଉ ଫେରିବ ନାହିଁ। ଆମର ଦିହେଁ ଆନନ୍ଦରେ ଘର ଦୁଆର କରି ନିଶ୍ଚିନ୍ତରେ ରହିବା।' ଦିନେ ଦି'ଦିନ ଗଲାରୁ ମହାଜନବୋହୂ ଫେର ଛଟା ଗାଳି ଅସୁର ଆଗରୁ ଯିମିତି ଶିଖେଇଥିଲା, ସିମିତି କହିଲା। ମହାଜନପୁଅ ଅମୃତପାଣି ଆଣିବ ବୋଲି ଘରୁ ବାହାରିଲା। ଯାଉଁ ଯାଉଁ ବାଟରେ ଦି'ପହର ହେଲା। ଗୋଟିଏ ଗଛମୂଳେ ଘୋଡ଼ାକୁ ବାନ୍ଧି ଦେଇ ଖରା ବରଷା ପାଳିବ ବୋଲି ସେ ଗଛମୂଳେ ରହିଲା। ଆଗରେ ଏକ ଗଛ, ସେ ଗଛରେ ଯୋଡ଼ିଏ ଗଣ୍ଡଭେିରବ ଚଢ଼େଇଙ୍କର ବସା। ସେ ଚଢ଼େଇ ଆସି ମରିବାକୁ ହେଲେଣି, ତାଙ୍କର ଗୋଟିଏ ସୁଦ୍ଧା ଛୁଆ ରହିଲା ନାହିଁ। ଚଢ଼େଇ ଦିହେଁ ଅଧାର ଖୋଜିବାକୁ ଯାନ୍ତି, ଆସି ଦେଖନ୍ତି ଯେ ଛୁଆ ନାହାନ୍ତି। ସେ ଦିନ ମହାଜନପୁଅ ପହଞ୍ଚିଲା ବେଳକୁ ଚଢ଼େଇ ଦୁହେଁ ଯାଇଛନ୍ତି ଅଧାର ଖୋଜି। ମହାଜନପୁଅ ଦେଖିଲା ଯେ ଗଛମୂଳରୁ ଗୋଟିଏ ଅହିରାଜ ସାପ ବାହାରି ସେ ଗଛ ଉପରକୁ ଚଢ଼ିଲା। ଗଛ ଉପରେ ଚଢ଼େଇ ଛୁଆ ଯୋଡ଼ିକ ସାପକୁ ଦେଖି କେଁ କାଁ ହେଲେ। ମହାଜନପୁଅ ସେ ସାପକୁ ଦେଖେଇ କାଣ୍ଡ ବିନ୍ଧି ଦେଲା। ସାପ ଗଛରୁ ଖସି ପଡ଼ିଲା। ଖୋଳରୁ ଖଣ୍ଡା ବାହାର କରି ସାପକୁ ତିନି ଗଡ଼ କରି କାଟି ଆପଣା ଢାଲ ତଳେ ଘୋଡ଼େଇ ଶୋଇ ପଡ଼ିଲା। ଶୋଇଛି, ଏତିକି ବେଳେ ବୁଢ଼ା ଚଢ଼େଇ ଆସି ପହଞ୍ଚିଲେ। ବାପ ମାଙ୍କୁ ଦେଖି ଚଢ଼େଇଛୁଆ କହିଲେ, 'ଆମକୁ ଅଧାର ଦବ କଣ ? ଯେ ଗଛମୂଳେ ଶୋଇଛି, ସେ ଆମ ଜୀବନ ରଖିଛି, ତା କଥା ଆଗେ ବୁଝ।' ବାପମାଙ୍କୁ ଛୁଆ ଦିହେଁ ସବୁ କଥା କହିଲାରୁ ଚଢ଼େଇ ଦିହେଁ ସେହିକ୍ଷଣି ଗଲେ, ଯାଇ ମହାଜନପୁଅ ପାଇଁ ଖାଇବା ସାମଗ୍ରୀ, ଘୋଡ଼ାପାଇଁ ଦାନା ଘାସ ଆଣି ପହଞ୍ଚିଲେ। ମହାଜନପୁଅ ଉଠିଲାବେଳକୁ ଲମ୍ବ ଲମ୍ବ ହୋଇ ତା ଗୋଡ଼ତଳେ ପଡ଼ିଲେ। ଜଳଖିଆ କରିବାକୁ ତା ସଙ୍ଗରେ ଅତି ଜିଗର କଲେ। ମହାଜନପୁଅ କହିଲା, 'ମୁଁ ଯେଉଁ ଦେବକୁଣ୍ଡରୁ ଅମୃତପାଣି ପାଇଁ ଆସିଛି, ତା ହାତରେ ନ ଧଇଲେ ପାଣି ଛୁଇଁବି ନାହିଁ।' ବୁଢ଼ା ଚଢ଼େଇ କହିଲା, 'ସେଠଉଁ ଅମୃତପାଣି ଅଣିବା ସହଜ କଥା ନୁହେଁ। ତୁମେ ଯେତେବେଳେ ଆମ ପିଲାଙ୍କୁ ବଞ୍ଚେଇଛ, ଆମକୁ ଯାହା କହିବ, ତାହା କରିବୁଁ। ତୁମେ ଖାଇ ପିଇ ସୁସ୍ଥରେ

ରହ। ଆଗେ ମୁଁ ଯାଉଛି। ଯେବେ ତିନି ଦିନ ଭିତରେ ନ ଫେରିବି, ତେବେ ଜାଣିବ ଯେ ମତେ ଦେବତାଙ୍କ ଜଗୁଆଳି ମାରି ପକାଇଲେ। ତିନି ଦିନ ବାଦ ଅମୃତପାଣିପାଇଁ ବୁଢ଼ୀ ଯିବ। ସେ ଫେର ନ ଆସିଲେ ପିଲାଏ ଯିବେ, ସେଣିକି ତୁମ କପାଳ।' ଯା କହି ବୁଢ଼ା ଚଢ଼େଇ ଖଣ୍ଡେ ଢାଳରେ ସାତ ହଜାର ହାତ ଦଉଡ଼ି ଲଗେଇ ନେଇଗଲା। ରାତି ଦିନ ଉଡ଼ି ଉଡ଼ି ଯାଇ ସେ ଦେବକୁଣ୍ଡ ପାଖରେ ପହଞ୍ଚିଲା। ପାଖରେ ଉଡ଼ିଲେ ଦେବତାଯାକ ହାଣି ପକେଇବେ ବୋଲି ସାତ ହଜାର ହାତ ଉପରେ ଉଡୁଥାଏ। ଦି'ପହର ବେଳେ ଜଗୁଆଳିଯାକ ଖାଇସାରି ଟିକିଏ ଘୁମେଇ ପଡ଼ିଲେ। ସେତିକିବେଳେ ବୁଢ଼ା ଚଢ଼େଇ ଧୀରା କରି ସେ ଦଉଡ଼ିକି ଧରି ଢାଳଟିକି କୁଣ୍ଡ ଭିତରକୁ ଛାଡ଼ି ଦେଲା। ଢାଳରେ ପାଣି ଭର୍ତ୍ତି ହେଲାରୁ ଦଉଡ଼ିକି ଓଟାରି ଢାଳକୁ ଟେକି ନେଲା। ଅମୃତପାଣି ଢାଳକୁ ଥଣ୍ଟରେ ଘିନି ଉଡ଼ି ଆସି ମହାଜନପୁଅ ପାଖରେ ପହଞ୍ଚିଲା। ମହାଜନପୁଅ ଘରକୁ ବାହାରିଲା ବେଳକୁ ଚଢ଼େଇ ଦିହେଁ ଅତି ଜିଗର କରି କହିଲେ, 'ତୁମେ ଆମ ଦି' ପିଲାଙ୍କୁ ବଞ୍ଚେଇଛ, ଗୋଟିଏ ଛୁଆ ତୁମ ସାଙ୍ଗରେ ରଖ। ଦିନେ ହେଲେ ଏ ତୁମ କାମରେ ଆସିବ।' ଆଗରୁ ତ ମହାଜନପୁଅ ସାଙ୍ଗରେ ବାଘଛୁଆଟି ଥାଏ। ମହାଜନପୁଅ ବାଘଛୁଆକୁ ଆଉ ଏ ଗଣ୍ଡଭୈରବ ଚଢ଼େଇଛୁଆକୁ, ଦିହିଙ୍କ ସାଙ୍ଗରେ ନେଇ ଘରକୁ ଫେରିଲା! ବାଟରେ ଏକ ରଜାର ରାଇଜ ପଡ଼ିଲା। ସେ ରଜାର ଝିଅ ଅମର ବର ପାଇବ ବୋଲି ମହାଦେବଙ୍କ ପାଖରେ ବାର ବରଷ ତପସ୍ୟା କରିଥାଏ। ମହାଦେବ ତାକୁ ବର ଦେଇଥାନ୍ତି, 'ତୁ ନିଶ୍ଚେ ଅମର ବରଟିଏ ପାଇବୁ। ହେଲେ କଣ ହେବ, ପହିଲେ ଗୋଟିଏ ମଲା ମଣିଷ ମିଳିବ। ସେ ମଣିଷକୁ ତୁ ଜୀବଦାନ ଦବୁ। ସେ ବଞ୍ଚିଲାରୁ ତୁମେ ଦିହେଁ ଅମର ହୋଇ ଘର ଦୁଆର କରିବ।' ରଜାଝିଅକୁ କାକଚରିତ୍ର ଜଣା। ମହାଜନପୁଅ ଆସି ତା ରାଇଜରେ ପହଞ୍ଚିଲା ବେଳକୁ ରଜାଝିଅ ଜାଣିଲା ଯେ ଆଜି ତାକୁ ବର ମିଳିବ। ରଜାଝିଅ ଗାଧୋଇ ପାଧୋଇ କୋଠା ଉପରେ ଖରା ପୋଉଁଛି, ଏତିକି ବେଳେ ଖଣ୍ଡେ ଦୂରରେ ବରଗଛ ପାଖରେ ମହାଜନପୁଅ, ବାଘଛୁଆ, ଗଣ୍ଡଭୈରବ ଚଢ଼େଇଛୁଆ ଯାଇ ପହଞ୍ଚିଲେ। ରଜାଝିଅ ମହାଜନପୁଅକୁ ଦେଖି କାକଚରିତ୍ର ଗଣି ଜାଣି ପାରିଲାଣି, ଏ ତାର ବର। ଯା ଭାରିଯା ଅସୁର ସାଙ୍ଗରେ ମିଳି ଯାକୁ ହାଣି ପକେଇବ। ପୋଇଲୀକୁ ପଠେଇ ମହାଜନପୁଅକୁ ଡାକି ଆଣିଲା, କହିଲା, 'ମତେ ବିଭା ହୁଅ।' ମହାଜନପୁଅ 'ନାହିଁ' କଲାରୁ ମହାଜନପୁଅକୁ ଆଣି ଆପଣା ନଅର ଭିତରେ ଖୁବ୍ ଚର୍ଚ୍ଚା କରି ରଖେଇଲା। ମହାଜନପୁଅ ଖାଇ ପିଇ ଶୋଇଲା। ରଜାଝିଅ କାକଚରିତ୍ରରେ ସବୁ ଜାଣି ପାରେ ମହାଜନବୋହୂ ଛଟା ଗାଳି ଏତେ ଫିକର କରିଛି, ଏ କଥା ରଜାଝିଅ ସବୁ ଜାଣି ପାରିଲା। ସେ ଢାଳରୁ ଅମୃତପାଣିତକ

ଅଜାଡ଼ି ରଖିଲା। ଡାଲରେ ଆଉ ଡାଲେ ପାଣି ଭର୍ତ୍ତି କରି ଥୋଇ ଦେଲା। ଏଣେ ଏ ବାଘଛୁଆକୁ ଚଢ଼େଇଛୁଆକୁ ଶିଖେଇଲା, କହିଲା, 'ଆଜି ରାତିରେ ଯେତେବେଳେ ଯା ଭାରିଯା ଯାକୁ ହାଣି ଫିଙ୍ଗିଦେବ, ସେତିକିବେଳେ ତୁମେ ଦୁହେଁ ଜଣେ ଯା ମୁଣ୍ଡ, ଜଣେ ଯା ଗଣ୍ଡି ଖାଇବା ବାହାନାରେ ଅଖୁଣ କରି ମୋ ପାଖକୁ ଆଣିଲେ ମୁଁ ଯାକୁ ବଞ୍ଚେଇ ଦେବି।' ମହାଜନପୁଅ ଏ କଥା ଜାଣି ନ ଥାଏ। ନିଦରୁ ଉଠି ମହାଜନପୁଅ ଆପଣା ମନକୁ ଜାଣିବାକୁ ଅମୃତପାଣି ଡାଲକ ଘିନି ଯାଇ ଘରେ ପହଞ୍ଚିଲା। ପହଞ୍ଚି ପାଣି ଡାଲକ ଭାରିଯାକୁ ଦେଲା। ମହାଜନପୁଅ ଏ ଅମୃତପାଣି ଆଣିବାକୁ ଗଲାରୁ ଅସୁର ମହାଜନବୋହୂ ଆଗରୁ ବିଚରାବିଚରି ହୋଇଥାନ୍ତି, 'ଯେବେ ମହାଜନପୁଅ ଏଥରକ ନ ମରି ଫେରି ଆସିବ, ତେବେ ଫେରି ଆସିଲା ଦିନ ରାତିରେ ତାକୁ ହାଣି ପକେଇବା। ନଇଲେ ଏ କେଭେ ମରିବ ନାହିଁ।' ସତକୁ ସତ ମହାଜନପୁଅ ଆସି ପହଞ୍ଚିଲା। କେତେ ଦିନ ହେଲ ଜମା ଆଖିପଲକ ପଡ଼ି ନାହିଁ। ନିଦରେ ମହାଜନପୁଅ ଘାରି ହେଉଛି। ଭାରିଯା କହିଲା, 'ମୋ ଆଖିରେ ଏ ପାଣି ପକେଇଲାରୁ ଆଖି ଭଲ ହୋଇଗଲା। ବହୁତ ଦିନ ହେଲା ତୁମ ସାଙ୍ଗରେ ପଶା ଖେଳି ନାହିଁ, ଆଜି ଆସ, ପଶା ଖେଳିବା।' ମହାଜନପୁଅ ମଙ୍ଗିଲା, ମୁହଁ ଭାଙ୍ଗି ପାରିଲା ନାହିଁ। ଅତି କଷ୍ଟରେ ଭାରିଯା ସାଙ୍ଗରେ ପଶା ଖେଳିଲା। ପଶା ଖେଳି ଖେଳି ଅତି ବାଧି ଗଲାରୁ ଯେଉଁଠେଇଁ ବସିଥିଲା, ସେଇଠେଇଁ ଢଳି ପଡ଼ିଲା। ସେତିକିବେଳେ ମହାଜନବୋହୂ ଖଣ୍ଡା ଆଣି ତାକୁ ଦି'ଗଡ଼ କରି କାଟି ଦେଲା। ହାଣି ସାରି କୋଲପ ଫିଟେଇ ଦେଲା। ଅସୁର ସେ ଘର ଭିତରୁ ବାହାରିଲା, ମୁଣ୍ଡ ଗଣ୍ଡିକି କେଉଁଠି ପକେଇବେ ଏ କଥା ବିଚାରୁଛନ୍ତି, ସେତିକିବେଳେ ବାଘଛୁଆ ଚଢ଼େଇଛୁଆ କହିଲେ, 'ଏ ମଲା, ଆଚ୍ଛା ହେଲା; ଆମକୁ ବନସ୍ତରୁ ଧରି ଆଣି କେତେ ଦହଗଞ୍ଜ କରୁଥିଲା। ଏବେ ଆମକୁ ଛାଡ଼ି ଦିଅ, ଆମେ ଆମ ଘରକୁ ଯାଉଁ। ଆମର ଯା ଉପରେ ବଡ଼ ଅଦଉତି ଅଛି, ଯା ମୁଣ୍ଡ ଗଣ୍ଡିକି ଆମକୁ ଦିଅ, ଆମେ ବାଟରେ ଖାଇ ମନ ଓରମାନ ମେଣ୍ଟେଇବୁଁ। ଖାଇସାରି ଯେଝା ବାଟରେ ଯେଝା ଘରକୁ ଯିବୁଁ।' ଅସୁରକୁ, ମହାଜନବୋହୂକୁ ଭଣ୍ଡେଇ ମୁଣ୍ଡ ଗଣ୍ଡିକି ନେଇ ଅଖୁଣ କରି ବାଘଛୁଆ ଚଢ଼େଇଛୁଆ ଦିହେଁଯାକ ଯାଇ ସେ ରଜାଝିଅ ପାଖରେ ପହଞ୍ଚିଲେ। ରଜାଝିଅ ଯାକୁ ଚାହିଁ ଅନଦ୍ରା ହୋଇ ବସିଛି। ଏ ଯିମିତି ଯାଇ ପହଞ୍ଚିଲେ, ସିମିତି ଗୋଟିଏ ପଲଙ୍କରେ ଦିବ୍ୟ ସୁନ୍ଦର ଶେଯ ପକେଇ ମୁଣ୍ଡ ଗଣ୍ଡିକି ଯୋଡ଼ି ଶୁଆଇ ଦେଲା। ଆଗରୁ ଯେଉଁ ଅମୃତପାଣି ଲୁଚେଇ ରଖିଥିଲା, ହର ପାର୍ବତୀଙ୍କ ନାଁ ଧରି ସେ ମଡ଼ା ଉପରେ ଛିଞ୍ଚି ଦେଲାରୁ ମହାଜନପୁଅ ଚେଇଁ ଉଠିଲା। ଆଖି ମଳି କହିଲା, 'ଓହୋ, କେତେଗୁଡ଼ାଏ ଶୋଇ ପଡ଼ିଲି। ଯା କହି ଆପଣା ଭାରିଯାକୁ ଖୋଜିଲା। ରଜାଝିଅ

ତାକୁ ସବୁ କଥା ବୁଝେଇ କହିଦେଲା । ପହିଲେ ମହାଜନପୁଅ ସେ କଥା ପ୍ରତେ ଗଲା ନାହିଁ । ରଜାଝିଅ କଥା ବିଡ଼ିବାକୁ ସକାଳୁ ଯାଇ ଦେଖିଲା ବେଳକୁ ଆପଣା ଭାରିଯା ଅସୁର ସାଙ୍ଗରେ ବସି ଦୁଃଖ ସୁଖ ହେଉଛି । ଖୋଳରୁ ଖଣ୍ଡା ବାହାର କରି ଅସୁରକୁ ହାଣି ପକାଇଲା । ଗୋଟିଏ ଖଣିଗାତ ଖୋଳି ଭାରିଯାକୁ ତଳକଣ୍ଟା, ଉପରକଣ୍ଟା କରି ପୋତି ପକେଇଲା । ଫେରିଆସି ରଜାଝିଅକୁ ବିଭା ହେଲା । ଦିହେଁଯାକ ଆନନ୍ଦରେ ଘର ଦୁଆର କଲେ । ମୁଁ ଗଲାରୁ କଥା କହିଲେ ନାହିଁ ।

■

ଅମ୍ବୁଜମଣି ବା ଚାରି ସଙ୍ଗାତ

ଏକ ରାଇଜରେ ଜଣେ ମହାଜନ ଥାଏ। ମହାଜନର ଦି' ପୁଅ। ମହାଜନ ଦିନେ ଦି' ପୁଅଙ୍କୁ ଡାକି କହିଲା, 'ଆରେ ପିଲାଏ, ବସି ଖାଇଲେ ନଈବାଲି ସରେ, ତୁମେ କିଛି କିଛି ଉପାୟ କର। ମୁଁ ତୁମକୁ ଶଏ ଲେଖାଏଁ ଟଙ୍କା ଦଉଛି, ତୁମେ ସେ ଟଙ୍କାରେ ବେପାର କର। ବିଦେଶକୁ ଯାଅ, କିଏ କଣ ରୋଜଗାର କରି ଆଣିବ, ଦେଖିବା।' ଯା କହି ଦି' ପୁଅଙ୍କୁ ଶହେ ଲେଖାଏଁ ଟଙ୍କା ଦେଲା। ବଡ଼ପୁଅ ଶହେ ଟଙ୍କା ନେଇ ଯାଉଁ ଯାଉଁ ବାଟରେ ଦେଖିଲା, ଏକ କେଳା ଗୋଟିଏ ଶୁଆ ନେଇ ବିକିବାକୁ ଯାଉଛି। ମହାଜନପୁଅ କହିଲା, 'କେତେ ଟଙ୍କା ହେଲେ ଏ ଶୁଆ ବିକିବୁ?' କେଳା କହିଲା, 'କୋଡ଼ିଏ ଟଙ୍କା।' ମହାଜନପୁଅ କୋଡ଼ିଏ ଟଙ୍କା ଦେଇ ଶୁଆକୁ ରଖିଲା। ଯାଉଁ ଯାଉଁ ବାଟରେ ଦେଖିଲା, ଜଣେ ଗୋଟିଏ ନେଉଳ ନେଉଛି ବିକିବାକୁ। ସେ କହିଲା, 'କୋଡ଼ିଏ ଟଙ୍କା ହେଲେ ନେଉଳଟିକି ଦେବି।' ମହାଜନପୁଅ କୋଡ଼ିଏ ଟଙ୍କା ଦେଇ ତାକୁ କିଣିଲା। ଖଣ୍ଡେ ଦୂର ଯାଇଛି, ଦେଖିଲା, ଜଣେ ଗୋଟିଏ ଓଧ ନେଉଛି। ମହାଜନପୁଅ କୋଡ଼ିଏ ଟଙ୍କାରେ ସେ ଓଧଟିକି କିଣିଲା। ଫେର ଖଣ୍ଡେ ଦୂର ଯାଇ ଦେଖିଲା, ଜଣେ ଗୋଟିଏ ସାପ ପେଡ଼ିରେ ପୂରେଇ ନେଉଛି। ମହାଜନପୁଅ କୋଡ଼ିଏ ଟଙ୍କା ଦେଇ ସାପଟିକି କିଣିଲା। ଇମିତି ଚାରିକୋଡ଼ି ଟଙ୍କା ସରିଗଲା। ବାକି କୋଡ଼ିଏ ଟଙ୍କା ଖରଚ ସରିଲାରୁ ସାଙ୍ଗରେ ଶୁଆକୁ, ନେଉଳକୁ, ଓଧକୁ, ସାପକୁ ନେଇ ଘରକୁ ଫେରି ଆସିଲା। ଏଣେ ସାନ ଭାଇ ଶହେ ଟଙ୍କା ନେଇ ଯାଇଥିଲା ବିଦେଶକୁ। ସେ ଫେରି ଆସିଲା ବେଳକୁ ଖାଇପିଇ ଚାରି ଶହ ଟଙ୍କା ଆଣିଛି। ମହାଜନ ଯା ଦେଖି ସାନ ପୁଅକୁ ଘରେ ରଖି ସବୁ ସମର୍ପି ଦେଲା। ବଡ଼ ପୁଅକୁ ଟାଙ୍କେ ଛେଚି ଘରୁ ତଡ଼ି ଦେଲା। ବଡ଼ପୁଅ ଏ ଚାରି ଜନ୍ତୁଙ୍କୁ ସାଙ୍ଗରେ ନେଇ ଗୋଟିଏ ଗଛମୂଳେ ବସିଲା। ଏ ଚାରିଙ୍କି କହିଲା, 'ଯେଝା ଦେଶକୁ ଯେ ଯାଅ, ମୁଁ ତୁମକୁ କାହୁଁ ପୋଷିବି?' ଶୁଆ,

ନେଉଳ, ଓଧ, ସାପ କହିଲେ, 'ତୁ ଆମର ସଙ୍ଗାତ ହେଲୁ। ବିପତ୍ତି ପଡ଼ିଲେ ଆମକୁ ସୁମରିବୁ।' ଯା କହି ଶୁଆ, ନେଉଳ, ଓଧ ବନସ୍ତକୁ ଗଲେ। ସାପ କହିଲା, 'ସଙ୍ଗାତ ! ଚାଲ ଆମ ରାଇଜକୁ ଯିବା, ମୋ ମା ବାପ ଅଛନ୍ତି, ତୁମେ ତାଙ୍କୁ ଯାହା ମାଗିବ, ସେ ତାହା ଦେବେ।' ମହାଜନପୁଅ ମଙ୍ଗିଲା, ସାପ ସଙ୍ଗେ ସଙ୍ଗେ ଗଲା। ଯାଇ କରି ନାଗରଜା ଦେଶରେ ପହଞ୍ଚିଲା। ସାପର ମା ବାପ ସାପକୁ ଦେଖିଲାକ୍ଷଣି ଆନନ୍ଦରେ ତାଙ୍କୁ ବାଟ ଦିଶିଲା ନାହିଁ। ସାପ କହିଲା, 'ମତେ କାହୁଁ ତୁମେ ପାଇଥାନ୍ତ ! ଏ ସଙ୍ଗାତ କୋଡ଼ିଏ ଟଙ୍କା ଦେଇ ମତେ ମୁକୁଳେଇଛନ୍ତି। ଯାଙ୍କ କଥା ଆଗ କରି ବୁଝି ସାର, ମୋ କଥା ପଛେ ବୁଝିବ।' ବାପା ମା ମହାଜନପୁଅକୁ ବହୁତ ଆଦର କଲେ, କେତେ ଅପୂରୁବ ଦରବମାନ ଆଣି ଖାଇବାକୁ ଦେଲେ, ରତ୍ନପଲଙ୍କ ଦେଲେ ଶୋଇବାକୁ। ବିଦା ହେଲା ବେଳକୁ ସାପର ବାପ ମା ମହାଜନପୁଅକୁ ଗୋଟିଏ ମଣି ଆଣି ଦେଲେ। କହିଲେ, 'ଏ ମଣି ଯା ହାତରେ ଥିବ, ତାର।' ଯାକୁ ଯାହା କହିବ, ଏ ତାହା କରିବ; ଯା ନାଁ ଅମ୍ବୁଜମଣି।' ମହାଜନପୁଅ ମଣିଟିକି ଘିନି ଆସିଲା। ଆସୁ ଆସୁ ବାଟରେ ଏକ ରଜା ରାଇଜରେ ପହଞ୍ଚିଲା। ମଣିକି ପଚାରିଲା, 'ହଇରେ ମଣି, ତୁ କାହାର ?' ମଣି କହିଲା, 'ମୁଁ ଯାହା ହାତରେ ଅଛି, ତାର।' ମହାଜନପୁଅ କହିଲା, 'ତୁ କଣ କରିବୁ ?' ମଣି କହିଲା, 'ଯାହା କହିବ, ତାହା କରିବି।' ମହାଜନପୁଅ କହିଲା, 'ରାତିକ ଭିତରେ ଏ ରଜା ନଅର ଆଗରେ ହୀରା ନୀଳା ମୋତି ମାଣିକ୍ୟରେ ଏକ ନଅର ହବ, ଏ ରଜା ପୋଖରୀ ଆଗରେ ଶଙ୍ଖମଲମଲ ପଥରର ଏକ ପୋଖରୀ ହବ; ଏ ରଜା ବଗିଚା ଆଗରେ ରୂପା ଗଛରେ ସୁନା ଫୁଲର ବଗିଚା ହବ।' ସତକୁ ସତ ସକାଳୁ ଦେଖିଲା ବେଳକୁ ଉତ୍ତମ ସୁନ୍ଦର ନଅର, ପୋଖରୀ, ବଗିଚା ହୋଇଛି। ରାଇଜଯାକ ସମସ୍ତେ ଆଚମ୍ଭିତ ହେଲେ ! ମହାଜନପୁଅ ସେ ନଅରରେ ଥାଏ। ରଜା ଯେତେବେଳେ ବଗିଚାକୁ ଆସନ୍ତି, ମହାଜନପୁଅ ସେତେବେଳେ ବଗିଚାକୁ ଆସେ। ରଜା ପାରିଧି ବିଜେ କଲାବେଳେ ମହାଜନପୁଅ ବାହାରେ ପାରିଧିକି। ରଜା କୋଠା ଉପରକୁ ପବନ ଖାଇବାକୁ ଆସନ୍ତି, ମହାଜନପୁଅ ଆସେ କୋଠା ଉପରକୁ। ଇମିତି ଦିନା କେତେ ଗଲା। ଦିନେ ରଜା ଗଲେ ମହାଜନପୁଅ ଘରକୁ। ମହାଜନପୁଅ ସାଙ୍ଗରେ ବହୁତ ଦୁଃଖ ସୁଖ ହେଲେ, କହିଲେ, 'ମୋର ତ ପୁଅ ନାହିଁ, ଗୋଟିଏ ଝିଅ; ସେ ଝିଅଟିକି ତୁମକୁ ବିଭା କରି ଦେବି, ମୋ ମୁଲକ ତୁମକୁ ଦେବି; ହେଲେ କଣ ହବ, ତୁମେ ଏତେ ଧନ ଦଉଲତ କିମିତି ପାଇଲ, ମତେ କହ।' ମହାଜନପୁଅ ତ ଏତେ ଛନ୍ଦ କପଟ ଜାଣେ ନାହିଁ; ସବୁ କଥାଯାକ ରଜାଙ୍କୁ କହିଦେଲା। କିମିତି ଫନ୍ଦି ଫିକରରେ ମହାଜନପୁଅଠଉଁ ସେ ମଣିଟିକି ରଜା ହାତ କରିବେ, ଏହି ଭାବନାରେ ଥାଅନ୍ତି।

ଝିଅକୁ ଆସି କହିଲେ, 'ତୁ ଯା ମହାଜନପୁଅ ପାଖକୁ, ସେ ତତେ ବିଭା ହବାକୁ କହିବ। ତୁ କହିବୁ, ମୋର ବାରମାସ ବ୍ରତ ସମ୍ପୂର୍ଣ୍ଣ ନ ହେଲେ ମୁଁ ବିଭା ହେବି ନାହିଁ। ଯା କହି ଯିମିତ ହଉ, କଳରେ ବଳରେ ତାଠଉଁ ସେ ମଣିଟିକି ଆଣି ମତେ ଦବୁ।' ରଜାଝିଅ ସିମିତି କଲା। ମହାଜନପୁଅକୁ କହିଲା, 'ତୁମର ଯେବେ ମୋଠେଇଁ ସେନେହ ଅଛି, ତେବେ ସେ ମଣିକୁ କେଉଁଠେଇଁ ରଖିଛ, ମୋତେ କହ।' ମହାଜନପୁଅ କହିଲା, 'ମୁଁ ଶୋଇବାବେଳେ ମାଣ୍ଡିତଳେ ରଖି ଶୁଏଁ।' ତହିଁ ଆରଦିନ ରଜା ଗୁଡ଼ିଏ ମିଠେଇ ତିଆରି କରି ତା ଭିତରେ ଦୁଦୁରା ମଞ୍ଜି ଦେଇ ଝିଅ ଜମା ଦେଲେ, କହିଲେ, 'ମହାଜନ ପୁଅକୁ ଯାକୁ ଖାଇବାକୁ ଦବୁ। ମହାଜନପୁଅ ଅଚେତା ହୋଇ ଶୋଇ ପଡ଼ିବ। ତୁ ସେତିକି ବେଳେ ମାଣ୍ଡିତଳୁ ମଣିଟିକି କାଢ଼ି ଆଣିବୁ, ମତେ ଦବୁ। ଯା ନ କଲେ ତତେ ଦି'ଗଡ଼ କରି ହାଣି ପକେଇବି।' ରଜାଝିଅ ସିମିତି କଲା। ମଣିକି ଆଣି ବାପ ଜିମା ଦେଲା। ରଜା ସେ ମଣିକି ପଚାରିଲେ, 'କି ରେ ମଣି, ତୁ କାହାର?' ମଣି କହିଲା, 'ମୁଁ ଯାହା ହାତରେ ଅଛି, ତାର।' ରଜା ସେ ମଣିକି ହୁକୁମ ଦେଲେ, କାଲି ସକାଳୁ ଉଠିଲାବେଳକୁ ଏ ମହାଜନପୁଅ ଖଣ୍ଡେ ଚିରା କନା ପିନ୍ଧି ଦରିଆ ମଝିରେ ଏକ ଟାପୁରେ ଅମୁହାଁ ଦେଉଳ ଉପରେ ଶୋଇଥିବ। ମହାଜନପୁଅ ସତକୁ ସତ ସକାଳୁ ଉଠି ଦେଖେ, ଏକ ଅମୁହାଁ ଦେଉଳରେ ପଶିଛି, ସବୁଆଡ଼ ଅନ୍ଧାର। ମଣିକି ଦରାଣ୍ଡିଲା, ପାଇଲା ନାହିଁ। କେତେ ବାହୁନିଲା। ପଛକୁ ତା ଚାରି ସଙ୍ଗାତଙ୍କ କଥା ମନେ ପଡ଼ିଲା। ବିଚାରିଲା, କେଜାଣି ଅବା ଚାରି ସଙ୍ଗାତଙ୍କୁ ସୁମରିଲେ ସେ ଆସିବେ। ଯା ବିଚାରି ଚାରି ସଙ୍ଗାତଙ୍କୁ ସୁମରଣା କଲା। ଓଧ ପାଣିରେ ପଶିଲା, ତା ଉପରେ ସାପ ଗୁଡ଼େଇ ହେଲା, ସାପ ଫେଣା ଟେକିଲା, ଫେଣା ଉପରେ ନେଉଳ ବସିଲା। ଇମିତି ସେ ତିନିହେଁ ସାତ ସମୁଦ୍ର ପାରି ହେଲେ, ଶୁଆ ଉଡ଼ି ଉଡ଼ି ଆସିଲା। ସମସ୍ତେ ଆସି ସେ ଅମୁହାଁ ଦେଉଳ ପାଖରେ ପହଞ୍ଚିଲେ। ଦେଖିଲା ବେଳକୁ ସେ ଦେଉଳର ଦୁଆର ନାହିଁ। ନେଉଳ ସେ ଦେଉଳତଳୁ ମାଟି ଖୋଳିଲା। ଖୋଳି ଖୋଳି ଦେଉଳତଳେ ଏକ ଗାତ କଲା। ଚାରି ସଙ୍ଗାତ ଯାଇ ଦେଉଳ ଭିତରେ ମହାଜନପୁଅ ପାଖରେ ପହଞ୍ଚିଲେ। ମହାଜନପୁଅ ଯାଙ୍କୁ ଦେଖି କେତେ କାନ୍ଦିଲା। ମହାଜନପୁଅକୁ ପଦାକୁ ଆଣିଲେ। ଶୁଆ ଉଡ଼ି ଉଡ଼ି ଯାଇ ଭଲ ଭଲ ବଣଫଳ ଆଣି ଦେଲା। ମହାଜନପୁଅ ଫଳ ସବୁ ଖାଇ ସାରି ସଙ୍ଗାତଙ୍କୁ ସେ ରଜା କଥାଯାକ ସବୁ କହିଲା। ଚାରି ସଙ୍ଗାତଯାକ ମହାଜନପୁଅ ପାଖରେ ଆଠ ଦିନକୁ ଖାଇବା ଭଳି ଦରବମାନ ଆଣି ଦେଇ କହିଲେ, 'ତୁମେ ଏଠେଇ ଥାଅ, ଆମେ ଯାଉଛୁଁ ସେ ମଣିକି ଆଣିବୁଁ। ଯା କହି ଚାରି ସଙ୍ଗାତଯାକ ଯାଇ ରଜାନଅରରେ ପହଞ୍ଚିଲେ। ରଜା କୋଠା ଉପରକୁ ପବନ ଖାଇବାକୁ ଆସିଛନ୍ତି,

ଶୁଆ ଉଡ଼ିଯାଇ ରଜାଙ୍କ ପାଖରେ ବସିଲା । ବୋଇଲା, 'ରାଧା କୃଷ୍ଣ, ରାଧା କୃଷ୍ଣ, କୃଷ୍ଣ କୃଷ୍ଣ, ରାମ ରାମ ।' 'ଚକ୍ରଧର ! ପକ୍ଷିଜନ୍ମରୁ ଉଦ୍ଧାର କର ।' ଇମିତି କେତେ ବୋଇଲା, ଗୀତଗୋବିନ୍ଦଯାକ ବୋଲିଗଲା । ରଜା ଶୁଣି ଭାରି ଖୁସି ହେଲେ । ରଜା ହାତରେ ଗୋଟିଏ କଇଁଚିକାକୁଡ଼ି ଧରି ଶୁଆଟିକି ଡାକିଲେ । ଶୁଆ କହିଲା, 'ତୁମେ ମତେ ପଞ୍ଜୁରିରେ ରଖିବ ନାହିଁ, ଏ କଥା ସତ୍ୟ କର, ମୁଁ ତୁମ ପାଖକୁ ଯିବି । ଦିନରାତି ତୁମ ପାଖରେ ଥିବି ।' ରଜା ସତ୍ୟ କଲାରୁ ଶୁଆ ଆସି ରଜାଙ୍କ ହାତରେ ବସିଲା । ରଜା ଯାହା କହନ୍ତି, ଶୁଆ ତାହା ବୋଲେ । ଏଣେ ସେ ମଣିକି ଉଣ୍ଡୁଥାଏ । ଦେଖିଲା ଯେ ରଜା ରାତିରେ ଶୋଇଲା ବେଳେ ସେ ମଣିଟିକି ଜିଭ ତଳେ ଯାକି ଶୋଇଲେ । ଶୁଆ ତିନି ସଙ୍ଗାତଙ୍କୁ ଏ କଥା କହିଲା । ରଜା ଶୋଇ ପଡ଼ି ଘୁଙ୍ଗୁଡ଼ି ମାଇଲେ । ସାପ ଯାଇ ରଜାଙ୍କ ନାକ ଭିତରେ ଲାଙ୍ଗୁଡ଼ଟିକି ପୂରେଇ ଦେଲା । ରଜା ଛିଙ୍କି ଉଠିଲା ବେଳକୁ ପାଟିରୁ ମଣିଟି ଖସି ପଡ଼ିଲା । ଯିମିତି ମଣି ଖସି ପଡ଼ିଲା, ନେଉଳ ତାକୁ ପାଟିରେ ପୂରେଇ ରଖିଲା । ମଣିକି ନେଇ ଚାରି ସଙ୍ଗାତଯାକ ମହାଜନପୁଅ ପାଖକୁ ବାହାରିଲେ । ଓଧ ଉପରେ ସାପ, ସାପ-ଫେଣା ଉପରେ ନେଉଳ ବସିଲା, ଶୁଆଟି ଉଡ଼ିଗଲା । ନେଉଳ ପାଟିରେ ମଣିଟି ଥାଏ । ଦରିଆ ପାରି ହଉଛନ୍ତି, ନେଉଳକୁ ହାଇ ଆସିଲା । ହାଇ ମାଇଲା ବେଳକୁ ମଣିଟି ପାଣିରେ ଖସି ପଡ଼ିଲା । ନେଉଳ ବୁଦ୍ଧି ହଜିଲା । ଏତେ ଦୁଃଖରେ ମଣି ମିଳିଥିଲା, କୁଆଡ଼େ ଗଲା ! ଓଧ ଏ କଥା ଶୁଣିଲା । ଓଧ ମାଛଙ୍କର ରଜା । ମାଛଯାକ ଓଧକୁ ଡରନ୍ତି । ଓଧ ଯାଇ ଦରିଆଯାକ ଘାଣ୍ଟି ପକେଇଲା । ମାଛଯାକ ଡରରେ ଥରହର ହେଲେ । ଓଧ ଯାଇ ରାଘବ ମାଛକୁ ଧଇଲା, ରାଘବ ସବୁ ମାଛକୁ ଆଣି ରୁଣ୍ଡ କଲା । କହିଲା, 'ଯେ ମଣିଟିକି ନେଇଛ, ଆଣିଦିଅ, ନଇଲେ ଓଧ ଆଜି ଆମ ବଂଶ ନିର୍ମୂଳ କରିବ ।' ଗୋଟିଏ ମାଛ ସେ ମଣିଟିକି ଗିଳିଥିଲା । ଯା ଶୁଣି ସେ ତା ପେଟ ଭିତରୁ ମଣିଟିକି ବାନ୍ତି କରି ପକେଇଲା । ତିନି ସଙ୍ଗାତ ମଣିଟିକି ପାଇ ଆନନ୍ଦରେ ମହାଜନପୁଅ ପାଖରେ ଆସି ପହଞ୍ଚିଲେ । ମହାଜନପୁଅ ମଣିଟିକି ପାଇବାରୁ ତାକୁ ଆନନ୍ଦରେ ବାଟ ଦିଶିଲା ନାହିଁ । ମଣିକି ହୁକୁମ ଦେଲା, ସେହିକ୍ଷଣି ଏକ ମନପବନ ଡଙ୍ଗା ଅଇଲା । ମହାଜନପୁଅ ଚାରି ସଙ୍ଗାତଙ୍କୁ ଘିନି ସାତ ସମୁଦ୍ର ପାରି ହେଲା, ଆସି ସେ ରଜା ମୁଲକରେ ପହଞ୍ଚିଲା । ମଣିକି ହୁକୁମ ଦେଲା, 'ଏ ରଜାକୁ ଚିରାକନା ପିନ୍ଧେଇ ସାତ ସମୁଦ୍ର ଭିତର ଟାପୁରେ ସେ ଅମୁହାଁ ଦେଉଳରେ ରଖି ଆ ।' ରଜା ଗଲାରୁ ରଜାଝିଅକୁ ଡାକି ସବୁ କଥା ପଚାରିଲା । ରଜାଝିଅ ସବୁ କଥା ମାନିଗଲା । କହିଲା, 'ବାପା ମତେ ହାଣିପକାଇବାକୁ ବସିଲାରୁ ମତେ ଯାହା କହିଲେ, ମୁଁ ତାହା କଲି । ତୁମେ ଗଲାରୁ ମତେ କେତେ ଜିଗର କଲେ ବିଭା ହବାକୁ, ମୁଁ ବିଭା ହେଲି

ନାହିଁ। ମୁଁ ତ ଏତେ କଥା ଜାଣି ନ ଥିଲି ! ମୁଁ ତୁମକୁ ଖୋଜୁଥାଏଁ। ମତେ କହିଥିଲେ, ଯେବେ ତୁ ମାସକ ଭିତରେ ବିଭା ନ ହବୁ, ତତେ ଦି'ଗଡ଼ କରି ହାଣି ପକେଇବି। ଦଇବଯୋଗରୁ ମାସେ ନ ପୂରୁଣୁ ତୁମେ ଆସି ପହଞ୍ଚିଗଲ।' ମହାଜନପୁଅ ଏ କଥାର ପ୍ରମାଣ ନେଲା। ପଛକୁ ବୁଝିଲା ଯେ ଏ କଥା ସତ। ମହାଜନପୁଅ ବିଚାରିଲା, ଯାହା ତ ହବାର ହେଲାଣି, ରଜାଙ୍କୁ ଏ ମୁଲକକୁ ନ ଆଣିଲେ ହେଲା। ଯା ବିଚାରି, ମଣିକି ହୁକୁମ ଦେଇ ସାତ ସମୁଦ୍ର ଟାପୁ ଭିତରେ ଦିବ୍ୟ ସୁନ୍ଦର ନଅର ତୋଳେଇ ବଗିଚା କରିଦେଲା। ସେଇଠି ରଜା ରହିଲେ। ମହାଜନପୁଅ ରଜାଝିଅକୁ ବିଭା ହେଲା। ବାପ ଭାଇଙ୍କି ଆଣି ପାତ୍ର ମନ୍ତ୍ରୀ କରି ଆପଣା ପାଖରେ ରଖିଲା। ରଜାଝିଅ ମହାଜନପୁଅ ରାଇଜ ଭୋଗ କରି ଆନନ୍ଦରେ ରହିଲେ। ମୁଁ ଗଲାରୁ କଥା କହିଲେ ନାହିଁ।

■

ବାଳବତୀ କନ୍ୟା

ଗୋଟିଏ ରାଇଜରେ ଏକ ବୁଢ଼ୀ ଅସୁରୁଣୀ ଥାଏ । ଅସୁରୁଣୀ ବୁଢ଼ୀ ଦିନରେ ପାଣିଭିତରେ ଥାଏ, ରାତିରେ ପାଣିରୁ ବାହାରି ମଣିଷ ଖାଏ । ଇମିତି ଖାଉ ଖାଉ ରାଇଜଯାକ ମଣିଷ ନିପାତ କଲା । ସେ ରାଇଜରେ ରଜାଝିଅ ପିଲା ହୋଇଥାଏ । ଅତି ଉତ୍ତମ ସୁନ୍ଦର କନ୍ୟାଟିଏ । ଅସୁରୁଣୀର ତାକୁ ଖାଇବାକୁ ମନ ବଳିଲା ନାହିଁ । ତାକୁ ନେଇ ପାଣି ଭିତରେ ଘରେ ରଖିଥାଏ । ଦିନ ଗଲା, ମାସ ଗଲା, ବରଷ ଗଲା, ସେ ମାଇକିନିଆ ଝିଅଟି ବଢ଼ିଗଲା । ରଜାଝିଅର ଖୁବ୍ ଲମ୍ବା ବାଳ – ଲମ୍ବରେ ବାର ହାତ । ଦିନେ ରଜାଝିଅ ଆସିଛି ନଈ ତୁଠରେ ଗାଧୋଇବାକୁ, ମୁଣ୍ଡ ଧୋଉ ଧୋଉ ମୁଣ୍ଡରୁ ବାଳଟିଏ ଉପୁଡ଼ିଗଲା । ରଜାଝିଅ ସେ ବାଳଟିକି ଗୋଟିଏ ଫରୁଆରେ ପୂରେଇ ଭସେଇ ଦେଲା । ଫରୁଆଟି ଯାଇଁ ଏକ ଦେଶରେ ଲାଗିଲା । ସେ ଦେଶର ରଜାପୁଅ ଯାଇଥିଲା ପାରିଧିକି, ନଈକୂଳେ ଏ ଫରୁଆଟିକି ଦେଖିଲା । ଫରୁଆ ଫିଟେଇ ଦେଖିଲା ବେଳକୁ ବାର ହାତ ଲମ୍ବର ବାଳଟିଏ । ରଜାପୁଅ ଅବୁଝା, ଆଉ ପାରିଧିକି ଯିବ କଅଣ ? ସେ ଫରୁଆଟିକି ନେଇ ନଅରକୁ ଫେରିଲା । ଘରେ ଯାଇଁ କବାଟ କିଳି ଶୋଇଲା । ଖାଇଲା ନାହିଁ, ପିଇଲା ନାହିଁ, ଯେ ଯେତେ ଡାକିଲା, କବାଟ ଫିଟେଇଲା ନାହିଁ । ରଜାପୁଅ ମନ୍ତ୍ରୀପୁଅ ସଙ୍ଗାତ । ପଛକୁ ମନ୍ତ୍ରୀପୁଅ ଆସି କବାଟରେ ମାଇଲା, ରଜାପୁଅ କବାଟ ଫିଟେଇ ନ ଥାଏ । ମନ୍ତ୍ରୀପୁଅକୁ କହିଲା, 'ତୁମେ ସତ୍ୟ କର, ମୁଁ ଯାହା କହିବି ଯେବେ ମୋତେ ଆଣି ଦବ, ତେବେ ମୁଁ କବାଟ ଫିଟେଇବି ।' ମନ୍ତ୍ରୀପୁଅ କଣ କରିବ ? ସତ୍ୟ କଲା । ରଜାପୁଅ କବାଟ ଫିଟେଇଲା । କହିଲା, 'ଏ ଯେଉଁ କନ୍ୟାର ବାଳ, ସେ କନ୍ୟାକୁ ଆଣି ଦେଲେ ମୁଁ ବିଭା ହେବି, ନଇଲେ ମୁଁ ପାଣି ଛୁଇଁବି ନାହିଁ ।' ମନ୍ତ୍ରୀପୁଅ କେତେ ବୁଝେଇଲା । କହିଲା, 'ସଙ୍ଗାତ, ଏଇ ଛାର କଥା ପାଇଁକି ଏତେ ଭାଳେଣି ! ତୁମେ ଖାଅ ପିଅ, ମୁଁ ସେ କନ୍ୟାକୁ ଆଣି ଦେବି ।' ରଜାପୁଅ ଖାଇଲା, ପିଇଲା । ମନ୍ତ୍ରୀପୁଅ

ଯାଇଁ ରଜାଙ୍କ ଛାମୁରେ ଜଣା କଲା। କହିଲା, 'ମଣିମା ! ବାର ଶହ ବଢ଼େଇଙ୍କି ହୁକୁମ ଦିଅ, କାଲି ସକାଲୁ ମନପବନ ଡଙ୍ଗା ତିଆରି କରି ଆଣି ଦିଅନ୍ତୁ।' ସେଥିରୁ ରଜା ସେଇକ୍ଷଣି ହୁକୁମ ଦେଲେ। ବାର ଶହ ବଢ଼େଇଯାକ ଧରା ହେଇ ଆସିଲେ। ରଜା କହିଲେ, 'ଯେବେ କାଲି ସକାଲୁ ମନପବନ ଡଙ୍ଗା ଆଣି ନ ଦବ, ତେବେ ବାର ଶହ ବଢ଼େଇଯାକଙ୍କ ସବଂଶେ ମୁଣ୍ଡକାଟ ହବ।' ଗୋଟିଏ ବୁଢ଼ା ବଢ଼େଇ ଅତି ବ୍ୟସ୍ତ ହୋଇ ଗୋଟିଏ କଦମ୍ବ ଗଛମୂଳରେ ଶୋଇଲା। ରାତିଯାକ ନିଦ ମାଡ଼ିବାକୁ ନାହିଁ। ସେ ଗଛରେ ଫୁଲଶାଗୁଣାଟିଏ ବସା କରିଥାଏ। ରାତିକି ବସାକୁ ଫେରି ଆସିଲା ବେଳକୁ ଛୁଆଯାକ କେଁ କଟର ହେଲେ ଖାଇବେ ବୋଲି। ଫୁଲଶାଗୁଣା ପିଲାଙ୍କୁ ବୋଧ କରି କହିଲା, 'ଆଜି ଯାହା ଆଣିଛି ଖାଇ ଶୁଅ, କାଲିକି ବାର ଶହ ବଢ଼େଇ ସବଂଶେ ହାଣ ହେବେ। କାଲି ଯେତେ ଇଚ୍ଛା ମନ ବୋଧ କରି ଖାଇବ। ସତେ କଣ ବଢ଼େଇ ମନପବନ ଡଙ୍ଗା ତିଆରି କରିବେ ଯେ ହାଣରୁ ବର୍ତ୍ତିବେ?' ଶାଗୁଣାଛୁଆ ଜିଗର କରି ମାକୁ ପଚାରିଲେ, 'କେଉଁ ଗଛରେ ଭଲା ସେ ଡଙ୍ଗା ତିଆରି ହବ?' ମା କହିଲା, 'ଆମେ ଯେଉଁ ଗଛରେ ଅଛୁଁ, ସେଇ ଗଛରେ ମନପବନ ଡଙ୍ଗା ତିଆର ହୁଅନ୍ତା।' ବୁଢ଼ା ବଢ଼େଇ ଯା ଶୁଣି ଭାରି ଖୁସି ହେଲେ। ଆଉ ବଢ଼େଇଯାକଙ୍କୁ କହିଲା। ସେ ଗଛକୁ ହାଣି ମନପବନ ଡଙ୍ଗା ତିଆର କରି ରଜାଙ୍କୁ ଭେଟି ଦେଲେ।

ରଜାପୁଅ ସକାଳୁ ଉଠି ସଙ୍ଗାତ ସାଙ୍ଗରେ ସେ ମନପବନ ଡଙ୍ଗାରେ ଚଢ଼ି ବାହାରିଲେ। ଯାଉଁ ଯାଉଁ ସେ ଡଙ୍ଗା ଅସୁରୁଣୀ ତୁଠରେ ଲାଗିଲା। ସନ୍ଧ୍ୟା ବୁଡ଼ି ଗଲାଣି। ଅସୁରୁଣୀ ଯାଇଛି ଅଧାର ଖୋଜି। ବାଳବତୀ କନ୍ୟା ଗୋଡ଼ ହାତ ଧୋଇବାକୁ ନଈତୁଠକୁ ଆସିଥାଏ। ଏ ଦି'ସଙ୍ଗାତଙ୍କୁ ଦେଖି କହିଲା, 'ଆହା ! କାହିଁକି ଏ ଦେଶକୁ ଅଇଲ, ଏଇଲାଗେ ତ ବୁଢ଼ୀ ଅସୁରୁଣୀ ଆସି ଖାଇଯିବ ! ହଉ, ଆସିଲଣି ତ ଆସ।' ଯା କହି ମନପବନ ଡଙ୍ଗାକୁ ଲୁଚେଇ ଦେଲା। ଏ ଦି'ସଙ୍ଗାତଙ୍କୁ ପାଣି ଭିତର ନଅରକୁ ନେଲା। ମନ୍ତ୍ରୀପୁଅ ସବୁ କଥା ବାଳବତୀ କନ୍ୟାକୁ କହିଲେ। ସକାଳ ହେଲା ବେଳକୁ ଅସୁରୁଣୀ ବୁଲି ଚାଲି ଘରକୁ ଆସିବ। ରାତି ନ ପାହୁଣୁ ବାଳବତୀ କନ୍ୟା ଏ ଦିହିଙ୍କି ଯୋଡ଼ିଏ ମାଛି କରିଦେଲା। ଏ ଦିହେଁ ଦିଓଟି ମାଛି ହେଇ ଓରା ଉପରେ ବସିଥାନ୍ତି। ଅସୁରୁଣୀ ଆସି ପହଞ୍ଚିଲା। ତାକୁ ମଣିଷ ବାସନା ଜଣାଗଲା। କହିଲା, 'ହଇ ଲୋ ଝିଅ, ଏଠେଇଁ ମଣିଷମାଉଁସ କିଆଁ ବାସୁଛି? ଏଠେଇଁକି କିଏ ମଣିଷ ଆସିଛନ୍ତି କି?' ବାଳବତୀ କନ୍ୟା କହିଲା, 'ଏଠେଇଁ ତ ଆଉ ମଣିଷ କେହି ନାହିଁ, ମୁଁ ଏକା ଅଛି, ମତେ ଖା।' ଅସୁରୁଣୀ ଜିଭ କାମୁଡ଼ି ପକେଇ କହିଲା, 'ମୋ ଆଇଷ ତୁ ନେ। ତତେ ଖାଇବି ! ଏଡ଼େ କଥାଟାଏ କିଆଁ କହିଲୁ? ମୁଁ ପଛେ ମରେଁ, ତୁ ବସି ଥା।' ସନ୍ଧ୍ୟା

ହେଲାରୁ ଅସୁରୁଣୀ ଅଧାର ଖୋଜି ଯାଏ। ଅସୁରୁଣୀ ଗଲାରୁ ଏ ଦି'ସଙ୍ଗାତଙ୍କୁ ବାଳବତୀ କନ୍ୟା ଫେର ମଣିଷ କରିଦିଏ। ରଜାପୁଅଙ୍କୁ ସେ କନ୍ୟା ବିଭା ହେଲା। ଫେର ଅସୁରୁଣୀ ଅଇଲାବେଳକୁ ଦିହିଙ୍କି ମାଛି କରିଦିଏ। ଅସୁରୁଣୀ ନିତି ମଣିଷମାଉଁସ ବାସନା ବାରେ, ନିତି ଝିଅକୁ କହେ। ଝିଅ କହେ, 'ଆଉ ତ କେହି ନାହିଁ, ଯେବେ ମନ ହଉଚି, ମତେ ଖା।' ଅସୁରୁଣୀ ଜିଭ କାମୁଡ଼ି ତୁନି ହୁଏ। ଇମିତି ଦିନାକେତେ ଗଲା। ଦି'ସଙ୍ଗାତ ଦିନବେଳେ ମାଛି ହେଇ ରହନ୍ତି, ରାତିକି ମଣିଷ ହୁଅନ୍ତି। ୟାଙ୍କୁ ପଛକୁ ବିରକତ ଲାଗିଲା। ମନ୍ତ୍ରୀପୁଅ ଏକ ବୁଦ୍ଧି ପାଞ୍ଚିଲା। ବାଳବତୀ କନ୍ୟାକୁ ଶିଖାଇଲା, 'ଆଜି ଅସୁରୁଣୀ ଆସିଲେ ତାକୁ କଅଁଳେଇ ସଅଁଳେଇ ତାଠଉଁ କଥା ନବୁ, ତା ଜୀବନନାଟିକା କେଉଁଠି ଅଛି।' ସତକୁ ସତ ସେ ଦିନ ଅସୁରୁଣୀ ଫେରିଲାରୁ ବାଳବତୀ କନ୍ୟା ତା ଗୋଡ଼ ଘଷିଦେଉଥାଏ, କାନ୍ଦୁଥାଏ। ଟୋପାଏ ଲୁହ ଅସୁରୁଣୀ ଗୋଡ଼ରେ ପଡ଼ିଲା। ଅସୁରୁଣୀ ସେହିକ୍ଷଣି ସେ ଲହଟୋପାକ ଚାଟି ଦେଲା। ପଚାରିଲା, 'ହଇଲୋ ଝିଅ, ମୁଁ ମରିଯାଏଟି, ତତେ କି କଥା ଅପୂରୁବ ଯେ ତୁ କାନ୍ଦୁଛୁ? ହଜି ଯାଇଥିଲେ ଖୋଜେଇ ଦେବି, ଭାଙ୍ଗି ଯାଇଥିଲେ ଗଢ଼େଇ ଦେବି, ସରଗରୁ ଚାନ୍ଦ ତୁ ଖୋଜିଲେ ଆଣି ଦେବି। ତୁ କିଆଁ କାନ୍ଦୁଛୁ? ବାଳବତୀ କନ୍ୟା କହିଲା, 'ମା ଲୋ ମା, ବିଚାରୁଥିଲି, ତୁ କଣ ସବୁଦିନେ ବଞ୍ଚିଥିବୁ? ତୁ ଆସି ବୁଢ଼ୀ ହେଲୁ, ତୁ ମଲେ ମୋ କଥା କିଏ ବୁଝିବ? ମୁଁ କାହା ମୁହଁ ଚାହିଁ ଛାତି ଧରି ରହିବି? ୟା ମନେ ପଡ଼ିଲାରୁ ଆଖିରୁ ଟୋପାଏ ଲୁହ ପଡ଼ିଗଲା।' ଅସୁରୁଣୀ ୟା ଶୁଣି କିରିକିରେଇ ହସି ଉଠିଲା, କହିଲା, 'ମୁଁ କଣ ସହଜରେ ମରିବି? ମୋ ଜୀବନନାଟିକା କିଏ ପାଇବ ଯେ ମୁଁ ମରିବି? ତୁ ସେଥିପାଇଁ ଭାଳେଣି କରୁଛୁ କିଆଁ? ଆମ ବଡ଼ ଅଗଣା ମଝିରେ ଗୋଟିଏ ସିନ୍ଧୁକ ପୋତା ହେଇଛି। ତା ଭିତରେ ଏକ ଦନ୍ତୁରା କୋଡ଼ି ଅଛି। ସେ ଦନ୍ତୁରା କୋଡ଼ି ଆଣି ଯେବେ କେହି ଅଣ୍ଡିରିପୁଅ ମୋ ମୁଣ୍ଡ କୁଣ୍ଡେଇବ, ସେ ରକତରୁ ଟୋପାଏ ଭୂଇଁରେ ନ ପଡ଼ିବ, ତେବେ ଯାଇଁ ମୁଁ ମରିବି। ନଇଲେ ମତେ କିଏ ସହଜରେ ମାରିବ ଯେ ତୁ ଏତେ ଭାଳେଣି କରୁଛୁ।' ଦି'ସଙ୍ଗାତ ମାଛି ହେଇ ବସିଥାନ୍ତି, ସବୁ ଶୁଣୁଥାନ୍ତି। ଫେର ବାଳବତୀ କନ୍ୟା ସେ ଅସୁରୁଣୀକି ପଚାରିଲା, 'ମା ଲୋ ମା! ତୁ ମତେ ସେନେହ କରୁ ନାହୁଁ। ସେନେହ କରୁଥିଲେ ମୋ ପେଇଁ ଧନ ଦରବ ରଖନ୍ତୁ ନାହିଁ। ଅସୁରୁଣୀ ଯେଉଁଠେଇଁ ଯେତେ ମାଲ୍‌ମତା ଟଙ୍କାଟୋକର ଧନ ଦରବ ପୋତିଥିଲା, ସବୁ ବାଳବତୀ କନ୍ୟା ଆଗରେ କହିଲା।

ସନ୍ଧ୍ୟା ହେଲାରୁ ଅସୁରୁଣୀ ଗଲା ଅଧାର ଖୋଜି। ଦି'ସଙ୍ଗାତ ମଣିଷ ହୋଇ ବଡ଼ ଅଗଣା ଖୋଳି ସିନ୍ଧୁକ ଭିତରୁ ଦନ୍ତୁରା କୋଡ଼ି ବାହାର କଲେ। ସକାଳକୁ ଅସୁରୁଣୀ

ଚାଲି ଚାଲି ଆସି ନିତି ଯିମିତି ମଣିଷମାଉଁସ ବାସନା ବାରେ, ସେ ଦିନ ସିମିତି କହିଲା। ବାଳବତୀ କନ୍ୟା ଯିମିତି କହେ, ସିମିତି କହିଲା, 'ମୁଁ ଏକା ଏଠେଇଁ ମଣିଷ ଅଛି, ମତେ ଖା'। ଅସୁରୁଣୀ ଜିଭ କାମୁଡ଼ି ପକେଇଲା। ଟିକିଏ ଗଲାରୁ ଅସୁରୁଣୀ ଶୋଇ ପଡ଼ିଲା। ରଜାପୁଅ ମନ୍ତ୍ରୀପୁଅ ସେ କୋଡ଼ିକି ଆଣି ବୁଢ଼ୀ ଅସୁରୁଣୀ ମୁଣ୍ଡ ରାମ୍ପି ଦେଲେ। ରକତ ଭୂଇଁରେ ପଡ଼ିଲା ନାହିଁ, ଶେଯ ଉପରେ ପଡ଼ିଲା। ଅସୁରୁଣୀ ଏକ ଭୀମ ରଡ଼ି ଛାଡ଼ି ବାଡ଼େଇ କଚାଡ଼ି ହେଇ ଜୀବନ ଛାଡ଼ିଲା। ତା ଗର୍ଜନରେ ଘର ଦୁଆର ଦୁଲୁକିଗଲା। ଅସୁରୁଣୀ ମଲାରୁ ଧନ ଦରବ ପୋତା ଲୋତା ସବୁ ଖୋଳି ଖାଳି ଦି'ସଙ୍ଗାତଯାକ ମନପବନ ଡଙ୍ଗାରେ ପୂରେଇଲେ, ବାଳବତୀ କନ୍ୟାକୁ ନେଇ ଆପଣା ଦେଶକୁ ଗଲେ। ନଅର ଖଣ୍ଡେ ଦୂର ଥାଏ, ମନ୍ତ୍ରୀ ପୁଅ ଆଗରେ ଯାଇ ରଜାଙ୍କ ଛାମୁରେ ଜଣା କଲା। ରଜା ପାତ୍ର ମନ୍ତ୍ରୀ ଯାନ ବାହାନ ପାଲିଙ୍କି ପାଟଛତା ସାଙ୍ଗରେ ଆଣି ପୁଅ ବୋହୂଙ୍କୁ ଘରକୁ ନେଲେ। ରଜାଙ୍କ ନଅରଯାକ କଦଳୀଗଛ, ପାଣି ମାଠିଆ, ଫୁଲହାରରେ ପୂରିଗଲା। ସାଇ ମାଇପେ ହୁଳହୁଳି ଦେଲେ; ଶଙ୍ଖ ବାଜିଲା, ବାଇଦ ବଡ଼କାଠ ବାଜିଲା; ସାତ ଅହିଅ ମାଇପେ ସାତଦୀପ ନେଇ ପୁଅ ବୋହୂଙ୍କୁ ବନ୍ଦେଇଲେ। ପୁଅ ବୋହୂଙ୍କୁ ରାଣୀ ଆସି ଘରକୁ ନେଲେ। ପୁଅ ବୋହୂ ଆନନ୍ଦରେ ଘର ଦୁଆର କଲେ। କିଏ କେତେ ଖାଇଲେ, କିଏ କେତେ ନେଲେ ମୁଁ ଗଲାରୁ ମତେ ଟିକିଏ ସୁଦ୍ଧା ଦେଲେ ନାହିଁ।

■

କଳାକୁମର କଥା

ଗୋଟିଏ ରାଇକରେ ଏକ ରଜା ଥାଏ। ସେ ରଜାପୁଅ ବାହାରିଲା ବିଦେଶ। ଘୋଡ଼ାଶାଳରୁ ପକ୍ଷିରାଜ ଘୋଡ଼ାଟିଏ ବାଛିଲା। ପାଗ ପଟୁକା ହାତ ହତିଆର ବାନ୍ଧିଲା। ଟଙ୍କା ଟୋକର କିଛି ଧଇଲା, ଗଲା। ଯାଉଁ ଯାଉଁ ଏକ ରଜା ରାଇଜ ପଡ଼ିଲା। ସେ ରଜାଝିଅ କଅଣ କରିଛି, ଦାଣ୍ଡରେ ସୁନାକୁଲେଇ ରୂପାକୁଲେଇ ଘିନି ଧୂଳିଘର କରି ଖେଳୁଛି। ରଜାପୁଅ ଦେଖିଲା ଏ ଟୋକୀ ବାଟରେ ବସିଛି; ବାଟ ଛାଡ଼ିଲେ ସିନା ରଜାପୁଅ ଯିବ! ରଜାପୁଅ କହିଲା, 'ବାଟ ଛାଡ଼।' ଟୋକୀ କହିଲା, 'ଯେବେ ମନ ହେଉଛି, ତେବେ ବାଟ ଭାଙ୍ଗି କରି ଯା, ମୁଁ ବାଟ ଛାଡ଼ିବି ନାହିଁ।' ରଜାପୁଅ କହିଲା, 'ଇମିତି କନ୍ୟାକୁ ଭିଆ ହୁଅନ୍ତ, ଦରଭିଆ ହୋଇ ଛାଡ଼ି ଯାଅନ୍ତ।' ଯା ଶୁଣି ରଜାଝିଅ କହିଲା, 'ଇମିତି ବରକୁ ଭିଆ ହୁଅନ୍ତ, ବାପଘରେ ଥାଇ ପୁଅ ବିଅନ୍ତ।' ଇମିତି ଦିହେଁଯାକ ଜିଦ୍ ମରାମରି ହେଲେ।

ରଜାଝିଅ ଘରକୁ ଗଲା। ଗୋଟିଏ ଘରେ କବାଟ କୀଳି ଶୋଇଲା, ଏକ ଜିଦି ଧଇଲା ସେଇ ରଜାପୁଅକୁ ବିଭା ହବ ବୋଲି। ପଛକୁ ସବୁ ସଜ ହେଲା, ସେଇ ରଜାପୁଅ ସଙ୍ଗେ ବିଭାଘର ହେଲା। ବିଭାଘର ଅଧା ହେଇଛି, ରଜାପୁଅ ଧଡ଼କିନା ବେଦିରୁ ଉଠିଲା। ଆପଣା ପକ୍ଷିରାଜ ଘୋଡ଼ାରେ ଚଢ଼ି ଚାଲିଗଲା। ଯେ ଶୁଣିଲା, ସେ କାବା ହେଲା। ଇମିତି ଜିଦି ମରାମରି ହୋଇଛନ୍ତି ବୋଲି ତ କେହି ଜାଣି ନ ଥାଏ। ବାପ ମା ଭାରି ବେସ୍ତରେ ଥାଆନ୍ତି। ଦିନାକେତେ ଗଲା। ରଜାଝିଅ କହିଲା, 'ଅମୁକ ଦେଶ ରଜା ମୁଲକରେ ମତେ ଅଗନାଅଗ୍ନି ବନସ୍ତରେ ଘର ତୋଳେଇ ଦିଅ, ମୋର ସେଠେଇଁ ବାରବରଷ ତପସ୍ୟା ସଇଲେ ମୁଁ ଶାଶୂଘରକୁ ଯିବି'। ଯିମିତି କହିଲା, ସିମିତି ଏକ ଘର ତୋଳା ହେଲା। ରଜାଝିଅ ଯାଇଁ ସେଠେଇଁ ରହିଲା। ସେହି ଦେଶ ରଜାପୁଅ ତ ଯାକୁ ବିଭା ହେଇ ଦରବିଭା ହେଇ କରି ବେଦିରୁ ଉଠି ଆସିଛି। ରଜାପୁଅ

ଯାଏ ସେଇ ବନସ୍ତକୁ ପାରିଧି କରି । ଦିନେ ଯାଇଛି ପାରିଧି କରି, ଗୋଟିଏ ମିରିଗ ପଛରେ ଗୋଡ଼ଉ ଗୋଡ଼ଉ ବାଟ ଭୁଲି ଗଲା, ସାଙ୍ଗରେ ପାତ୍ର ମନ୍ତ୍ରୀ ଥିଲେ, ତାଙ୍କୁ ସବୁ ଛାଡ଼ିଲା, କିଏ କୁଆଡ଼େ ଗଲା, ରଜାପୁଅ ପଡ଼ିଗଲା ଏକା । ଏତିକି ବେଳକୁ ଆସି ବେଳ ବୁଡ଼ିଲା । ରଜାପୁଅ କେତେ ଭୁଆଁ ବୁଲିଲାଣି । ବୁଲି ବୁଲି ଥକିଲାଣି, ଆଉ କିଛି ବୁଦ୍ଧି ବାଟ ଦିଶୁ ନାହିଁ, ଯେତିକି ଯେତିକି ଆଗକୁ ଯାଉଛି, ସେତିକି ବେଶି ବେଶି ଅନ୍ଧାରୁଆ ବଣ । ଏଣେ ଫେର୍ ରଜାପୁଅର ଅତି ସୁକୁମାର ଜୀବନ, ଦିନଯାକ ଖାଇ ନାହିଁ, ପିଇ ନାହିଁ, ହାତ ଗୋଡ଼ ନାଡ଼ୀ ପରି ହେଇ ଯାଉଛି, ହଂସା ଉଡ଼ିଲାଣି, ଭୋକରେ ଶୋଷରେ ତାଳୁକା ପଡ଼ିଗଲାଣି, ରଜାପୁଅକୁ ଝୋଲା ମାରି ଗଲାଣି । ଖଣ୍ଡେଦୂର ବାଟରେ ଆଲୁଅ ଦିଶିଲା । ରଜାପୁଅ ସେହି ଆଲୁଅକୁ ଚାହିଁ ଘୋଡ଼ାକୁ ଚଳେଇଲା, ରଜାଝିଅ ଯେଉଁଠି ଘର ତୋଲିଛି, ସେଠେଇଁ ଯାଇ ପହଞ୍ଚିଲା । ରଜାଝିଅ ତାକୁ ଚିହ୍ନା ଦେଲା ନାହିଁ । ରଜାପୁଅ ଯାଇ ତାକୁ କହିଲା, 'ତୁମେ ଯିଏ ଇଚ୍ଛା ସିଏ ହୁଅ, ମତେ ମନ୍ଦାଏ ପାଣି ଦିଅ ପିଇବାକୁ, ମୋର ତଣ୍ଟି ଶୁଖି ଯାଉଛି', ରଜାଝିଅ ତାପାଇଁ ଉତ୍ତର ସୁନ୍ଦର ସାମଗ୍ରୀ ତିଆରି କଲା ଖାଇବାକୁ, ତାକୁ ମନବୋଧ କରି ଖାଇବାକୁ ଦେଲା, କହିଲା, 'ଏତେ ରାତି ହେଲାଣି, ଇଲାଗେ କୁଆଡ଼େ ଯିବ, ଆଜି ରାତିକି ଏଠେଇଁ ରହ, କାଲି ସକାଳୁ ତୁମ ଘରକୁ ଯିବ' । ରଜାପୁଅ ଏ କଥାକୁ ସନମତ ହେଲା । ରାତିକ ତା ଘରେ ରହିଲା । ରଜାଝିଅ ତାକୁ ନେଇ ଘର ଭିତରେ ପଲଙ୍କ ସୁପାତି ଉପରେ ଶୁଆଇଲା । ରଜାପୁଅ ତ ଭୋଳ, ସେ ତ ଏତେ ଭିତର କଥା ନ ଜାଣେ । ରଜାଝିଅ ରୂପ ଦେଖି ଭୁଲିଗଲା । ରଜାପୁଅ ପାଖକୁ ଡାକିଲା, ଦିହେଁଯାକ ବସି ବହୁତ ରାତିଯାଏ କେତେ ଦୁଃଖସୁଖ ହେଲେ । ରଜାପୁଅ ତ ନିର୍ମାୟା, ସବୁ କଥା ରଜାଝିଅକୁ କହି ପକେଇଲା । ରଜାଝିଅ ଅସଲ କଥା କହିଲା ନାହିଁ, ଏଣୁ ତେଣୁ କରି ରଜାପୁଅକୁ ଭଣ୍ଡେଇ ଦେଲା । ରାତିରେ ଦିହେଁଯାକ ପଲଙ୍କରେ ଶୋଇଲେ । ରାତି ପାହିଲା । ସକାଳୁ ରଜାପୁଅ ଉଠି ତା ନଅରକୁ ବିଦା ହେଲା ବେଳେ ରଜାଝିଅ କହିଲା, 'ତୁମେ ତ ରଜା ଭୋଳ, ଆଜି କଥା କାଲିକି ମନେ ରଖିବ ନାହିଁ । ତୁମେ ତ ମତେ ଏଠେଁଇ ଛାଡ଼ି ଯାଉଛ, ମୋର ଯେବେ ପିଲାଝିଲା ହବ, ତୁମେ ଭଲା ତାଙ୍କୁ ଚିହ୍ନିବ କିମିତି ?' ରଜାପୁଅ କହିଲା, 'ତୁମେ ମୋ ପାଗକନାରୁ ଖଣ୍ଡେ କାଟିକରି ରଖ, ମୋ ରତନମୁଦିକି ରଖ; ଯାକୁ ଦେଖେଇଲେ ମୁଁ ତୁମକୁ ନିଶ୍ଚେ ଚିହ୍ନିବି ।' ରଜାଝିଅ ସେ ପାଟକନାକୁ ଆଉ ସୁନା ମୁଦିକି ସନ୍ତକ ରଖିଲା । ରଜାପୁଅ ତା ନଅରରୁ ଗଲା । ଦିନାକେତେ ଗଲାରୁ ଫେର ରଜାପୁଅର ମନେ ପଡ଼ିଲା, ଫେର ପାରିଧି ଗଲା ବାହାନାରେ ଆସିଲା । ରଜାଝିଅ ପାଖରେ ରାତିଏ ରହିଲା, ସକାଳୁ ଉଠି ଗଲା ଭାରି । ସେ ଦିନ ରଜାଝିଅ ଫେର

ଗୋଟିଏ ସନ୍ତକ ରଖିଲା, ରଜାପୁଅ ସେ ଦିନ ତା ସୋରିଷିଆ ହାରଟି ରଜାଝିଅକୁ ଦେଇ ଗଲା। ଇମିତି ମଝିରେ ମଝିରେ ରାତିଏ ରାତିଏ ରଜାପୁଅ ଆସେ, ସକାଳୁ ଯାଏ ଭାରି, ରଜାଝିଅ ତାଠଉଁ ଗୋଟିଏ ଗୋଟିଏ ସନ୍ତକ ରଖେ। ରଜାଝିଅ ସେ ବଣରେ ତିନିଚାରି ମାସ ରହିଲା। ଦିନେ ରଜାପୁଅକୁ କିଛି ନ କହି ତୁନି କରି ସେଠଉଁ ଘର ଭାଙ୍ଗି ଆପଣା ରାଇଜକୁ ଗଲା। ରଜାପୁଅ ଆସି ପଛେ ଖୋଜିଲା ବେଳକୁ ଆଉ ଥାଏ କାହିଁ। ଦିନାକେତେ ଖୋଜିଲା, କିଛି ସୋରସାର ପାଇଲା ନାହିଁ। ପଛକୁ ତୁନି ହେଇ ରହିଲା। ଏଣେ ରଜାଝିଅ ଗଲା ଆପଣା ମୁଲକକୁ, ବାପଘରେ ଯାଇଁ ରହିଲା। ଗଲାବେଳକୁ ରଜାଝିଅର ମାସ ଗଡ଼ିଥାଏ, ବାପମାଙ୍କୁ ସବୁ କଥା ଖବର ଦେଲା। ସାତ ଆଠ ମାସ ଗଲାରୁ ରଜାଝିଅର ଗୋଟିଏ ଉତ୍ତମ ସୁନ୍ଦର ବାଳୁତ ହେଲା। ଦିନକୁ ଦିନ ବାଳୁତଟି କୁଆଁର ପୂନେଇ ଜହ୍ନ ପରି ଶୋଭା ଦିଶିଲା। ଚାଲି ବୁଲି ପାରିଲାରୁ ତା ପାଟି ଫିଟିଲା। ବୁଦ୍ଧି ହେଲାରୁ ତାକୁ ନେଇ ଚାହାଲିରେ ବସେଇଲେ। ତା'ର ଭାରି ବୁଦ୍ଧି। ତା ନାଁ ଦେଲେ 'କଳାକୁମର'। ଚାହାଲିରେ ଚାରି ଦିନେ ଚାରି ପାଠ ପଢ଼ିଲା। ଦିନେ କଳାକୁମରର ଖଡ଼ି ଗଡ଼ିଗଲା। ରଜାଘର କଥା ବୋଲି ସିନା ରାଇଜଯାକ ତୁନି ହୋଇ ରହିଛନ୍ତି ! ଚାହାଲି ପିଲାଏ କି ଜାଣନ୍ତି ରଜା ଫଜା। ସାଙ୍ଗ ପଢୁଆଙ୍କୁ କଳାକୁମର କହିଲା ଖଡ଼ିଗୋଟେଇ ଆଣି ଦବାକୁ। ସାଙ୍ଗ ପଢୁଆଏ କହିଲେ, 'ତୁଟା ତ ଅଣବାବୁଆ, ତୋ ଖଡ଼ି ଆମେ ଗୋଟେଇ ଆଣି ଦବୁ ନାହିଁ'। କଳାକୁମର ମନେ ମନେ ଭାରି ରାଗ ହେଲା। ମନ କଥା ମନରେ ଥାଏ, ଘରକୁ ଗଲା। ଆଉ ଗାଧୋଇ ପାଧୋଇ ଖାଇବ କଣ ? ଗୋଟାଏ ଘରେ ମୂଷାମାଟି ରଣଭଣ, ବିରାଡ଼ିଗୁହ ସଣସଣ, ସେଇ ଘରେ କବାଟ କିଳି ଶୋଇଲା। ଯେ ଡାକିଲା, କବାଟ ଫିଟେଇଲା ନାହିଁ। ଦିନ ଆସି ଦି'ପହରରୁ ଗଡ଼ିଗଲାଣି, ପଛକୁ ତା' ମା ଡାକିବାକୁ ଅଇଲା। ମା'କୁ କଳାକୁମର ତା ମନଦୁଃଖ କହିଲା। କହିଲା, 'ମୋ ବାପକୁ ନ ଦେଖିଲେ ଖାଇବି ନାହିଁ।' ମା କହିଲା, 'ତୁ ଖା ପି, ମୁଁ ଦେଖେଇ ଦେବି।' କଳାକୁମର ମାକୁ ସତ୍ୟ କରେଇଲା। ଖାଇଲା, ପିଇଲା। ଏ ଏକା ଜିଦ୍ ଧରିଥାଏ। ମା ଯେତେ ବୁଝେଇଲା, ବୁଝିବାକୁ ନାହିଁ। ପଛକୁ ମା କଣ କଲା- ଆଗରୁ ରଜାପୁଅଠଉଁ ଯାହା ଯାହା ସନ୍ତକ ରଖିଥିଲା, ପୁଅ ସାଙ୍ଗରେ ସେତେକ ଗୋଟିଏ ବୁଜୁଳି ବାନ୍ଧି ଦେଲା। ସେ ରଜା ରାଇଜ ଠିକଣା ବତେଇ ଦେଲା।

କଳାକୁମର ଘୋଡ଼ାରେ ଚଢ଼ି କିଛି ମାଲମତା ହାତରେ ଘିନିଲା, ଗଲା। ଯାଇ ଆପଣା ବାପ ମୁଲକରେ ପହଞ୍ଚିଲା। ରଜାଙ୍କ ମାଲ୍ୟାଣୀ ଘରେ ବସା କରି ରହିଲା। ନିତି ଯାଇ କଣ କରେ- ରଜାଙ୍କ ଦାଣ୍ଡରେ ପାଗପଟୁକା ବାନ୍ଧି ଘୋଡ଼ା ଦଉଡ଼ାଏ। ଯେ

ପଚାରେ 'ତୁ କିଏ ?' କଳାକୁମର କହେ, 'ମୁଁ ମହାଜନ, ଆସିଛି ସୁନା ରୂପା ଅଳଙ୍କାର ବିକି।' ସମସ୍ତେ କହନ୍ତି, 'କି କି ଅଳଙ୍କାର ଆଣିଛୁ, ଦେଖା।' କଳାକୁମର କହେ, 'ମୋ ଅଳଙ୍କାର ଅମୂଲ ମୂଲ, ଇମିତି କିଏ ନବାବାଲା ଅଛି ଯେ ମୁଁ ଅଳଙ୍କାରଯାକ ଦେଖେଇବି ?' ସମସ୍ତେ ଏହା ଶୁଣି ରଜାଙ୍କୁ ଜଣା କରେଇଲେ। ରଜା ମହାଜନକୁ ଡକେଇଲେ। କଳାକୁମର ଆସି ପହଞ୍ଚିଲା। କହିଲା, 'ମଣିମା ! ମୁଣ୍ଡ ରହିଲେ କହିବି। ମଣିମାଙ୍କ ରାଇଜଯାକ ଦେଲେ ତ ମୋ ଅଳଙ୍କାରର ମୂଲ ସରି ହବ ନାହିଁ। ମଣିମା ମୋ ଅଳଙ୍କାର ରଖିବାକୁ ମନେ କରୁଛ କିଆଁ ?' ରଜା ୟା ଶୁଣି ଭାରି ଜିଦି କଲେ। ପଛକୁ କଳାକୁମର କହିଲା ସେ ଅଳଙ୍କାରଯାକ ରଜାଙ୍କୁ ଏକୁଟିଆ ଦେଖେଇବ, ଆଉ କେହି ଦେଖିବ ନାହିଁ। ରଜାଙ୍କୁ ଏକୁଟିଆ ଡାକି ନେଇ ପାଗ କନା, ସୁନାମୁଦି, ସୋରିଷିଆ ହାର, ଆଉ ଆଉ ଯାହା ସବୁ ମା ଦେଇଥିଲା, ଦେଖେଇଲା। ରଜା କହିଲେ, 'ତୁମେ ୟାକୁ ସବୁ କାହୁଁ ପାଇଲ ?' କଳାକୁମର କହିଲା, 'ମୋ ମା ମତେ ଦେଇଛି। ମୋ ମାକୁ ଡକେଇଲେ ସବୁକଥା କହିବ।' ରଜା ଯାନ ବାହାନ ପାଲିଙ୍କି ପାଟଛତା ପଠେଇ କଳାକୁମର ମା'କୁ ଅଣେଇଲେ, ସବୁ ପୂରୁବ କଥାଯାକ ଶୁଣିଗଲେ, ରଜାଝିଅର ବୁଦ୍ଧିକି ପ୍ରଶଂସା କଲେ, ଆଣି ପାଟରାଣୀ କରି ଘରେ ରଖିଲେ, କଳାକୁମରକୁ ଟୀକା ଦେଲେ, ପୁଅ ମାଇପ ନେଇ ସୁଖରେ ରାଇଜ କଲେ। ମୁଁ ଗଲାରୁ କଥା କହିଲେ ନାହିଁ।

■

ବୁଢ଼ା ଚୁଙ୍ଗୁଡ଼ି କଥା

ଏକ ଗାଁରେ ବୁଢ଼ା ବୁଢ଼ୀ ଯୋଡ଼ିଏ ଥାଆନ୍ତି। ବୁଢ଼ା ଯାଏ ମୂଲପାତି ଲାଗି, ବୁଢ଼ୀ ଯାଏ ଧାନ କୁଟି। ଦୁଃଖୀ ଘର, ଦୁଆର ମୁହଁରେ ତାଟି ଖଣ୍ଡ ଆଉଜେଇ ଧଡ଼ା ଲଗେଇ ଦେଇ ଯାଆନ୍ତି। ଗୋଟିଏ ବିଛାବାଲିଆ ବୁଢ଼ା ଚୁଙ୍ଗୁଡ଼ିଟିଏ ଥାଏ ଯେ ସେ କଣ କରେ ନା, ବୁଢ଼ା ବୁଢ଼ୀ ତାଟି ଲଗେଇ ଦେଇ ଗଲାରୁ ବାଡ଼ି ଗାଡ଼ିଆରୁ ଉଠି ତାଟି ଖଣ୍ଡିକ ଫିଟେଇ କରି ଘରେ ପଶେ, ହାଣ୍ଡିରୁ ପଖାଳତକ ଛାଣିଛୁଣି ପେଟେ ଖାଏ, ତୋଡ଼ାଣି ପେଟେ ପିଏ, ଫେର୍ ଗାଡ଼ିଆକୁ ଯାଏ ବାହାରି। ନିତି ବୁଢ଼ା ବୁଢ଼ୀ ଆସି ଦେଖିଲାବେଳକୁ ତାଟି ମେଲା, ହାଣ୍ଡି କୁଣ୍ଡେଇରେ ଭାତଟିଏ ସୁଦ୍ଧା ନାହିଁ। ବୁଢ଼ା ଦିନେ ବିଚାରିଲା, ଆଜି ଏ ଚୋରକୁ ଜଗିବି, ଦେଖେଁ ତ ଦେଖି ଚୋର ଭଲା କିମିତି ଆସିବ।' ବୁଢ଼ୀ ବାହାରିଲା ତା ଧନ୍ଦାକୁ। ବୁଢ଼ା କହିଲା, 'ବୁଢ଼ୀ, ତୁ ପଦାରୁ ତାଟି ଲଗେଇ ଦେଇ ଯା।' ବୁଢ଼ା ଭାଡ଼ି ଉପରେ ଧଡ଼ାଟାଏ ଧରି ଲୁଚି ବସିଥାଏ। ବୁଢ଼ୀ ଗଲାରୁ ଚୁଙ୍ଗୁଡ଼ି ଦେଖିଲା ତାଟି ଲାଗିଛି, ଯିମିତି ନିତି ଆସି ତାଟି ଫିଟେଇ ପଶେ, ସିମିତ ସେଦିନ ଆସି ପଶିଲା। ଭାତ ହାଣ୍ଡିରେ ମୁହଁ ବୁଡ଼େଇଲାବେଳକୁ ବୁଢ଼ା ଦେଲା ଧଡ଼ାରେ ଠେଙ୍ଗାଏ। ଚୁଙ୍ଗୁଡ଼ି ଏକା ଥରକେ ଛଟପଟ ହେଲା ନାରାୟଣ ! ବୁଢ଼ା ସେ ଚୁଙ୍ଗୁଡ଼ିକି କଣ କଲା,- ଗୋଟାଏ ଟୋକେଇ ଘୋଡ଼େଇ ଦେଇ ତା ଉପରେ ଚକି ପଟେ ଥୋଇଦେଲା, ଚୁଙ୍ଗୁଡ଼ିକି ଟୋକେଇ ତଳେ ରଖିଥାଏ, ବୁଢ଼ୀ ଆସି ଘରେ ପହଞ୍ଚିଲାବେଳକୁ ଦେଖେ ଏ ସମାଚାର। ବୁଢ଼ା ବୁଢ଼ୀକି କହିଲା, 'ଏ ଚୁଙ୍ଗୁଡ଼ିଟି ଆମ୍ବିଳ କରି ରଖ। ମୁଁ ଯାଉଛି ହାଟ ବାଟ କରି ଆସେଁ।' ଯା କହି ବୁଢ଼ା ଗଲା।

ବୁଢ଼ୀ ହଳଦି ବେଶର ଆମ୍ବୁଲ ଦେଇ ସେ ଚୁଙ୍ଗୁଡ଼ିଟିକି ଯତନ କରି ଆମ୍ବିଳ କଲା, ଲୁଣିଆ କି ଅଲଣା ହେଇଛି ଟିକିଏ ଚାଖିଲା। ଭାରି ସୁଆଦ ଲାଗିଲା, ଆଉ ଟିକିଏ ଚାଖିଲା, ଚାଖୁଚାଖୁ ସବୁଯାକ ଚାଖି ଦେଲା, ଦେଖିଲା ବେଳକୁ ହାଣ୍ଡିକ

ଆମ୍ବିଳ ପୋଛାପୋଛି, ହାଣ୍ଡିରେ ବକଟେ ସୁଦ୍ଧା ଲାଗି ନାହିଁ। ବୁଢ଼ୀର ତ ହଲକ ଶୁଖିଲା। ବୁଢ଼ା ତ ଇଲାଗେ ଅଇଲେ ଆଉ ରଖିବ ନାହିଁ! ପଛକୁ କଣ କଲା- ଆପଣା ଜଙ୍ଘରୁ ଖଣ୍ଡେ ମାଉଁସ କାଟି ତାକୁ କେଳେଇ ଧୋଇ ଧାଇ ଆମ୍ବିଳ କଲା। କରିକୁରି ରଖି ଦେଲା। ଏ ସବୁ କଥା ଛଉକା ବିରାଡ଼ି ଦେଖିଥାଏ। ଛଉକା ବିରାଡ଼ି ବୁଢ଼ୀ ଖାଇଲାବେଳେ ମିଆଉଁ ମିଆଉଁ ହେଉଥାଏ, ବୁଢ଼ୀ ତାକୁ ସେ ଚୁଙ୍ଗୁଡ଼ି ଆମ୍ବିଳରୁ ଟିକିଏ ନ ଦେଲା। ବିରାଡ଼ିର ବୁଢ଼ୀ ଉପରେ ରାଗ ଥାଏ।

ବୁଢ଼ା ଆସି ପହଞ୍ଚିଲା, ବୁଢ଼ୀ ତାକୁ ଭାତକଂସାଏ, ଆମ୍ବିଳତକ କାଢ଼ି ଦେଲା। ବୁଢ଼ା ଖାଇ ବସିଥାଏ, ବୁଢ଼ୀର ଏଣେ ଜଙ୍ଘ ଟକଟକ ସଡ଼ସଡ଼ ହଉଥାଏ। ବୁଢ଼ୀ ଟିକେ ମାଲପା ମାରି ଜଙ୍ଘକୁ ଏଣେ ନିଆଁରେ ଦେଖେଇ କତରା ଖଣ୍ଡେ ଘୋଡ଼ି ହେଇ ଚୁଲିପଙ୍ଖା ପାଖରେ ପଡ଼ିଥାଏ। ବୁଢ଼ା ପଚାରିଲା, 'କିଲୋ, ଏ କଣ?' ବୁଢ଼ୀ କହିଲା, 'ମତେ କମ୍ପଜର ଆସୁଛି, ଦିହ ଶିରଶିରେଇ ହଉଛି, ତୁମେ ସେଥିରୁ କଣ ପାଇବ, ଦୁଃଖ ଧନ୍ଦାରେ ଯାଅ, ମୋ ଦିହ ପଛକୁ ଭଲ ହୋଇଯିବ ଯେ! ମୁଁ ବଳେ ଆପଣା ମନକୁ ଝାଡ଼ିଝୁଡ଼ି ହେଇ ବସିବି'। ଏତିକିବେଳେ ଏ ଛଉକା ବିରାଡ଼ି କଅଣ କରିଥାଏ, ବୋବୋଉଥାଏ, କହୁଥାଏ, 'ବୁଢ଼ୀ ଖାଉଥାଏ ଚୁଙ୍ଗୁଡ଼ି ମାଛ, ବୁଢ଼ା ଖାଉଥାଏ ଜଙ୍ଘ ମାଉଁସ।' ବୁଢ଼ୀ କହେ, 'ମଲା! ଏ ନିଆଁଲଗା ବିରାଡ଼ିଟା କିଆଁ ଆଜି ଇମିତି ଉତୁରୁଛି ମା।' ବୁଢ଼ା ଥରେ ଶୁଣିଲା, ଦି'ଥର ଶୁଣିଲା, ତିନି ଥର ଶୁଣିଲା, ବିରାଡ଼ କହିଲା- 'ମ୍ୟାଉଁ ମ୍ୟାଉଁ, ମାଛ ଭାତ କରି ଗୁଣ୍ଡାଏ ହେଲେ ମରମ କଥାଟି କହୁଁ।' ବୁଢ଼ା ଭାତ ଆମ୍ବିଳ ଖୋଳେଇ କରି ଗୁଣ୍ଡାଏ ବଳିଲା, 'ଆସ୍ ପୁସ୍' କରି ବିରାଡ଼ିକି ଡାକି ସେ ଗୁଣ୍ଡାକ ଥୋଇ ଦେଲାରୁ ବିରାଡ଼ି ସେ ଗୁଣ୍ଡାକ ଖାଇ ସାରି ବୁଢ଼ାକୁ ସବୁ କଥା କହିଦେଲା। ଯା ଶୁଣି ବୁଢ଼ା ମନରେ ଭାରି ରାଗ ହେଲା। ବୁଢ଼ୀକି କହିଲା 'ହଇ ଲୋ! ତୋର ଫେର ଏଡ଼େ ଛାତି! ତୁ ଖାଇବୁ ଚୁଙ୍ଗୁଡ଼ି ମାଛ, ମୁଁ ଖାଇବି ଜଙ୍ଘ ମାଉଁସ?' ଯା କହି କତରା ସୁଦ୍ଧା ନେଇ ବୁଢ଼ୀକି ଗଡ଼ିଆରେ ମାଡ଼ି ଦେଲା। ବୁଢ଼ୀ ମୁହଁକୁ ମୋଡ଼ିଦେଲା, ଦାନ୍ତକୁ ନିକିଟି ଦେଲା, ଆଖି ବାଟେ ତା ପ୍ରାଣ ଗଲା।

ବୁଢ଼ୀକି ସେ ଗଡ଼ିଆରେ ମାଛ ଖୁମ୍ପୁଥାନ୍ତି। ଖୁମ୍ପିଲା ବେଳକୁ ମୁଣ୍ଡ ହଲି ଯାଉଥାଏ। ଦଣ୍ଡେ ଛାଡ଼ିଦେଇ ବୁଢ଼ା ଦେଖିଲା ବେଳକୁ ବୁଢ଼ୀ ପାଣିରେ ମୁଣ୍ଡ ଟୁଙ୍ଗାରୁଛି। ବୁଢ଼ା ଯାଇ ଗଡ଼ିଆ କୂଳେ ପହଞ୍ଚିଲା। ବୁଢ଼ୀକି ପଚାରିଲା, 'ହଇଲୋ ବୁଢ଼ୀ, କଅଣ? ତୁ କିଆଁ ମୁଣ୍ଡ ଟୁଙ୍ଗାରୁଛୁ? ହଳଦୀକାଠୁଆ ନବୁ?' ବୁଢ଼ୀର ମୁଣ୍ଡ ଫେର ଥରେ ଟୁଙ୍ଗାରି ହେଇଗଲା। ବୁଢ଼ା ଘରୁ ହଳଦିକାଠୁଆଟି ନେଇ ବୁଢ଼ୀ ଆଡ଼କୁ ଗଡ଼ିଆରେ ଫିଙ୍ଗି ଦେଲା। ଫେର ପଚାରିଲା, 'ଆଉ କଣ, କଜଳପାତି ନବୁ?' ଫେର ବୁଢ଼ୀ ମୁଣ୍ଡ

ଟୁଙ୍ଗାରି ହେଲା। ବୁଢ଼ା ନେଇ କଜଜପାତିଟି ପକେଇ ଦେଲା; ଇମିତି ପକଉ ପକଉ ସିନ୍ଦୂରଫଗୁଆ, କୁଲା, ବାଉଁଶିଆ, ଛାଞ୍ଚୁଣି, ହେଁସ, ହାଣ୍ଡିକୁଣ୍ଡେଇ ଯାହା ଯିମିତି ଘରେ ଥିଲା, ସବୁ ନେଇ ବୁଢ଼ା ଗଡ଼ିଆରେ ପକେଇ ଦେଲା। ଫେର ଦେଖିଲା, ବୁଢ଼ୀ ମୁଣ୍ଡ ଟୁଙ୍ଗାରୁଛି। 'ଘରେ ଯାହା ଥିଲା ସବୁ ତ ଦେଲି, ଆଉ କଣ ମାଗୁଛୁ? ହଇ ଲୋ ବୁଢ଼ୀ! ମତେ ନବୁ?' ବୁଢ଼ୀର ଫେର ଥରେ ମୁଣ୍ଡ ଟୁଙ୍ଗାରି ହୋଇଗଲା। ବୁଢ଼ା ପଛକୁ ଆପେ ଗଡ଼ିଆକୁ ଡେଇଁ ପଡ଼ିଲା, ଉବେଇ ଟୁବେଇ ହେଇ ମଲା। ମୋ କଥାଟି ସରିଗଲା।

■

ବେଙ୍ଗୁଲୀ କଥା

ଏକ ଦେଶରେ ଗୋଟିଏ ପଣ୍ଡା ଥାଏ। ସେ ପଣ୍ଡା ଏକ ବାଇଗଣ ବାଡ଼ି କରିଥାଏ। ହାଟପାଳିକି ହାଟପାଳି ବାଇଗଣ ବୋଝେ ନେଇ ବିକେ, ପେଟ ପୋଷେ। ଗୋଟିଏ ବାଇଗଣ ଗଛରେ କଳା ମୁଚ୍‌ମୁଚ୍ ବାଇଗଣଟିଏ ହୋଇଥାଏ। ସେ ବାଇଗଣଟିକି ଛିଣ୍ଡେଇବାକୁ ପଣ୍ଡାର ହାତ ଗଲା ନାହିଁ। ସେ ବାଇଗଣରେ କୁଟାଖଣ୍ଡେ ବାନ୍ଧି ଦେଲା ମଞ୍ଜି ରଖିବ ବୋଲି। ଏଣେ ହେଇଥାଏ କଅଣ, ପଣ୍ଡିଆଣୀର ମାସ ଗଡ଼ିଥାଏ। ପଣ୍ଡିଆଣୀର ଖାଇ ମନ ହେଲା। ସେ ବାଇଗଣଟି ଉପରେ ଭାରି ଆଖି ଥାଏ। ଏ କଥା ପଣ୍ଡାକୁ କହିବାକୁ ଲାଜ ମାଡ଼ିଲା।

ଦିନେ ପଣ୍ଡା ଯାଇଛି ହାଟକୁ, ପଣ୍ଡିଆଣୀ କଣ କଲା, ସେ ବାଇଗଣଟିକି ଚୋରେଇଲା, ଭରତା କରି ଖାଇଲା। ପଣ୍ଡା ଆସିଲା ହାଟରୁ, ଦେଖିଲା ମଞ୍ଜିବାଇଗଣଟି ନାହିଁ। ବାଛି ବାଛି ଆର ବରଷକୁ ମଞ୍ଜି ବାଇଗଣଟିକି ରଖିଥିଲା, ତାକୁ କିଏ ଚୋରେଇ ନେଲା? କେତେ କାନ୍ଦିଲା, ବୋବେଇଲା, ଧରମକୁ ସାକ୍ଷୀ ଦେଲା, କହିଲା, 'ହେ ଧରମ, ତୁ ଥିଲେ ବୁଝିବୁ। ବାଇଗଣଟି ଯେ ଚୋରେଇଲା, ତାର ଗୋଟିଏ ବେଙ୍ଗପିଲା ହଉ।' ଯା କହି ପଣ୍ଡା ଗଲା ତା ଦୁଃଖରେ। ପଣ୍ଡିଆଣୀର ଚାହୁଁ ଚାହୁଁ ଆସି ଦଶ ମାସ ପୂରିଗଲା, ସତକୁ ସତ ପଣ୍ଡିଆଣୀ ଗୋଟିଏ ମାଈ ବେଙ୍ଗଛୁଆ ଜନମ କଲା। ପଣ୍ଡିଆଣୀ କଅଣ କରିବ, ମୁଣ୍ଡ ପୋତି ରହିଲା। 'ଆପଣା ହସ୍ତେ ଜିହ୍ୱା ଛେଦି, କେ ତାର ଅଛି ପ୍ରତିବାଦୀ।' ପଣ୍ଡାକୁ ତ ଆଗରୁ ବାଇଗଣକଥା କହି ଦେଇଥିଲେ ଏକାନଟକେ ଯାଇଥାଆନ୍ତା। ପଣ୍ଡା ସେ ବେଙ୍ଗୁଲିଟିକି ଦେଖି କେତେ ମୁଣ୍ଡ କୋଡ଼ିଲା। କିଏ ଯା ଜାଣିଥିଲା ପଣ୍ଡାର ଆପଣା ଗାଳି ଆପଣା ଉପରେ ପଡ଼ିବ ବୋଲି?

ପଦାକୁ ସିନା ବେଙ୍ଗୁଲୀ, ହେଲେ କଅଣ ହବ, ପଣ୍ଡିଆଣୀର ତ ଆପଣା ପେଟର ପିଲା! ଲକ୍ଷେ ଅସୁନ୍ଦର ହେଲେ ପଣ୍ଡିଆଣୀକି ଭାରି ସୁନ୍ଦର ଦିଶୁଥାଏ।

ପଣ୍ଡିଆଣୀ ନିତି ବେଙ୍ଗୁଲୀକି ହଳଦି ଲଗେଇ ଦିଏ, ମାଲପା ଘଷି ଦିଏ, କେତେ ସୁଆଗ କରେ। ବେଙ୍ଗୁଲୀଟି ବଡ଼ ହେଲା। ଦିନେ ସେ ଗାଁ ପାଖରେ ଯାତ ହଉଥାଏ। ବେଙ୍ଗୁଲୀ ମାକୁ ଲଗେଇଲା ଯାତ ଦେଖି ଯିବ ବୋଲି। ମା କେତେ ବୁଝେଇଲା, 'ତୁ ଏଡ଼େ ବକଟେ, କିଏ ଯାତରେ ତତେ ମାଡ଼ି ପକେଇବ, ପଦାରେ କାଲେ ତତେ କୁଆ ନେଇ ଯିବ, ତୁ ଯାଆନା।' ବେଙ୍ଗୁଲୀ କି ବୁଝିବା ଜନ୍ତୁ? ପଛକୁ ଏକା ଜିଦି କଲା। କଣ କରିବ? ବେଙ୍ଗୁଲୀକି ପଣ୍ଡିଆଣୀ ହଳଦି ଲଗେଇ ଦେଲା, ମାଲପା ଲଗେଇ ଦେଲା, କନା ଖଣ୍ଡକରେ କଉଡ଼ି ଚାରିକଡ଼ା ବାନ୍ଧି ବେଙ୍ଗୁଲୀ ଅଣ୍ଟାରେ ଗୁଡ଼େଇ ଦେଲା। ବେଙ୍ଗୁଲୀ ବାହାରିଲା ଯାତକୁ। ଯାଉଁ ଯାଉଁ ବାଟରେ ଏକ ପୋଖରୀ ପଡ଼ିଲା। ଚାରି ଆଡ଼କୁ ଚାହିଁଲା, କେହି ନାହିଁ। ବେଙ୍ଗୁଲୀ-ଖୋଳ ଭିତରୁ ଗୋଟିଏ ଉତ୍ତମ ସୁନ୍ଦର ମାଇପିଟିଏ ବାହାରିଲା, ସେ ପୋଖରୀରେ ଗାଧେଇଲା, ପାଧେଇଲା। ଏତିକି ବେଳେ ଜଣେ ବ୍ରାହ୍ମଣ ଟୋକା ଆସି ପୋଖରୀକୂଳରେ ପହଞ୍ଚିଲା। ସେ ମାଇପିଟି ଟୋକାକୁ ଦେଖିଲାକ୍ଷଣି ତରବର ହେଇ ବେଙ୍ଗୁଲୀ-ଖୋଳ ଭିତରେ ପଶିଗଲା। ଦେଖିଲା ବେଳକୁ ସେଠେଇଁ କେହି ନାହିଁ, ବେଙ୍ଗୁଲୀଟିଏ। ବାହ୍ମଣ ଟୋକା ଦେଖି ଭାରି ଆଚମ୍ବିତ ହେଲା। ମନ କଥା ମନରେ ଥାଏ, ପାଖଆଖ ଲୋକଙ୍କୁ ପଚାରିଲା, ସେ ବେଙ୍ଗୁଲୀଟି କିଏ? ସମସ୍ତେ କହିଲେ, 'ସେ ଅମୁକ ଗାଁ ପଣ୍ଡାର ଝିଅ'। ସେ ଟୋକା ଆପଣା ଘରକୁ ଫେରି ଗଲା, ଖାଇଲା ନାହିଁ, ପିଇଲା ନାହିଁ, ଏକା ଜିଦି ଧଇଲା ସେ ବେଙ୍ଗୁଲୀକି ବିଭା ହବ ବୋଲି। ମରମ କଥା ତ ପଦାଲୋକ କେହି ଜାଣି ନ ଥାନ୍ତି। ଯେ ଶୁଣିଲା, ସେ ହସିଲା। ସମସ୍ତେ ଛି ଛି କଲେ।

ହେଲେ କଅଣ ହବ, ଟୋକାର ଏକା କଥା। ପଣ୍ଡା ପଣ୍ଡିଆଣୀଙ୍କ ପାଖକୁ ମଣିଷ ଗଲା। ପଣ୍ଡିଆଣୀ ଆଗକରି ମଙ୍ଗିଲା। ବିଭାଘର ହେଲା। ସାତମଙ୍ଗଳା ସାରିଲାରୁ ପଣ୍ଡା ବୋଝ ଭାର ଦେଇ ବେଙ୍ଗୁଲୀଟିକି ଶାଶୂଘରକୁ ବିଦା କରି ଦେଲା। ବେଙ୍ଗୁଲୀ ଶାଶୂ ବେଙ୍ଗୁଲୀକି ଦେଖିଲା, କେତେ ରବେଇ ଖବେଇ ହେଲା, 'ନିଅଁଶିଘର ଝିଅ, ପୁତଖାଇଘର ଝିଅ, ମୋ ପୁଅକୁ ସାଇଲା' ଇମିତି କେତେ ଚଳି ହେଲା। ଏଣେ ବାହ୍ମଣ ଟୋକା ତା ଖଞ୍ଜରେ ଥାଏ, କାହାକୁ କିଛି କହେ ନାହିଁ। କଅଣ ମନେ ମନେ ବିଚାରି ଭାରି ଆନନ୍ଦରେ ଥାଏ। ମା'କୁ ନିତି କେତେ ନେହୁରା ହୁଏ, କେତେ ଗୋଡ଼ତଳେ ପଡ଼େ- 'ମା ଲୋ ମା! ବେଙ୍ଗୁଲୀକି ଗାଳି ଦବୁ ନାହିଁଟି, ବେଙ୍ଗୁଲୀକି ମାରିବୁ ନାହିଁଟି।' ଶାଶୂ କି ଯା ଶୁଣି ଥୟ ହୁଏ? କାହିଁ ପୁଅ ଜନମ କରିଥିଲା, ବୋହୂଟିଏ ଆସିଥିଲେ କେତେ ଆଡ଼ତିପତ୍ର କରିଥାନ୍ତା, କେତେବେଳେ ଅବା ମାଲପା

ଟିକିଏ ମାରି ଦଉଥାନ୍ତା, କାହିଁ, ଦେଖିଲା ବେଳକୁ ଏକ ଫରକଟାଗୋଡ଼ ହାଉଁଆପାଟିଆ ବେଙ୍ଗୁଲୀ! ସାଇ ମାଇପେ ଦାଣ୍ଡରେ ଚଲେଇ ଦଉ ନାହାନ୍ତି। ମନେ ମନେ ଦହି ହଉଥାଏ। ଏଣେ ପୁଅମୁହଁକୁ ତ କିଛି କହି ପାରୁ ନ ଥାଏ।

ଦିନେ ଟୋକା ଯାଇଥାଏ କୁଆଡ଼କୁ। ଶାଶୂ ବେଙ୍ଗୁଲୀକି ନିସ୍ତୁକ ଟାଙ୍କେ ଛେଚିଲା। ମୁଠାଏ ଖଡ଼ିକା ତା ଉପରେ ଉଡ଼େଇ ଦେଲା, ପଛରେ ବେକରେ ହାବୁକା ଦେଇ ପଦାକୁ ତଡ଼ି ଦେଲା। ବେଙ୍ଗୁଲୀ ଯାଇ ବାଡ଼ିଆଡ଼େ ଗୋଟିଏ ସାରୁ ଗଛମୂଳେ ପାଣ୍ଡେଇ ପାଡ଼ି ବସିଥାଏ। ଟୋକା ସନ୍ଧ୍ୟାବେଳକୁ ଚାଲି ଚାଲି ଘରକୁ ଅଇଲା। ଦେଖିଲା ଘରେ ବେଙ୍ଗୁଲୀ ନାହିଁ। ମାକୁ ପଚାରିଲା, ମା କହିଲା 'କେ ଜାଣି'। ଟୋକା କେତେ ଆଡ଼ ଖୋଜିଲା, ଆଉ ପାଇଲା ନାହିଁ। ପଛକୁ ଦେଖିଲାବେଳକୁ ବେଙ୍ଗୁଲୀ ବାରିଆଡ଼େ ସାରୁଗଛମୂଳେ ବସିଛି। ଟୋକା ଡାକିଲା, 'ହଇ ଲୋ ବେଙ୍ଗୁଲୀ, ଘରକୁ ଆ।' ବେଙ୍ଗୁଲୀ ଆଉ ସେଠଉଁ ଚଳିବାକୁ ନାହିଁ। କହିଲା,

'ତୋ ମା ତତେ ଛାଟ କଲା, ପାଟ କଲା,
ଛାଞ୍ଚୁଣି ବାଡ଼ିରେ ପଣେ ମାଇଲା,
ବେକ ଧରିକରି ହାବୁକା ଦେଲା,
ଆଉ କି ବେଙ୍ଗୁଲୀ ଘରକୁ ଯାଏ ?'

ଶାଶୂ ଆସିଲା ବେଙ୍ଗୁଲୀକି ଡାକିବାକୁ। 'କି ଲୋ ବେଙ୍ଗୁଲୀ, ଘରକୁ ଆ।' ବେଙ୍ଗୁଲୀ କହିଲା,

'ତୁ ପରା ମୋତେ ଛାଟ କଲୁ, ପାଟ କଲୁ,
ଛାଞ୍ଚୁଣି ବାଡ଼ିରେ ପଣେ ମାଇଲୁ,
ବେକ ଧରି କରି ବାହାର କଲୁ,
ଆଉ କି ବେଙ୍ଗଲୀ ଘରକୁ ଯାଏ ?'

ଫେର ପଛକୁ ଟୋକା କେତେ ନେହୁରା ହେଲା, ଶାଶୂ ଦାନ୍ତରେ କୁଟା ହେଲାରୁ ବେଙ୍ଗୁଲୀ କହିଲା,

'ସାରୁନଡ଼ା ଦି'ଖଣ୍ଡ ପେଁକାଳି ହବ,
ଗବଡାଙ୍ଗ ଦି'ଖଣ୍ଡ ଖଟିଆ ହବ,
ଝିଙ୍କର ଦି'ଖଣ୍ଡ ବାଇଦ ହବ,
ସାତସାଇ ପିଲାଯାକ ରୁଣ୍ଡ ହେବେ,
ବେଙ୍ଗୁଲୀ ଅଇଲା ବୋଲି ଚହଲ ପଡ଼ିବ,
ତେବେ ଯାଇଁ ବେଙ୍ଗୁଲୀ ଘରକୁ ଯିବ!'

ପଛକୁ ଶାଶୂ କଅଣ କରିବ? 'କୋଳଥ ତିଅଣ ଖୋଇଛି ଯେ, ରାତିରେ ହଗେଇ ନଉଛି ସେ।' ଶାଶୂ ଯାଇଁ ସାତ ସାଇପିଲାଙ୍କୁ ରୁଣ୍ଡ କଲା, ଗବଡାଙ୍ଗ ଦି'ଖଣ୍ଡ ଖଟିଆ କଲା, ସାରୁନଡ଼ା ଦି'ଖଣ୍ଡ ପେଁକାଳି କଲା, ଝିଙ୍କର ଦି'ଖଣ୍ଡ ବାଇଦ ହେଲା, ବେଙ୍ଗୁଲୀ ଆଇଲା ବୋଲି ଚହଳ ପଡ଼ିଲା, ବେଙ୍ଗୁଲୀ ଯାଇ ଘରକୁ ଅଇଲା। ଘରେ ଥାଏ। ବେଙ୍ଗୁଲୀ କଅଣ କରେ- ଦିନଯାକ ହାଣ୍ଡିଶାଳ କଣରେ ପଶିଥାଏ। ଦେଖେ କେହି ନାହାନ୍ତି, ସେତିକିବେଳେ ସେ ମାଇପିଟି ବେଙ୍ଗୁଲୀ-ଖୋଳରୁ ପଦାକୁ ଆସି ହାଣ୍ଡି କୁଣ୍ଡେଇ ଧୁଏ, ଭାତ ତିଅଣ ରାନ୍ଧି ଥୁଏ, ସାତ ତିଅଣ ଆଠ ଭଜା କରି ରଖି ଦିଏ, ଦୁଧ ଆଉଟି ଦିଏ, ପଛକୁ ଟୋପିଏ ଦୁଧ ପିଇ ଫେର୍ କିଏ ଅଇଲା ବେଳକୁ ଖୋଳରେ ପଶିଯାଏ। ସମସ୍ତେ ଦେଖି କାବା ହୁଅନ୍ତି। କିଏ କେତେ କଥା କହିଲେ। ରାତିରେ ଟୋକା ଯେଉଁ ଘରେ ଶୁଏ, ବେଙ୍ଗୁଲୀ ସେହ ଘରେ ଶୁଏ। ଟୋକା ଶୋଇପଡ଼ିଲାରୁ ବେଙ୍ଗୁଲୀ-ଖୋଳରୁ ସେ ତିରିଲାଟି ବାହାରି ପଦାକୁ ମୂତିଯାଏ, ଫେର ଆସି ଖୋଳରେ ପଶିଯାଏ। ଦିନେ ସେ ଟୋକା କଅଣ କଲା, ବେଙ୍ଗୁଲୀ ରାତିରେ ଶୋଇଲାଘରକୁ ନ ଆସୁଣୁ ସେ ଟୋକା ଏକ ହାଣ୍ଡି ତଳେ ଗୋଟିଏ ଦୀପ ଘୋଡ଼େଇକରି ରଖିଥାଏ। ବେଙ୍ଗୁଲୀ ଅଇଲାବେଳକୁ ଟୋକା ମିଛରେ ମିଛରେ ଘୁଙ୍ଗୁଡ଼ି ମାରୁଥାଏ। ବେଙ୍ଗୁଲୀ ବିଚାରିଲା ଅବା ଟୋକା ଶୋଇଲାଣି, ଯା ବିଚାରି ସେ ଖୋଳରୁ ବାହାରି ପଦାକୁ ମୂତିବାକୁ ଗଲା। ଟୋକା ତ ଚେଇଁକରି ଶୋଇଥିଲା। ସେହିକ୍ଷଣି ଉଠି ଆସି ବେଙ୍ଗୁଲୀଚମ ଖୋଳରେ ନିଆଁ ଟିକିଏ ଲଗେଇ ଦେଲା। ଚମଖଣ୍ଡି ଫୁର୍‌ର୍ କିନି ପୋଡ଼ିଗଲା। ସେ ମାଇପିଟି ଆସି ଦେଖିଲା ବେଳକୁ କଥା ସଇଲାଣି। ଟୋକାକୁ କହିଲା, 'ଆହା! କି କଲ! କି କଲ! ମୋ ଚମ ଖଣ୍ଡିକ ପୋଡ଼ି ଦେଲ! ମୁଁ କିମିତି ବଞ୍ଚିବି? ମୋ ଦେହ ହାତ ପୋଡୁଛି।' ଟୋକା କହିଲା, 'ଯା ନା ଗୋଟାଏ କଥା! ମୁଁ ଆଜିଯାକେ ଲାଜରେ ସଢ଼ିଲିଣି, ଯେ ଦେଖୁଛି ସେ ଛି ଛି କରୁଛି। ମୁଁ ସେଦିନ ପୋଖରୀକୂଳେ ତତେ ଦେଖିଥିଲି, ବିଭା ହେଲି। ଏଣିକି ତୁ ମୁଁ ଆନନ୍ଦରେ ଘର ଦୁଆର କରିବା। ଦିହ ହାତ ପୋଡ଼ିଲେ ହଳଦି ଚୁଆ ଚନ୍ଦନ ଲଗା।' ଗେରସ୍ତ ଭାରିଯା ଦିହେଁଯାକ ଦୁଃଖ ସୁଖ ହଉ ହଉ ରାତି ପାହିଗଲା। ସକାଳକୁ ସେ ଦିହେଁ ଅନିଦ୍ରାରେ ଶୋଇ ପଡ଼ିଲେ- ଦିନ ଆସି ଦି'ଘଡ଼ି ହେଲାଣି; ଶୋଇଲା ଘର କବାଟ କୀଳାହୋଇଛି। ଯେତେ କବାଟରେ ମାଇଲେ କବାଟ ଫିଟିଲା ନାହିଁ। ପଛକୁ ଚାଳ କଣା କରି ଘରେ ପଶିଲେ। ଦେଖିଲା ବେଳକୁ ପୁଅ ସାଙ୍ଗରେ ଏକ ଦିବ୍ୟସୁନ୍ଦର ଷୋଳବରଷୀ ମାଇପିଟିଏ ଶୋଇଛି। କବାଟ ଫିଟେଇ ଟୋକା ଦାଣ୍ଡ ଆଡ଼କୁ ଗଲା ବାହାରି। ବୋହୂ କବାଟ କଣରେ

ଲୁଚିଗଲା। ସମସ୍ତେ ଦେଖି ଆଚମ୍ବିତ ହେଲେ। ଚହଳ ପଡ଼ିଲା, ସାତସାଇପିଲା ରୁଣ୍ଡ ହେଲେ। ଏ ଟୋକା ଆଗ କଥାଯାକ ସବୁ କହିଲା। ଶାଶୂ ବୁଢ଼ୀ ତ ଆନନ୍ଦରେ ତଳେ ଠିଆ ହେବାକୁ ନାହିଁ, ଗାଁଯାକ ମାଇପଙ୍କୁ ଡାକି ଆଣି ଆପଣା ବୋହୂକୁ ତାଙ୍କୁ ଦେଖାଉଛି। ଦିହେଁଯାକ ଘର ଦୁଆର କଲେ, ମୁଁ ଗଳାରୁ କଥା କହିଲେ ନାହିଁ।

■

କାଇଁଚମାଳି

ଏକ ରାଇଜରେ ଗଉଡ଼ଟିଏ ଗଉଡୁଣୀଟିଏ ଥାଆନ୍ତି । ତାଙ୍କର ଯୋଡ଼ିଏ ପୁଅ ଝିଅ ଜାଆଁଳା । ଦିହେଁଯାକ ପିଲା ହେଇଥାନ୍ତି । ଦିନେ ଦାଣ୍ଡକୁ ଭୁଜା-ବିକା ଆସିଥାଏ, ଝିଅ ମା ସାଙ୍ଗରେ ଲଗେଇଲା ଭୁଜା କିଣିବାକୁ । ଏକ ଜିଦି ଧଇଲା, ଅବୁଝା ହେଲା । ଏଣେ ମା ଠେଇଁ କଡ଼ାଏ କଉଡ଼ି ନ ଥାଏ । ପଛକୁ ମା ଭାରି ବ୍ୟସ୍ତ ହୋଇ ଦହି ମୋହୁଁଥିଲା । ଝିଅଦାଉ ସମ୍ଭାଳି ପାରିଲା ନାହିଁ । ଖୁଆରେ ଧରିକରି ଝିଅକୁ ବାଡ଼ିଏ ପକେଇଲା, ହାବୁକା ଦେଇ ବାଡ଼ିଦୁଆରକୁ ବାହାର କରି ଦେଲା । ଏଣେ ବାପ ଯାଇଥିଲା ଗୋଠକୁ, ହାତରେ ଛନ୍ଦଟି ଧରି ଘରକୁ ଫେରି ଅଇଲା ବେଳେ ଦେଖେ, ଝିଅ ବାଡ଼ିଆଡ଼େ ବସି ସକୋଉଛି । ବାପ ଯେତେ ବୁଝେଇଲା ସୁଝେଇଲା, ଝିଅ ଏକା ଅବୁଝାମଣା କଥା ଧରିଥାଏ । ବାପ ପଛକୁ ଭାରି ବିରକତ ହେଇ ଝିଅକୁ ଛନ୍ଦରେ ପାହାରେ ପକେଇଲା । ଭଉଣୀ କାନ୍ଦ ଶୁଣି ଭାଇକି କାନ୍ଦ ମାଡ଼ିଲା । ଭାଇ ଭଉଣୀ କାନ୍ଦିକାନ୍ଦିକା ଘରୁ ବାହାରିଗଲେ । ଏକମୁହାଁ ହୋଇ ଯାଉଥାନ୍ତି । ଯାଉଁ ଯାଉଁ ବାଟରେ ଭାରି ବାଧି ଗଲା । ଗୋଟିଏ ଗଛମୂଳେ ଥକାମରା ହେଇ ବସିଥାନ୍ତି, କଇଁ କଇଁ ହେଇ କାନ୍ଦୁଥାନ୍ତି । ସେତିକି ବେଳକୁ କଣ ହେଇଛି, ନା ସେ ରାଇଜ ସାଧବପୁଅ ଆସିଛି ବୁଲି । ତା ବେକରେ ଏକ କାଇଁଚମାଳି ଥାଏ । ଝିଅ ସେ କାଇଁଚମାଳିକି ଦେଖି ନବ ବୋଲି ଭାଇ ସାଙ୍ଗରେ ଭାରି ଅଳି କଲା । ଭାଇ କଅଣ କରିବ ? ସାଧବ ପୁଅକୁ ଯାଇଁ କହିଲା । ସାଧବପୁଅ କହିଲା, 'ସେ କାଇଁଚମାଳିକି ଯେ ନବ, ମୁଁ ତାକୁ ବିଭା ହେବି ?' ଭଉଣୀ ତ ଏକା କଥା ଧରିଛି । ସାଧବପୁଅ କାଇଁଚମାଳି ଦେଲା । ଭାଇ ଭଉଣୀ ଦିହିଙ୍କି ତା ଘରକୁ ସାଙ୍ଗରେ ନେଇଗଲା । ଭଉଣୀକି ବିଭା ହେଲା । ଦିନାକେତେ ଗଲାରୁ ତାର ମାସ ଗଡ଼ିଲା ।

ଏଣେ ଫେର ହେଇଥାଏ କଣ, ସାଧବର ଆଉ ଛ ଭାରିଯା ଥାଆନ୍ତି, ମା ଥାଏ । ସେ ସମସ୍ତେ ଏ ଗଉଡୁଣୀ ଅଇଲା ଦିନୁ ତାକୁ ଦେଖି ପାରନ୍ତି ନାହିଁ । ସାଧବର

ମା ଯା ଉପରେ ସବୁବେଳେ ରବେଇ ଖବେଇ ହଉଥାଏ। ଦିନେ ସାଧବ ଘରେ ନାହିଁ, ଯାଇଛି ବୋଇତରେ ବଣିଜ କରିବାକୁ, ବୋହୂର ଦଶ ମାସ ଦଶ ଦିନ ପୂରିଲା। ଏ ଦୁଃଖ ପାଇଲା। ଛ ସଉତୁଣୀଯାକ ଆଉ ମା ଏ ସମସ୍ତେ ବିଚରାବିଚିରି ହେଲେ। ସାଧବ ମା କଣ କଲା, ତାକୁ ସୂତାନଟିଟିଏ ଦେଲା। ସୂତାନଟିରେ ସୂତା ଗୁଡ଼ା ହେଇଥାଏ, ତାକୁ କହିଲା, 'ତୁ ଏ ସୂତାନଟିଟିକି ଧରି ସୂତା ଫିଟେଇ ଫିଟେଇକା ଏକାମୁହାଁ ହୋଇ ଯାଉଥା। ଯେଉଁଠି ଏ ସୂତାଲୁଣ୍ଡି ଛିଡ଼ିବ, ସେଠେଇ ପୋଖତି ହବ।' ବୋହୂ କଣ କରିବ, ଆପଣା କରମକୁ ଆଦରି ଗଲା। ଭାଇ ଦିହରେ ଏ କଥା ଗଲା ନାହିଁ। ଭାଇ ତା ସାଙ୍ଗେ ସାଙ୍ଗେ ଗଲା। ଯାଉଁ ଯାଉଁ ଏକ ଅଗନାଅଗନି ବନସ୍ତ ପଡ଼ିଲା, ସେଠେଇଁ ସୂତାଲୁଣ୍ଡିଟି ସଇଲା। ଏ ସେଠେଇଁ ପୋଖତି ହେଲା। ଉତ୍ତମ ସୁନ୍ଦର ବାଳୁତଟିଏ ଜନମ କଲା। ଭାଇ କଅଣ କଲା, ବନସ୍ତରୁ କାଠ କୁଟା ଗୋଟେଇ ଆଣି ଅନ୍ତୁଡ଼ି ଜାଳିଲା। ପୁଅ ମା ଦିହିଙ୍କି ବଣରେ ଛାଡ଼ି ଦେଇ ଗଲା ସାଧବ ଘରକୁ ଭଉଣୀ ପାଇଁ ଭାତ ଆଣିବାକୁ। ଛ ସଉତୁଣୀ ଯାକ ଆଉ ସାଧବାଣୀ ବୁଢ଼ୀ ଆଗରୁ ବିଚାରିଥିଲେ, ଭାଇ ଭଉଣୀ ସତେ ଆଉ ବାଘ ମୁହଁରୁ ବର୍ତ୍ତିବେ ଯେ ଫେରିବେ। ଦେଖେ କି, ଦିନେ ଭାଇ ଫେରି ଅଇଲା। କହିଲା, 'ଭଉଣୀ ଇମିତି ଏକ ଉତ୍ତମ ସୁନ୍ଦର ପୁଅ ଜନମ କରିଛି। ଭଉଣୀପାଇଁ ପଥି ନବାକୁ ମୁଁ ଆସିଛି'। ଛ ସଉତୁଣୀଯାକ ବିଚରାବିଚିରି ହେଇ ନାଗସାପମୁଣ୍ଡଟିଏ ଚୂରି ତବତଭାତରେ ଗୋଳେଇ ଦେଇ ଟୋକାକୁ ଦେଲେ। ଟୋକା ପଚାରିଲା, 'ଏ ଚୂନା ଚୂନା ଭାତ ଉପରେ କଣ ଦିଶୁଛି ?' ଛ ସଉତୁଣୀଯାକ କହିଲେ, 'ଚଉସମ ଗୁଣ୍ଡା ପରା ଆମେ ପଥିରେ ଗୋଳେଇ କରି ଦେଇଛୁ!' ଏ ଟୋକା ତ ଏତେ ଛନ୍ଦ ଜାଣେ ନା। ଯାଉ ଯାଉ ମହାପ୍ରଭୁ ଏକ କୂଟ କଲେ। କୁଆଟିଏ ଆସି ଏ ଭାତ କଂସାରେ ଥଣ୍ଟ ମାରିଦେଲା ଯେ ଭାତଯାକ ଗୋଟିକଠଉ ତଳେ ବୁଣିଗଲା। ଭାଇ କଅଣ କରିବି, କାନ୍ଦି କାନ୍ଦି ଭଉଣୀ ପାଖକୁ ଗଲା। ଭାତ ବୁଣି ଗଲା ବେଳେ ଗୋଟିଏ ଭାତ କିମିତି ଛିଡ଼ିକି କରି ଭାଇ ଛାତିରେ ଲାଗିଥାଏ। ଭଉଣୀ ପାଖରେ ଭାଇ ଯାଇ ଖାଲି ହାତରେ ପହଞ୍ଚିଲା ବେଳକୁ ଭଉଣୀ ଚାହିଁ ଦେଲା ହାତରେ ତୁଚ୍ଛା କଂସାଟିଏ। ଭାଇ ଭଉଣୀ ଦିହେଁଯାକ କାନ୍ଦି କାନ୍ଦି ରହିଲେ। ଭାଇ ଛାତିରେ ଯେଉଁ ଭାତଟି ଲାଗିଥାଏ, ସେ ଭାତଟି ଉପରେ ଯିମିତ ଭଉଣୀର ଆଖି ପଡ଼ିଲା, ଭଉଣୀ ସେ ଭାତଟିକି ଟୋକି ଦେଲା। ଯମିତି ଟୋକି ଦେଇଛି, ଚାହୁଁ ଚାହୁଁ ଭଉଣୀଟି ସିମିତି ଗୋଟାଏ ପାଞ୍ଚ ହାତ ଲମ୍ବ ନାଗସାପ ହୋଇ ବଣ ଭିତରକୁ ଚାଲିଗଲା। ଭାଇର ଯା ଦେଖି ହଲକ ଶୁଖିଗଲା। ଏଣେ ଉତିଆଣି ପିଲା ଆଗରେ ଶୋଇଛି, ଦଣ୍ଡେ ଦୁଧ ନ ପିଇଲେ ତାଳୁକା ଶୁଖିଗଲାରୁ ଚୁଟ୍‌କିନା

ସାହା ଛାଡ଼ି ଯିବ। ପୁଅକୁ ଭୋକ କଲାରୁ ଭାଇ କକର୍ଥନା ହେଇ କାନ୍ଦିଲା। ଏ ଏବେ ଅଣ୍ଡିରି ପୁଅ, କରୁଛି କଣ ? ସେଇଥିରୁ ଆଉ ତ କିଛି ବୁଦ୍ଧି ଦିଶିଲା ନାହିଁ। ଭଉଣୀକି ବାହୁନି କରି କାନ୍ଦିଲା-

"ମା ମାଇଲା ଖୁଆ ବାଡ଼ି, ବାପା ମାଇଲା ଛନ୍ଦବାଡ଼ି,
କାଇଁଚମାଳି ଦେଇ ସାଧବ ବିଭା ହୋଇଲେ ଗୋ।
ସୂତାନଟି ଦେଇ ସାଧବାଣୀ ବନେ ଛାଡ଼ିଲେ ଗୋ।
ଛଅ ସଉତୁଣୀ ନାଗ ମୁଣ୍ଡ ଚୂରି ପକେଇଲେ ଗୋ।
ସର ! କାନ୍ଦୁଅଛି ତୋ ବାଳୁତ କୁମର,
ଦେଇ ଯା ଆସି କ୍ଷୀର।"

ସତକୁ ସତ ବଣରୁ ନାଗ ସାପଟିଏ ଆସି ପୁଅ ପାଖରେ ପେଡ଼ା ପରି ଗୁଡ଼େଇହେଇ ଶୋଇଲା। ପୁଅ ସେ ସାପଠଉଁ ଚଁ ଚଁ କରି ପେଟେ ଦୁଧ ପିଇଲା। ପୁଅ ଦୁଧ ପିଇ ସାରିଲାରୁ ସାପଟି ବନସ୍ତ ଭିତରକୁ ଲମ୍ବେ ଲମ୍ବେ ଚାଲିଗଲା। ଫେର ପହରେ ଗଲାରୁ ପୁଅକୁ ଭୋକ କଲାରୁ ପୁଅ କାନ୍ଦେ, ପୁଅ କାନ୍ଦିଲାରୁ ଏ ଟୋକା କଣ କରେ ନା ବାହୁନି କରି ଗୀତ ବୋଲେ-

ମା ମାଇଲା ଖୁଆବାଡ଼ି, ବାପ ମାଇଲା ଛନ୍ଦବାଡ଼ି,
କାଇଁଚମାଳି ଦେଇ ସାଧବ ବିଭା ହୋଇଲେ ଗୋ।
ସୂତାନଟି ଦେଇ ସାଧବାଣୀ ବନେ ଛାଡ଼ିଲେ ଗୋ।
ଛଅ ସଉତୁଣୀ ନାଗ ମୁଣ୍ଡ ଚୂରି ପକେଇଲେ ଗୋ।
ସର ! କାନ୍ଦୁଅଛି ତୋ ବାଳୁତ କୁମର,
ଦେଇ ଯା ଆସି କ୍ଷୀର।"

ଗୀତ ବୋଲିବାରୁ ସାପଟି ଆସି ପିଲାକୁ ଦୁଧ ଦେଇ ଫେର ବଣକୁ ଯାଏ ବାହାରି। ପେଟ ପୂରିଲାରୁ ପୁଅ ଦଣ୍ଡେ ଖେଳେ, ଆପଣା ସୁଖେ ନିଦରେ ଶୋଇ ପଡ଼େ। ପୁଅ ଶୋଇ ପଡ଼ିଲାରୁ ଏ ଟୋକା ବଣରୁ ଫଳମୂଳ ଗୋଟେଇ ଆଣି ଖାଏ, ଏ ଉଡିଆଣି ପିଲା ପାଖରେ ଦିନ ରାତି ଜଗିଥାଏ।

ଏଣେ ହେଇଛି କଣ ନା, ସାଧବପୁଅ ବଣିଜ କରି ସାରି ବୋଇତ ଘିନି ଘରକୁ ଫେରୁଥାଏ। ବୋଇତକୁ ଦରିଆକୂଳରେ ରଖି ସେହି ବନସ୍ତ ବାଟେ ଫେରିଲା ବେଳକୁ ଏ ଟୋକାର ବାହୁନା ସାଧବ କାନରେ ପଡ଼ିଲା। ଶବଦ ବାରିବାରିକା ଏ ସାଧବ ଆସି ଦେଖିଲାବେଳକୁ ବନସ୍ତ ମଝିରେ କଅଁଳା ପିଲାଟି କୁଆଁ କୁଆଁ ହେଇ କାନ୍ଦୁଛି, ମିଣିପଟିଏ ତା ପାଖରେ ବସି ବାହୁନିକରି ଗୀତ ବୋଲୁଛି। ସାଧବ

ଦୋଦୋପାଞ୍ଚ କରି ଗଛ ଆଢୁଆଳରେ ବସି ଚାହିଁଥାଏ। ଦେଖିଲା ବେଳକୁ ବନସ୍ତ ଭିତରୁ ନାଗସାପଟିଏ ଆସି କଅଁଳା ପିଲାକୁ ଦୁଧ ଦେଲା, ଦେଇ କରି ଆପଣା ସୁଖେ ଯେଉଁ ଆଡୁ ଆସିଥିଲା, ସେହି ଆଡ଼କୁ ଗଲା ବାହାରି। ସାଧବ ମନ ଆଉ ସମ୍ଭାଳି ହେଲା ନାହିଁ। ଆପଣା ଶଳାକୁ ଚିହ୍ନିଲା। ସବୁ କଥା ପଚାରିଲାରୁ ଏ ଟୋକା ଅଗରୁ ମୂଳଯାଏ ସବୁ କଥା କହିଗଲା। ସାଧବପୁଅ ଜିଭ କାମୁଡ଼ି ପକେଇ ଥକାମରା ହେଇ ବସିଗଲା। କହିଲା, 'ଆଉ କି ସୁଖ ଅଛି ଯେ ମୁଁ ଘରକୁ ଫେରିଯିବି ?' ଇମିତି ଶଳା ଭିଣେଇଁ ଦିହେଁଯାକ ସେ ପିଲାଟି ପାଖରେ ବସିଥାନ୍ତି। ନିଶାରାତି ହେଲା, ପୁଅକୁ ଭୋକ କଲାରୁ ପୁଅ କାନ୍ଦିଲା। ଏ ଫେର ସିମିତି ଗୀତ ବୋଇଲା। ଏଣେ ହେଇ ଥାଏ କଣ, ସେତିକି ବେଳେ ଈଶ୍ୱର ପାର୍ବତୀ ବାହାରଥାନ୍ତି ବୁଲି। ପାର୍ବତୀଙ୍କ କାନରେ ଏ ବାହୁନା ପଡ଼ିଗଲା। ପାର୍ବତୀ ପଚାରିଲେ ଈଶ୍ୱରଙ୍କୁ, 'ହଇହୋ ! ଏ ତ ମଣିଷ ସ୍ୱର ପରି ଶୁଭୁଛି। ଏତେ ରାତିରେ ବନସ୍ତରେ କିଏ କାନ୍ଦୁଛି ମ ?' ଈଶ୍ୱର ବାଆଁରେଇ ଦେଲେ, 'ମାଇପି ଜାତିଙ୍କର ଏଇ ଯେଉଁ କଥା। ଚିରକୁଣି କି ପିତାଶୁଣି କିଏ କାନ୍ଦୁଛି, ଆମର କଣ ଗଲା ?' ପାର୍ବତୀ ଏକା ଅବୁଝା ହେଲେ, କହିଲେ, 'ଚାଲ ଯିବା, ଦେଖିବା।' ଈଶ୍ୱର ଆଉ ଯେତେ ଭୁଲେଇଲେ କି ପାର୍ବତୀ ଭୁଲନ୍ତି ? ପଛକୁ ଭାରି ଜିଦି କଲାରୁ ଈଶ୍ୱରପାର୍ବତୀ ଯାଇ ପହଞ୍ଚିଲେ। ଦେଖିଲାବେଳକୁ ଏ ଦିଓଟି ମିଣିପେ ବସିଛନ୍ତି, ସାପଟାଏ ପେଡ଼ା ପରି ଗୁଡ଼େଇ ହେଇ ପଡ଼ିଛି, ଉଡିଆଣି ପିଲାଟି ସାପଠଉଁ ଦୁଧ ପିଉଛି। ଈଶ୍ୱରପାର୍ବତୀ ସବୁ କଥାଯାକ ଶୁଣି ସାରିଲେ, ପାଦୁକପାଣି କରି ଆଞ୍ଜୁଳାଏ ଛିଞ୍ଚି ଦେଲାରୁ ଦିବ୍ୟସୁନ୍ଦର ମାଇପିଟିଏ ଓଢ଼ଣା ପକେଇ ଠିଆ ହୋଇଗଲା। ଭାଇକି କହିଲା, 'ଆହା ! ଶୋଉ ଶୋଉ କେତେଗୁଡ଼ାଏ ଶୋଇ ପଡ଼ିଲି।' ଭାଇ ସେଠଉଁ ସବୁ କଥାଯାକ କହିଗଲା। ଭାଇ ଭଉଣୀ ଗେରସ୍ତ ସମସ୍ତେ କୁଣ୍ଢିଆ କୁଣ୍ଢେଇ ହେଇ କାନ୍ଦିଲେ। ପିଲାଟିକି କାଖେଇ ସାଧବ ଘରକୁ ଗଲେ। ସାଧବ ଘରେ ପହଞ୍ଚିଲାରୁ ଏକ ଖଣିଗାତ ଖୋଳେଇଲା। ଛ ସଉତୁଣୀଙ୍କୁ କହିଲା, 'ଦେଖିଲ ଯାଇ ଏ ଖଣିଗାତରେ କେତେ ଧାନ ସମ୍ଭେଇବ ?' ଛ ଜଣଯାକ ନଇଁ ପଡ଼ି ଖଣି ଭିତରକୁ ଚାହିଁଲାବେଳକୁ ସାଧବ ଛ ଜଣଙ୍କୁ ଖଣିକି ପେଲି ଦେଲା, ତଳକଣ୍ଟା ଉପରକଣ୍ଟା କରି ଖଣିକି ପୋତେଇ ପକେଇଲା। ଭାରିଯା, ଶଳା, ପୁଅ ଯାଙ୍କୁ ଘେନି ଘରଦୁଆର କଲା। ମୁଁ ଗଲାରୁ ମୋତେ ଚିହ୍ନି ପାରିଲା ନାହିଁ।

■

ନେଇ ଆଣି ଥୋଇ ଜାଣିଲେ ଚୋରିବିଦ୍ୟା ଭଲ

ଏକ ରାଇଜରେ ଏକ ରଜା ଥାଆନ୍ତି। ଦିନେ ରଜା ପଚାରିଲେ ମନ୍ତ୍ରୀଙ୍କି, 'ହଇ ହେ ମନ୍ତ୍ରୀ, ସଂସାରରେ ଭଲା କେଉଁ ବିଦ୍ୟା ଭଲ ?' ମନ୍ତ୍ରୀ କହିଲେ, 'ନେଇ ଆଣି ଥୋଇ ଜାଣିଲେ ଚୋରିବିଦ୍ୟା ଭଲ।' ରଜାଙ୍କର ଏ କଥା ଥାଏ ମନେ। ରାତି ହେଲାରୁ ରଜା ନଅରରୁ ଅନ୍ଧାରି ବିଜେ କଲେ, ମନ୍ତ୍ରୀଙ୍କ କଥାରେ ସତ ବିଡ଼ିବାକୁ। ଯାଇ ପହଞ୍ଚିଲେ ଏକ କୁମ୍ଭାରଶାଳରେ ଚୋରି କରିବାକୁ। କୁମ୍ଭାର ସେ ଦିନ ଉହାରୁ ହାଣ୍ଡିଯାକ କାଢ଼ିଥାଏ। ହାଣ୍ଡିଯାକ ଶାଳରେ ଗୋଟିଏ ଉପରେ ଗୋଟିଏ ଉଗୁଡ଼ାଇ କରି ରଖିଥାଏ। ରଜା କଣ କଲେ, ଉପର ହାଣ୍ଡି କାଢ଼ିବେ କଅଣ, ଆଗ କରି ତଳ ହାଣ୍ଡିଟିଏ କାଢ଼ି ବସିଲେ। ତଳ ହାଣ୍ଡିକି କାଢ଼ିଲାରୁ ଉପର ହାଣ୍ଡିଯାକ ସବୁ ଧୁଡ଼ଧାଡ଼ ଅଜାଡ଼ି ହେଇ ତଳେ ପଡ଼ିଲା। ରଜା ସିନା ଲୁଚି ଲୁଚି ଚୋରି କରିବେ ବୋଲି ଯାଇଛନ୍ତି ! ହାଣ୍ଡିଯାକ ଦୁଲ୍‌ଦାଲ୍ ତଳେ ପଡ଼ିଲାରୁ କୁମ୍ଭାର ଘରେ ଶୋଇଥିଲା, ଶାଳରେ ଚୋରି ପଶିଲାଣି ବୋଲି ଉଠିଲା। ଆସି ଶାଳରେ ପହଞ୍ଚିଲା ବେଳକୁ ଦେଖିଲା ଜଣେ ମଣିଷ ଖୁଡ଼ଖାଡ଼ ହଉଛି। ଅନ୍ଧାର ରାତିରେ ରଜା ଫଜା କିଏ କାହାକୁ ଚିହ୍ନୁଛି ? ଚୋର ପଶିଛି ବୋଲି ହୁଲର କଲାରୁ ସାଇପଡ଼ିଶା ଆସି ଜମା ହେଇଗଲେ। ରଜା ଏବେ ସରମରେ ଚିହ୍ନା ଦଉଛନ୍ତ କିମିତି ? ସମସ୍ତେ ମିଶି ରଜାଙ୍କୁ ନିସ୍ତୁକ ଟାଙ୍କେ ଛେଚିଲେ। ରଜାଙ୍କ ସୁକୁମାର ଦେହରେ କି ମାଡ଼ ସହେ ? ରଜା ମାଡ଼ ଖାଇ ଆକ୍ରାନ୍ତ ହେଲାରୁ ପଛକୁ ଆଉ କରିବେ କଅଣ, ଚିହ୍ନା ହେଲେ। ଆଲୁଅ ଲଗେଇ ଆଣି ସମସ୍ତେ ଦେଖିଲା ବେଳକୁ ସତକୁ ସତ ରଜା ! ଯା ଦେଖି ସମସ୍ତଙ୍କ ହଲକ ଶୁଖିଲା। ବେକରେ ପାଳଦଉଡ଼ି ପକେଇ ଧାଡ଼ି ଧାଡ଼ି ରଜାଙ୍କ ଗୋଡ଼ତଳେ ପଡ଼ିଲେ। ରଜା କହିଲେ, 'ଯାହା ତ ହବାର ହେଲାଣି,

ଏ କଥା ଆଉ ପ୍ରଘଟ କରିବ ନାହିଁ। ଯେବେ ପ୍ରଘଟ କରିବ, ତେବେ ସମସ୍ତଙ୍କୁ ସବଂଶେ ମୁଣ୍ଡକାଟ କରିବ।' ସେଥିରୁ ଯେଝା ଘରକୁ ଯେ ଗଲେ, ରଜା ଆପଣା ନଅରକୁ ଅଇଲେ। ସେ ଦିନ ରାତିରେ ଶୋଇଲେ। ତହିଁ ଆରଦିନ ସକାଳୁ ଉଠି ମନକଥା ମନରେ ଥାଏ। ମନ୍ତ୍ରୀ ଯିମିତି ସଭାକୁ ଅଇଲେ, ସିମିତି ରଜା ହୁକୁମ ଦେଲେ 'ମନ୍ତ୍ରୀଙ୍କି ସବଂଶେ ନେଇ ଶୂଳି ଦିଅ। ମନ୍ତ୍ରୀର ରକତ ମୁଁ ଚିତା ଘେନିଲେ ମଣୋହିକୁ ଯିବି।' କାଲି ରାତି କଥା ତ 'ନାଥେ ଜାଣନ୍ତି କି ହାତେ ଜାଣନ୍ତି। ସମସ୍ତେ ଭୁଟଭାଟ ହେଲାରୁ ମନ୍ତ୍ରୀ କାଲି ରାତି କଥା ଜାଣି ପାରିଲେ। ରଜାଙ୍କ ହୁକୁମ ନ ମାନିବ କିଏ ? ମନ୍ତ୍ରୀଙ୍କି ଘିନି କଟୁଆଲପୁଅ ଶୂଳିଆ ପଦାକୁ ଗଲା। ଏଣେ ହୋଇଥାଏ କଅଣ, ନା ମନ୍ତ୍ରୀଙ୍କର ସଭା ସାନ ବୋହୂଙ୍କ ମାସ ଗଡ଼ିଥାଏ। ମନ୍ତ୍ରୀ କଟୁଆଲପୁଅ ସଙ୍ଗେ ଧରମପୁଅ ବସିଲେ, କହିଲେ, 'ସମସ୍ତଙ୍କୁ ପଛେ ଶୂଳି ଦିଅ, ସାନ ବୋହୂଟିକି ଶୂଳି ଦିଅ ନା, ସ୍ତିରୀହତ୍ୟା ବାଳହତ୍ୟା ଲାଗିବ।' ସାନ ବୋହୂ ୟା ଶୁଣି କହିଲା, 'ଯେବେ ସମସ୍ତଙ୍କୁ ରଖିବ, ତେବେ ମତେ ରଖ। ନଇଲେ ମୁଁ ଏକା ଥାଇ କୋଉଁ ପାଣି ଦେବି ? ମତେ ଆଗ କରି ଶୂଳି ଦିଅ ଯେ ମୁଁ ତିନି ପାଞ୍ଚିରୁ ଯାଏଁ।' କଟୁଆଲପୁଅ ଚିତ୍ତରେ ଦୟା ହେଲା। ମନ୍ତ୍ରୀଙ୍କି କହିଲା, 'ତୁମେ ସମସ୍ତଙ୍କୁ ଘିନି ଆଜି ରାତିରେ ଏ ମୁଲକରୁ ପଳାଅ।' ମନ୍ତ୍ରୀ ଏ କଥାରେ ମଙ୍ଗିଲେ। କଟୁଆଲପୁଅ ଏକ ଚଢ଼େଇ ମାରି ରଜାଙ୍କୁ ନେଇ ରକତ ଦେଲା, ରଜା ଚିତା କଲାରୁ ଠାଆରେ ବସିଲେ। ଏଣେ ମନ୍ତ୍ରୀ ସେ ଦିନଯାକ କଟୁଆଲପୁଅ ଘରେ ଲୁଚି ରହିଲେ, ରାତି ହେଲାରୁ ପୁଅ ମାଇପ ସମସ୍ତଙ୍କୁ ଘିନି ଯାହା ଯିମିତି ଟଙ୍କା ଟୋକର ଥିଲା, ରୁଣ୍ଡେଇ ପୁଣ୍ଡେଇ ସେ ରାଇଜରୁ ପଳେଇ ଗଲେ। ଯାଇଁ ପହଞ୍ଚିଲେ ଆଉ ଏକ ରଜା ମୁଲକରେ। ସେ ରାଇଜରେ ଘର ଦୁଆର କରି ରହିଲେ। ଦଶମାସ ଦଶ ଦିନ ଗଲାରୁ ସାନ ବୋହୂର ଗୋଟିଏ ଉତ୍ତମ ସୁନ୍ଦର ପୁଅ ଜନମ ହେଲା। ପୁଅଟିର ହେତୁ ପାଇଲାରୁ ତାକୁ ନେଇ ଚାହାଳିରେ ଛାଡ଼ିଲେ। ଟୋକା ଚାରି ପାଠ ପଢ଼ି ଭାରି ଗୁଣବନ୍ତ ହେଲା। ଦିନେ ଟୋକା ସାଙ୍ଗ ପିଲାଙ୍କ ସାଙ୍ଗରେ ଖେଳୁଥାଏ। ଖେଳୁ ଖେଳୁ ତା ସାଙ୍ଗମାନଙ୍କ ସାଙ୍ଗରେ ତାର କଳି ହେଲା। ପିଲାଏ କହିଲେ, 'ତୁ ଗୋଟାଏ 'କାହୁଁ ଅଇଲା', ତୋ ସାଙ୍ଗରେ ଆମେ ଖେଳିବୁ ନାହିଁ।' ଟୋକା ଏ କଥା ଶୁଣି ଆଉ କାହାକୁ କିଛି ପାଟି ଫିଟେଇଲା ନାହିଁ। ଘରକୁ ଅଇଲାରୁ ଗୋଟାଏ ଘରେ 'ମୂଷାମାଟି ରଣଭଣ, ବିଲେଇଗୁହ ସଣସଣ', ସେହି ଘରେ କବାଟ କୀଳି ଶୋଇଲା, ଯେ ଯେତେ ଡାକିଲେ ଆଉ ନ ଶୁଣେ। ପଛକୁ ଅଜା ଆସି କେତେ ନେହୁରା ହେଇ କବାଟରେ ମାଇଲେ। ମନ୍ତ୍ରୀଙ୍କି କହିଲା, 'ସତ୍ୟ କର।' ମନ୍ତ୍ରୀ ସତ୍ୟ କଲେ। କବାଟ ଫିଟେଇଲାରୁ ଟୋକା କହିଲା, 'ମତେ ଆଜି ମୋ ସାଙ୍ଗଚାଟ 'କାହୁଁ ଅଇଲା' ବୋଲି

କାହିଁକି କହିଲେ, ଏଥିର କଥା ନ କହିଲେ ମୁଁ ଖାଇବି ନାହିଁ।' ମନ୍ତ୍ରୀ କହିଲେ, 'ଏଇ କଥା ତ, ଏଥିପାଇଁ କିଆଁ ଏତେ ଅଭିମାନ ? ତୁ ଗାଧୋଇ ପାଧୋଇ ଖା ପି, ମୁଁ ତତେ ଏ କଥା କହିବି।' ଟୋକା ଖାଇ ପିଇ ସାରି ଆସି ପହଞ୍ଚିଲା ଅଜା ପାଖରେ। ଅଜା ସେହିକ୍ଷଣି ସବୁ ଆଗ କଥାଯାକ କହିଗଲେ। ଯିମିତି ରଜା ପଚାରିଲେ, ମନ୍ତ୍ରୀ କହିଲେ- 'ନେଇ ଆଣି ଥୋଇ ଜାଣିଲେ ଚୋରି ବିଦ୍ୟା ଭଲ' ରଜା ହୁକୁମ ଦେଲେ ସବଂଶେ ଶୂଳି ଦବାକୁ, କଟୁଆଳପୁଅ ସାଙ୍ଗେ ଧରମପୁଅ ବସି ମନ୍ତ୍ରୀ ଯିମିତି ବର୍ତ୍ତି କରି ଏ ମୁଲକକୁ ପଳେଇ ଆସିଲେ, ସବୁ କଥାଯାକ ଅଗରୁ ମୂଳଯାଏ ଟୋକା ଆଗରେ କହିଗଲେ। ଟୋକା ଏ କଥାଯାକ ଶୁଣି ସାରିଲା, କହିଲା, 'ମୁଁ' ସେ ରଜା ରାଇଜକୁ ଯିବି।' ମା ବାପ ଅଜା ଯେ ଯେତେ ବୁଝାଇଲେ ଆଉ ନ ବୁଝିଲା। ପଛକୁ କିଛି ଟଙ୍କା ଟୋକର ଧରି ବାହାରିଲା, ଯାଇ ପହଞ୍ଚିଲା ସେ ରଜା ମୁଲକରେ। ରଜାଙ୍କ ଘର ମାଲୁଣୀ ଘରେ ଯାଇ ପହଞ୍ଚିଲା, ତାକୁ ଟଙ୍କା ସୁନା କରି ଆଞ୍ଜୁଳାଏ ଦେଲା, ତା ସାଙ୍ଗରେ ଧରମପୁଅ ବସିଲା, ତା ଘରେ ରହିଲା। ମାଲୁଣୀକି ନିୟମ କରେଇଲା, 'ମୁଁ ତୋ ଘରେ ଅଛି, ଏ କଥା କାହା ଆଗରେ ଫିଟେଇବୁ ନାହିଁ, ମୁଁ ତତେ ଗଦା ଗଦା ଅସରଫି, ଟଙ୍କା ଆଣି ଦେବି।' ଏଠେଇଁ ସେଠେଇଁ ବୁଲି ଚାଲି ସେଠାରେ ସବୁ ହାଲ ଚାଲ ସୂତ୍ରେ ସୂତ୍ରେ ଉଣ୍ଡୁଥାଏ। ଏଣେ ମାଲୁଣୀ ତ ନିତି ଫୁଲମାଳ ଘିନି ନଅରକୁ ଯିବା ଆସିବା କରେ। ଟୋକା ମାଲୁଣୀକି କହିଥାଏ, 'ନଅରର ସବୁ ଖବର ଆଣି ଯାକୁ ନିତି ନିତି ମୋ ଆଗରେ କହିବୁ।' ମାଲୁଣୀ ନଅରର ସବୁ ହାଲଚାଲ ଆଣି ଯାକୁ ନିତି କହେ। ରାତି ହେଲାରୁ ଏ ଟୋକା ବାହାରେ ଚୋରି କରେ। ସେ ଦେଶର ସାଧବଘର ପୁଅ ଯାଇଥାଏ ବିଦେଶକୁ ବେପାର ବଣିଜ କରି; ତା ପାଖରୁ ସାତ ବରଷ ହେଲା କିଛି ଭାଷା ଆସିବାକୁ ନାହିଁ। ସାଧବଘରେ ସମସ୍ତେ ଭାରି ଚିନ୍ତାରେ ଥାଆନ୍ତି। ଦିନେ ସନ୍ଧ୍ୟା ବୁଡ଼ି ଯାଇଛି, ଏ ଟୋକା ଗୋଟାଏ ବାକସରେ ବାକସେ ଟଙ୍କା ସୁନା ଭର୍ତ୍ତି କରି ଯାଇ ସାଧବଘରେ ପହଞ୍ଚିଲା। ପୁଅ ଏତେ ଦିନେ ଅଇଲା ବୋଲି ସାଧବଘରେ ସମସ୍ତେ ଭାରି ଆନନ୍ଦ ହେଲେ। ଏ ଟୋକା କହିଲା, 'ବିଦେଶରେ ମୋ ଦିହ ଦୁଃଖ ହେଲା ଯେ ଆଖିକି କିଛି ଦିଶିଲା ନାହିଁ; ଆଖି ଫୁଟିଗଲା। ମୋର ଆଉ ବଞ୍ଚିବାର ଆଶା ନ ଥାଏ। ଜଣେ ବାବାଜୀ ଆସି ଔଷଧ ଦେଲାରୁ ମୋ ପ୍ରାଣ ରହିଲା; ନଇଲେ ତୁମେ କି ମତେ ଆଉ ଦେଖିଥାନ୍ତ ? ମୋ ଦିହ ଦୁଃଖ ହେଲାରୁ ମୁଁ ଘରକୁ ଭାଷା ଫାଷା କିଛି ଦେଇ ପାରିଲି ନାହିଁ। ଦିହ ଟିକିଏ ଉଶ୍ୱାସ ହେଲାରୁ ବାହାରି ଅଇଲି।' ଯା କହି କାନ୍ଦିଲା, ଘରେ ସମସ୍ତେ କାନ୍ଦିଲେ, ରହିଲେ। ଟୋକା କହିଲା, "ମୋ ଆଖି ଆଜି ଯାଏ ଆଛା ହୋଇ ଭଲ ହେଇ ନାହିଁ। ବାବାଜୀ କହିଛନ୍ତି, "ତୋ ଆଖି ଭଲ ନ

ହବାଯାଏ ରାତିରେ ତୁ ଦୀପ ଆଲୁଅରେ ବସିବୁ ନାହିଁ। ଦୀପ ଆଲୁଅ ଆଖିରେ ପଡ଼ିଲେ ଆଖି ଫୁଟିଯିବ।' ସେଥିରୁ ଏ ଟୋକା ଯେଉଁ ଘରେ ରହିଲା, ସେ ଘରକୁ ଆଉ କେହି ଦୀପ ନେଲେ ନାହିଁ; ଏ ଟୋକା ଅନ୍ଧାରରେ ବସିଥାଏ। ସାଧବକୁ ଡକେଇଲା, ସାଧବ ମନେ ମନେ ଭାରି ଖୁସି ଆପଣା ପୁଅ ବୋଲି। ବହୁତ ରାତିଯାକେ ସାଧବ ଆଉ ଏ ଟୋକା ବସି ଦୁଃଖ ସୁଖ ହେଲେ, ପୁଅ ଗଲାରୁ ସାଧବ ଯାହା ଯିମିତି କମେଇଥିଲା, ଯେଉଁଠି ଯାହା ଟଙ୍କା ଟୋକର ରଖିଛି, ସବୁ ଏ ଟୋକା ଆଗରେ କହିଲା। ପଛକୁ କହିଲା, 'ତୁ ନ ଆସିବାରୁ ମୁଁ ଭାରି ବ୍ୟସ୍ତ ଥିଲି, ଏ ବୁଢ଼ାଦିନେ ମୋର ଏତେ ବୁଝାସୁଝା କରେ କିଏ? ତୁ ଅଇଲୁଣି, ଏଥରକ ତୋ ଘର ତୁ ସମ୍ଭାଳ, ମୁଁ ମୁଠାଏ ଖାଇ, ଖଣ୍ଡେ ପିନ୍ଧି ନିଶ୍ଚିନ୍ତ ହୋଇ ବସିବି।' ଯା କହି ଏ ଟୋକାକୁ କୁଞ୍ଚିପେଣ୍ଡାକ ପକେଇ ଦେଲା। ସାଧବ ଶୋଇବାକୁ ଗଲା। ବେଶି ରାତି ହେଲାରୁ ସମସ୍ତେ ଶୋଇ ପଡ଼ିଲେ। ନିଶା ଗରଜିଲା ବେଳକୁ ଏ ଟୋକା ଧୀର ହୋଇ ଉଠି ସବୁ ଘରେ ଯାଇ କାନ ପାତିଲା। ସମସ୍ତେ ଅଚେତା ହୋଇ ଘୁଙ୍ଗୁଡ଼ି ମାରି ଶୋଇଲେଣି। ଏ ଟୋକା ଆଗରୁ ସୂତ୍ର କରି ମଣିଷ ଦଶ ବାର ଜଣ ଦାଣ୍ଡରେ ରଖେଇଥାଏ। ଘରେ ସମସ୍ତେ ଶୂନଶାନ ହେଲାରୁ ଏ ଟୋକା ଧୀର କରି ଗନ୍ତାଘର କୋଲପ ଫିଟେଇଲା, କୁଞ୍ଚିପେଣ୍ଡାକଯାକ ତ ତାଠେଇଁ ଥାଏ, ଟଙ୍କା ସିନ୍ଦୁକ ବାକସ ସବୁ ଫିଟେଇ ସୁନା, ରୁପା, ଟଙ୍କା ମୋହର ଯେତକ ସାଧବଘରେ ଯାହା ଯେଉଁଠେଇଁ ଥିଲା, ସବୁଯାକ ବୋହି ନେଇ ଦାଣ୍ଡ ମଣିଷଙ୍କୁ ଦେଲା। ସାଧବଘରେ କଳାକନା ବୁଲେଇ ସବୁଯାକ ନେଇ ତୁନିତାନି ଖସି ସାଧବଘରୁ ବାହାରିଲା। ଧନ ଦରବ ସବୁଯାକ ନେଇ ମାଲୁଣୀ ଜିମା ଦେଲା। ସକାଳୁ ଉଠି ସାଧବ ଦେଖିଲାବେଳକୁ ପୁଅ ଫୁଅ କେହି ନାହିଁ; ସିନ୍ଦୁକ ବାକସ ସବୁ ମେଲା ହେଇ ପଡ଼ିଛି! ଟଙ୍କା ଟୋକର ସବୁ ଝାଡ଼ଝୁଡ଼ୁ। ସେଥିରୁ ଲାଗିଲା ଖୋଜା, ମୁଲକଯାକ ହୁରି ପଡ଼ିଗଲା। ରଜାଙ୍କୁ ଏ କଥା ଏତଲା ହେଲା, ଏ କଥାର ଆଉ କିଛି ଠିକଣା ମିଳିଲା ନାହିଁ। ଇମିତି ଆଜି ଯା ଘର, କାଲି ତା ଘରୁ ଚୋରି ହେଲା। ରଜା ନିତି ଶୁଣନ୍ତି। ଏଣେ ନଅରରେ ଯାହା ବିଚାର ହୁଏ, ମାଲୁଣୀ ସବୁ ଶୁଣି କରି ଯାଇ ଟୋକାକୁ କହେ। ଟୋକା ସେଥିକି ତାକତରକରେ ଥାଏ। ରାଇଜଯାକ ଡେଙ୍ଗୁରା ଦିଆଗଲା, 'ଯେ ଏ ଚୋରକୁ ଧରି ଦବ, ସେ ଶହେ ଟଙ୍କା ପାଇବ।' ଯେ ଯେତେ ସୂତ୍ର କଲେ, ଚୋରର କିଛି ଥୟ ମିଳିଲା ନାହିଁ। ଆଜି ଏ କହେ ମୋ ଘରୁ ଚୋରି ହେଲା, କାଲି ସେ କହେ ତା ଘରୁ ଚୋରି ହେଲା। ଯେ ଚୋରି ଧରିବାକୁ ରାତିରେ ପହରା ଦେବାକୁ ବାହାରେ, ଏ ଟୋକା ତ ସବୁ ବିଚାର ମାଲୁଣୀଠଉଁ ଶୁଣେ, ସେହି ଦିନ ତାରି ଘରୁ ଚୋରି ହୁଏ। ଯେ ଯେତେ ଜାଗିତିଆର ହେଲେ ଚୋର ଆଉ

ଧରା ପଡ଼ିଲା ନାହିଁ। ରଜାଙ୍କ ଗୁରୁଗୋସେଇଁ କହିଲେ ଚୋରକୁ ଧରିବେ ବୋଲି। ଏଣେ ଏ ଟୋକା ମାଲୁଣୀଠଉଁ ଗୁରୁଗୋସେଇଁଙ୍କ ଓର ଆର ବୁଝିଲା। ନିତି ସନ୍ଧ୍ୟା ବେଳକୁ ଗୁରୁଗୋସେଇଁ ଗୋଟାଏ ପୋଖରୀକି ଯାଆନ୍ତି, ଲୁଗାପଟାତକ ପାଲଟି ପୋଖରୀ ପାହାଚରେ ରଖି ଦିଅନ୍ତି, ଲଙ୍ଗଳା ହେଇ ତୁଣ୍ଡଯାଏ ପାଣିରେ ପଶି ଗୋଟାଏ ମନ୍ତ୍ର ସାଧନା କରନ୍ତି। ଟୋକା ତ ଏ ସୂତ୍ର ଜାଣିଥାଏ। ସେ ଦିନ ସନ୍ଧ୍ୟାବେଳେ ଗୁରୁଗୋସେଇଁ ଲୁଗାପଟା ଥୋଇ ଦେଇ ପାଣିରେ ପଶି ଜପ କରୁଛନ୍ତି, ଟୋକା ଖଞ୍ଜାଖାଞ୍ଜାରେ ତୁନି ହେଇ ଗଲା, ପୋଖରୀ ପାହାଚ ଉପରୁ ଗୋସେଇଁଙ୍କ ଲୁଗାପଟାତକ ଘିନି ଛୁ। ଏଣେ କଣ କଲା, କାଖରେ ପାଞ୍ଜାଖଣ୍ଡେ ଜାକି ପିନ୍ଧା ଦୋସଡ଼ା ହେଇ ଯାଇ ଗୋସେଇଁଙ୍କ ଘରେ ପହଞ୍ଚିଲା ନାହାକ ବେଶରେ। ଗୁରୁଗୋସେଇଁଙ୍କ ଭାରିଯା ହାତ ଦେଖି କେତେ କଥା ଫଳେଇ କରି କହିଲାରୁ ନାହାକ କଥାରେ ତାଙ୍କର ଭାରି ବିଶ୍ୱାସ ହେଲା। ପଛକୁ ଆଗତ କଥା ପଚାରିଲାରୁ କହିଲା, 'ତୁମକୁ ଆଜି ରାତିରେ ଗୋଟାଏ ଭାରି ବିଷ୍ଟି ଅଛି, ଆଜି ରାତି ଦି'ପହର ଗଡ଼ିଗଲାରୁ ତୁମ ବାଡ଼ି ଦୁଆରେ ବାଳ ମୁକୁଳା କରି ଲଙ୍ଗଳା ହେଇ ମଶାଣିଚଣ୍ଡିଆ ଆସି ପହଞ୍ଚି କରି ବାଡ଼ି କବାଟରେ ମାରିବ, ଗୋସେଇଁଙ୍କ ପାଟି ଭଳିଆ ପାଟି କରିବ, କହିବ 'ମୁଁ ଗୁରୁଗୋସେଇଁ'; ତାକୁ କବାଟ ଫିଟେଇ ଦେଲେ ସେ ତୁମ ବଂଶଯାକ ପଦା କରିବ। ତୁମେ ଗୋଟିଏ କଥା କରିବ, ଆଜି ତ ଗୋସେଇଁ ଯିବେ ଚୋର ଜଗି, ତୁମେ ପାଣି ହାଣ୍ଡିଏ ଚୁଲ୍ଲିରେ ବସେଇ ଥିବ, ସେ ପାଣି ଟକଟକ ହେଇ ଫୁଟୁଥିବ, ଗୋଟାକେତେ ବୋଲୁଅ ଆଣି ରଖିଥିବ। ଯେମିତି ମଡ଼ାଚଣ୍ଡିଆ ଆସି ତୁନି ତୁନି କରି କବାଟରେ ମାରିବ, ତୁମେ ଫାଟ ବାଟେ ଚାହିଁବ ମୋ କଥା ସତ କି ମିଛ। ତୁମେ ଭୁଷୁକିନା କବାଟ ଫିଟେଇ ଦେଇ ଉଷୁମ ପାଣି ହାଣ୍ଡିକ ତା ଉପରକୁ ଫୋପାଡ଼ି ବୋଲୁଅ ଲଦିବ। ଯା କଲେ ସେ ପଳେଇଯିବ, ନଇଲେ ବଂଶଯାକ ଖାଇବ।' ଗୋସେଇଁଙ୍କ ଭାରିଯା ନାହାକ କହିବା କଥା କଲେ, ପାଣି ହାଣ୍ଡିକ ନିଆଁ ଉପରେ ଫୁଟୁଥାଏ। ଏଣେ କଅଣ ହେଲା, ଗୁରୁଗୋସେଇଁ ଜପ ସାରି ପାଣିରୁ ଉଠିଲା ବେଳକୁ ଦେଖନ୍ତି, ପାହାଚ ଉପରେ ଲୁଗା ନାହିଁ। ସରମ କଥା, ଲଙ୍ଗଳାଟା ହେଇ ଯିବେ ଏବେ କୁଆଡ଼େ? ବାଳ ଓଦା, ମୁକୁଳା ହେଇଛି, ଏଣେ ଫେର ଲଙ୍ଗଳା; କଣ କରିବେ? ଲୁଚିଲୁଚିକା ବାଡ଼ିବାଟେ ପଡ଼ି ଆପଣା ଘର ବାଡ଼ି ଦୁଆରେ ଯାଇଁ ପହଞ୍ଚିଲେ। କବାଟରେ ଧୀରା କରି ମାଇଲେ। ଗୋସେଇଁଙ୍କ ଭାରିଯା କବାଟ ଜଳା ବାଟେ ଚାହିଁଲା ବେଳକୁ ସତକୁ ସତ ନାହାକ ଯାହା କହି ଯାଇଥିଲା, ସେହିତା। ଭାରିଯା ଭୁଷକିନି କବାଟ ଫିଟେଇ ଦେଇ ଫୁଟିଲା ପାଣିହାଣ୍ଡିକ ଗୋସେଇଁଙ୍କ ଉପରେ ଅଜାଡ଼ି ପକେଇ କରି ବୋଲୁଅ ଉପରେ ବୋଲୁଅ ନଦି ପକେଇଲା। ଗୋସେଇଁ

ତ ଏକାତାନକେ ମୋହ ଗଲେ। ଦୀପ ଲଗେଇ ଦେଖିଲା ବେଳକୁ ପିଲେଇ ଚମକି ଗଲା, ଦେଖିଲା ବେଳକୁ ନିଜେ ଗୋସେଇଁଙ୍କର ଏ ଅବସ୍ଥା! ଦେହଯାକ କଅଁଳିଆ କଦଳିପତରର ଭଳି ସିଝି ଗୋଟାଏ ଛାଲ ଉତୁରି ଗଲାଣି। ଏଣେ ଫେର ତା ଉପରେ ବୋଲୁଅଟେକା ମାଡ଼, ଦିହଯାକ ଆବୁ ଆବୁ ହେଇ ଗର ପରି ଅଷ୍ଟାଙ୍ଗ ଶରୀର ଫୁଲି ଗଲାଣି। ଘରେ କାନ୍ଦବୋବାଳି ପଡ଼ିଗଲା। ଗୋସେଇଁଙ୍କ କାନ ନାକ ଫୁଙ୍କି ପାଣି ଢୋକେଇ ଗୋସେଇଁଙ୍କି ସାଷ୍ଟାମ କଲେ, ଘରକୁ ଘେନିଗଲେ। ଗୋସେଇଁଙ୍କ ଚେତା ହେଲାରୁ ଗୋସେଇଁ ସବୁ କଥା କହିଲେ। ସମସ୍ତେ ଜାଣିଲେ, ଏ ସବୁ ସେ ଚୋରର ହୁନ୍ଦର। ତହିଁ ଆରଦିନ ସକାଳୁ ରଜା ଉଠି ଚୋରକୁ ଦେଖିବେ କଅଣ, ଦେଖିଲା ବେଳକୁ ଗୁରୁଗୋସେଇଁଙ୍କର ଏ ଅବସ୍ଥା। ଦିନକୁ ଦିନ କଥା ତ ଭାରି ବିଷମ ହେଲା। ଏ ଚୋର ତ ଆଉ ଏଣିକି ମୁଲକ ଥୟ କରି ଦବ ନାହିଁ! କରିବା କଅଣ ଏବେ? ରଜାଙ୍କୁ ଭାରି ଭାଳେଣି ପଡ଼ିଲା। ପଛକୁ ରଜା ହୁକୁମ ଦେଲେ, 'ଆଜି ମନ୍ତ୍ରୀ ଧରିବେ ଚୋର।' ମନ୍ତ୍ରୀ କଅଣ କରିଥାନ୍ତି, ଏକ ହରିକାଠ ତିଆରି କଲେ, ରାତିଯାକ ନଅର ଚାରିପାଖ ଠିଆ ପହରା ଦେଇଥାନ୍ତି। ଏ ଟୋକା ମାଲୁଣୀକି ଦିନରୁ ସହଲା କରିଥାଏ, ମାଲୁଣୀ ନଅରକୁ ଗଲାବେଳେ ନଅର ବାଡ଼ିଦୁଆର ଗଳିବାଟ ଶିକୁଳିଟିକି ମେଲା କରି ରଖି ଆସିଥାଏ। ଏ ଟୋକା ସେହିବାଟେ ନଅରରେ ପଶିଲା। ଦିହରେ ସୁନା ରୂପା ଅଳଙ୍କାର ଭରିଲା, ଖଣ୍ଡେ ପାଟଶାଢ଼ୀ ପିନ୍ଧି ସ୍ତିରୀ ବେଶ ହେଲା, ଢାଳଟିଏ ଧରି ନଅର ଦାଣ୍ଡ କବାଟ ଫିଟେଇ ବାହାରିଲାବେଳକୁ ମନ୍ତ୍ରୀ ତ ପଦାରେ ବୁଲୁଥିଲେ, କହିଲେ, 'ତୁମେ ଏତେ ରାତିରେ କିଏ?' ଟୋକା ତ ସ୍ତିରୀ ବେଶ ଧରିଛି, କହିଲା, 'ମୁଁ ଜେମାଦେଈ। ଭାରି ପୋଖରୀପାଣି ମାଡ଼ିଲାରୁ ତର ସହିଲା ନାହିଁ, ପୋଇଲୀ ପରିବାରୀ କାହାକୁ ନ ଉଠେଇ ବାହାରି ଅଇଲି, ମତେ ଡର ମାଡୁଛି, ଟିକିଏ ଠିଆ ହୁଅନ୍ତୁ, ମୁଁ ବାଡ଼ିକି ବସନ୍ତି। ମତେ ନଅରକୁ ଛାଡ଼ି ଦେଇ ତୁମେ ତୁମ ପହରାରେ ରହିବ।' ମନ୍ତ୍ରୀ ଗଲେ ସାଙ୍ଗରେ ଜଗିବାକୁ। ଏ ଟୋକା ଖଣ୍ଡେ ଦୂର ଯାଇ ମିଛରେ ଗୋଟାଏ ବୁଦା ପାଖରେ ବସିଗଲା, ପାଣି ସାରି ଉଠି ଅଇଲା। ମନ୍ତ୍ରୀଙ୍କୁ ପଚାରିଲା, 'ତୁମେ କିଆଁ ଏତେ ରାତିରେ ଏଠେଇଁ ପହରା ଦଉଛ?' ମନ୍ତ୍ରୀ କହିଲେ, 'ଚୋର ଧରିବି ବୋଲି ପହରା ଦଉଛି। ଚୋରକୁ ଧଇଲେ ଏ ହରିକାଠରେ ପକେଇବି, କାଲି ସକାଳୁ ରଜାଙ୍କ ଛାମୁରେ ପହଞ୍ଚେଇବି।' ଜେମା କହିଲେ, 'ଏ ହରିକାଠରେ ଚୋର କିମିତି ପଶିବ?' ମନ୍ତ୍ରୀ କହିଲେ, 'ତା ଗୋଡ଼ ହାତ ଏଥିରେ ଭରତି କରି ଖିଲ ବାଡ଼େଇ ଦେଲେ ରହିବ।' ଜେମା କହିଲେ, 'ମୁଁ ଗୋଡ଼ ହାତ ଏଥରେ ଦଉଛି, କିମିତି ଖିଲ ବାଡ଼ିଆନ୍ତି, ଟିକିଏ ବାଡ଼େଇ ଦିଅ, ମୁଁ ଦେଖେଁ।' ମନ୍ତ୍ରୀ ଜିଭ କାମୁଡ଼ି

ପକେଇ କହିଲେ, 'ତୁମେ ରଜାଙ୍କ ଜେମାଦେଈ, ମୁଁ ତୁମ ଗୋଡ଼ହାତ ପୂରେଇ ଖିଲ ମାରି ଦେବି ! ରଜା ଶୁଣିଲେ ଆଉ ମୋ ମୁଣ୍ଡ ରଖିବେ ? ଯେବେ ଦେଖିବାକୁ ମନ ହଉଛି, ତେବେ ମୁଁ ଏ ହରିକାଠରେ ଗୋଡ଼ ହାତ ଭରତି କରୁଛି, ତୁମେ ଖିଲ ବାଡ଼େଇ ଦିଅ, କିମିତି ହରିକାଠରେ ଚୋର ପଡ଼ନ୍ତି, ଦେଖି ସାରିଲେ ଖିଲ ହୁଗାଳି ଦବ, ମୁଁ ବାହାରି ଆସିବି।' ଯା କହି ମନ୍ତ୍ରୀ ଯିମିତି ହରିକାଠରେ ଗୋଡ଼ ହାତ ପୂରେଇଲେ, ଜେମାଦେଈ ସେ କଣାରେ କିଳାଟିମାନ ଦେଇ ଅଚ୍ଛା କର ଦି' ଦି' ପାହାର ବାଡ଼େଇ ଦେଲେ। ବାଡ଼େଇ ଦେଇ ଦାଣ୍ଡେ ଦାଣ୍ଡେ ଛୁ। ମନ୍ତ୍ରୀ ପଡ଼ିଛନ୍ତି ! ସକାଳୁ ଉଠି ସମସ୍ତେ ଦେଖିଲା ବେଳକୁ ମନ୍ତ୍ରୀ ନିଜେ ପଡ଼ିଛନ୍ତି ହରିକାଠରେ। ବୁଝ ବୁଝ୍ ରାତିରେ ଜେମା ଉଠି ନାହାନ୍ତି ପୋଖରୀପାଣି। ମନ୍ତ୍ରୀ ଆଉ ସରମରେ ମୁହଁ ଟେକି ପାରିଲେ ନାହିଁ। ଚୋରର ଫେର ଏଡ଼େ ସାହସ ! ନଅର ଭିତରେ ପଶି ଏତେ ହୁନ୍ଦର ! ନିଜେ ମନ୍ତ୍ରୀ ତ ସମ୍ଭଳା ପଡ଼ିଲେ ନାହଁ, କଅଣ ହବ ? ଏଥିକି କାହାରି କିଛି ବୁଦ୍ଧି ସ୍ଫୁରିଲା ନାହିଁ। ତହିଁ ଆର ଦିନ ରଜା କହିଲେ, 'ଆଚ୍ଛା, ଆଜି ରାତିରେ ଆମେ ନିଜେ ଚୋର ଧରିବା।' ଏ ଟୋକା ମାଲୁଣୀଠଉଁ ଏ କଥାର ସୋରସାର ବୁଝିଲା। ନିଶବଦ ରାତି ହେଲାରୁ ରଜା ଚାରି ହତିଆର ବାନ୍ଧି ଘୋଡ଼ାରେ ସୁଆର ହେଇ ବାହାରିଲେ ଚୋରକୁ ଧରିବେ ବୋଲି। ଏ ଟୋକା କଅଣ କରିଥାଏ- ଖଣ୍ଡେ ଚିରା ଦରବା ପିନ୍ଧି ଏକ ତିଛକି ବାଟରେ ବସି ଗୋଟାଏ ଚକି ପକେଇ ମାଣ୍ଡିଆ ଫେଷୁଥାଏ, ନିର୍ଜୀବ ସ୍ୱରରେ ଗୁଣୁଗୁଣୁ ହେଇ ରାତି ଅନିଦ୍ରା ହେଲା ଭଳିଆ ଗୀତ ବୋଲୁଥାଏ। ରଜା ଘୋଡ଼ାରେ ଚଢ଼ି ଆସି ପହଞ୍ଚିଲେ ସେଠେଇଁ। ରଜା କହିଲେ, 'ତୁ ଏତେ ରାତିରେ ଏଠେଇଁ କିଏ ଲୋ ?' ବୁଢ଼ୀ କହିଲା, 'ପୁତ, ତୁ ଏତେ ରାତିରେ ଏଠେଇଁକି କିଆଁ ଅଇଲୁ ? ଏଠେଇଁତ ଭାରି ଚୋର ମାତିଛନ୍ତି। ଦଣ୍ଡକ ତଳେ ଏ ବାଟେ ଆଠଟା କି ଦଶଟା ଘୋଡ଼ାରେ ଚଢ଼ି ପଞ୍ଚାଏ ମରଦ ଚାରି ହତିଆର ବାନ୍ଧିକରି ନଅର ଆଡ଼କୁ ଗଲେ। କହିଲେ 'ଆମେ ଯାଉଛୁଁ ନଅରରେ ଚୋରି କରିବୁଁ ବୋଲି। ମୁଁ ଆଣ୍ଠୁକୁଡ଼ୀ ରାଣ୍ଡୀଟିଏ, ମୋର କେହି ନାହିଁ, ମାଣ୍ଡିଆ ଫେଷି ବିକିଲେ ମୋ ପେଟ ପୋଷେ। ସେ ସବୁ ମୋଠଉଁ ପୋଷେ ଲେଖାଏଁ ଛତୁଆ ଖାଇ ମୁନ୍ଦାଏ ଲେଖାଏଁ ପାଣି ପିଇ କରି ଗଲେ, କହିଲେ, "ତୁ ଏଠେଇଁ ବସିଥା, ଆମେ ଏଇ ବାଟେ ଫେରି ଅଇଲାବେଳେ ତତେ ଦରଦର ତୋଡ଼ କରି ଦେଇଯିବୁଁ।' ମୁଁ ଏଠେଇଁ ବସି ଚକି ଫେଷୁଛି।' ରଜା କହିଲେ, 'ଆଚ୍ଛା ଭଲା, ସେ ଚୋରଯାକ କିମିତି ଧରା ପଡ଼ିବେ ? ସେ ଚୋରଙ୍କୁ ଯେବେ ଧରେଇ ଦବୁ, ତେବେ ତତେ ଘର ଦୁଆର ତୋଳେଇ ଦେବି, ବହୁତ ଟଙ୍କା ସୁନା ଦେବି। ତୁ ଆଉ ଦୁଃଖ ପାଇବୁ ନାହିଁ।' ରାଣ୍ଡୀ କହିଲା, 'ତେବେ ତୁମେ ଗୋଟିଏ କଥା କର। ମୋ

ଚିରାକନା ପିନ୍ଧି ଏଠେଇଁ ବସି ଚକି ଫେଷୁଥାଅ। ସେ ଚୋର ଏଇ ବାଟେ ଆସିଲେ ଧରିବ। ମତେ ତୁମ ପାଇପାଟୁକା ଦିଅ, ମୁଁ ପିନ୍ଧି ଘୋଡ଼ାରେ ଚଢ଼ି ସେ ଚୋରଙ୍କ ପଛେ ପଛେ ଓର ଉଣ୍ଡି ଯାଏଁ, ତାଙ୍କୁ ଏଇ ବାଟେ ଫେରେଇ ଆଣିବି।' ରଜା କହିଲେ, 'ହଉ।' ରଜା ଚିରା ଦରବା ପିନ୍ଧି ମାଣ୍ଡିଆ ଫେଷି ବସିଲେ। ଟୋକା ରଜାଙ୍କ ପାଗପାଟୁକା ପିନ୍ଧି ଚାରି ହତିଆର ବାନ୍ଧିଲା, ଘୋଡ଼ାରେ ଚଢ଼ିଲା। ଘୋଡ଼ା ଚଢ଼ି ନଅର ଆଡ଼କୁ ଗଲା, ଯାଇ ସିଂହଦୁଆରେ ପହଞ୍ଚିଲା। ଜଗୁଆଳିଯାକ ବିଚାରିଲେ ରଜା ଅଇଲେ ବୋଲି। ଜଗୁଆଳିଙ୍କି କହିଗଲା, 'ରାତି ଜାଙ୍ଗୁଲ୍ ଜାଙ୍ଗୁଲ୍ ହଉଥିବ, ସିଂହ ଦୁଆରେ ଆସି ଗୋଟାଏ ବୁଢ଼ୀ ପହଞ୍ଚିବ, ସେ ଯେ ଅସଲ ଚୋର। ସେ ଯାହା କହିବ, ତମେ କିଛି ଶୁଣିବ ନାହିଁ, ତାକୁ ଧରି ବାନ୍ଧି ପକେଇବ; ନେଇ ବନ୍ଦିଘରେ ପକେଇବ, ଆମ ପହୁଡ଼ ଭାଜିଲେ ଆମ ପାଖରେ ନେଇ ତାକୁ ପହଞ୍ଚେଇବ। ଏ କଥା ନ କଲେ ମୁଣ୍ଡକାଟ ହବ।' ଯା କହି ଟୋକା ଘୋଡ଼ାରୁ ଓହ୍ଲେଇ ପଡ଼ି ନଅର ଭିତର ଖଞ୍ଜାକୁ ବାହାରିଗଲା। ଗୋଟାଏ ଘରେ କବାଟ କୀଳି ପଶିଲା।

ଏଣେ ତିଛକି ବାଟରେ ରଜା ଖଣ୍ଡେ ଚିରାକନା ପିନ୍ଧି ଚକି ଫେଷୁ ଫେଷୁ ରାତି ପାହିବାକୁ ଅସି ହେଲାଣି, ଚୋର ନା ଫୋର ଦେଖା ନାହିଁ। ରଜାଙ୍କ ମନ ଭାରି ଉଛନ୍ନ ହେଲା। ଏଣେ କୁଆ କୋଇଲି ବୋବେଇଲେଣି, ସୁନ୍ଦରା ଉଇଁ ଅଇଲାଣି। ଯାହା ତ ହବାର ହେଲାଣି, ରାତି ନ ପାହୁଁଣୁ ଯାଇ ଭଲା ଉଆସରେ ପହଞ୍ଚିଲେ ଗଙ୍ଗାସ୍ନାହାନ ଫଳ ହବ! ଯା ବିଚାରି ରାତି ଜାଙ୍ଗୁଲ ଜାଙ୍ଗୁଲ ହଉଛି; ଚିରାକନା ଖଣ୍ଡକ ପିନ୍ଧି ଲସୁରୁପୁସୁରୁ ହେଇ ରଜା ଯାଇ ସିଂହଦୁଆରେ ଚୋର ଭଳି ପହଞ୍ଚିଲେ। ଜଗୁଆଳିଯାକ ତ ଆଗରୁ ପାଇଛନ୍ତି ହୁକୁମ, ଯାଙ୍କୁ ଅନ୍ଧାରରେ ଚିହ୍ନୁଛି କିଏ? ତାଙ୍କୁ ବାନ୍ଧି ପକେଇ ନେଇ ବନ୍ଦିଘରେ ପକେଇଲେ। ରଜା ଯେତେ କହୁଛନ୍ତି, 'ମୁଁ ରଜା', ତାଙ୍କ କଥା ଶୁଣୁଛି କିଏ? ସମସ୍ତଙ୍କର ତ ଏକ ହପା ଉଠିଛି। ପଛକୁ ରଜାଙ୍କର ପାଟି ବାରିଲେ, ଫରଚା ହେଲାରୁ ଦେଖିଲେ ଯେ ନିଜେ ରଜା। ରଜା ସେ ଚିରାକନା ଖଣ୍ଡକ ପାଲଟି ପକେଇଲେ। ଅସଲ ଚୋରକୁ ଲାଗିଲା ଖୋଜା। ଟୋକା ଯେଉଁ ଘରେ କବାଟ କିଳି ପଶିଛି, ସେ ଘର କବାଟରେ ଯାଇଁ ସମସ୍ତେ ମାଇଲେ। ଟୋକା ଭିତରେ ଥାଇ କହିଲା, 'ରଜା ନିଜେ ଏଠେଇଁକି ବିଜେ କଲେ ମୁଁ କବାଟ ଫିଟେଇବି।' ସମସ୍ତେ ଯାଇଁ ରଜାଙ୍କୁ ଜଣା କଲାରୁ ରଜା ନିଜେ ବିଜେ କଲେ। କବାଟରେ ମାଇଲେ, ଏ ଟୋକା ଭିତରେ ଥାଇ କହିଲା, 'ମଣିମା! ଏ ମୁଣ୍ଡ ରହିବ ବୋଲି ଯେବେ ଛାମୁ ସତ୍ୟ କରିବେ, ତେବେ କବାଟ ଫିଟେଇବି।' ରଜା ସତ୍ୟ କଲେ, ଏ ଟୋକା କବାଟ ଫିଟେଇ ଦେଇ ଲମ୍ବ ହୋଇ ଗୋଡ଼ ତଳେ ପଡ଼ିଗଲା, କହିଲା, 'ମଣିମା!

ମୋ ଅଜାଙ୍କୁ ଛାମୁ ପଚାରିଥିଲେ, ମୋ ଅଜା କହିଲେ, "ନେଇ ଆଣି ଥୋଇ ଜାଣିଲେ ଚୋରିବିଦ୍ୟା ଭଲ।' ଛାମୁ ଚୋରି କରି ନ ଜାଣିଲ, ମୋ ରଜାଙ୍କୁ ସବଂଶେ ଶୂଳି ହୁକୁମ ଦେଲ। ଏବେ ଛାମୁଙ୍କ ଅବଧାନକୁ ଆସିଲା, କିମିତି ନେଇ ଆଣି ଥୋଇ ଜାଣିଲେ ଚୋରିବିଦ୍ୟା ଭଲ ?' ସେଇଥିରୁ ରଜାଙ୍କ ଆଗରେ ସବୁ କଥାଯାକ କହିଗଲା। ରଜା ଏ ଟୋକା ବୁଦ୍ଧିକି ଭାରି ପ୍ରଶଂସା କଲେ। ପାତ୍ର ମନ୍ତ୍ରୀ ସମସ୍ତେ ଧନ୍ୟ ଧନ୍ୟ କହିଲେ। ରଜା ତା ମୁଣ୍ଡରେ ମନ୍ତ୍ରୀ ଶିରପା ବନ୍ଧେଇ ଦେଲେ। ଜେମାଦେଈଙ୍କି ତା ସାଙ୍ଗରେ ବିଭା କରେଇ ଦେଲେ। ତା ଅଜା, ବାପ, ମା ସମସ୍ତଙ୍କୁ ଆର ରାଇଜରୁ ଅଣେଇଲେ। ଝିଅ ଜୋଇଁ ଘିନି ଯୁଗରାଇଜ କଲେ।

ମୋ କଥାଟି ସରିଲା, ଫୁଲ ଗଛଟି ମଲା।

■

ଚାରି ସଙ୍ଗାତ

ଏକ ରାଇଜରେ ଗୋଟିଏ ରଜା ଥାଏ। ସେ ରଜାପୁଅ, ମନ୍ତ୍ରୀପୁଅ, ସାଧବପୁଅ, କଟୁଆଳପୁଅ ଚାରିହେଁ ସଙ୍ଗାତ ବସିଥାନ୍ତି। ଚାରିଙ୍କର ଏକା ବିଚାର। ଚାରିଙ୍କ ଭିତରେ ପାଣି ଗଳେ ନାହିଁ। ଦିନେ ଚାରିହେଁ ଯାକ ବିଚାରିଲେ ବିଦେଶ କରିବେ ବୋଲି। ଯେଝା ମାବାପକୁ ଯାଇ ଏକଥା କହିଲେ। ଘରୁ ଟଙ୍କା ଟୋକର କିଛି ଧଇଲେ, ଘୋଡ଼ାଶାଳରୁ ପକ୍ଷିରାଜ ଘୋଡ଼ା ବାଛିଲେ, ସମସ୍ତେ ପାଗପଟୁକା ହାତ-ହତିଆର ବାନ୍ଧି, ସାଙ୍ଗ ହେଇ ବିଦେଶ କରି ବାହାରିଲେ। ଯାଉଁ ଯାଉଁ ବାଟରେ ବେଳ ବୁଡ଼ିଲା, ଅଗନାଗ୍ନି ବନସ୍ତ, ଜନ ପ୍ରାଣୀ କେହି ନାହିଁ, କୁଆର ଅଣ୍ଟ ନାହିଁ, କି ଚଢ଼େଇର ବେଣ୍ଟ ନାହିଁ। ଆଗକୁ ଆଉ ପହଣ୍ଡେ ଗୋଡ଼ ଚଳିଲା ନାହିଁ। କଅଣ କରିବେ, ଗୋଟିଏ ଆମ୍ବଗଛମୂଳେ ଘୋଡ଼ା ଚାରିଙ୍କି ବାନ୍ଧି ଦେଇ ସେ ଗଛମୂଳେ ରହିଲେ। ବନସ୍ତରେ କେହି ଜନ ପ୍ରାଣୀ ନାହିଁ। ସମସ୍ତେ ବିଚରାବିଚରି ହେଲେ, 'ଆମ ଭିତରୁ ଜଣେ ଜଣେ ପହରେ ଲେଖାଏଁ ଜଗିବା, ଆଉ ସମସ୍ତେ ଶୋଇବେ।' ପହିଲି ପହରକ ରଜାପୁଅର ପାଳି ପଡ଼ିଲା। ରଜାପୁଅ ଚାରି ହତିଆର ବାନ୍ଧି ଚେଇଁ କରି ଜଗିଥାଏ। ତିନି ଘଡ଼ି ବିତି ଗଲାଣି, ଏତିକିବେଳକୁ ସେ ଆମ୍ବଗଛ ଡାଳରୁ ଶୂନ୍ୟ ଶବଦ ହେଲା, 'ଗଛମୂଳେ କିଏ ଶୋଇଛ ଉଠି ଯା, ମୁଁ ଭାଙ୍ଗି ପଡ଼ିବି।' ରଜାପୁଅ କହିଲା, 'ତୁ ଯେବେ ଭାଙ୍ଗି ପଡ଼ିବୁ ପଡ଼, ଆମେ ଉଠିବୁ ନାହିଁ।' ଦଣ୍ଡେ ଗଲାରୁ ସେ ଗଛର ଡାଳଯାକ ଭାରି ବାଡ଼େଇ କଚାଡ଼ି ହେଲାରୁ ଗୋଟାଏ ଆମ୍ବ ଖସି ପଡ଼ିଲା। ରଜାପୁଅ ସେ ଆମ୍ବଟିକି ଗୋଟେଇ ଅଣିଲା। ଫେର ଶୂନ୍ୟ ଶବଦ ହେଲା, 'ଏ ଆମ୍ବଟିକି ଯେ ଗିଳିଦବ, ସେ ହସିଲା ବେଳେ କାନ୍ଦିଲା ବେଳେ ତା' ପାଟିରୁ ମାଣିକଟିଏ ଝଡ଼ିବ।' ରଜାପୁଅ ସେ ଆମ୍ବରେ ଚିହ୍ନ ଦେଇ ରଖିଥାଏ। ତା ମନରେ ଭାରି କଉତୁକ ହେଲା। ଆଉ ଆର ପହରକୁ ଆର ତିନି ସଙ୍ଗାତଙ୍କ ଭିତରୁ କାହାକୁ ଉଠେଇଲା ନାହିଁ, ଆପେ

ଜଗି ବସିଥାଏ। ରାତି ଦି'ପହର ହେଇ ନାହିଁ, ଫେର ଶୂନ୍ୟ ଶବଦ ହେଲା, 'ମୋ ମୂଳେ ଯେ ଶୋଇଛି ଉଠି ଯା, ମୁଁ ଭାଙ୍ଗି ପଡ଼ିବି।' ରଜାପୁଅ କହିଲା, 'ଭାଙ୍ଗି ପଡ଼ିଲେ ପଡ଼, ଆମେ ଉଠିବୁ ନାହିଁ।' ଫେର ସିମିତ ପହିଲି ପହରକ ଭଳି ଗଛ ଡାଳଯାକ ଭାରି ବାଡ଼େଇ କଚାଡ଼ି ହେଲାରୁ ଫେର ଆମ୍ବଟିଏ ଝଡ଼ି ପଡ଼ିଲା। ରଜାପୁଅ ସେ ଆମ୍ବଟିକୁ ପାଇ ଚିହ୍ନ ଦେଇ ରଖିଲା। ଫେର ଶୂନ୍ୟ ଶବଦ ହେଲା, 'ଏ ଆମ୍ବଟିକି ଯେ ଖାଇବ, ସେ ରଜା ହବ।' ରାତି ଦି'ପହର ଗଡ଼ିଗଲାରୁ ଆର ତିନି ସଙ୍ଗାତଙ୍କୁ ଉଠେଇଲା ନାହିଁ। ତା ମନ ଲାଗିଥାଏ, ଚେଇଁ ବସିଲା, ଫେର ପହଡ଼େ ଆସି ବିତିଲା। ଫେର ସିମିତି ଆମ୍ବଗଛ ବାଡ଼େଇ କଚାଡ଼ି ହେଲା, ଫେର ଗୋଟିଏ ଆମ୍ବ ଝଡ଼ିଲା। ଶୂନ୍ୟ ଶବଦ ହେଲା 'ଏ ଆମ୍ବଟି ଯେ ଖାଇବ, ସେ ମନ୍ତ୍ରୀ ହବ।' ରଜାପୁଅ ସେ ଆମ୍ବରେ ଚିହ୍ନ ଦେଇ ରଖିଲା। ତିନି ସଙ୍ଗାତଙ୍କୁ ଉଠେଇଲା ନାହିଁ। ରାତି ଶେଷ ପହରକ ଜଗି ବସିଲା। ରାତି ପାହିବାକୁ ଦଣ୍ଡେ ଖଣ୍ଡେ ଅଛି, ଫେର ଗୋଟିଏ ଆମ୍ବ ଝଡ଼ିଲା, ଗଛରୁ ଶବଦ ହେଲା, 'ଏ ଆମ୍ବଟିକି ଯେ ଖାଇବ, ସେ ବେଢ଼ି ପଡ଼ି ରହିବ।' ରଜାପୁଅ ସେ ଆମ୍ବକୁ ଗୋଟେଇ ଚିହ୍ନ ଦେଇ ରଖିଲା। ଚାହୁଁ ଚାହୁଁ କୁଆ କୋଇଲି ବୋବେଇଲେ, କାଳି ଅନ୍ଧାର ଲାଗି ଆସିଲା। ଉଠି କରି ଦେଖନ୍ତି ଯେ ସକାଳ। ମନ୍ତ୍ରୀପୁଅ କହିଲା, 'ସଙ୍ଗାତ ! ଆମକୁ କିଆଁ ଉଠେଇଲ ନାହିଁ ? ଅକାରଣେ ରାତିଟାଯାକ ଅନିଦ୍ରା ହେଲ।' ରଜାପୁଅ କହିଲା, "କାଲି ରାତିରେ ଏ ଗଛରୁ ଇମିତି ଶବଦ ହେଲା, ଚାରୋଟି ପାଚିଲା ଆମ୍ବ ଝଡ଼ି ପଡ଼ିଲା। ମୁଁ ସେ ଆମ୍ବ ଚାରୋଟି ଗୋଟେଇ କରି ରଖିଛି। ମୁଁ ତ ସେହି କଉତୁକ ଦେଖି ଭୋଳ ହୋଇ ଗଲି; ତୁମକୁ ଉଠେଇବାକୁ ହେଜ ହେଲା ନାହିଁ।' ରଜାପୁଅ କାଲି ରାତିର ସବୁ କଥା ତିନି ସଙ୍ଗାତଙ୍କୁ କହିଲା। ହେଲେ କଅଣ ହେବ, ଅସଲ କଥା, କୋଉଁ ଆମ୍ବକୁ ଖାଇଲେ କଅଣ ହବ, ସେ କଥା କାହାକୁ କହିଲା ନାହିଁ। ରାତି ପାହିଲାରୁ ଚାରି ସଙ୍ଗାତ ଚାରି ଘୋଡ଼ାକୁ ସଜ କରି ଘୋଡ଼ାରେ ଚଢ଼ି ସେଠଉଁ ବାହାରିଲେ। ଖଣ୍ଡେ ଦୂର ଯାଇଛନ୍ତି, କଅଁଳ ଗାଧୁଆ ବେଳ ହେଲାଣି, ବାଟରେ ଗୋଟିଏ ନଈ ପଡ଼ିଲା। ସେ ନଈକୂଳରେ ଘୋଡ଼ା ବାନ୍ଧିଲେ, ଚାରି ସଙ୍ଗାତଯାକ ଗାଧୁଆପାଧୁଆ କଲେ। ଗାଧୋଇ ସାରି ଜଳଖିଆ କଲା ବେଳକୁ ରଜାପୁଅ ସେ ଚାରୋଟି ଆମ୍ବ ବାହାର କଲା। ପହିଲି ପହର ଆମ୍ବଟି ଆପେ ଖାଇଲା, ଆର ପହର ଆମ୍ବଟିକି ମନ୍ତ୍ରୀପୁଅକୁ ଦେଲା, ତହିଁ ଆର ପହର ଆମ୍ବଟି ସାଧବପୁଅକୁ ଦେଲା, ଶେଷ ପହର ଆମ୍ବଟି କଟୁଆଳପୁଅକୁ ଦେଲା। ଜଳଖିଆ କରି ସାରି ଘୋଡ଼ାଙ୍କ କଥା ବୁଝିଲେ। ଫେର ଚାରିହେଁ ଘୋଡ଼ା ଚଢ଼ି ବାହାରିଲେ। ଯାଉଁ ଯାଉଁ ଏକ ରଜା ରାଇଜରେ ପହଞ୍ଚିଲେ। ସେଠେଇଁ ଏକ ମାଲୁଣୀ ଘରେ ଯାଇ ବସା କଲେ। ରଜାପୁଅ ଯୋଉଁ

ଆମ୍ବଟି ଖାଇଥାଏ, ସେ ଆମ୍ବ କଥା ବିଡ଼ିବା ଲାଗି ଗୋଟିଏ ଘରକୁ ଯାଇ ହସିଦେଲାରୁ ତା ପାଟିରୁ ହୀରାଟିଏ ଝଡ଼ି ପଡ଼ିଲା। ରଜାପୁଅ ଭାରି ଆନନ୍ଦ ହେଲା। ରଜାପୁଅ ସେ ହୀରାଟିକି ନେଲା, ମନ୍ତ୍ରୀପୁଅ ହାତରେ ଦେଲା। କହିଲା, 'ସଙ୍ଗାତ! ଯାକୁ ନେଇ ଏଠା ମହାଜନଘରେ ବିକି ହାଟବାଟ କରି ଆସ।' ମନ୍ତ୍ରୀପୁଅ ହୀରାଟିକି ନେଇ ସେ ଦେଶର ମହାଜନ ପାଖରେ ଯାଇ ପହଞ୍ଚିଲା। ମହାଜନ ସେ ହୀରାଟିକି ମୂଲ କଲା, ଟଙ୍କା ଦେଲା। ଟଙ୍କା ଗଣିଲାବେଳକୁ ମନ୍ତ୍ରୀପୁଅକୁ ମୂତ ମାଡ଼ିଲା, ସେ ମୂତିବାକୁ ଗଲା। ଏଣେ ହୋଇଥାଏ କଣ, ସେ ରାଇଜର ରଜା ମରିଥାଏ। ସେ ରଜାଟି ଆଣ୍ଠୁକୁଡ଼ା। ପାତ୍ର ମନ୍ତ୍ରୀ ରଜାଙ୍କ ପାଟହାତୀ ଉପରେ ସୁନା କଳସ ନେଇ ରାଇଜଯାକ ବୁଲାଉଛନ୍ତି, ହାତୀ ଯାହା ଉପରେ ସୁନା କଳସ ଢାଳିବ, ସେ ରଜା ହବ। ହାତୀ ଯାଇ ମନ୍ତ୍ରୀପୁଅ ଉପରେ ସୁନା କଳସ ଢାଳି ଦେଲା। ପାତ୍ର ମନ୍ତ୍ରୀ ଯାକୁ ନେଇ ଗାଦିରେ ବସେଇଲେ। ଏଣେ ରଜାପୁଅ ଚାହିଁ ବସିଛି। ଚାହିଁ ବସି ବସି ଆଖିରୁ ପାଣି ମଲାଣି, ମନ୍ତ୍ରୀପୁଅ ଆସିବାକୁ ନାହିଁ। ପଛକୁ କଅଣ କଲା, ସାଧବପୁଅ ହାତରେ ଆଉ ଗୋଟିଏ ହୀରା ଦେଇ ମହାଜନ ଦୁଆରକୁ ପଠେଇଲା। ସାଧବପୁଅ ସେ ହୀରାଟିକି ବିକି ଟଙ୍କା ଗଣୁଛି, ଦାଣ୍ଡରେ ଚହଳ ଶୁଭିଲା, ଏ ଉଠି ଯାଇ ଦାଣ୍ଡରେ ଠିଆ ହେଲା ବେଳକୁ ରଜାଘର ପାଟହାତୀ ଆସି ଯାକୁ ଉଠେଇ ନେଇ ପିଠି ଉପରେ ବସେଇଲା, ଏ ଯାଇ ନୂଆ ରଜାର ମନ୍ତ୍ରୀ ହେଲା। ରଜାପୁଅ ଏଣେ ଚାହିଁ ଚାହିଁ ସାଧବପୁଅ ନ ଅଇଲରୁ ଆଉ ଗୋଟିଏ ହୀରା ଦେଇ କଟୁଆଳପୁଅକୁ ପଠେଇଲା। କଟୁଆଳପୁଅ ମହାଜନ ସାଙ୍ଗରେ କଥାଭାଷା ହଉଁ ହଉଁ ପଦେ ହୁଡ଼ି କରି କଅଣ କହି ଦେଲା। ମହାଜନ ତାକୁ ବେଡ଼ି ପକାଇ ଗୋଟାଏ ଅମୁହାଁ ଘରେ ରଖିଲା। ରଜାପୁଅ ଏ ମାଲୁଣୀ ଘରେ ଥାଏ। ଦିନେ ଦି'ଦିନ ବିତିଗଲା, ଏ ସବୁ କଥା ଶୁଣିଲା। ସେ ଦିନ ରାତିରେ ଆମ୍ବଗଛରୁ ଯାହା ଶୂନ୍ୟ ଶବଦ ଶୁଭୁଥିଲା, ସବୁ ସତ ଫଳିଲା। ତିନି ସଙ୍ଗାତ ଯାକ ଗଲେ, ଏବେ ରଜାପୁଅ ଆପଣା କର୍ମକୁ ଆଦରି ରହିଲା। ଇମିତି କେତେ ଦିନ ଗଲା। ରଜାପୁଅ ଦିନେ ତିନି ସଙ୍ଗାତଙ୍କୁ ବାହୁନି କରି କାନ୍ଦୁଛି, ପାଟିରୁ କେତେ ହୀରା ନୀଳା ମୋତି ମାଣିକ୍ୟ ଝଡୁଛି। ଗୋଟିଏ ମାଇପିଟିଏ ଦେଖିଲା। ସେ ମାଇକିନିଆ ଅସୁରୁଣୀ ବୋଲି ରଜାପୁଅ ତ ଜାଣି ନ ଥାଏ। ରଜାପୁଅ ତା ଆଗରେ ସବୁ କଥା ମୂଳରୁ ଅଗଯାଏ ଫିଟେଇ କରି କହିଗଲା। ଅସୁରୁଣୀ ରଜାପୁଅକୁ ଭାରି ଆଦର କଲା, ଆପଣା ଘରକୁ ଘିନିଗଲା। ରଜାପୁଅ ସାଙ୍ଗରେ ଭାରି ଜିଗର କଲା ତା ଘରେ ଜଳଖିଆ କରିବାକୁ। ରଜାପୁଅ ତ ଏତେ ମାୟା ଜାଣି ନ ଥାଏ, ମଙ୍ଗିଗଲା। ମାଇକିନିଆ ଗୁଡ଼ିଏ କୋରା ତିଆରି କଲା, ସେ କୋରାରେ ବିଷ ଦେଇଥାଏ। ରଜାପୁଅ କୋରା ଖାଇ ବାନ୍ତି

କଲା। ରଜାପୁଅର ତ ସୁକୁମାର ଜୀବନ, ବାନ୍ତି କରି କରି ଅଜ୍ଞାନ ହେଇଗଲା। ଆମ୍ବ ଟାକୁଆଟି ପାଟି ବାଟେ ବାହାରି ପଡ଼ିଲା। ଅସୁରୁଣୀ ତାକୁ ଲୁଚେଇ ରଖିଲା। ରଜାପୁଅକୁ ନେଇ ଖତଗଦାରେ ପକେଇ ଦେଲା। ସେତିକିବେଳେ ଚାରି ମେଘଯାକ ବରଷିଲାରୁ ରଜାପୁଅ ଦେହରେ ଜୀବ ପଶିଲା। ରଜାପୁଅ ଘୁଷୁରି ଘୁଷୁରି ଏକ ପୋଖରୀ କୂଳେ ପହଞ୍ଚିଲା, ସେ ପୋଖରୀରୁ ମନ୍ଦିଏ ପାଣି ପିଇଲାରୁ ଦେହରେ ଟିକିଏ ବଳ ହେଲା। ତିନି ସଙ୍ଗାତକୁ ବାହୁନି ବାହୁନି କେତେ କାନ୍ଦିଲା। କାନ୍ଦିଲା ବେଳକୁ ଆଉ ହୀରା ନୀଳା ମୋତି ମାଣିକ୍ୟ ଝଡ଼ିବାକୁ ନାହିଁ। ରଜାପୁଅ ଆଚମ୍ବିତ ହେଲା। ବିଚାରିଲା, ଆଉ ଏ ଜୀବନରେ କି କାର୍ଯ୍ୟ! ଯା ବିଚାରି ପାଣିରେ ଝାସ ଦେବାକୁ ଯାଉଛି, ଗଙ୍ଗାମାତା ଆସି ଆଗରେ ବାଟ ଓଗାଳିଲେ, କହିଲେ, "ତୋର ବହୁତ ପରମାୟୁ ଅଛି, ତୁ କାହିଁକି ମରିବୁ? ମୁଁ ତୋ ପାଇଁ ଏ ଖଟଟି ଆଣିଛି, ତୁ ଏ ଖଟଟି ନେ, ତୋର ବହୁତ କାମରେ ଆସିବ। ଖଟର ଚାରିଖୁରାରେ ଚାରୋଟି କିମିଆ ଅଛି। ଗୋଟିଏ ଖୁରାରେ 'ବାନ୍ଧ ବାନ୍ଧ ଦଉଡ଼ି, ମାର ମାର ଠେଙ୍ଗା' ଅଛି। ସେ ଖଟ ଖୁରାକୁ କହିଲେ ଖଟ ଖୁରାରୁ ଗୋଟାଏ ଦଉଡ଼ି ବାହାରିବ, ଖଣ୍ଡେ ଠେଙ୍ଗା ବାହାରିବ, ଯାହାକୁ ମନେ କରିବ ତାକୁ ବାନ୍ଧି ପକେଇ ପିଟି ସାରା କରି ଦେବ। ଆଉ ଗୋଟିଏ ଖୁରାକୁ ଯେବେ କହିବ, ସେ ଖଟରେ ବସିଲେ, ଯୁଆଡ଼କୁ ମନ କରିବ ସିଆଡ଼କୁ ଶୂନ୍ୟେ ଶୂନ୍ୟେ ଚାଲିଯିବ। ଆର ଖୁରାଟିକି କହିଲେ ଶତ୍ରୁ ଆସିଲା ବେଳେ ଶତ୍ରୁ ଉପରେ ବାଲି କାଦୁଅ ବରଷି ଶତ୍ରୁକୁ ପୋତି ପକେଇବ। ତହିଁ ଆର ଖୁରାଟିକି ଯାହା କହିବ, ସେ ତାହା କରିବ।' ରଜାପୁଅ ସେ ଖଟଟିକି ଆଣି ଫେର୍ ଆସି ମାଲୁଣୀଘରେ ପହଞ୍ଚିଲା। ଫେର ସେ ଅସୁରୁଣୀ ରଜାପୁଅ ପାଖକୁ ଆସିଲା। ରଜାପୁଅ ତ ଭୋଳ, ଛନ୍ଦ କପଟ କିଛି ଜାଣେ ନାହିଁ। ସେ ଅସୁରୁଣୀ ଦି'ପଦ କଅଁଳେଇ ସଅଁଳେଇ କହି ଦେଲାରୁ ରଜାପୁଅ ସବୁ କଥା ତା ଆଗରେ କହିଦେଲା। ସେ ଅସୁରୁଣୀ ଘରେ ରଜାପୁଅ ଯାଇ ରହିଲା। ଦିନା କେତେ ଗଲାରୁ ଗଙ୍ଗାରେ ବାରିଣୀ ପଡ଼ିଲା। ଅସୁରୁଣୀ ରଜାପୁଅକୁ କହିଲା, 'ଚାଲ, ଆମର ଯିବା ଗଙ୍ଗାରେ ବୁଡ଼ ପକେଇବା।' ଦିହେଁଯାକ ମନପବନ ଖଟରେ ବସି ଗଙ୍ଗାସିନାନକୁ ଗଲେ। ସେଠେଇଁ ପହଞ୍ଚି ଅସୁରୁଣୀ ଗୋଟିଏ ପାଞ୍ଚ କଲା। ରଜାପୁଅକୁ କହିଲା, 'ମୁଁ ତ ଘରେ ଚୁଡ଼ି ଦି'ମୁଠା ଛାଡ଼ି ଆସିଲି; ନ ଆଣିଲେ ଗଙ୍ଗାରେ ବୁଡ଼ ପକେଇବି ନାହିଁ।' ରଜାପୁଅ ଅସୁରୁଣୀ ମାୟାରେ ପଶି ପାରିଲା ନାହିଁ, କହିଲା, 'ହଉ, ତେବେ ଯା ଏ ଖଟରେ ବସି, ଚୁଡ଼ି ଘିନି ଆସିବୁ।' ସେ ଅସୁରୁଣୀ ଖଟରେ ଚଢ଼ି ଘରକୁ ଗଲା। ସେ ଆଉ କି ଆସେ! ରଜାପୁଅ ଚାହିଁ ଚାହିଁ ତା ଆଖିରୁ ପାଣି ମଲା। ସେ ଅସୁରୁଣୀ ଆଉ ଆସିବାକୁ ନାହିଁ। ପଛକୁ ରଜାପୁଅ ଚାହିଁ ଚାହିଁ

ନିରାଶ ହେଲା। ବିଚାରିଲା, ଆଉ ଏ ଜୀବନରେ କି କାରଣ ? ଯା ବିଚାରି ଗଙ୍ଗାରେ ଝାସ ଦେବାକୁ ବସିଲାବେଳକୁ ଗଙ୍ଗାମାତା ଆସି ବାଟ ଓଗାଳିଲେ, କହିଲେ, 'ମୁଁ ତତେ ଗୋଟିଏ ଶୁଆ କରି ଦଉଛି, ତତେ ଅମୁକ ଦେଶର ରଜାଝିଅ ଯୋଉଁ ଦିନ ନବ, ସେ ଦିନ ତୋ ଦଶା ମେଣ୍ଟିବ। ତୁ ଉଡ଼ି ଉଡ଼ି ସେହି ରାଇଜକୁ ଯା ବାହାରି।' ରଜାପୁଅ ଶୁଆ ରୂପ ଧଇଲା, ଉଡ଼ି ଉଡ଼ି ଯାଇ ସେହି ରାଇଜରେ ପହଞ୍ଚି, ରଜା ନଅରପାଖ ନଡ଼ିଆଗଛରେ ବସିଥାଏ, ରାମନାମ ବୋଲୁଥାଏ। ରଜାଝିଅ ସକାଳୁ ଗାଧୋଇ ପାଧୋଇ ମୁଣ୍ଡ ଶୁଖେଇବାରୁ କୋଠା ଉପରକୁ ଆସିଛି, ଏ ଶୁଆଟିକି ଦେଖିଲା। ଶୁଆକୁ ଡାକିଲାରୁ ଶୁଆ ଆସି ହାତରେ ବସିଲା, ରଜାଝିଅ ତାକୁ ଭାରି ଆଦର କରି ରଖିଲା। ଶୁଆଟିକି ଘର ଭିତରେ ଛାଡ଼ି ଦେଇଥାଏ, ରଜାଝିଅପାଇଁ ଖାଇବାକୁ ଥୁଆ ହୋଇଥାଏ, କେହି ନ ଥିଲା ବେଳେ ରଜାପୁଅ ଶୁଆଖୋଳରୁ ବାହାର ସେତକ ଖାଏ, ରଜାଝିଅ ଆଚମ୍ବିତ ହୁଏ। ଦିନେ ରାତିରେ ଖୋଳରୁ ବାହାରି ରଜାପୁଅ ବାହାରକୁ ଯାଉଛି, ଏତିକି ବେଳେ ରଜାଝିଅ ତାକୁ ଧରିପକେଇଲା, କହିଲା, 'ତୁମେ କିଏ, କହ।' ରଜାପୁଅ ତାକୁ ସବୁ କଥା କହିଲା। କେତେ ଉପାୟ କରି ସେ ଅସୁରୁଣୀଘରୁ ସେ ଖଟଟି ଚୋରେଇ ଆଣିଲେ। ସକାଳୁ ସେ ଅସୁରୁଣୀକି ଧରେଇ ଆଣି ଖଟ ଖୁରାକୁ ଆଜ୍ଞା କଲାରୁ 'ମାର ମାର ଠେଙ୍ଗା, ବାନ୍ଧ ବାନ୍ଧ ଦଉଡ଼ି' ବାହାରି ସେ ଅସୁରୁଣୀ ଦେହଯାକ ଦଉଡ଼ି ଗୁଡ଼େଇ ହୋଇଗଲା, ଠେଙ୍ଗା ବାହାରି ଅସୁରୁଣୀକି ବାଡ଼େଇଲା। ଅସୁରୁଣୀ ହଗାଲଗା ହୋଇଗଲା। ରଜାପୁଅଠଉଁ ଯେଉଁ ଆମ୍ବଟାକୁଆଟି ନେଇଥିଲା, ତାକୁ ଆଣି ଦେଲା, ସବୁ ଧନ ଦରବ ଦେଲା। ସେ ଅସୁରୁଣୀକୁ ଉପରକଣ୍ଟା ତଳକଣ୍ଟା କରି ପୋତେଇ ପକେଇଲେ, ରଜାପୁଅକୁ ରଜାଝିଅ ବିଭା ହେଲା। ସେଥିରୁ ରଜାପୁଅ ସେ ଖଟରେ ଚଢ଼ି ବାହାରିଲା, ଯୋଉଁ ଦେଶରେ ମନ୍ତ୍ରୀପୁଅ ରଜା ହେଇଛି, ସେହ ରାଇଜରେ ଯାଇଁ ପହଞ୍ଚିଲା। ଚାର ଯାଇ ମନ୍ତ୍ରୀପୁଅକୁ ଜଣା କଲେ, ମନ୍ତ୍ରୀ ପୁଅ ଯାନ ବାହାନ ସୈନ୍ୟ ସାମନ୍ତ ଘିନି ଆସିଲାରୁ ରଜାପୁଅ ଖଟ ଖୁରାକୁ ଆଜ୍ଞା ଦେଲା, ଖଟ ଖୁରାରୁ ବାଲି କାଦୁଅ ବରଷି ମନ୍ତ୍ରୀପୁଅର ଦଳବଳଙ୍କୁ ପୋତି ପକେଇଲ। ଯା ଦେଖି ମନ୍ତ୍ରୀପୁଅର ବୁଦ୍ଧି ହଜିଗଲା। ଆସି ରଜାପୁଅର ଶରଣ ପଶିଲା। ରଜାପୁଅ ଖଟରୁ ଓହ୍ଲେଇଲା। ମନ୍ତ୍ରୀପୁଅ, ରଜାପୁଅ, ସାଧବପୁଅ ଚିହ୍ନା ପରିଚୟ ହେଲେ, ମହାଜନଘରକୁ ପିଆଦା ପଠେଇ କଟୁଆଳପୁଅକୁ ବେଡ଼ିରୁ ମୁକୁଳେଇ ଆଣିଲେ। ସମସ୍ତେ ଆନନ୍ଦରେ ଘର ଘର ଦୁଆର କଲେ, ମୁଁ ଗଲାରୁ କଥା ନ କହିଲେ।

■

ବୋଲେ ହୁଁ ଟି

ଏକ ରାଇଜରେ ଏକ ସାଧବପୁଅ ଥିଲା ଯେ, ତା ଭାରିଯା ଭାରି ସୁନ୍ଦରୀ, ରୂପରେ ତିନି ଭୁବନ ଆଲୁଅ କରିଥାଏ। ଦିନେ ସେ ନଈକି ଗାଧୋଇ ଯାଇଛି, ରଜାପୁଅ ପାରିଧିକି ଯାଇଥିଲା ଯେ, ଯା ଉପରେ ରଜାପୁଅର ଆଖି ପଡ଼ିଗଲା। ରଜାପୁଅ ମନ ହେଲା ଏ ତିର୍ଲାକୁ ବିଭା ହବ ବୋଲି। ବୁଝ୍ ବୁଝ୍ ସେ ସାଧବଘର ଭୁଆସୁଣୀ। ସାଧବ ଏ କଥା ଜାଣି ପାରିଲାରୁ ଭାରିଯାକୁ ମନା କଲା, 'ତୁ ଆଉ ନଈକି ଗାଧୋଇ ଯିବୁ ନାହିଁ।' ଏଣେ ରଜାପୁଅ କଅଣ କରିଥାଏ ନା, ନଈତୁଠରେ ଖଟିଆ ରଖିଥାଏ, ଆପେ ବନସି ପକଉଥାଏ, ଗଉଡ଼କୁ କହିଥାଏ, 'ସେ ମାଇକିନିଆ ଗାଧୋଇ ଅଇଲା ବେଳେ ମୁଁ ଠାରି ଦେବି ଯେ, ତୁମେ ତାକୁ ଖଟିଆରେ ପୂରେଇ ନଅରକୁ ନେଇ ଚାଲିଯିବ।' ସାଧବବୋହୂ ଆଉ ଜମାରୁ ପଦାକୁ ବାହାରେ ନାହିଁ। ରଜାପୁଅ ଛକି ଛକି ଥାଏ। ଦିନାକେତେ ଗଲାରୁ ସାଧବ ବଣିଜ ବେପାରକୁ ଯିବ ବୋଲି ବୋଇତ ସଜ କଲା। ତା ଭଉଣୀଟି ନା' ଗଉରୀ। ବାଡ଼ିରେ ପୋଖରୀ ଖୋଳେଇଲା, ଘର ଚାରିପାଖ ମେଘନାଦ ପାଚିରୀ ବୁଲେଇଲା, ପାଚିରୀ ଭିତରେ ଖଡରା, ଧୋବା, କାଚରା, ବଣିଆ, ତେଲି, ପାଟରା, ଭଣ୍ଡାରି, ମାଳି, କେଉଟ ସବୁ ପାଟକରୁ ଜଣେ ଜଣେ ଆଣି ରଖେଇଲା, ଯିମିତ କୁଟାଖଣ୍ଡିଏପାଇଁ ଭାରିଯା ପଦାକୁ ନ ବାହାରେ। ସବୁ ଚିଜ ଗଛି ଗାଛି ରଖିଲା, ଭାରିଯାକୁ କହିଲା, 'ଦେଖି, ତିନିକାଳେ ପଦାକୁ ବାହାରିବୁ ନାହିଁଟି ? ରଜାପୁଅ ଓର ଉଣ୍ଢୁଛି ଧରି ନବ ବୋଲି।' ଭଉଣୀଟିକ ଡାକିଲା, ଭଉଣୀପାଖରେ ଭାରିଯାକୁ ସମର୍ପି ଦେଲା, କହିଲା, 'ତତେ ମୁଁ ବୋଲଇ ଗଉରୀ', ଗଉରୀ ବୋଲେ, 'ହୁଁ ଟି'।

ଆଣି ଦେବ କୁଞ୍ଚି ଭଉଁରୀ ବୋଲେ ହୁଁ ଟି
ରଜାପୁଅ ଭାରି ହଟିଆ ବୋଲେ ହୁଁ ଟି
ବାଟରେ ଥୋଇଛି ଖଟିଆ ବୋଲେ ହୁଁ ଟି

ଲୀଳାବତୀ ତତେ ଲାଗିଲା   ବୋଲେ ହୁଁ ଟି
ସୁନାରେ ବନସି କରିଛି   ବୋଲେ ହୁଁ ଟି
ମିଛେ ମିଛେ ମାଛ ଧରୁଛି   ବୋଲେ ହୁଁ ଟି
ନଈକି ଗାଧେଇ ନ ଯିବ   ବୋଲେ ହୁଁ ଟି
ବାଡ଼ିରେ ମୁଦିରା ରଖିଛି   ବୋଲେ ହୁଁ ଟି
ମନ କଲେ ମୁଦି ପିନ୍ଧିବ   ବୋଲେ ହୁଁ ଟି
ବାଡ଼ିରେ ଶଙ୍ଖାରି ରଖିଛି   ବୋଲେ ହୁଁ ଟି
ମନ କଲେ ଶଙ୍ଖା ପିନ୍ଧିବ   ବୋଲେ ହୁଁ ଟି
ବାଡ଼ିରେ ମାଲୁଣୀ ରଖିଛି   ବୋଲେ ହୁଁ ଟି
ବାଡ଼ିରେ ଧୋବଣୀ ରଖିଛି   ବୋଲେ ହୁଁ ଟି
ବାଡ଼ିରେ ବଣିଆ ରଖିଛି   ବୋଲେ ହୁଁ ଟି
ବାଡ଼ିରେ ତନ୍ତିକି ରଖିଛି   ବୋଲେ ହୁଁ ଟି
ବାଡ଼ିରେ ପୋଖରୀ ଖୋଳିଛି   ବୋଲେ ହୁଁ ଟି

ସାଧବ ସବୁ କଥା କହିଗଲା, ଗଉରୀ ହୁଁ ହୁଁ କଲା। ନଣନ୍ଦ ଭାଉଜ ରହିଲେ, ଏ ଗଲା ବଣିଜକୁ। ଯାଉଁ ଯାଉଁ ବାଟରେ କଦଳୀଗଛଟିଏ ଲଗେଇଲା, କଦଳୀଗଛକୁ କହିଲା, 'ତୁ ଯେବେ ସତ୍ୟଯୁଗର କଦଳୀଗଛ ହେଇଥିବୁ, ମୁଁ ବାହୁଡ଼ିଲା ବେଳକୁ ମୋ ଭାରିଯାକୁ ଯେବେ ରଜାପୁଅ ହରି ନେଇଥିବ, ତେବେ ତୁ ମରିଯିବୁ; ମୋ ଭାରିଯା ଘରେ ଥିଲେ, ତୁ ଜୀଇଁଥିବୁ।' କଦଳୀ ଗଛ ପୋତିଲା, ଏ ଚଢ଼ିଲା ବୋଇତରେ, ଗଲା। ନଣନ୍ଦ ଭାଉଜ ଦିହେଁଯାକ ଥାଆନ୍ତି ଆପଣା ସୁଖେ ସେ ପାଚିରୀ ଭିତରେ। ରଜାପୁଅ ସେ ଭଣ୍ଡାରୁଣୀକି ଲୋଭ ଦେଖାଇଲା, 'ଆଲୋ! ମୁଁ ତତେ ଆଞ୍ଜୁଳାଏ ଅସରପି ଦେବି, ତତେ ଘର ଦୁଆର ତୋଳେଇ ଦେବି, ତୁ ସାଧବ ଭାରିଯାକୁ ଫୁସୁଲେଇ କରି ନଈକି ଆଣ।' ଭଣ୍ଡାରୁଣୀ ନଖ ଚମ କାଟିବ ବୋଲ ସାଧବ ଘରକୁ ଗଲା, ନଖ କାଟିଲା, ଅଳତା ନାଇ ଦେଲା ବେଳକୁ କହିଲା, 'ସାଆନ୍ତାଣି ଇମିତି ମହଳମେଳଛଟା ହେଇଛ କିଆଁ ମ? ଦିହରୁ ତ ଇଲାଗେ ବୋଝେ ମଳି ବାହାରିବ, ଏ ସୁନା ଦିହକୁ ତୁମେ ଯାହା ନାରଖାର କରୁଛ! ଇମିତି ହେଲେ ହାରି ଯିବ ଯେ! ସାଆନ୍ତ ଅଇଲା ବେଳକୁ ପଞ୍ଜରା ହେଇଯିବ ଯେ!' ଏ କହିଲା, 'ରଜାପୁଅ ପରା ହଟ ଲଗେଇଛି!' ଭଣ୍ଡାରୁଣୀ କହିଲା, 'ଏଇ ଉଡ଼ା କଥାଟାକୁ ଗଣ୍ଠି କରି ବସିଛ? ପଙ୍କ କାଦୁଅ ପାଣିରେ ଲୋଟି ଲୋଟି ଏ ସୁନା ଦିହକୁ ଚୂନା କରି ସାରିଲଣି!' ଏ ତ ଏତେ ଛନ୍ଦ ନ ଜାଣେ!

ଭଣ୍ଡାରୁଣୀ କଥାରେ ଭୁଲିଗଲା, ଗଲା ବାହାରି ନଈକି ଗାଧେଇ। ରଜାପୁଅ ତ ଜଗିଛି, ସାଧବବୋହୂ ନଈରୁ ଗାଧେଇ କରି ଯିମିତ କୂଳକୁ ଉଠିଛି, ସିମିତି ରଜାପୁଅ ଆସି ଓଗାଳିଲା ବାଟ, କହିଲା, -

ତତେ ମୁଁ ବୋଲଇ ଲୀଳା ଲୋ, ବୋଲେ ହୁଁ ଟି
ଘାଟ ମୂଲ ଦେଇ ଯାଅ ଲୋ, ବୋଲେ ହୁଁ ଟି

ସାଧବବୋହୂ କହିଲା, 'ବେକର କଣ୍ଠି ତୁ ନେ ରେ'; ରଜାପୁଅ କହିଲା, 'ପାଣିକୁ ପକେଇ ଦେ ଲୋ'; ସାଧବବୋହୂ କହିଲା, 'ହାତର ଖଡୁ, ତୁ ନେ ରେ'; ରଜାପୁଅ କହିଲା, 'ପାଣିକ ପକେଇ ଦେ ଲୋ'; ସାଧବବୋହୂ କହିଲା, 'ସୁବର୍ଣ୍ଣ ଚୁଡ଼ି ତୁ ନେ ରେ'; ରଜାପୁଅ କହିଲା, 'ପାଣିକି ପକେଇ ଦେ ଲୋ।'

ସାଧବ ଭାରିଯା ଗୋଡ଼ଠଉଁ ମୁଣ୍ଡଯାକେ ଯେତେ ଅଳଙ୍କାର ଭରିଥିଲା, ସବୁ ରଜାପୁଅକୁ ଯାଚିଲା, ରଜାପୁଅ କହିଲା, 'ପାଣିକି ପକେଇ ଦେ ଲୋ।' ପଛକୁ ଏ କହିଲା, 'ଆଉ ତୁ କଅଣ ନବୁ ରେ ?' ରଜାପୁଅ କହିଲା, 'ଚମର ପିତୁଳୀ ନେବି ଲୋ।' ଯିମିତି ୟା କହିଛି, ସିମିତି ଠାରି ଦେଲା ଯେ ଗଉଡ଼ବାଉଡ଼ଯାକ ସାଧବବୋହୂକୁ ଖଟିଆରେ ପୂରେଇଲେ, ମୁହଁରେ କନାପୋଟଳୀ ବାନ୍ଧି ଦେଲେ, ନେଇଗଲେ। ଏ ପହିଲି ପହିଲି ଦିନାକେତେ କାନ୍ଦିଲା, ବୋବାଇଲା, ରହିଲା। ରଜା ତାକୁ ନୂଆ ରାଣୀ କଲେ, ରଖିଲେ। ଇମିତି ଗଲା ଭାରି ପାଞ୍ଚ ଛ ବରଷ। ସାଧବ ବୋଇତ ଘିନି ଘରକୁ ଫେରି ଅଇଲା ବେଳକୁ ଦେଖେ ଯେ, ସେ କଦଳୀ ଗଛଟି ମଲାଣି। ଏ ଆଉ ଘରକୁ ଯିବ କଣ, ଯାହା ଟଙ୍କା ଟୋକର ଅରଜି ଆଣିଥିଲା, ତାକୁ ସବୁ ପାଣିରେ ଅଜାଡ଼ି ଦେଲା; ନାହୁରିଆଙ୍କୁ ବୋଇତଟି ଦେଲା, କଉପୁନି ଖଣ୍ଡିଏ ମାଇଲା, ଗଲା। ଦିନାକେତେ ଗଲାରୁ ଜଟା ବଢ଼ିଲା, ପାଉଁଶଗୁଡ଼ିଏ ବୋଳି ହେଲା, ବୁଢ଼ା ଯୋଗୀ ଭଳିଆ ଦିଶୁଥାଏ। ଯାଇଁ ଭିକ ମାଗୁଥାଏ ବୁଲିବୁଲିକା। ରଜାଙ୍କ ନଅରରେ ଯାଇଁ ଭିକ ମାଗିଲା। କେନ୍ଦରାଟିଏ ବଜାଉଥାଏ, ବୋଲୁଥାଏ-

'କେଁ କେଁ କେନ୍ଦରା ମୁଁ କେତେ ବଜାଇଲି।
ଏକା ଲୀଳା ଲାଗି ଯୋଗୀ ହୋଇଗଲି।'

ରଜାଙ୍କ ଦେହୁଡ଼ିରେ ଭିକ ମାଗିଲା, ଯେ ଆଣି ଭିକ ଦିଏ, ଆଉ ନଉ ନ ଥାଏ। କହିଲା, 'ନୂଆ ରାଣୀ ଭିକ ଦେଲେ ମୁଁ ନେବି, ଆଉ କାହା ହାତରୁ ନେବି ନାହିଁ।' ନଅରଯାକ ହୁରି ପଡ଼ିଗଲା, ଯୋଗୀ ଆସିଛି ଯେ କାହାରି ହାତରୁ ଭିକ ନବାକୁ ନାହିଁ, ଏକା ଆଇନି କାଢ଼ିଛି, ଯେବେ ନୂଆ ରାଣୀ ଭିକ ଦେବେ, ସେ ନବ, ନଇଲେ ସିଂହଦୁଆରୁ ଖାଲି ଥାଳି ଉଠିବ। ପଛକୁ ରଜା କହିଲେ, 'ହଉ, ରାଣୀ ସେ

ଜଳାକବାଟି ପାଖକୁ ଯାଆନ୍ତୁ, ଜଳାବାଟେ ହାତ ଗଳେଇ ଭିକ ଦିଅନ୍ତୁ।' ୟା କହିଲାରୁ ରାଣୀ ଭିକ ମୁଠାଏ ନେଇ ପଞ୍ଜାର ବାଟେ ଦେଲାବେଳକୁ ବୁଢ଼ା ଯୋଗୀ ଝୁଲିମୁଣି ଭିତରୁ ଫାରସା ଖଣ୍ଡିଏ ବାହାର କଲା, ଆପଣା ବେକରେ ଚୋଟେ ପକାଇଲା, ମଲା। ମଲାବେଳେ କହିଲା, 'ଯେଉଁ ଲୀଳା ଲାଗି ମୁହିଁ ଯୋଗୀ ହୋଇ ଗଲି, ସେହି ଲୀଳା ଲାଗି ମୁହିଁ ହାଣି ହୋଇ ମଲି।'

ରାଣୀ ଏକା ସେ କଥା ବୁଝିଲେ, ତୁନି ହୋଇ ରହିଲେ, ରଜା ପଚାରିଲାରୁ କହିଲେ, 'କେଜାଣି ବୁଢ଼ା ଯୋଗୀ କିଆଁ ହାଣି ହେଇ ମଲା!' ରଜା ହୁକୁମ ଦେଲେ ଚନ୍ଦନ କାଠ, ତୁଳସୀ କାଠ, ଘିଅରେ ସେ ଯୋଗିକି ପୋଡ଼େଇ ଦେବାକୁ। ଯୋଗିକି ମଶାଣି ହୁଡ଼ାକୁ ନେଇ ଗଲେ। ନୂଆ ରାଣୀ ରଜାଙ୍କ ସାଙ୍ଗରେ ଲଗେଇଲେ ଯୋଗୀ ଡାହା ହେଲା ବେଳେ ଦେଖି ଯିବେ ବୋଲି। ରଜା-ରାଣୀ ବିଜେ କଲେ। ମଶାଣିରେ ଯୋଗୀ ପାଇଁ ଜୁଇ ଖୋଳା ହେଲା, ମାଡ଼ିଷ ଶୁନ୍ଥାଣି ପଡ଼ିଲା, ଯୋଗୀକି ନେଇ ତା ଉପରେ ମୁହିଁ ମାଡ଼ି ଆଣ୍ଡେଇ ପକେଇଲେ, ସଂଘାଡ଼ିଏ କାଠ ମୁହିଁ ଦେଲେ, ମୁଖାଗ୍ନି ଦେଲେ, ଘିଅ ଢାଳିଲାରୁ ନିଆଁ ହୁ ହୁ ହେଇ ଜଳିଲା। ରାଣୀ କଣ କଲେ, ନିଆଁ ଚାରିପାଖ ସାତ ଘେରା ବୁଲି ଅଇଲେ, ସେ ନିଆଁ ଭିତରକୁ ଡେଇଁ ପଡ଼ିଲେ। ରଜା ବିଚାରିଲେ, ୟାକୁ ତ କେତେ ସୂତରରେ ଆଣିଲି, ଏ ତ ମଲା, ମୁଁ ଜୀଇଁ ଆଉ କୋଉ କାରଣ? ୟା କହି ରଜା ଜୁଇଗାତକୁ ଡେଇଁ ପଡ଼ିଲେ। ସମସ୍ତେ ମଶାଣିରୁ ନଅରକୁ ଫେରି ଅଇଲେ। ଅନେଶ୍ୱତ ରାଣୀଯାକ ଦେଖିଲେ, ନୂଆ ରାଣୀ ଆଉ ରଜା ଫେରିଲେ ନାହିଁ। ବୁଝ୍ ବୁଝ୍, ଇମିତି ସମାଚାର। ରାଣୀଯାକ ବସି ବାହୁନି କାନ୍ଦିଲେ-

ଯୋଗୀ ସିନା ମଲା ଯୋଗୀଆଣୀ ପାଇଁ
ରଜା ମଲେ କାହାପାଇଁ?
ଅନେଶ୍ୱତ ରାଣୀ ରାଣ୍ଡ କରି ଗଲେ,
ଏକା ଯୋଗୀଆଣୀ ପାଇଁ।

କାନ୍ଦିଲେ, ବୋବେଇଲେ, ହାତରୁ ଖଡୁ କାଢ଼ିଲେ, ରହିଲେ, ମୁଁ ଗଲାରୁ କଥା କହିଲେ ନାହିଁ।

■

ପତରମୃଷି

ଏକ ରାଇଜରେ ମାଇ ଛେଳିଟିଏ, ମାକଡ଼ଟିଏ ସାଇ-ପଡ଼ିଶା ହେଇ ଘର କରୁଥାନ୍ତି। ସେ ଦିହିଙ୍କର ଯୋଡ଼ିଏ ପିଲା ହେଲେ। ସେ ପିଲାଏ ବଡ଼ ହେଲେ। ଦିନେ ଛେଳି ତା ପୁଅକୁ କହିଲା, 'ହଇରେ ପୁତ! ତୋର ତ ଏଣିକି ମୁଣ୍ଡକୁ ହାତ ପାଇଲାଣି; ତୁ ଯା', କିଛି ଅରଜି କରି ଆଣ, ଖାଲି ଘରେ ବସିଲେ କଅଣ ହବ?' ଛେଳିଛୁଆ ଗଲା, ଯାଉଁ ଯାଉଁ ବାଟରେ ବାଘ ହାବୁଡ଼ରେ ପଡ଼ିଲା। ବାଘ କହିଲା, 'ମୁଁ ତତେ ଖାଇବି।' ଛେଳିଛୁଆ କହିଲା, 'ମୁଁ ଯାଉଛି ରଜା ବିଭାଘର ଯେ ଖିରିପିଠା ଖାଇ, ମୁଁ ଖାଇ ପିଇ ମୋଟ ହେଇ ଫେରି ଆସିବି, ତୁ ଏଠେଇଁ ବସିଥା, ମତେ ଖାଇଲେ ପେଟ ପୂରିବ।' ବାଘ କହିଲା, 'ହଉ।' ଫେର ଖଣ୍ଡେ ଦୂର ଯାଇଛି, ଭାଲୁ ହାବୁଡ଼ରେ ପଡ଼ିଲା। ଭାଲୁ କହିଲା, 'ମୁଁ ତତେ ଖାଇବି।' ଛେଳିଛୁଆ ଭାଲୁକୁ ସିମିତି ଭଣ୍ଡେଇଲା, ଭାଲୁ ବାଟରେ ଚାହିଁ ବସିଲା, ଏ ଗଲା। ଫେର ବିଲୁଆକୁ ଭେଟିଲା, ବିଲୁଆକୁ ସିମିତି କହିଲା, ଗଲା। ଯାଉଁ ଯାଉଁ ଏକ ଦେଉଳ ପଡ଼ିଲା। ଦେଉଳରେ ପଶି ଗଲା, ଦେଖିଲା ବେଳକୁ ଦିଅଙ୍କ ପାଖରେ ସୁନା ଅସରପି ଗଦା ହେଇଛି। ସେଥିରୁ ପେଟେ ଗିଳିଲା, ଦେଉଳ ଭିତରେ କବାଟ କିଳି ପଶିଥାଏ। ଦେଉଳର ପଣ୍ଡା ଆସିଲା ଦିଅଙ୍କ ସେବା କରିବାକୁ। ଦେଖିଲା, ଭିତରୁ କବାଟ ଲାଗିଛି। କବାଟରେ ମାଇଲା, 'କିଏ ଅଛୁ ଏ ଦେଉଳ ଭିତରେ, କବାଟ ଫିଟା।' ଛେଳି ତା ଭିତରେ ଥାଏ, କହିଲା-

ମି ମିଁ କା, ମାଣିକ ରଜା, ଶିଙ୍ଘ ଦୁଇଟା ଗୋଜା ଗୋଜା;
ଏକାଶିଙ୍ଘକେ ପର୍ବତ ତାଡ଼େଁ, ଦି'ଶିଙ୍ଘରେ ମଣିଷ ମାରେ;
ତାଳଗଛକୁ ଫୋପଡ଼ା କରେଁ, ନଡ଼ିଆଗଛକୁ ଦାନ୍ତକାଠି କରେଁ,
ପଣ୍ଡା ଦେଖିଲେ ମଣ୍ଡା କରେଁ, ମାଳି ଦେଖିଲେ ତାଳି କରେଁ।

ପଣ୍ଡା ଏ କଥା ଶୁଣି ତରଛ ହେଲା; ପଳେଇ ଯାଇ ରଜାଙ୍କ ଛାମୁରେ ଜଣା କଲା। ରଜା ଶୁଣି ଆଚମ୍ୱିତ ହେଲେ; ରଜା ନିଜେ ଦେଉଳଠେଇଁକି ବିଜେ କଲେ। କବାଟରେ ମାଇଲେ, 'ଦେଉଳ ଭିତରେ କିଏ ରେ? କବାଟ ଫିଟା।' ଛେଳି ଆଉ କବାଟ ଫିଟାଉ ନ ଥାଏ। ଭିତରୁ ପାଟି କଲା-

ମିଁ ମିଁ କା ମାଣିକ ରଜା, ଶିଙ୍ଘ ଦୁଇଟା ଗୋଜା ଗୋଜା,
ଏକାଶିଙ୍ଘକେ ପର୍ବତ ତାଡ଼େଁ, ଦି'ଶିଙ୍ଘରେ ମଣିଷ ମାରେଁ;
ତାଳଗଛକୁ ଫୋପଡ଼ା କରେଁ, ନଡ଼ିଆଗଛକୁ ଦାନ୍ତକାଠି କରେଁ,
ରଜା ଦେଖିଲେ ଖଜା କରେଁ, ରାଣୀ ଦେଖିଲେ କାଣୀ କରେଁ।

ସମସ୍ତେ ୟା ଶୁଣି ତଟ୍‌କା ହେଲେ, ଖସିକରି ସେଉଠଁ ପଳେଇଲେ। ଛେଳି ଦେଉଳ ଭିତରେ ଥାଏ। ବେଳ ବୁଡ଼ିଲା। ସନ୍ଧ୍ୟା ହେଲାରୁ ଦେଉଳ କବାଟ ଫିଟେଇ କରି ଦେଉଳରୁ ବାହାରିଲା ଘରକୁ ଯିବ ବୋଲି। ମନେ ମନେ ପାଞ୍ଚିଲା, 'ଇଲାଗେ ଗଲାବେଳକୁ ବାଟରେ ତ ବାଘ, ଭାଲୁ, ବିଲୁଆ ବସିଥିବେ ଚାହିଁକରି ମତେ ଖାଇବେ ବୋଲି, କଅଣ କରିବ?' ୟା ବିଚାରି ବିଚାରିକା ଯାଉଥାଏ, ବାଟରେ ଏକ ପଙ୍କ ଗଡ଼ିଆ ପଡ଼ିଲା, ସେ ପଙ୍କରେ ଯାଇ ପଡ଼ିଲା। ପଙ୍କ ଲଟପଟ ହେଇ ଗଡ଼ିଆରୁ ଉଠି ଆସିଲା। ଗଡ଼ିଆକୂଳେ ଏକ ଓସ୍ତଗଛ। ସେ ଓସ୍ତଗଛ ମୂଳରେ ଶୁଖିଲା ଓସ୍ତପତର ବହେ ଲେଖାଏଁ ଝଡ଼ିଛି। ସେଠେଇଁ ଗଡ଼େଇ ପଡ଼େଇ ହେଲା, ଦିହଯାକ ପଙ୍କରେ ଓସ୍ତପତ୍ର ଲାଗିଲା। ଖାଲି ଆଖି ଯୋଡ଼ିକ ଜୁଳୁଜୁଳୁ ହେଇ ଦିଶୁଥାଏ, ଗଲା। ଯାଉଛି- ବାଟରେ ବିଲୁଆ ଚାହିଁ ବସିଛି, ଛେଳି ଲେଉଟାଣି ଆସିଲାବେଳେ ତାକୁ ଖାଇବ ବୋଲି। ବିଲୁଆ ଯିମିତ ୟାକୁ ଦେଖିଲା, ଆଉ ଚିହ୍ନି ପାରିଲା ନାହିଁ, ପଚାରିଲା, 'ପତରମୂଷି ଲୋ ପତରମୂଷି! ମିଁ କି ଦେଖିଛୁ କି?' ଏ କହିଲା, 'ମୁଁ କି ଜାଣେ ମିଁ ଫିଁ, ମୁଁ ଯାଇଥିଲି ରଜାଘର ପତର ସିଇଁ। ୟା କହି ନ ଜାଣିଲା ଭଳି ହୋଇ ଚାଲି ଗଲା। ବିଲୁଆ ଆଉ ଭରସି କରି ୟାକୁ କିଛି କହିଲା ନାହିଁ। ଖଣ୍ଡେ ଦୂର ଯାଇଛି, ଭାଲୁ ଚାହିଁ କରି ବସିଛି। ଭାଲୁ ପଚାରିଲା, 'ପତରମୂଷି ଲୋ ପତରମୂଷି! ମିଁ କି ଦେଖିଛୁ କି?' ଏ କହିଲା, 'ମୁଁ କି ଜାଣେ ମିଁ ଫିଁ, ମୁଁ ଯାଇଥିଲି ରଜାଘର ପତର ସିଇଁ। ଭାଲୁ ତୁନି ହେଇ ରହିଲା। ଛେଳି ସେଠଉଁ ବର୍ତ୍ତି କରି ଗଲା। ଖଣ୍ଡେ ଦୂର ଯାଇଛି, ଆଗରେ ବସିଛି ବାଘମାମୁ, ନିଶ ଫୁଲେଇ ଲାଙ୍ଗୁଳକୁ ତଳେ ବାଡ଼ଉଥାଏ। ୟାକୁ ପଚାରିଲାରୁ ଏ ସିମିତି କହିଲା, 'ମୁଁ କି ଜାଣେ ମିଁ ଫିଁ, ମୁଁ ଯାଇଥିଲି ରଜାଘର ପତର ସିଇଁ।' ବାଘ ସେଠଉଁ ନିରାଶ ହେଇ ଉଠି ଚାଲିଗଲା। ଛେଳି ଆସି ଆସି ରାତି ଅଧରେ ଘରେ ପହଞ୍ଚିଲା। ମାକୁ କହିଲା, 'ମା ଲୋ ମା। ମତେ ବାଡ଼ିକି ମାଡୁଛି।' ମା

କହିଲା, 'ମଲା ! ବାଡ଼ିଆଡ଼କୁ ଯା, ଖତଗଦାରେ ହଗି ବସିବୁ ଯା।' ଏ କହିଲା, 'ନାହିଁ, ଅଗଣାରୁ ଅରାଏ ଲିପାପୋଛା କରି ଦେ, ମୁଁ ପୋଖରୀପାଣି ବସିବି।' ମା ଆଉ କଅଣ କରିବ, ମାଟି ଗୋବରରେ ଅଗଣା ମଝିରୁ ଅରାଏ ଲିପାପୋଛା କରିଦେଲା। ଏ କହିଲା, 'ତୁ କାନି ପାର, ମୁଁ ହଗିବି।' ପିଲା ତ ଆଗରୁ ଗେଲବସର ସେରନ୍ତାରେ ବଢ଼ିଛି, ଏତେବେଳେ ମା ଆଉ କଣ କରିବ ? ପଣନ୍ତ ପାରି ଦେଲାରୁ ଛେଳିଛୁଆ କୁନ୍ଥେଇଲା ବେଳକୁ ପଣନ୍ତ କାନିରେ କାନିଏ ସୁନା ରୂପା ଅସରପି ଗଳି ପଡ଼ିଲା। ଦେଉଳରେ ଯେତକଯାକ ଗିଳିଥିଲା, 'ମା ଲୋ ମା, ବୁଝି ଏ କଥା ଯିମିତି ଦି' କାନରୁ ଚାରି କାନ ନୁହେଟି। ମା 'ହଉ' କରିଲା। ସକାଳୁ ମାଈ ମାଙ୍କଡ଼ ଯା ଘରକୁ ବୁଲି ଅଇଲାବେଳକୁ ଦେଖେ, ଛେଳି ମାଣ ଗଉଣିରେ ସୁନା ରୂପା ମାପୁଛି। ମାଙ୍କଡ଼ ପଚାରିଲାରୁ ଛେଳି ମା କହିଲା, 'ମୋ ପୁଅ ଯାକୁ ସବୁ କାଲି ଅରଜନ କରି ଆଣିଛି। ମାଈ ମାଙ୍କଡ଼ ସେଥିରୁ ଛେଳିଛୁଆ ସାଙ୍ଗରେ ଲଗେଇଲା, 'ତୁ ଏତେ ଟଙ୍କା ସୁନା କିମିତି ଆଣିଲୁ, ମତେ କହ, କାଲି ମୋ ପୁଅ ଯିବ, ଆଣିବ।' ଛେଳିଛୁଆ କହିଲା, 'ମୁଁ ମୁଣ୍ଡରେ ଏକ ଜଟ ପାରିଲି; ଯାଇ କରି ରଜା ନଅରରେ ଡେଇଁଲି, ଗୀତ ଗାଇଲି- 'ମୁଣ୍ଡରେ ଜଟ, କୁଆ ହଗିଦିଏ ଲଟପଟ।' ବାଟରେ ଯାହାକୁ ଦେଖିଲି, ଯା ବୋଇଲି। ଘରକୁ ଅଇଲାରୁ ମା ବାଡ଼େଇଲା ଯେ, ମୁଁ ଟଙ୍କା ସୁନା ହଗିଲି।' ମାଙ୍କଡ଼ ମା ମାଙ୍କଡ଼ଛୁଆ ମୁଣ୍ଡରେ ଜଟଟିଏ ପାରିଦେଲା, ମାଙ୍କଡ଼ଛୁଆ ଯାଇ ରଜାଙ୍କ ନଅରରେ ଚାଳବାଡ଼ରେ ଡେଇଁଲା, ବୋଲୁଥାଏ- 'ମୁଣ୍ଡରେ ଜଟ, କୁଆ ହଗିଦିଏ ଲଟପଟ।' ସମସ୍ତେ ଦେଖି ଦୂର୍ ଦୂର୍ କଲେ, ଗୋଡ଼େଇ କରି ମାଙ୍କଡ଼କୁ ବାଡ଼େଇଲେ। ଏ ପଳେଇ ଅଇଲା ବେଳକୁ ବାଟରେ ଟଙ୍କାଟିଏ ପଡ଼ିଥିଲା, ତାକୁ ଗିଳି ଦେଲା। ଆସି ରାତିକି ଘରେ ପହଞ୍ଚିଲାବେଳକୁ ମା ଚାହିଁକରି ବସିଛି। ମାଙ୍କଡ଼ ଯିମିତ ଆସି ପହଞ୍ଚିଲା, ମା ଘରୁ ଠେଙ୍ଗାଟିଏ କାଢ଼ି ବାଡ଼େଇଲା ନିସ୍ତୁକ ଟାଙ୍କେ। ଜୀବନ ବିକଳରେ ମାଙ୍କଡ଼ଛୁଆ ଆଗରୁ ଯେଉଁ ଟଙ୍କାଟି ଗିଳିଥିଲା, ସେ ଖସି ପଡ଼ିଲା। ଫେର ଆଉ ବାହାରିବ ବୋଲି ବାଡ଼ଉ ବାଡ଼ଉ ମାଙ୍କଡ଼ଛୁଆଟି ମରିଗଲା। ତା ମା କାନ୍ଦି କାନ୍ଦି ପଛକୁ ତୁନି ହେଲା।

■

ବୁଢ଼ୀ ଅସୁରୁଣୀ

ରଜାପୁଅ, ମନ୍ତ୍ରୀପୁଅ, ସାଧବପୁଅ, ଚାରି ସଙ୍ଗାତ। ଚାରିହେଁଯାକ ବାହାରିଲେ ବିଦେଶ କରି। ଘୋଡ଼ା ଶାଳରୁ ବାଛି ବାଛି ଚାରି ଘୋଡ଼ା ନେଲେ, ପାଗପଟୁକା ବାନ୍ଧି, ଟଙ୍କା ଟୋକର କିଛି ଧଇଲେ, ଗଲେ। ଯାଉଁ ଯାଉଁ ଉଦୁଉଦିଆ ଖରାବେଳେ ଏକ ନଈକୂଳେ ପହଞ୍ଚିଥିଲେ; ସେଠେଇ ଗାଧୁଆ ପାଧୁଆ କଲେ, କହିଲେ, 'ଏଠେଇଁ ରନ୍ଧାବଢ଼ା କରିବା, ଖରା ବରଷା ପାଳିବା, ଛାଇ ଲେଉଟିଲାରୁ ଆମ ରାହା ଆମେ ଧରିବା।' ରଜାପୁଅକୁ ପଠେଇଲେ, କହିଲେ, 'ଆର ପାରିରେ ଘର ଦିଶୁଛି, ସେଠଉଁ ନିଆଁ ଆଣିଲେ ଚୁଲିରେ କୁହୁଳା ପକେଇବା।' ରଜାପୁଅ ଯାଇ ପହଞ୍ଚିଲା। ସେ ଘରେ ଦେଖିଲା ବେଳକୁ ଏକ ବୁଢ଼ୀ ଅସୁରୁଣୀ ଗୋଡ଼ ଦି'ଟା ଚୁଲିରେ ମୁହିଁ ଦେଇଛି, ମୁଣ୍ଡ ମୁକୁଳା, ମୁହଁଯାକ ମାଛି ଭଣଭଣ ବେଢ଼ିଛନ୍ତି, ଚୁଲି ଉପରେ ଏଡ଼େ ହାଣ୍ଡିଏ ବସେଇ ଦେଇଛି, ବସିଛି। ରଜାପୁଅ ମାଗିଲା, 'ବୁଢ଼ୀ ମାଉସୀ! ନିଆଁ ଟିକିଏ ଦେଇନାରୁ!' ବୁଢ଼ୀ କହିଲା, 'ଆରେ ପୂତ, ମୋ ବଳ ବୟସ ତ ଗଲାଣି, ମୋ ଆଖିକି ଦିଶୁ ନାହିଁ, ଚୁଲିମୁଣ୍ଡରୁ ଆସି ନିଆଁ ଟିକିଏ ନେଇ ଯା।' ରଜାପୁଅ ଚୁଲିମୁଣ୍ଡରୁ ନିଆଁ ଆଣିବାକୁ ନଇଁ ପଡ଼ିଲାରୁ ବୁଢ଼ୀ କଅଣ କଲା, ବେକମୁଣ୍ଡରୁ ଧରି ପଛ ଆଡ଼େ ଗାତ ଥାଏ ଯେ, ସେ ଗାତରେ ମାଡ଼ି ଦେଲା, ରଜାପୁଅ ଅଣଆୟତ ହେଇ ରହିଲା। ତିନି ସଙ୍ଗାତଯାକ ନଈକୂଳେ ଚାହିଁ ଚାହିଁ ଦି' ତିନି ଘଡ଼ି ବିତି ଗଲାରୁ ସାଧବପୁଅ ଗଲା। ସାଧବପୁଅ ଯାଇ ପହଞ୍ଚିଲାବେଳକୁ ବୁଢ଼ୀ ତାକୁ ସିମିତି କହିଲା; ଏ ନିଆଁ ଆଣିବାକୁ ଗଲାରୁ ତାକୁ ସେ ଗାତରେ ମାଡ଼ି ଦେଲା। ପହରେ ଗଲା, ଦି'ସଙ୍ଗାତ ନ ଲେଉଟିଲାରୁ କଟୁଆଳପୁଅ ଗଲା; ତାକୁ ସିମିତି ବୁଢ଼ୀ ଅସୁରୁଣୀ ସେ ଗାତରେ ପୂରେଇଲା, ସେ ଗାତ ମୁହଁରେ ପଟା ପକେଇ ତା ଉପରେ ଶିଳ ଚକି ମଡ଼େଇ ଦେଇଥାଏ। ସନ୍ଧ୍ୟା ବୁଡ଼ିଲାରୁ ଅସୁରୁଣୀ ଗଲା ଚରିବାକୁ। ମନ୍ତ୍ରୀପୁଅ ତିନି ସଙ୍ଗାତଙ୍କୁ ଚାହିଁ ଚାହିଁ ଆସି ବେଳ ବୁଡ଼ିଲା, ଏ

ପଛକୁ ଉଠି କରି ଗଲା ସେ ଘର ଆଡ଼କୁ; ଯାଇ ଦେଖିଲା ବେଳକୁ ଅସୁରୁଣୀ ଚରିବାକୁ ଗଲାଣି ବାହାରି। ମନ୍ତ୍ରୀପୁଅ ସେ ଘର ଭିତରକୁ ପଶିଗଲା ବେଳକୁ ସଙ୍ଗାରେ ମଣିଷମୁଣ୍ଡ ମାଳକୁ ମାଳ ଟଙ୍ଗା ହେଇଛି। ଏ ଘର ଭିତରକୁ ପଶିଗଲା ବେଳକୁ ମୁଣ୍ଡଗୁଡ଼ାକ କିରିକିରେଇ ହସି ଉଠିଲେ। ଏ ଚାହିଁଲାବେଳକୁ ମୁଣ୍ଡଯାକ କହିଲେ, 'ଆରେ ପଳା ପଳା, ଆର ତିନି ଜଣକ ଦଶା ତତେ ଘଟିବ ଯେ!' ଏ ପଚାରିଲା 'କଅଣ?' ମୁଣ୍ଡଯାକ କହିଲେ, 'ଆଜି ତିନି ଜଣ ନିଆଁ ମାଗି ଆସିଥିଲେ ଯେ, ତାଙ୍କୁ ମୋଡ଼ି ମାଡ଼ି ଏ ଗାତରେ ପୂରେଇଛି; ଯେଉଁ ଦିନ କିଛି ନ ମିଳିବ, ସେ ଦିନ ୟାଙ୍କୁ ଗୋଟି ଗୋଟି କରି ଖାଇବ, ମୁଣ୍ଡଯାକ ଟାଙ୍ଗି ଦେବ।' ମନ୍ତ୍ରୀପୁଅ ସତକୁ ସତ ଶିଳ ଚକି ଉଠେଇ ପଟା ଖଣ୍ଡିକ କାଢ଼ି ଦେଲାରୁ ତିନି ସଙ୍ଗାତ ଝାଡ଼ି ଝୁଡ଼ି ହେଇ ଗାତରୁ ଉଠିଲେ। ଚାରିହେଁଯାକ ଯାଇଁ ଘୋଡ଼ାରେ ବସିଲେ, ଛାଟେ ଲେଖାଏଁ କୋରଡ଼ା ଘୋଡ଼ାକୁ ଲଗେଇଲେ, ଘୋଡ଼ାଏ ବାଇବିଛ ହେଇ ପଳେଇଲେ। ଶଏ କୋଶ ଗଲାରୁ ଦମ୍ଭ ମାଇଲେ, ରହିଲେ, ରନ୍ଧାବଢ଼ା କରି ଖାଇଲେ, ପିଇଲେ, ଗଲେ। ଇମିତି ଯାଉଥାନ୍ତି, ତହିଁ ଆର ଦିନ ଏକ ଠାକୁରାଣୀଙ୍କ ମଣ୍ଡପ ପାଖରେ ପହଞ୍ଚିଲାବେଳକୁ ସନ୍ଧ୍ୟା ହେଲା। ଘୋଡ଼ାଙ୍କୁ ଗଛମୂଳେ ବାନ୍ଧି ଦେଲେ, ଶୋଇଲେ, ବିଚରାବିଚରି ହେଲେ, ଏ ତ ପର ଦେଶ, ରାତିରେ ହୁସିଆରିରେ ଥିବା, ଏଠେଇଁ ଖଣ୍ଟ କି ଚୋର କି ଟସ୍କର ଗତରେ କାଳେ ଲୁଟି କରି ନେବେ! ଚାରି ସଙ୍ଗାତଯାକ ରାତି ଚାରି ପହର ପାଳି କରି ଜଗି ବସିଲେ, ଜଣେ ଚେଇଁଲେ ଆର ତିନିହେଁ ଶୋଇବେ, ଏ କଥା ଥିର କଲେ। ପହିଲି ପହର ରଜାପୁଅର ପାଳି ପଡ଼ିଲା; ଏ ଜଗିଥାଏ, ଠାକୁରାଣୀ ବାହାରିଲେ, କହିଲେ, 'ଆରେ ଅଡ଼େଇ ଯା, ମୁଁ ଯିବି।' ରଜାପୁଅ କହିଲା, 'ମୁଁ ଆଡ଼େଇ ହେବି ନାହିଁ। ଯିବୁ ଯେବେ, ଆର ବାଟେ ବୁଲି କରି ଯା।' ଠାକୁରାଣୀ ପାଖ ଗଛରୁ ଧଳା ଫୁଲଟିଏ ଛିଣ୍ଡେଇଲେ, ସେ ଫୁଲଟିକି ଫୁଙ୍କି ଦେଲାରୁ ସେ ମଣ୍ଡପ ଉପରେ ହାଡ଼ ଶଗଡ଼େ କି ଦି' ଶଗଡ଼ ଗଦା ହୋଇଗଲା, ସେ ହାଡ଼ଗୁଡ଼ିକ ମନକୁ ଖଞ୍ଜିଖାଞ୍ଜି ହେଇଗଲା। ସେ ଫୁଲଟି ସେଇଠେଇଁ ପଡ଼ିଥାଏ, ଠାକୁରାଣୀ ଉଭେଇ ଗଲେ। ରଜାପୁଅ ସେ ଧଳା ଫୁଲଟିକି ପାଇଲା, ରଖିଲା। ଆର ପହରକୁ ସାଧବପୁଅକୁ ଉଠେଇଦେଲା, ରଜାପୁଅ ଶୋଇଲା। ଫେର, ସିମିତି ଠାକୁରାଣୀ ବାହାରିଲେ, ୟାକୁ କହିଲେ, 'ମତେ ବାଟ ଛାଡ଼ି ଦେ।' ଏ କହିଲା, 'ତୁ ଆର ବାଟେ ବୁଲି କରି ଯାଉ ନାହୁଁ!' ଠାକୁରାଣୀ କଣ କଲେ, ସେ ଗଛରୁ ନାଲି ଫୁଲଟିଏ ଛିଣ୍ଡେଇ ନେଲେ, ଫୁଲଟି ଫୁଙ୍କି ଦେଲାରୁ ସେ ହାଡ଼ରେ ମାଉଁସ ଲାଗିଗଲା। ଫୁଲଟି ସେଇଠେଇଁ ପଡ଼ିଥାଏ, ଠାକୁରାଣୀ ଉଭେଇ ଗଲାରୁ ସାଧବପୁଅ ଫୁଲଟିକି ଗୋଟେଇ ରଖିଲା। ତହିଁ ଆର ପହରକୁ କଟୁଆଳପୁଅକୁ

ଜଗିବାକୁ ଉଠେଇ ଦେଲା, ଶୋଇଲା । କଟୁଆଳପୁଅ ଜଗିଛି, ସିମିତି ଠାକୁରାଣୀ ଆସି ଉଭା ହେଲାରୁ ଏ ବାଟ ଛାଡ଼ିଲା ନାହିଁ । ଠାକୁରାଣୀ ସେ ଗଛରୁ କଳା ଫୁଲଟିଏ ଆଣିଲେ, ଫୁଙ୍କି ଦେଲାରୁ ସେ ହାଡ଼ ମାଉଁସ ଉପରେ ଚମ ଢାଙ୍କୁଣୀ ଘୋଡ଼େଇ ହେଇଗଲା । କଟୁଆଳପୁଅ ଫୁଲଟିକି ରଖିଲା । ସବା ଶେଷ ପହରକୁ ମନ୍ତ୍ରୀପୁଅର ପାଳି ପଡ଼ିଲା । ମନ୍ତ୍ରୀପୁଅ ଜଗିଥାଏ, ଠାକୁରଣୀ ଆସି ପହଞ୍ଚିଲେ, କହିଲେ, 'ଭଲ ଗତି ଯେବେ ଅଛି, ପାଖେଇ ଯା, ମୁଁ ଯାଏଁ ।' ମନ୍ତ୍ରୀପୁଅ କହିଲା, 'ଆର ବାଟେ ବୁଲି ଯା ।' ଠାକୁରାଣୀ କଣ କଲେ, ସେ ଗଛରୁ ହଳଦିଆ ଫୁଲଟିଏ ଛିଣ୍ଡେଇଲେ । ମନ୍ତ୍ରୀପୁଅ ତିନି ସଙ୍ଗାତକୁ ଉଠେଇ ଦେଲା । ଯିମିତି ଠାକୁରାଣୀ ସେ ଫୁଲକୁ ମଡ଼ା ଉପରେ ପକେଇ ଦେଲେ, ସିମିତି ମନ୍ତ୍ରୀପୁଅ ସେ ଫୁଲକୁ ଝଟ୍ ଗୋଟେଇ ନେଲା, ଏଣେ ସେ ମଡ଼ା ଗୋଟାଏ ତାଳଗଛ ଉଞ୍ଚ ହେଇ ଠିଆ ହେଇଗଲା । ଠାକୁରାଣୀ କହିଲେ, 'ଗୋଡ଼ା ଏ ଚାରିଙ୍କି ।' ସେ ଅସୁର ଏ ଚାରି ଜଣଙ୍କୁ ଗୋଡ଼େଇଲା । ଘୋଡ଼ା ଫୋଡ଼ା ଚଢ଼ିବାକୁ ତର କାହିଁ ? ଜୀବନ ବିକଳରେ ଛିନ୍‌ଛତ୍ର ହେଇ ଏକାମୁହାଁକେ ସମସ୍ତେ ପଳେଇଲେ । ରଜାପୁଅ ପଳେଇଲା ଗୋଟାଏ ବାଟରେ, ଆଉ ତିନି ସଙ୍ଗାତଯାକ ଆଉ ଗୋଟାଏ ବାଟରେ ପଳେଇଲେ । ରାତି ଯିମିତି ଫସର ଫାଟିଗଲା, ଏ ଅସୁର ଉଭେଇ ଗଲା । ଏ ଚାରିହେଁ ଏକା ନିଃଶ୍ୱାସକେ ଦଉଡ଼ିଥାଆନ୍ତି, ପଛକୁ ଅନାଇବାକୁ ତର କାହିଁ ? ଖଣ୍ଡେ ଦୂର ଯାଇ ଦେଖିଲାବେଳକୁ ଅସୁର ଫସୁର କେହି ନାହିଁ । ତିନି ସଙ୍ଗାତ ଚାହିଁଲାବେଳକୁ ରଜାପୁଅ ନାହିଁ, ରଜାପୁଅ ଦେଖିଲାବେଳକୁ ତିନି ସଙ୍ଗାତ ନାହାନ୍ତି । ଯେଝା କରମକୁ ଯେ ଆଦରି ଗଲେ । ଏ ତିନିହେଁ କଅଣ କରନ୍ତି, ଚାରି ଖଣ୍ଡି ଦାନ୍ତକାଠି ଆଣନ୍ତି, ତିନି ଖଣ୍ଡି ଘଷନ୍ତି, ଖଣ୍ଡିଏ ପାଣିକି ପକେଇ ଦିଅନ୍ତି; ଚାରି କାଠୁଆ ମାଲପା ଆଣନ୍ତି, ତିନି କାଠୁଆ ଲଗାନ୍ତି, କାଠୁଆକ ଇଡ଼ି ଦିଅନ୍ତି; ଚାରି ପତର ଭାତ ବାଢ଼ନ୍ତି, ତିନି ପତର ଖାଆନ୍ତି, ପତରକ ଭାତ କୁଆ କୁକୁରକୁ ଦିଅନ୍ତି । ବିଚରାବିଚରି ହୁଅନ୍ତି, ସଙ୍ଗାତ ତ ଗଲାଣି, ଆଉ ସତେ ତାକୁ କଣ ବଞ୍ଚି ଥାଉଁ ଥାଉଁ ଦେଖିବା ? ସାଧବପୁଅ କହିଲା, 'ସଙ୍ଗାତ ହାଡ଼ତକ ମିଳନ୍ତା କି, ମୁଁ ସେଥିରେ ମାଉଁସ ଲଗେଇ ଦିଅନ୍ତି', କଟୁଆଳପୁଅ କହିଲା, 'ମୁଁ ଚମ ଛୁଆଣି କରି ଦିଅନ୍ତି'; ମନ୍ତ୍ରୀପୁଅ କହିଲା, 'ମୁଁ ଜୀବନଦାନ ଦିଅନ୍ତି ।' ଇମିତି ବୁଲୁ ଥାଆନ୍ତି । ସଙ୍ଗାତ ଓରରେ ଥାଅନ୍ତି ।

ଏଣେ କଣ ହେଇଥାଏ, ରଜାପୁଅ ତ ଏକୁଟିଆ ପଡ଼ିଗଲା, ଯାଉଁ ଯାଉଁ ଏକ ବନସ୍ତ ପଡ଼ିଲା ଯେ, ସେ ବନସ୍ତରେ ଏକ ଭାରି ନଅର । ଏ ସେ ନଅର ଭିତରେ ପଶିଗଲା, ନଅର ଭିତର ଶୂନ୍‌ଶାନ୍, ମାଛିଟିଏ ସୁଦ୍ଧା ଉଡ଼ିବାକୁ ନାହିଁ । ଦି'ତିନି ଖଞ୍ଜା ଡେଇଁଲାରୁ ତଳେ ଶଙ୍ଖମଲମଲ ପଥର ପଡ଼ିଛି, ରୁପାର କାନ୍ଥ, ସୁନାର ଚାଳ ହେଇଛି,

ହୀରା ନୀଳା ମୋତି ମାଣିକର ପଞ୍ଜର ଲାଗିଛି, ଘର ଭିତରେ ଦିବ୍ୟ ସୁନ୍ଦର ମାଇପିଟିଏ ଶୋଇଛି। ରଜାପୁଅକୁ ଦେଖି ପକେଇଲାରୁ ଭୋକିନି କାନ୍ଦି ଉଠିଲା; କହିଲା, 'ଆହା! କେଡ଼େ ସୁନ୍ଦର ଶିରୀ ମିଣିପଟିଏ। ତୁମେ କିଆଁ ଏଠେଇଁକି ଅଇଲ? ମତେ ଏ ବୁଢ଼ୀ ଅସୁରୁଣୀ ଚୋରେଇ ଆଣିଲା, ମୁଁ ପିଲା ହେଇଥିଲି, ମତେ କେଜାଣି କାହିଁକି ତା ମନ ହେଲା ନାହିଁ ଖାଇବାକୁ, ମତେ ଏଠେଇଁ ରଖିଛି, ସେ ତ ଯାଇଛି ଚରି, ନେଉଟି ଅଇଲା ବେଳକୁ ତ ତୁମକୁ ଟାକୁକିନି ଗିଳି ଦେବ।' ଯା କହି ରଜାପୁଅକୁ ଘରଭିତରକୁ ନେଲା, ଖାଇବା ପିଇବାକୁ ଦେଲା, ଭାରି ଆହାଲଦରେ ରଖିଲା। ଯିମିତି ସନ୍ଧ୍ୟା ବୁଡ଼ିଲା, ସିମିତି ରଜାପୁଅକୁ ଗାରିଡ଼ି ମନ୍ତ୍ର ପଢ଼ି ଫୁଙ୍କି ଦେଲା ଯେ, ରଜାପୁଅ ମାଛିଟିଏ ହେଇଗଲା। ସେ ମାଛିଟିକି ଓରାରେ ବସେଇ ଦେଲା, କହିଲା, 'ଯିମିତି ଅସୁରୁଣୀ ଚରିବାକୁ ଯିବ, ମୁଁ ଫେର ତୁମକୁ ମଣିଷ କରି ଦେବି ଯେ।' ରଜାପୁଅ ମାଛିଟିଏ ହେଇଥାଏ, ଅସୁରୁଣୀ ଚରି ବୁଲି ଅଇଲା, ଘରଯାକ ଶୁଙ୍ଘିଲା, କହିଲା, 'ହଇଲୋ ଝିଅ, ମାଉଁ ମାଉଁ, ମଣିଷ ମାଉଁସ ଟିକିଏ ଖାଉଁ।' ଝିଅ କହିଲା, 'ଖାଇବୁ ଯେବେ ମତେ ଖା, ମୁଁ କୋଉଠୁଁ ମଣିଷ ମାଉଁସ ପାଇବି?' ଅସୁରୁଣୀ ବୁଢ଼ୀ ଜିଭ କାମୁଡ଼ି ପକେଇଲା, କହିଲା, 'ମୁଁ ତତେ ଖାଇବି? କଅଣ ବାସିଲା ବୋଲି ମୁଁ ସିମିତି କହିଲି ନା?' ଝିଅ କହିଲା, 'ଆଜି ହଳଦି ଚୁଆ ବୋଲି ହେଇଥିଲି ଯେ, ତତେ ବାସିଲା।' ଟୋକୀ ଆଣି ବୁଢ଼ୀ ଆଗରେ ପାଞ୍ଚ ସାତ ହାଣ୍ଡି ଭାତ, ଦଶ କଂସା ତିଅଣ କୁଢ଼େଇ ଦେଲାରୁ ବୁଢ଼ୀ ସେତକ ସାଲୁବାଲୁ କରି ଗେବି ଦେଲା, ଯାଇଁ ମଝି ଅଗଣାରେ ଗଡ଼ଗଡ଼େଇଲା। ଝିଅ କହିଲା, 'ମା ଲୋ, ଗୋଡ଼ ଟିକିଏ ଘଷି ଦିଅନ୍ତି!' ଯା କହି ତା ଗୋଡ଼ ଘଷିଦବାକୁ ଗଲା। ଗୋଡ଼ ଘଷୁଥାଏ, ତା ଆଖିରୁ ଟୋପାଏ ଲୁହ ବୁଢ଼ୀ ଅସୁରୁଣୀ ଗୋଡ଼ରେ ପଡ଼ିଲାରୁ ବୁଢ଼ୀ ସେ ଟୋପାକ ଚାଟି ଦେଲା, କହିଲା, 'ହଇ ଲୋ ଝିଅ, ତୋର କୋଉଁ କଥା ଊଣା ଅଛି ଯେ ତୁ କାନ୍ଦୁଛୁ?' ଝିଅ କହିଲା, 'ତୋ ପରି ମୁଁ ଆଉ ମାଆଟିଏ କାହୁଁ ପାଇବି! ମୁଁ ବିଚାରୁଥିଲି, ତୁ ତ ଆସି ବୁଢ଼ୀ ହେଲୁଣି, ତୁ ଆଖି ବୁଜିଲେ ମୋ ଅବସ୍ଥା ବାରଗଣ୍ଡା ଦି'କଡ଼ା ହବ, ମୋ କପାଳରେ କେତେ ହିନସ୍ତା ଅଛି, ମୋ ମନ କିଏ ବୁଝିବ? ତୁ ମଲା ବାସି ଦିନ ମୁଁ ମରିବି।' ବୁଢ଼ୀ ଅସୁରୁଣୀ ଠୋ ଠୋ ହେଇ ହସି ଉଠିଲା, କହିଲା, 'ଏହି କଥାକୁ ତୁ ବସି ଲୁହ ଗଡ଼ଉଛୁ! ଆମେ ଅସୁର ଜାତି ପରା ଅମରଲଡୁ ଖାଇଛୁଁ, ଆମର ଜୀବନନାଟିକା ନ ଚିପିଲେ କଣ ଆମେ ମରିବୁ କି?' ଝିଅ କଇଁ କଇଁ ହେଇ କହିଲା, 'ମା ଲୋ ମା, ତୁ ଆଉ କାଲିଠୁଁ ଚରି ବୁଲି ଯିବୁ ନାହିଁ। କାଲେ କିଏ କେଉଁଠେଇଁ ତୋ ଜୀବନନାଟିକା ଚିପି ଦବ! ମୁଁ ଅନାଥା ହେଇଯିବି।' ବୁଢ଼ୀ କହିଲା, 'ଆଲୋ' ମୋଠେଇଁ କଣ ମୋ ଜୀବନନାଟିକା

ଅଛି କି ?' ଯା କହି ବୁଢ଼ୀ ଧଡ଼ପଡ଼ ହେଇ ଉଠିଲା, ଭିତର ଖଞ୍ଜାକୁ ପଶିଗଲା। କୁଞ୍ଚିପେଣ୍ଡାକ ଅଣ୍ଟାରୁ ଫିଟେଇ ଗୋଟାଏ ଗମ୍ଭୀରି ଘର ଫିଟେଇ ଦେଲା, ସେ ଘରେ ଗଦାକୁ ଗଦା ଅସରପି। ଫେର ଗୋଟାଏ ଭିତରେ କୋଲପ ଫିଟେଇ ଦେଲାବେଳକୁ ଏକ କଳା ମେଣ୍ଢା ବନ୍ଧା ହେଇଛି। ବୁଢ଼ୀ ଦେଖେଇ ଦେଲା, କହିଲା, 'ଏହି ପରା ମୋ ଜୀବନ- ନାଟିକା ! ଯାକୁ ଏକ ରଜାପୁଅ ଆସି ଏକମୁନା ଧରି ଏକା ଭୁଷାକେ ଯେବେ ମାରିପକେଇବ, ଏକମୁନା ପିଠିରେ ଫୁଟି ପେଟତଳେ ବାହାରିବ, ଅନ୍ତବୁଜୁଳା ବାହାରି ପଡ଼ିବ, ତେବେ ମୁଁ ମରିବି। ନଇଲେ କଣ ମୁଁ ସହଜରେ ମରିବି କି ? ଏତେ ଭେଦ କିଏ ପାଇବ ଯେ ମୁଁ ମରିବି ?' ଝିଅ କହିଲା, 'ମା, ତୁ ତ କୁଞ୍ଚିପେଣ୍ଡାକ ଅଣ୍ଟାରେ ରଖିଥାଉ, ମତେ ଡର ମାଡୁଛି, କାଳେ କୋଉଁ ରଜାପୁଅ ତୋ ଅଣ୍ଟାରୁ କୁଞ୍ଚିମାଳ କାଢ଼ି ନବ, ଯାଡ଼େ ଆସି ଘରେ ପଶି ଜୀବନ-ନାଟିକା ଚିପି ଦବ !' ବୁଢ଼ୀ କହିଲା, 'ଆଲୋ ଝିଅ ସତ କହିଲୁ, ମୋର ତ ଆଉ ଯୁଝିବାକୁ ବଳ ନାହିଁ। କାଳେ କୋଉଁ ରଜାପୁଅ ହାବୁଡ଼ରେ ପଡ଼ିଯିବି, ସେ କୁଞ୍ଚିପେଣ୍ଡାକ ଛଡ଼େଇ ନବ ଯେବେ, ମୋ ଜୀବନନାଟିକା ଚିପି ଦେବାକୁ କେତେ ଅନ୍ତର ? କାଲିଠୁଁ ଚରିବାକୁ ଗଲାବେଳେ କୁଞ୍ଚି ତୋ ପାଖରେ ରଖିଯିବି ଯେ ଅଚିନ୍ତା ହେଇ ବୁଲିବି, ଚରିବି।' ତହିଁ ଆରଦିନ ଚରି ବାହାରିଲା ବେଳକୁ କୁଞ୍ଚି ଝିଅକୁ ଦେଇଗଲା। ଘଡ଼ିଏ ଖଣ୍ଡେ ଗଲାରୁ ଏ ଝିଅ ରଜାପୁଅକୁ ମଣିଷ କରିଦେଲା, କହିଲା, ଇମିତି ଇମିତି କଥା। ଏ ଦିହେଁଯାକ ବାଘର ଘରେ ମିରିଗର ନାଟ କଲେ। କୁଞ୍ଚି ନେଇ ସବୁ ଘରଯାକ ଫିଟେଇ ଗମ୍ଭୀରି ଘରେ ପଶିଲେ, ରଜାପୁଅ ଏକମୁନିଆଟାଏ ଧଇଲା, ସେ କଳା ମେଣ୍ଢାକୁ ଭାରି ତାପନରେ ଏକମୁନାରେ ଭୁଷି ଦେଲା ଯେ, ଏକମୁନା ପିଠିରେ ଫୁଟି ପେଟତଳେ ବାହାରି ପଡ଼ିଲା; ମେଣ୍ଢାଟି ଛଟପଟ ହୋଇ ଗର୍ଜନ ରଡ଼ି ଛାଡ଼ି ବାଡ଼େଇ କଚାଡ଼ି ହେଲାବେଳକୁ ସେ ବୁଢ଼ୀ ଅସୁରୁଣୀ ଚରୁଥିଲା, ତାକୁ ଜଣା ପଡ଼ିଲା ଯେ, ସେ ବାଉଳିମାଉଳି ହେଇ ଭୂଇଁରେ ଗଡ଼ିଲା, ଗର୍ଜନ ରଡ଼ିରେ ମେଘ ଭାଙ୍ଗି ପକଉଥାଏ। ସେ ଓହଳବିକଳରେ ଗୁଣ୍ଡେ ବିଲ ରାମ୍ପୁଡ଼ି ପକେଇଲା। ଭୂଇଁ କାମୁଡ଼ି ଗରଳ ଗୁଡ଼ାଏ ବାନ୍ତି କରି ପକେଇଲା, ଛଟରପଟର ହେଇ ତା ଜୀବ ଗଲା। ରଜାପୁଅ ଏ ଟୋକୀକି ବିଭା ହେଲା, ଦିହେଁଯାକ ସେଠେଇଁ ଥାଆନ୍ତି। ଟୋକୀ କହିଲା, 'ଏ ତ ଅସୁର ରାଇଜ, ତୁମେ ପଦାକୁ ବାହାରିଲେ ଅସୁର ରଖିବେ ନାହିଁ, ତୁମେ ଘର ଭିତରେ ଥିବ, ମୁଁ ଯାଇ ପଦାରୁ ସବୁ ନେ ଆଣ କରିବି। ଖଞ୍ଜ ପଡ଼ିଲେ ବେଳ ଉଣ୍ଡି ଏଠଉଁ ସବୁ ଗୋଟେଇ ପୋଟେଇ ପଳେଇବା।' ଦିନେ ଏ ଟୋକୀ ଯାଇଛି ବଣକୁ କାଠ ଆଣି, ରଜାପୁଅକୁ ଘର ଭିତରେ ଶିକୁଳି ପକେଇ ଦେଇଯାଇଛି। ଏ ଯାଇ ବଣରେ କାଠ ଗୋଟଉଛି, ସେ ରାଇଜର ରଜା

ଆସିଥିଲେ ପାରିଧିକୁ, ଯାକୁ ଦେଖିଲାକ୍ଷଣି ଘୋଡ଼ାରେ ବସେଇ ନେଇ ଚାଲିଗଲେ। ଏ ଦିନାକେତେ କାନ୍ଦିଲା, ବୋବେଇଲା, ରହିଲା। ରଜା କହିଲେ, 'ମୁଁ ତୁମକୁ ବିଭା ହେବି।' ଟୋକୀ କହିଲା, 'ହଉ, ମୋର ବାର ବରଷ ବ୍ରତ ଉଜୁଆଁ ସରିଲେ ମୁଁ ବିଭା ହେବି। ମତେ ଗୋଟିଏ ନଅର ତୋଳେଇ ଦିଅ, ମୁଁ ବାର ବରଷ ଅଣ୍ଡିରିପୁଅ ମୁହଁ ଚାହିଁବି ନାହିଁ, ମନ ହେଲେ ଦିନେ ଦିନେ ତୁମେ ଯାଇ ମତେ ଶଙ୍ଖୁଳି ଆସୁଥିବ।' ରଜା ସେଇଥିରୁ ଗୋଟିଏ ନଅର ତୋଳେଇ ଦେଲେ, ନୂଆ ରାଣୀ ସେଇଠେଇଁ ରହିଲେ।

ଏଣେ କଣ ହେଇଥାଏ ନା, ତିନି ସଙ୍ଗାତଯାକ ଆସି ସେଇ ରଜା ରାଇଜରେ ପହଞ୍ଚିଲେ; ଚାକିରି ଖୋଜୁଥାନ୍ତି। ରଜାଙ୍କ ଛାମୁରେ ଜଣା କଲାରୁ ରଜା ପଚାରିଲେ, 'ତୁମେ କି କାମ କରିବ?' ଏ କହିଲେ, 'ଆମେ ଯେବେ ଜଗୁଆଳି ହବୁ, ତେବେ ଠିଆ ଠିଆ ରାତି ପାଇବ, ଆମ ଆଖିରେ ପଲକ ପଡ଼ିବ ନାହିଁ।' ରଜା କହିଲେ 'ହଉ, ତେବେ ଆମ ନୂଆ ନଅର ଦେହୁଡ଼ିରେ ତୁମେ ଜଗୁଆଳି ହବ।' ନଅର ଭିତରେ ପୋଖରୀ ଯେ, ସେ ପୋଖରୀକୂଳେ ଖଣ୍ଡିଏ ଘରେ ଏ ତିନିହେଁ ବସା କରି ଥାଆନ୍ତି। ରାତିଯାକ ଦେହୁଡ଼ିରେ ଜଗନ୍ତି। ଦିନ ହେଲାରୁ ବସାକୁ ଯାଆନ୍ତି। ଦିନେ ରାଣୀ ସକାଳୁ ଉଠି କୋଠା ଉପରେ ଖରା ପୋଉଁଛନ୍ତି, ଏ ତିନିହେଁ ପୋଖରୀରେ ଦାନ୍ତ ଘଷିଲେ, ଖଣ୍ଡିଏ ଦାନ୍ତକାଠି ପାଣିକି ଫୋପାଡ଼ି ଦେଲେ; ଚାରି କାଠୁଆ ମାଲପାରୁ ତିନି କାଠୁଆ ଲଗେଇଲେ, କାଠୁଆକ ଇଡ଼ିଦେଲେ; ଏ ସବୁ ରାଣୀ ଦେଖୁଥାନ୍ତି। ଏ ସବୁ ସନ୍ଧ୍ୟାବେଳେ ଯିମିତି ଦେହୁଡ଼ି ଜଗିବାକୁ ଆସିଲେ, ରାଣୀ ତାଙ୍କୁ ପୋଇଲୀ ହାତରେ ଡକେଇ ପଠେଇଲେ। ଯାଙ୍କୁ ଚାରିଖଣ୍ଡ ଦାନ୍ତକାଠି, ଚାରିକାଠୁଆ ମାଲପା କଥା ପଚାରିଲାରୁ ଏ ତିନି ସଙ୍ଗାତଯାକ ରଜାପୁଅ ସଙ୍ଗାତ କଥା କହିଲେ। ରାଣୀ ରଜାପୁଅଠଉଁ ତ ଆଗରୁ ଏ କଥାଯାକ ଶୁଣିଥାଏ, କାନ୍ଦ କାନ୍ଦ କହିଲା, 'ତୁମ ସଙ୍ଗାତଙ୍କୁ ତ ମୁଁ ପାଇଥିଲି ଯେ, ଇମିତି ଇମିତି କୋଲପ ପକେଇ ଆଇଲି ବାହାରି, ମତେ ଏ ରଜା ଧରି ଆଣିଲେ।' ତିନି ସଙ୍ଗାତ କହିଲେ, 'ତା ହାଡ଼ ଖଣ୍ଡେ ମିଳିଲେ ଆମେ ବଞ୍ଚେଇ ଦବୁ, ଆମଠେଇଁ କିମିଆଁ ଅଛି'। ସେଥିରୁ ରାତିଏ ରାତିଏ ତିନି ସଙ୍ଗାତ ଆଉ ନୂଆ ରାଣୀ ନଅରରୁ ବାହାରି ପଳେଇ ଆସିଲେ। ଆସି ତିନି ଦିନ ଦିପହରରେ ଅସୁର ରାଇଜ ନଅରରେ ପହଞ୍ଚ ଦେଖିଲାବେଳକୁ ଦୁଆର ମୁହଁରେ କୋଲପ ଛାଏଁ କୋଲପ ପଡ଼ିଛି। ଘର ଫିଟେଇ ଦେଖିଲା ବେଳକୁ ରଜାପୁଅ ଏକା କଡ଼କେ ପଲଙ୍କରେ ଶୋଇଛି, ଦିହ ଉପରେ ଉଇ ହୁଙ୍କା କଲେଣି। ଏ ଟୋକୀ ସେ ଉଇମାଟି ଗୁଡ଼ିକ ଧୁଆ ଧୋଇ କରି ଆଣିଲା, ଖଟ ଉପରେ ଖଞ୍ଜିଖାଞ୍ଜି ଦେଲା, ସାଧବପୁଅ ନାଲି ଫୁଲଟି ପକେଇ

ଫୁଙ୍କି ଦେଲାରୁ ମାଉଁସ ଲାଗି ଗଲା । କଟୁଆଳ ପୁଅ କଳା ଫୁଲଟି ଶୁଙ୍ଘେଇ ଦେଲାରୁ ଚମ ଘୋଡ଼େଇ ହୋଇଗଲା, ମନ୍ତ୍ରୀପୁଅ ହଳଦିଆ ଫୁଲ ଛୁଇଁ ଦେଲାରୁ ରଜାପୁଅ ଧଡ଼ପଡ଼ ହେଇ ଉଠିଲା, ଆଖି ମଳି ଦେଲା, କହିଲା, 'ଓହୋ, କେତେଗୁଡ଼ାଏ ଶୋଇପଡ଼ିଲଟି !' ତିନି ସଙ୍ଗାତ ଆଉ ଏ ଟୋକୀ ଓର ଉଣ୍ଡି ସେ ଅସୁର ରାଇଜରୁ ଅସୁରୁଣୀ ଯାହା ଯିମିତି ଯେଉଁଠେଇଁ ରଖିଥିଲା, ସବୁ ଘିନି ଆପଣା ଦେଶକୁ ଫେରିଲେ । ରଜା ନୂଆ ବୋହୂକୁ ଦେଖି ଭାରି ଆନନ୍ଦ ହେଲେ । ସୁଖରେ ଘର ଦ୍ୱାର କଲେ, ରହିଲେ ।

■

କୁହୁକମଣ୍ଡଳ ଚଢ଼େଇ

ଏକ ମହାଜନ ଥିଲା ଯେ, ତାର ତିନି ପୁଅ। ଦି' ପୁଅ ବିଭା ହେଇଥାନ୍ତି, ସେ ମହାଜନଟି ମରିଗଲା। ସାନପୁଅ ଅଭିଆଡ଼ା ଥାଏ। ବାପ ମଲାରୁ ଏ ଦି'ଭାଇ ବାହାରିଲେ ବଣିଜ କରି। ବୋଇତ ସଜ ହେଲା, ଅନୁକୂଳ କରି ଗଲାବେଳେ ପଚାରିଲେ, 'ବିଦେଶରୁ କାହାପାଇଁ କଣ ଆଣିବୁଁ, କହ।' ବଡ଼ବୋହୂ କହିଲା, 'ମୋ ପେଇଁ ଖଣ୍ଡିଏ କଳାମେଘୀ ପାଟ ଆଣିବ।' ଆର ବୋହୂ କହିଲା, 'ମୋ ପେଇଁ ମେଘଡମ୍ବରୁ ଶାଢ଼ୀ ଖଣ୍ଡିଏ ଆଣିବ।' ସାନ ଭାଇକି ପଚାରିଲାରୁ ସାନ ଭାଇ କହିଲା, 'ମୋ ପେଇଁ କୁହୁକମଣ୍ଡଳ ଚଢ଼େଇଟିଏ ଆଣିବ।' ଏ ଦି'ଭାଇଯାକ ବୋଇତରେ ଚଢ଼ିଲେ, ଗଲେ।

ଯାଇଁ ଯାଇଁ ଏକ ରଜା ମୁଲକରେ ଲାଗିଲେ। ସେଠେଇଁ ରଜାଙ୍କୁ ଦେଖା କଲେ, ହୀରା ନୀଳା ମୋତି ମାଣିକ ଭେଟି ଦେଲେ, ସେ ରାଇଜରେ ବରଷେ ଛ ମାସ ବଣିଜ ବେପାର, ବିକା କିଣା କଲେ। ଲେଉଟାଣି ବେଳକୁ ରଜାଙ୍କ ଛାମୁରୁ ମେଲାଣି ଘିନି ଅଇଲେ। ସେ ରାଇଜରୁ ବୋହୂମାନଙ୍କ ପେଇଁ କଳାମେଘୀ ପାଟ, ମେଘଡମ୍ବରୁ ଶାଢ଼ୀ ଇମିତି ଦି'ଖଣ୍ଡ କିଣିଲେ, ବାହାରିଲେ ଆପଣା ମୁଲକକୁ। ବୋଇତରେ ଆସି ପହଞ୍ଚିଲେଣି, ମନେ ପଡ଼ିଲା, 'ଆରେ, ସାନଭାଇ ତ କହିଥିଲା ଗୋଟିଏ କୁହୁକମଣ୍ଡଳ ଚଢ଼େଇ ନବାକୁ, ନ ନେଲେ ତ ସେ ମନ ଦୁଃଖ କରିବ!' ଯା ବିଚାରି ଫେରିଲେ, ଯାଇ ଫେରି ସେ ରଜାଙ୍କ ପାଖରେ ପହଞ୍ଚିଲାରୁ ରଜା ପଚାରିଲେ, 'କି ହୋ, ଆମଠଉଁ ମେଲାଣି ଘେନି ଯାଇଥଲ, ଫେର ଅଇଲଣି କିଆଁ?'

ଦି'ଭାଇ କହିଲେ, 'ମଣିମା, ଆମ ସାନଭାଇ ମାଗିଥିଲା ତା ପେଇଁ ରାଇଜର କୁହୁକମଣ୍ଡଳ ଚଢ଼େଇଟିଏ ନବାକୁ, ହାଟବାଟରେ ଯୋଉଁଠେଇଁ ସେ ଚଢ଼େଇ ଖୋଜିଲୁଁ, ସମସ୍ତେ କହିଲେ, ସେ ଚଢ଼େଇ ଏଠେଇଁ ମିଳିବ କାହୁଁ? ମଣିମାଙ୍କ ରାଇଜକୁ ଆସିଛୁଁ, ସେ ଚଢ଼େଇ ମଣିମାଙ୍କ ରାଇଜରେ ନ ମିଳିଲା ବୋଲି ଆମ ଦେଶରେ

ଯେବେ ପ୍ରଘଟ ହବ, ତେବେ ତ ମଣିମାଙ୍କୁ ଭାରି ଲୋକସରମ ହବ; ଏଥିପାଇଁ ମଣିମାଙ୍କ ଛାମୁରେ ଏ କଥା ଜଣା କରିବୁଁ ବୋଲି ଫେରି ଅଇଲୁ।' ରଜା ତ ଏକବାଗିଆ, କହିଲେ, 'ଆଚ୍ଛା, ଦିନେ ଦି'ଦିନ ଏଠେଇଁ ରହ, ଆମେ ସେ ଚଢ଼େଇ ଆଣି ଦବା।' ଯା କହି ରଜା ତାଙ୍କ ମୁଲକଯାକ କେଳାଙ୍କୁ ଡକାଇ ପଠେଇ ଧରେଇ ଆଣିଲେ, କହିଲେ, 'ଯେବେ ଦି'ଦିନ ଭିତରେ ଆମକୁ ସେ ଚଢ଼େଇକି ଆଣି ନ ଦବ, ତେବେ କେଳାଯାକଙ୍କର ସବଂଶେ ମୁଣ୍ଡକାଟ ହବ।' କେଳାଯାକର ଯା ଶୁଣି ଦେହରୁ ରକତ ଶୁଖିଗଲା। କେଳାଯାକ ଯେଝା ଓର ଆରକେ ନଳ ଅଠାକାଠି ଘିନି ବୁଲି ବୁଲି ଥକିଲେ, ତେବେ ସେ ଚଢ଼େଇ ଆଉ ହାବୁଡ଼ରେ ପଡ଼ିଲା ନାହିଁ।

ଏକ ବୁଢ଼ାକେଳା ବନସ୍ତଯାକ ବୁଲି ବୁଲି, କେତେ ପାହାଡ଼ ଖୋଲ ଖୋଜି ଖୋଜି ଆସି ଉଦୁଉଦିଆ ଦି'ପହର ବେଳେ ଏକ କଦମ୍ବଗଛ ମୂଳେ ଥକାମରା ହେଇ ବସିଛି, ବିଚାରୁଛି, କାଲି ସକାଳୁ ତ କେଳାଯାକ ନିର୍ମୂଳ ହେବେ। ସେ ଗଛରେ ଏକ ଶାଗୁଣା ବସା। ଶାଗୁଣା ଯାଇଥିଲା ଛୁଆଙ୍କ ପେଇଁ ଅଧାର ଆଣି, ସେତିକିବେଳକୁ ଅଧାର ଘିନି ଫେରି ଅଇଲା। ଛୁଆଙ୍କୁ ଅଧାର ଦେଲା ବେଳକୁ ଛୁଆଯାକ ବୋବେଇଲେ, 'ମା ଲୋ ମା, ଆମ ପେଟରେ କଣେ ସୁଦ୍ଧା ତ ପୂରିଲା ନାହିଁ। ଆମକୁ ଆଉ କଣ ଦେ ଖାଇବାକୁ। ହେଇଟି ପରା ଆମ ପେଟ ଟାକୁଆପରି ଲାଗି ଯାଉଛି।' ଶାଗୁଣା କହିଲା, 'ଆରେ, ପିଲାଏ, ଆଜି ଦିନକ ଥୟ ଧର, ଭୋକ ଦିହେ ଦିହେ ମାର, କାଲି ସକାଳୁ ମନ ଇଚ୍ଛା ଅଧାର ମିଳିବ, ତିନି ଦିନ ତିନି ପକ୍ଷ ତିନି ମାସ ଖାଲି ଖାଇ ଗୟଁ। ହେଲେ ପରା ସରିବ ନାହିଁ! ଏ ଛୁଆଯାକ କହିଲେ, 'ତୁ ଆମକୁ ମିଛରେ ମିଛରେ ଭଣ୍ଡୁଛୁ।' ମା କହିଲା, 'ନାହିଁ ମ ନାହିଁ, ରଜା ପରା ଆଜ୍ଞା କରିଛନ୍ତ. କୁହୁକମଣ୍ଡଳ ଚଢ଼େଇ ନ ଦେଲେ କାଲି ସକାଳୁଁ ଏ କେଳାଯାକ ସବଂଶେ ହାଣ ପାଇବେ। କେଳାଯାକ ସତେ ସେ ଚଢ଼େଇକି ପାଇବେ ଯେ ବର୍ତ୍ତିବେ? ରାଇଜଯାକ କେଳା ମଲେ ତୁମେ କେତେ ମାଉଁସ ଖାଇବ ଖାଉଥା।' ଏ ଛୁଆଏ ପଚାରିଲେ, 'ଭଲା ସେ ଚଢ଼େଇ କୋଉଠେଇଁ ଅଛି?' ଶାଗୁଣା କହିଲା, 'ଆମେ ଯେଉଁ ଗଛରେ ବସା କରିଛୁଁ, ସେ ପରା ଏଇ ଗଛ କୋରଡ଼ରେ ଅଛି, ତା କଣ ଏ କେଳାଯାକ ଜାଣନ୍ତି ଯେ ତାକୁ ଧରିବେ?' ବୁଢ଼ା କେଳା, ଯିମିତି ଏତକ ଶୁଣିଲା, ସିମିତି ହୁ କିନି ସେଠଉଁ ଉଠିଲା, କୁହାଟ ମାଇଲାରୁ ସବୁ କେଳାଯାକ ରୁଣ୍ଡ ହେଲେ। ସବୁ କେଳାଙ୍କୁ କହିଲା, 'ପଶ ଏ ଗଛକୋରଡ଼ ଭିତରେ, ସେଇଠେଇଁ କୁହୁକମଣ୍ଡଳ ଚଢ଼େଇ ବସା, ଧରିବା ସେ ଚଢ଼େଇକି, ନେଇ ରଜାଙ୍କୁ ଭେଟିବା। ସତକୁ ସତ କୋରଡ଼ ଦରାଣ୍ଡିଲା ବେଳକୁ ସେ ଚଢ଼େଇ ଅଛି। ସେ ଚଢ଼େଇ ଦଣ୍ଡକେ କଙ୍କିଟିଏ ଭଳି ଖୁଦର ହେଇ

ଯାଉଛି; ଫେର ଦଣ୍ଡକେ ଫୁଲଶାଗୁଣା ଭଳିଆ ହୟାନ୍ତକ ହେଇ ଯାଉଛି। ସେ କେଳାଯାକ ତାକୁ ମୁଣିରେ ପୂରେଇଲେ, ରଜାଙ୍କ ଛାମୁରେ ନେଇ ଥୋଇଦେଇ ଲମ୍ବଲମ୍ବ ଜୁହାର ହେଲେ। ରଜା ଚଢ଼େଇକି ଦେଖି ଭାରି ଖୁସି ହେଲେ, କେଳାଯାକଙ୍କୁ ମୁଣ୍ଡରେ ବାନ୍ଧିବାକୁ ଖଣ୍ଡେ ଲେଖାଏଁ ଶିରପା ଦେଲେ, ମହାଜନଙ୍କୁ ସେ ଚଢ଼େଇକି ଦେଲେ। ମହାଜନପୁଅ ଆନନ୍ଦରେ ବୋଇତକୁ ଅଇଲେ, ଆପଣା ମୁଲକକୁ ମୁହିଁଲେ। ବୋଇତ ଆସି ଘର ପାଖରେ ଲାଗିଲାରୁ ବୋହୂ ଦୁହେଁ ଆସି ବୋଇତକୁ ବନ୍ଦେଇଲେ, ମହାଜନପୁଅ ବୋଇତରୁ ଟଙ୍କା ଟୁକର ଘିନି ଘରକୁ ଅଇଲେ। ଦି' ବୋହୂଙ୍କୁ କଳାମେଘୀ ପାଟ, ମେଘଡମ୍ବରୁ ଶାଢ଼ୀ ଦେଲେ, ସାନ ଭାଇକି ସେ କୁହୁକମଣ୍ଡଳ ଚଢ଼େଇକି ଦେଲେ। ଚଢ଼େଇଟି ସାନପୁଅ ପାଖରେ ରହିଲା।

ଦିନେ ଚଢ଼େଇ ତା ଖାଉଁନ୍ଦକୁ କହିଲା, 'ସାଅନ୍ତେ, ବଡ଼ ଭାଇ ଦିହେଁ ତ ବିଭା ହେଲେ, ପୁଅ ମାଇପ ଘିନି ଘର ଦୁଆର କଲେ, ତୁମେ ବିଭା ହଉ ନାହିଁ?' ଏ କହିଲା, 'ମୋ ଲାଗି କନ୍ୟା ମିଳିଲେ ନାହିଁ, ମୋ ବାପ ମତେ ବିଭା କରେଇ ନ ଥିଲେ। ବାପାଙ୍କର ତ କାଳ ହେଲା। ମୋ ସରିସା କନ୍ୟା ମିଳିଲେ ସିନା ମୋ ହାତଗଣ୍ଠି ପଡ଼ିବ!' ଚଢ଼େଇ କହିଲା, 'ଏଇ କଥା ତ, ଆଚ୍ଛା, ମୁଁ ଯାଉଛି ତୁମ ପାଇଁ କନ୍ୟା ଖୋଜି ଆଣିବି।' ମହାଜନପୁଅ କହିଲା, 'ହଉ, ତେବେ ଯା।' ଚଢ଼େଇ ଗଲା ଉଡ଼ିଉଡ଼ିକା। ମୁଲକଯାକ ଅନ୍ଦିସା କଲା। ସତକୁ ସତ ସିମିତି ସିନା ଗୋଟିଏ ଚାଉଳରେ ଗଢ଼ା କନ୍ୟାଟି ତା ଆଖିରେ ପଡ଼ିଲେ ଆସି ମହାଜନପୁଅକୁ କହନ୍ତା! ଖୋଜି ଖୋଜି ନିରାଶ ହେଲାରୁ ଉଡ଼ିଉଡ଼ିକା ସାତ ସମୁଦ୍ର ଲଙ୍ଘା ପାରି ଏକ ଟାପୁରେ ଯାଇ ପହଞ୍ଚିଲା। ସେ ଟାପୁରେ ଏକ ରଜା ଯେ, ତାର ଏକ ଜେମାଦେଈ। ସେ ଜେମାଦେଈକି ଲାଖି ବର ଘଟନା ନ ହେବାରୁ ତା ଉପରେ ଆଜିଯାଏ ବାଡୁଅ ପାଣି ପଡ଼ିବାକୁ ନାହିଁ। ଜେମାଦେଈ ରୂପରେ ତିନିପୁର ହସୁଛି, ଯିମିତି ସ୍ୱରଗ ଅପସରୀ ଦିହର ରଙ୍ଗ ଚମ୍ପାଫୁଲ ପରି ଝଲକୁଛି, ଟିପ ମାରିଦେଲେ ଲହୁ ବାହାରି ପଡ଼ିବ। ଚଢ଼େଇ ସିମିତ ଯାକୁ ଦେଖିଲା, ମନେ ବିଚାରିଲା, ଏପରି କନ୍ୟାକୁ ସେପରି ବର ଘଟାଘଟି। ଦିହିଙ୍କି ବିଧାତା ଏକ ଚାଉଳରେ ଗଢ଼ିଛି।

ଜେମାଦେଈ କୋଠା ଉପରେ ବସି ମୁଣ୍ଡ ବାନ୍ଧୁଛି, ଏ ଚଢ଼େଇ ଯାଇ ପାଟ ଭଳିଆ ଶୁଆଟିଏ ହେଇ ପାଖରେ ବସିଲା, ରାମ ନାମ ବୋଲୁଥାଏ। ଏ ଜେମାଦେଈ ଗୋଟିଏ କଇଁଚିକାକୁଡ଼ି ଆଣି ଦେଖେଇ ଡାକିଲା, କହିଲା, 'ଆହା, କି ସୁନ୍ଦର ଶୁଆଟିଏ!' ଚଢ଼େଇ କହିଲା, 'ମତେ ତ ଦେଖି ଏଡ଼େଘାଏ ଝୁରି ହଉଛ, ମୋ ଖାଉଁନ୍ଦକୁ ଦେଖିଲେ ତୁମ ମନ କଅଣ ନ ହବ? ତୁମେ ସତ୍ୟ କର, ମତେ ଯେବେ

ପଞ୍ଚୁରୀ ନ ପୁରେଇବ ମୁଁ ତୁମକୁ ଧରା ଦେବି।' ଜେମାଦେଈ ସତ୍ୟ ସତ୍ୟ ତିନି ଥର ସତ୍ୟ କଲାରୁ ଏ ଚଢ଼େଇ ଆସି ଜେମାଦେଈ ହାତରେ ବସିଲା। ଜେମାଦେଈ କହିଲା, 'ତୋ ଖାମିନ୍ଦ କିଏ ?' ଏ କହିଲା, 'ତୁମ ପରା କନ୍ୟାକୁ ସେ ପରା ବର ବିହି ବିଧାତା ଖଞ୍ଜିଛି।' ଜେମାଦେଈ ମନ ଭାରି ଉଚ୍ଚାଟ ହେଲାଣି। କହିଲା, 'ମୁଁ ଟିକିଏ ତୋ ଖାମିନ୍ଦକୁ କିମିତି ଆଖିରେ ଦେଖନ୍ତି କି ?' ଏ କହିଲା, 'ହଉ, ତେବେ ମୁଁ ଯାଉଛି ମୋ ଖାଉଁନ୍ଦକୁ ଆଣେ, ସେ ତ ଯାଇ ସାତ ସମୁଦ୍ର ଲଙ୍କା ପାରିରେ। ଆଉ ଗୋଟିଏ କଥା, ତୁମର ତ ରଜାନଅର, ମୁଁ ତାଙ୍କୁ ଏ ନହର ଭିତରକୁ କିମିତି ଆଣିବି ? ରଜା ଜାଣିଲେ ଆଉ ରଖିବେ ! ତୁମେ ମତେ ଠାବ ଦିଅ ଯେ, ମୁଁ ମୋ ଖାଉଁନ୍ଦକୁ ସେଠେଇଁ ଆଣି ଆଗେ ରଖିବି, ତୁମକୁ ଆସି କହିବି ଯେ, ତୁମେ ଯାଇ ସେଠେଇଁ ତାଙ୍କୁ ଦେଖି ଆସିବ।' ଜେମା ସଙ୍କେତ ଦେଲା ପୋଖରୀକୂଳକୁ। ଏ ଚଢ଼େଇ ସେଇଠୁରୁ ଉଡ଼ି ଉଡ଼ି ସାତ ସିନ୍ଧୁ ପାରି ହେଲା, ଆସି ମହାଜନପୁଅ ପାଖରେ ପହଞ୍ଚିଲା, କହିଲା ଏପରି ଏପରି ସମାଚାର। ମହାଜନପୁଅ କହିଲା, 'ସେ ଟାପୁ ଯାଇ କୁଆଡ଼େ ବୋଲି କୁଆଡ଼େ, ମୁଁ ଏବେ ଏତେ ବାଟ ପାରି ହୋଇ ଯିବି କିମିତି ?' ଚଢ଼େଇ କହିଲା, 'ଏଇ କଥା ତ, ତୁମେ ବସ ମୋ ପିଠି ଉପରେ, ମୁଁ ଉଡ଼ି ମନ କଲେ ଏକାଦିନ ଏକାରାତିରେ ତୁମକୁ ନେଇ ସେ ଟାପୁରେ ପହଞ୍ଚେଇ ଦେଲେ ତ ଅଡୁଆ ଛିଣ୍ଡିଯିବ।' ମହାଜନପୁଅ ପହିଲୁ ପହିଲୁ ଏ କଥାକୁ ଖିଆସ ମଣିଲା, ପଛକୁ ଚଢ଼େଇ ନିଜ ରୂପ ଦେଖେଇ ଦେଲାରୁ ମହାଜନପୁଅ ମଙ୍ଗିଲା। କାହାକୁ କହିଲା ନାହିଁ, ବୋଇଲା ନାହିଁ, ଏ ଚଢ଼େଇ ପିଠିରେ ବସିଲା। ଚଢ଼େଇ ଉଡ଼ିଉଡ଼ିକା ସାତ ସମୁଦ୍ର ପାରି ହେଲା, ଯାଇ ପହଞ୍ଚିଲା ସେ ଟାପୁରେ। ମହାଜନପୁଅକୁ ସେ ପୋଖରୀକୂଳେ ବସାଇଲା, ଶୁଆଟିଏ ହେଲା; ଉଡ଼ି କରି ଯାଇ ଜେମା ପାଖରେ ଏ ଆସିବା କଥା କହିଲାରୁ ଜେମା ଅଇଲା ମହାଜନପୁଅକୁ ଦେଖିବାକୁ। ଯିମିତ ଏ ମହାଜନପୁଅ ଉପରେ ଜେମାଦେଈର ଆଖି ପଡ଼ିଲା, ଜେମା ସେ ରୂପରେ ତ ଏକାତାନକେ ଭୋଳ। ନହରକୁ ଜେମାଦେଈ ବାହୁଡ଼ି ଆସି ଗୋଟାଏ ଘରେ ମୁହଁ ମାଡ଼ି ଶୋଇଲା; ଯେ ଯେତେ ପଚାରିଲେ ଆଉ ପାଟି ଫିଟେଇବାକୁ ନାହିଁ। ରାଣୀ ପୋଇଲୀ ପରିବାରୀଙ୍କ ହାତରେ ବୁଝେଇ ପଠେଇଲାରୁ ପୋଇଲୀଏ ଯାଇ ରାଣୀଙ୍କି କହିଲେ 'ପୋଖରୀକୂଳରେ ଜଣେ ବିଦେଶୀ ଆସି ବସିଛି ଯେ, ଜେମାକୁ ତା ସଙ୍ଗେ ବିଭା ନ କରେଇଲେ ଜେମା ଆଉ ଜୀବନ ରଖିବେ ନାହିଁ।'

ଏ କଥା ଯାଇ ରଜାଙ୍କ କାନରେ ପଡ଼ିଲା। ରଜା ଏବେ କଣ କରୁଛନ୍ତି, ଝିଅ ବୋଲି ଗୋଟିଏ ଦୁଲଣା, 'ହଉ, ଚାଲ ଆମର ସେ ବିଦେଶୀକି ଦେଖି ଆସିବା।'

ରଜା ପୋଖରୀକୂଳରେ ମହାଜନପୁଅକୁ ଦେଖିଲାକ୍ଷଣି ତା ରୂପରେ ଭୋଳ ହେଇଗଲେ। ସେଥିରୁ ବିଭାଘର କରିବାକୁ ତତପିର କଲେ। ଦିହିଙ୍କର ବିଭାଘର ହେଲା। ଚଢ଼େଇ କହିଲା, 'ତୁମେ ଦିହେଁ ମୋ ପିଠିରେ ବସ, ମୁଁ ସାତସମୁଦ୍ର ପାର କରି ନେଇ ତୁମ ଘରେ ପହଞ୍ଚେଇ ଦିଏଁ।' ମହାଜନପୁଅ ମଙ୍ଗିଲାରୁ ତା ଶଶୁର ରଜା କହିଲେ, 'ଯିବ ତ, ଦିନାକେତେ ଏଠେଇଁ ରହ।' ରଜା ଏକ ନଅର ତୋଳେଇ ଦେଲେ। ଏ ଦିହେଁଯାକ ଆଉ ସେ ଚଢ଼େଇଟି ଭାରି ଆନନ୍ଦରେ ଦିନାକେତେ ସେ ନଅରରେ ରହିଲେ। ଦିନ ଦିନ କରି କେତେ ମାସ ବିତିଗଲା। ଜେମାଙ୍କର ଉତ୍ତମ ସୁନ୍ଦର ବାଳୁତ କୁମରଟିଏ ଜନମ ହେଲା। ଏ ଚଢ଼େଇ ମହାଜନପୁଅ ସଙ୍ଗରେ ଲଗେଇଥାଏ, 'ଚାଲ, ଆମର ଦେଶକୁ ଯିବା ବାହାରି।' ଚାହୁଁ ଚାହୁଁ ସେ ପୁଅଟି ଆସି ତିନି ଚାରି ବରଷର ହେଇଗଲା।

ଏଣେ ଫେର ଜେମାଙ୍କ ଦେହ ଗରୁ ହେଲା। ଚଢ଼େଇ ଏ ରବୟା ଦେଖି ମହାଜନପୁଅକୁ କହିଲା, 'ଏଣିକି ଏଣିକି ମୋ ବୋଝ ମତେ ବଳେଇବ, ଆଉ ଉଛୁର ହେଲେ ଜମାରୁ ଯାଇ ପାରିବି ନାହିଁ। ଏକା ଥିଲ, ଦୁଇ ହେଲ, ଚାହୁଁ ଚାହୁଁ ତିନି ହେଲ, ଦିନାକେତେ ଗଲାରୁ ଏଣିକି ଚାରିଜଣ ହବ, ଏଣିକି ମୋ ବୋଝ ମତେ ବଳାଇଲାଣି, ଆଉ କାହିଁକି ରହ ରହ ହଉଛ, ଆସ, ଯିବା ତୁମ ରାଇଜକୁ।' ଜୋଇଁ ଯାଇ ଶ୍ୱଶୁରଙ୍କୁ ଏ କଥା ଜଣାଇଲାରୁ ଶଶୁର କେତେ ଧନ ଦରବ ଯଉତୁକ ଦବାକୁ ବସିଲେ। ଚଢ଼େଇ କହିଲା, 'ଅମର ଧନ ଦରବ ଏତେ ବାଠ କିଏ ବୋହି କରି ନବ? ଆମେ ଠୁଙ୍ଗା ଠୁଙ୍ଗା ଯିବୁ।' ମହାଜନପୁଅ, ଜେମା ଆଉ ପୁଅ ତିନିହେଁ ସେ କୁହୁକମଣ୍ଡଳ ଚଢ଼େଇ ପିଠିରେ ବସିଲେ, ଚଢ଼େଇ ଉଡ଼ିଲା। ଅଧେ ବାଟ ଟପିଲେଣି, ଉପରେ ମେଘ, ତଳେ ସମୁଦ୍ର, କଳାବିମ୍ବର ପାଣି ଲହଡ଼ି ଉପରେ ଲହଡ଼ି ଭାଙ୍ଗୁଛି, କୁଆର ଥଣ୍ଟ ନାହିଁ, କି ଚଢ଼େଇର ବେଣ୍ଟ ନାହିଁ, ଏତିକି ବେଳକୁ ଯୋଗ ତ, ଜେମା ତ ବୋଝେଇ ଡଙ୍ଗା, ତାଙ୍କ ଦିହ କଣ ହେଲା। ଚଢ଼େଇ କହିଲା, 'କିଛି ପରୁଆ କର ନାହିଁ, ମୁଁ ଆଖି ପଲକ ନ ପଡୁଣୁ ନେଇ ତୁମକୁ ଆର ପାରିରେ ପହଞ୍ଚେଇ ଦେବି।' ୟା କହି ଦୋହରି ବେଗରେ ଉଡ଼ିଲା, ଉଡ଼ିଉଡ଼ିକା ଆସି ସମୁଦ୍ର ପନ୍ତାରରେ। ଏ ତିନିହେଁ ଯିମିତି ତା ପିଠିରୁ ଓହ୍ଲେଇଲେ ସିମିତି ଜେମାଙ୍କୁ ଶୂଳ ଅଇଲା, ଦେଖି ଦେଖି, ଗୋଟିଏ ସୁନ୍ଦର ଅଣ୍ଡିରିପୁଅଟିଏ ଜନମ ହେଲା। ସମସ୍ତଙ୍କୁ ତିନିପୁର ଅନ୍ଧାର ଦିଶିଲା, ସମୁଦ୍ର ପନ୍ତାର, ଡହ ଡହ ବାଲି, ଉଦୁଉଦିଆ ଖରା, କେହି ଜନ ପ୍ରାଣୀ ନାହିଁ, ସେଥିରେ ପୁଣି ସୁଲୁସୁଲିଆ ବାଆ ବହୁଛି, ପଦାଟାଏ, ଖାଲି ମଣିଷର ଦିହ ତ କୋଲ ମାରି ଯାଉଛି, ଏ ତ ସହଜେ ଅଖଞ୍ଜ ତିର୍ଲା। ମହାଜନପୁଅ ମୁଣ୍ଡରେ ହାତ ଦେଇ ବସିଗଲା। ଚଢ଼େଇ କହିଲା, 'ସାଅନ୍ତ! ଏଠେଇଁ ବସିଲେ କଣ ହବ? ଚାହୁଁ ଚାହୁଁ ପୋଖତି

ଅଙ୍ଗରେ ଇଲାଗେ ସନ୍ଧି ଘୋଟିଯିବ ଯେ। ତୁମେ ଯାଅ, ଏ ବଣରୁ ଶୁଖିଲା ଜାଳ କୁଣ୍ଢେ କି ଦି'କୁଣ୍ଢ ଗୋଟେଇ ଆଣ, ମୁଁ ଯାଉଛି ନିଆଁ ଲୁଣ୍ଡାଏ ଆଣେ, ଏଠେଇଁ ଅନ୍ତୁଡ଼ି ଜାଳି ପିଲାକୁ ଆଉ ତା ମା'କୁ ସେକିବା, ଟିକିଏ ସାଷ୍ଟମ ହେଲାରୁ ମୋ ପିଠିରେ ବସିବ, ମୁଁ ଘରେ ପହଞ୍ଚେଇ ଦେବି।'

ଚଢ଼େଇ ଗଲା ନିଆଁ ଆଣି। ଯାଉଁ ଯାଉଁ ବାଟରେ କଣ ହେଇଛି ନା, ହାତ ଗୋଡ଼ ନାହିଁ, ମାଉଁସ ମେଞ୍ଚି ଏକ ଅପଙ୍ଗୁ ଗୋଟିଏ ଗଛମୂଳେ ବସିଛି। ଯିମିତି ଏ ଚଢ଼େଇଦେହ ପବନ ସେ କୋଢ଼ିଆ ଦିହରେ ଧାପ୍‌ସା ବାଜିଗଲା, ସିମିତି ଖଣ୍ଡିଆଯାକ କଅଁଳି ଉଠିଲା, ହାତ ଗୋଡ଼ ଆଙ୍ଗୁଠିଯାକ କଅଁଳିଲା। ଅପଙ୍ଗୁ ବିଚାରିଲା, କଣ, ଏ ଚଢ଼େଇ ବା' ମୋ ଦିହରେ ଲାଗିଲାରୁ ମୋ ଘା'ଯାକ କୁଆଡ଼େ ଉଭେଇ ଗଲା ! ଏ ତ ଭାରି ଆଚମ୍ବିତ କଥା ! ଭଲା ଏ ଚଢ଼େଇ ମାଉଁସ ଖାଇଲେ ତ ମୁଁ ନିରୋଗୀ ହୋଇଯିବି।' ଯା ବିଚାରି ସେଠେଇଁ ବସିଥାଏ। ଘଡ଼ିଏ ଖଣ୍ଡେ ଗଲାରୁ ସେ ଚଢ଼େଇ ନିଆଁ ଲୁଣ୍ଡିଏ ଘେନି ଫେରିଲାବେଳକୁ ଏ କୋଢ଼ିଆ ତାକୁ ଡାକିଲା, 'ହେ ଭାଇ, ମୁଁ ପିକା ଲଗାନ୍ତି, ମୋ ଦିହ ଜାଡ଼ି ଯାଉଛି; ମତେ ଟିକିଏ ନିଆଁ ଦିଅନ୍ତୁ।' ଏ ଚଢ଼େଇ ନିଆଁ ଥୋଇ ବସିଲାବେଳକୁ ଏ ମୂରୁଖ କଣ କଲା ନା, ସେ ଚଢ଼େଇକି ଧଡ଼ାଏ ପିଟିଦେଲା ଯେ, ଚଢ଼େଇଟି ଛଟ୍ ଛଟ୍ ହେଇ ମରିଗଲା। କୋଢ଼ିଆ ଅଳପେଇଷ କଣ କଲା ନା, ଦି'ଖଣ୍ଡ କାଠ ସାଉଁଟି ଆଣି ନିଆଁ ଟିକିଏ ଲଗାଇଲା, ଏ ଚଢ଼େଇଠଉଁ ଡେଣା, ପର, ଥଣ୍ଟ, ଗୋଡ଼ ଓପାଡ଼ି ପକେଇଲା, ସେ ଚଢ଼େଇ ମାଉଁସତକ ପୋଡ଼ି ଖାଇଲା, ଆପଣା ସୁଖେ ଘରକୁ ଗଲା।

ଏଣେ କଣ ହେଇଥାଏ, ମହାଜନପୁଅ ତ ବନସ୍ତକୁ ଯାଇଛି ଜାଳ ଗୋଟେଇ, ସେ ରାଇଜର ରଜା ଆଣ୍ଟୁକୁଡ଼ା, ସେ ମଲାରୁ ପାତ୍ର ମନ୍ତ୍ରୀ କଣ କଲେ, ରଜାଙ୍କ ପାଟହାତୀ ଉପରେ ସୁନା କଳସ ରଖିଥାନ୍ତି, ପାଟହାତୀ ବୁଲୁଥାଏ, ଯାହା ମୁଣ୍ଡରେ କଳସ ଢାଳି ଦବ, ସେ ରଜା ହବ, ଗାଦିରେ ବସିବ। ପାଟହାତୀ ବୁଲୁଛି, ବଣରେ ମହାଜନପୁଅ ହାବୁଡ଼ରେ ପଡ଼ିଗଲାରୁ ହାତୀ ମହାଜନପୁଅ ଉପରେ କଳସ ଢାଳିଦେଲା। ଯିମିତି ଢାଳି ଦେଲା, ସିମିତି ପାତ୍ର ମନ୍ତ୍ରୀ ଆସି ମହାଜନପୁଅକୁ ଧରି ନେଲେ। ଏ ତ ସେତେବେଳେ ଘୁଙ୍ଗା ହେଇଗଲା, ତାକୁ ନେଇ ଗାଦିରେ ବସେଇଲେ। ଏଣେ କଣ ହେଇଥାଏ ନା, ଜେମା ପାଖରେ ବଡ଼ପୁଅଟିଏ ବସିଥାଏ, କଅଁଳାପିଲାଟି କୁଆଁ କୁଆଁ କାନ୍ଦୁଥାଏ, ଜେମା, ଗେରସ୍ତ ଆଉ ଏ ଚଢ଼େଇ ଲେଉଟାଣିକି ଚାହିଁ ଚାହିଁ ଆଖିରୁ ପାଣି ମଲା, ଆସି ବେଳ ବୁଡ଼ିବାକୁ ହେଲାଣି, ପଛକୁ ବଡ଼ପୁଅକୁ କହିଲା, 'ତୁ ଏଠେଇଁ ଜଗି ବସିଥା, ମୁଁ ଯାଏଁ କନାପଟା ଦି'ଖଣ୍ଡ ହକାଳି ଧୋଇ ଧାଇ ନେଇ

ଆସେଁ।' ବଡ଼ପୁଅ କହିଲା, 'ହଉ, ଯା।' ଜେମା ଯାଇ ସମୁଦ୍ରକୂଳରେ ଲୁଗା ହକାଳୁଛି, ସିଆଡୁ ଆସି ଏକ ବୋଇତ ପହଞ୍ଚିଲା। ବୋଇତିଆଳ କହିଲା, 'ଆରେ, ଏ ତିର୍ଲା ତ ସ୍ୱରଗ ଅପସରୀଙ୍କଠଉଁ ବେଶି ଶୋଭାବନ, ଚାଲ, ଆମର ଯେ ନୂଆ ରଜା ହବ, ୟାକୁ ନେଇ ତାଙ୍କର ପାଟରାଣୀ କରିବା।' ୟା କହି ସେ ଜେମାଦେଈଙ୍କି ଟେକି ଟାକି ନେଇ ସେ ବୋଇତରେ ବସେଇଲେ, ବୋଇତ ବାହି ଗଲେ ବାହାରି। ଜେମା ବିଚାରିଲା, ମତେ ଖଣ୍ଟ ତ ଧଇଲେଣି, ଇଲାଗେ ତ ମତେ ଜୀବନରେ ମାରି ପକାଇବେ, ମୋ ପିଲାଏ ନାରଖାର ହେଇ ଅନେକ ଅବସ୍ଥା ପାଇବେ,' ୟା ବିଚାରୁ ବିଚାରୁ ଜେମା ମୋହି ହେଇଗଲେ।

ଏଣେ କଣ ହେଲା, ସେ ପିଲାଟି କୁଆଁ କୁଆଁ ହେଇ ଭୋକରେ ଫୁରୁକୁଟି ପରି ଡେଉଁଥାଏ, ବଡ଼ପୁଅର କାନଅତଡ଼ା ପଡୁଥାଏ, ବଡ଼ପୁଅ ଚାହିଁ ଚାହିଁ ରୁମ ଲୁଚିଲା ବେଳ ଆସି ହେଲାଣି, ମା କିଆଁ ନ ଅଇଲା ! ଇମିତି ବିଚାରୁ ବିଚାରୁ ବାପ ମା'ଙ୍କୁ ବାହୁନି କରି କଇଁ କଇଁ ହେଇ ଡକାବୋବାଳି ପକେଇଲା। ଦେଖିଲା ବେଳକୁ ଏକ କାଳୀଗାଈ ଥିଲା, ସେ ବଣ ଭିତରୁ ବାହାରି ପଡ଼ିଲା, ଆସି ଏ ଉଡିଆଣି ପୁଅ ମୁହଁ ପାଖରେ ଚେର ଲଗେଇ ହାମୁଡ଼େଇ ପଡ଼ିଲା। ପିଲାର ଭୋକରେ ଶୋଷରେ ଘଣ୍ଟିକା ଶୁଖି ଯାଉଛି, ପୁଅ ପାଟିରେ ଚେର ବାଜିଲାକ୍ଷଣି ପୁଅ ମନ ଇଚ୍ଛା ଚଁ ଚଁ କରି ପେଟେ ଦୁଧ ପିଇଲା, ନିଶ୍ଚିନ୍ତ ହେଇ ରହିଲା। କାନ୍ଦି କାନ୍ଦି ତ ଲୋତରା କୋତରା ହୋଇ ଯାଇଥିଲା, ଦଣ୍ଡେ ଖେଳିଛି, ନିଗଡ଼ ନିଦରେ ଶୋଇ ପଡ଼ିଲା। ସେ ଗାଈ ଉଠି ଆସି ବଡ଼ପୁଅ ପାଖରେ ମାଛିଟିଏ ଭଳି ଠିଆ ହେଲା। ବଡ଼ପୁଅର ଭୋକରେ ହଂସା ଉଡୁଥାଏ, ସେ ଗାଈ ଚେରରେ ମୁହଁ ଲଗାଇ ପେଟେ ଦୁଧ ପିଇଲାରୁ ତା ଦିହରେ ଜୀବ ପଶିଲା। ସେ ଗାଈଟି ଏ ଦି'ପିଲାଙ୍କୁ ଜଗି ସେଠେଇଁ ରାତିଯାକ ଶୋଇ ରହିଲା। ସେ ଗାଈ ଏକ ଗଉଡ଼ର ଯେ ସେ ବନସ୍ତକୁ ଚରିବାକୁ ଆସିଥିଲା, ଆଉ ଘରକୁ ଲେଉଟିଲା ନାହିଁ। ବଣରେ ବାଘ ଖାଇଲା, କି ସାପ ଖାଇଲା, ୟା ବିଚାରି ସେ ଗଉଡ଼ ଭାରି ବ୍ୟସ୍ତ ଥାଏ, ରାତିଯାକ ୟା ବାଡ଼ି, ତା ଗୋହିରୀ କେତେ ଅନିଷା କଲା, ଗାଈର କିଛି ଓର ପାଇଲା ନାହିଁ। ସକାଳୁ ଯାଇ ବନସ୍ତଯାକ ଦରାଣ୍ଡି ପକାଇଲା, ଯାଇ ଦେଖିଲା ବେଳକୁ ସମୁଦ୍ର ପନ୍ତାରରେ ଗାଈ ଶୋଇଛି, ଏ ପିଲା ଦିଓଟି ତା କୋଡ଼ରେ ଜାକିଜୁକି ହେଇ ପଡ଼ିଛନ୍ତି। ସେ ଗଉଡ଼ ଆଣ୍ଠୁକୁଡ଼ା, ବିଚାରିଲା, 'ମତେ ତ ସହଜରେ ଷଠିଗୋସେଇଁ ପିଲାବାଳକ ଦେଇ ନାହାନ୍ତି, ଏ ପିଲା ଦିଓଟିଙ୍କି ନେଇ ଆପଣା ପୁଅ ପରି ପାଳିବି।' ୟା କହି ସେ ପିଲା ଦିଓଟିଙ୍କି ନେଲା, ଗାଈକି ଅଡ଼େଇ ଅଡ଼େଇକା ଘରକୁ ଗଲା; ଗଉଡୁଣୀକି କହିଲା, ଏପରି ଏପରି ସମାଚାର। ଗଉଡୁଣୀଏ ପିଲାଙ୍କୁ ଦେଖିଲାକ୍ଷଣି ରଙ୍କ କୋଟିନିଧି ପାଇଲା ପରି ହେଲା। ସେ ପିଲା

ଦିଓଟିଙ୍କି ଭାରି ଗେଲବସର କରି ହଳଦି ମଥାଦହି ଦେଇ ଦୁଧ ଘିଅ ଖୋଇ ବଢ଼େଇଲା। ପିଲାଏ ଖାଇ ପିଇ ଅଲିଅଳ ହେଇ ବଢ଼ିଲେ, ଏଣେ ରଜା ଗାଦିରେ ବସିଲାରୁ ବୋଇତିଆଳ ଆଣି ରାଣୀଙ୍କି ରଜାଙ୍କ ଛାମୁରେ ପହଞ୍ଚେଇଲେ। ରଜା ସମୁଦ୍ର ପନ୍ତାରକୁ ମଣିଷ ପଠେଇ ଦେଖିଲାବେଳକୁ ପିଲାଫିଲା କେହି ନାହାନ୍ତି। ବିଚାରିଲେ, 'ଆଉ ସତେ ପିଲା ଜୀଇଛନ୍ତ ଯେ, ତାଙ୍କୁ ତ ଏ ସମୁଦ୍ର ପନ୍ତାରରେ ବାଘ ଭାଲୁ କିଏ ଖାଇ ସାରିଲେଣି।' ଏହା କହି ରଜା ରାଣୀ କାନ୍ଦିଲେ, ବୋବେଇଲେ, ରହିଲେ।

ରଜାଙ୍କର ପିଲା ଦିହେଁ ଗଉଡ଼ ଘରେ ଖାଇ ପିନ୍ଧି ବଢୁଥାଆନ୍ତି। ତାଙ୍କ ମୁଣ୍ଡକୁ ହାତ ପାଇଲାରୁ ଗଉଡ଼ର ଗୋରୁ ଗାଈ ଧନ୍ଦା ବୁଝିଲେ। ସେ ଗଉଡ଼ଘରେ ନିତି ରଜାଙ୍କ ଘରକୁ ଦୁଧ ଲାଗୁଆ ଯେ, ସେ ନିତି ଭାରେ ଓଖର ଘିନି ରଜାଙ୍କ ନଅରକୁ ଯାଏ। ଦିନେ ଶିକା ବାହୁଙ୍ଗୀ ସଜ କରି ଭାର ସଜାଡ଼ି ବାହାରିଛି, ବଡ଼ପୁଅ କହିଲା, 'ବାପା, ମୁଁ ତୋ ସାଙ୍ଗରେ ଯା'ନ୍ତି ରଜାଘରକୁ।' ବାପ ମନା କଲା, 'ଆରେ ତୁ ପିଲାଲୋକ, ସେ ରଜାଘର କାରଖାନା, ତୁ କିଆଁ ଯିବୁ, କିଏ କଣ କହିବ, କରିବ, ତୁ ଯାଆନା।' ଏ ଟୋକା କହିଲା, 'ତୋର କୋଉଁ ଦିନ ଖଞ୍ଜ ଅଖଞ୍ଜ ହବ, ତୁ ଯାଇ ନ ପାରିବୁ କାଳେ, ମୁଁ ଆଗରୁ ଯାଇ ରଜାଘର ଦେଖି ଆସିଥାଏଁ ଯେ, ତୁ ଯେଉଁ ଦିନ ନ ଯାଇ ପାରିବୁ, ମୁଁ ଯାଇଁ ଦୁଧ ଭାର ପହଞ୍ଚେଇ ଦେଇ ଆସିବି।' ବାପ ସାଙ୍ଗରେ ଯାଇ ରଜାଙ୍କ ନଅରରେ ପହଞ୍ଚିଲା। ବାଉରିସାଇରେ ମାଣିକ ପଡ଼ିଲା ଭଳି ଗଉଡ଼ଘରେ ଏମନ୍ତ ସୁନ୍ଦର ପିଲା, ସମସ୍ତେ ଦେଖି ଆଚମ୍ଭିତ ହଉଥାନ୍ତି। ରଜା ସେ ପିଲାଟିକି ଦେଖି କେଜାଣି କାହିଁକି ବାଇବିଛି ପରି ହେଲେ। ତାଙ୍କ ମନ ଭାରି ଲୋଭେଇବାରୁ ସେ ଗଉଡ଼କୁ କହିଲେ, 'ଆରେ ବେହେରାପୁଅ, ତୋର ଏ ପୁଅଟି ଆମ ଘରେ ଚାକିରି ରହିବ?' ଗଉଡ଼ କହିଲା, 'ମଣିମା, ସେ ପିଲାଲୋକ, ଆଜିଯାକେ ତ ତାକୁ ଖୋଷଣି ମାରି ଆସି ନାହିଁ, ସେ ମଣିମାଙ୍କ ପାଖରେ ଚଳି ପାରିବ ନାହିଁ।' ରଜା କହିଲେ, 'ଆରେ, ଆମେ ତାକୁ ସବୁ କଥାରେ ସକ୍‌ବକ୍ ଚଳେଇ ନବୁ ଯେ!' ଗଉଡ଼ ଏ କଥା ଶୁଣି କାନ୍ଦି ପକେଇଲା। ଟୋକା କହିଲା, 'ବାପା, ତୁ ଏଡ଼େ ହାଲିଆ ହଉଛୁ କିଆଁ? ତୁ ତ ନିତିଦିନ ନଅରକୁ ଦୁଧଭାର ଘିନି ଆସିବୁ, ମତେ ଦେଖି ଯାଉଥିଲୁ; ରଜା ତ କହିଲେଣି, ତାଙ୍କ କଥା ଭାଙ୍ଗି ଦଉଛୁ କିଆଁ?' ଗଉଡ଼ ପଛକୁ 'ହଁ' ଭରିଲା। ନିତି ଭାର ଘିନି ଆସେ, ପୁଅର ଖବର ଅନ୍ତର ବୁଝିଯାଏ, ଘରେ ଯାଇ ଗଉଡୁଣୀକି କହେ, ପୁଅର ଖବର ଦିହପା କୁଶଳ।

ଇମିତି କିଛି ଦିନ ଗଲାରୁ ସାନପୁଅ ଗଉଡ଼କୁ କହିଲା, 'ବାପା, ମୁଁ ଆଜି ଟିକିଏ ତୋ ସାଙ୍ଗରେ ଯାଆନ୍ତି କି ବଡ଼ଭାଇକି ଶଙ୍ଖୁଳି ଆସନ୍ତି; ମୋ ମନ ଭାରି

ଉଚ୍ଛନ୍ନ ହଉଛି।' ଗଉଡ଼ କହିଲା, 'ଆର ଭାଇ ତ ଗଲା ଯେ ତାକୁ ରଜା ସିଆଡ଼େ ରଖିଲେ; ତୁ ଗଲେ ଯେବେ ସିଆଡ଼େ ରହିବୁ, ଆମେ ବାପ ମା ସିନା ଅନ୍ଧ ହୋଇ ବୁଲିବୁଁ? ହଉ, ଚାଲ।' ଯା କହିଲାରୁ ସାନପୁଅ ଗଉଡ଼ ସାଙ୍ଗେ ସାଙ୍ଗେ ଗଲା। ରଜା ତାକୁ ଦେଖି ସିମିତି, ତାଙ୍କ ମନ ଥୟ ହେଲା ନାହିଁ। ରଜା ରାଣୀ ଦିହେଁଯାକ ଏ ପିଲା ଦିହିଙ୍କି ଦେଖିଲାରୁ ଆପଣା ପୁଅକୁ ସୁମରି କେତେ କାନ୍ଦିଲେ, ତୁନି ହେଲେ। ଏ ବାହାରିଲା ବେଳକୁ ରଜା କହିଲେ, 'ଆଜି ଦିନକ ଏ ପୁଅ ଆମ ନଅରରେ ରହୁ, କାଲି ଯିବ।' ଏ ସାନଟୋକା ବି କହିଲା, 'ବାପା, ମୁଁ ଆଜି ଭାଇ ପାଖରେ ରାତିକ ରହିବି, କାଲି ଯେତେବେଳେ ଦୁଧ ଘିନି ଆସିବୁ, ମୁଁ ତୋ ସାଙ୍ଗରେ ଘରକୁ ଯିବି।' ଏ ଗଉଡ଼ କହିଲା, 'ହଉ, ତେବେ ଥା,' ଯା କହି ଗଉଡ଼ ଗଲା ତା ଘରକୁ। ଏ ଦିହେଁଯାକ ନଅରରେ ରହିଲେ। ରାଣୀଙ୍କର ଏ ଦି' ଭାଇଙ୍କ ଉପରେ ଭାରି ଶରଧା ହେଲା। ରାଣୀ ନିଜେ ହାତରେ ବାଢ଼ି କେତେ ଅପୂର୍ବ ପଦାର୍ଥମାନ ଏ ଦିହିଙ୍କି ଖୋଇଲେ। ଆପଣା ପହଡ଼ ଘରପାଖ ବଖରାରେ ଏ ଦିହିଙ୍କି ଶୁଆଇଲେ। ରାତିରେ ରଜା ରାଣୀ ଆପଣା ଦି' ପୁଅଙ୍କ କଥା ବାହୁନି କାନ୍ଦିଲେ, ଆଉ ଶୋଇ ନ ଥାନ୍ତି। ସେତିକିବେଳକୁ ଆର ବଖରାରେ ଏ ଦି' ଭାଇ ଶୋଇଥିଲେ, ସାନ ଭାଇ କହିଲା, 'ଭାଇ, ମତେ ନିଦ ମାଡୁ ନାହିଁ, ତୁ ଗୋଟିଏ କଥା କହନ୍ତୁ।' ବଡ଼ ଭାଇ କହିଲା, 'ସୁଖ କହିବି କି ଦୁଃଖ କହିବି, ଯାହା ଅଙ୍ଗେ ନିଭେଇଛି ତା କହିବି?' ସାନ ଭାଇ କହିଲା, 'ତୁ କେତେ ଦିନର ବୁଢ଼ା ଯେ, ଯାହା ଅଙ୍ଗେ ନିଭେଇଛୁ ତା କହିବୁ?' ବଡ଼ ଭାଇ କହିଲା, 'ଆରେ, ପିଲା ହେଲେ କଣ ହବ? ମୁଁ ଯେତେ ଯେତେ ଅନୁଭବ କରିଛି, ତା କଥା କହିଲେ ପୋଥିଏ ପାଠ ହବ।' ସାନ ଭାଇ କହିଲା, 'କହ, କହ।' ବଡ଼ ଭାଇ କହି ବସିଲା, 'ଆରେ ଆମକୁ ସିନା ବାପା ପାଳିଛି, ଆମେ ଅମୁକ ରଜାର ନାତି, ଇମିତି ବାପ ମା ଆଉ ମୁଁ କୁହୁକମଣ୍ଡଳ ଚଢ଼େଇ ଉପରେ ଚଢ଼ି ସାତ ସମୁଦ୍ର ପାରି ହେଲା ବେଳକୁ ମା ଆମର ଦୁଃଖ ପାଇଲା। ଏପାରିରେ ଯିମିତି ଆସି ଉତୁରିଛୁଁ, ସିମିତି ତୁ ଜନମ ହେଲୁ। ବାପା ଗଲେ ଜାଳ ପେଇଁ, ସେ ସିଆଡ଼େ, ଚଢ଼େଇ ଗଲା ନିଆଁ ପୋଇଁ ସିଆଡ଼େ, ମା ଗଲା କନାପଟା ଧୋଇବା ପାଇଁ, ସେ ସିଆଡ଼େ। ଗୋଟିଏ କାଳୀଗାଈ ଆସି ତତେ ମତେ ଦୁଧ ଦେଲା, ରାତିଯାକ ଜଗି ରହିଲା। ସକାଳୁ ଗଉଡ଼ ଆସି ଆମକୁ ନେଇ ପୁଅପରି ପାଳି ଆମକୁ ମଣିଷ କଲା।' ରଜା ରାଣୀ ଦିହେଁଯାକ ପଲଙ୍କରୁ ଉଠି ଆସି ଦ'ପୁଅଙ୍କୁ କୁଣ୍ଢେଇ କରି କେତେ କାନ୍ଦିଲେ, ତାଙ୍କୁ ନେଇ ଆପଣା ପଲଙ୍କରେ ବସେଇଲେ। ସକାଳୁ ପାତ୍ର ମନ୍ତ୍ରୀ ଡକେଇ ଏ ସବୁ କଥା କହିଲେ, ରହିଲେ। ତହିଁ ଆର ଦିନ ଗଉଡ଼ ଅଇଲାରୁ ତାକୁ କେତେ ଧନ ଦରବ ଦେଲେ।

ରଜା ପୁଅ ମାଇପଙ୍କୁ ଘିନି ଥାନ୍ତି, ଏଣେ ମନରେ ଭାଳି ହେଉଥାନ୍ତି, ସମସ୍ତେ ତ ଯେ ଯୁଆଡ଼େ ହଜିଥିଲେ ଭେଟ ହେଲେ, ସେ କୁହୁକମଣ୍ଡଳ ଚଢ଼େଇଟି ଆମର ଏତେ ଉପକାର କରିଥିଲା, କୁଆଡ଼େ ଗଲା ! ସେ ତ କାହିଁ ଅଇଲା ନାହିଁ। ଦିନେ ରଜାପୁଅ ଦିହେଁଯାକ ଯାଇଛନ୍ତି ପାରିଧିକି, ବୁଢ଼ା କେଳାଟିଏ ମୁଣ୍ଡରେ କେରାଏ ପକ୍ଷୀ ଖୋଷି ନଳ ଧରି ଯାଉଥାଏ, ରଜାପୁଅଙ୍କୁ ଦେଖିଲାକ୍ଷଣି ଜୁହାରିଲା ଯେତେବେଳେ କି ନା, ସେତିକିବେଳକୁ ତା ମୁଣ୍ଡରୁ କେରାଏ ପକ୍ଷୀ ଖସି ପଡ଼ିଲା। ସେ ପକ୍ଷିକି ବଡ଼ ରଜାପୁଅ ଚିହ୍ନିଲା ସେ କୁହୁକମଣ୍ଡଳ ଚଢ଼େଇର ଡେଣା ବୋଲି। କେଳକୁ ପଚାରିଲା, 'ହଇରେ, ତୁ ଏ ଡେଣା କେଉଠୁଁ ଆଣିଲୁଁ ?' ସେ କେଳା କହିଲା, 'ମଣିମା, ସମୁଦ୍ର ପନ୍ତାରରେ ଗୋଟିଏ ବରଗଛ ଯେ, ତାରି ମୂଳେ ଏ ଡେଣା ପଡ଼ିଥିଲା, ମୁଁ ପାଇଲିଣି ତାକୁ ପନ୍ଦର କୋଡ଼ିଏ ବରଷ ହେଲା। ସେ ଡେଣା ତଳେ ପଡ଼ିଲାକ୍ଷଣି ଡିଏଁ। ସେ ପକ୍ଷୀ ମୁଣ୍ଡରେ ଖୋଷିଲେ ମୁଁ ଯୋଉଁ ଚଢ଼େଇକି ଇଚ୍ଛା, ସେ ଚଢ଼େଇକି ଲାଖ କରିବି, ସେ ଚଢ଼େଇ ଆଉ ଧରା ନ ପଡ଼ି ନାହିଁ। ମୁଁ ସେଇଥି ଯୋଗରୁ ପେଟ ପୋଷୁଛି।' ରଜାପୁଅ କହିଲା, 'ଆମେ ତୋ ମନ ବୋଧ କରିଦେବା, ତୁ ସେ ଡେଣା ଖଣ୍ଡିକ ଆମକୁ ଦେ।' କେଳା କହିଲା, 'ହଉ, ମଣିମା।' ରଜାପୁଅ ସେ ଡେଣାକୁ ନେଇ ବାପାଙ୍କ ପାଖରେ ଦେଖାଇଲାରୁ ବାପା କହିଲେ, 'ଆଚ୍ଛା, ପାଦୁକପାଣିରୁ ମୁନ୍ଦାଏ ଆଣି ଛିଞ୍ଚି ଦେଲ ଭଲା !' ପାଦୁକପାଣି ମୁନ୍ଦାଏ ହରପାର୍ବତୀଙ୍କ ନାଁ ଧରି ଛିଞ୍ଚି ଦେଲାରୁ ସେ ଚଢ଼େଇ ଜୀଇ ଉଠିଲା। ସମସ୍ତେ ମିଳି ଆନନ୍ଦରେ ରହିଲେ। ମୁଁ ଗଲାରୁ କଥା କହିଲେ ନାହିଁ।

■

କୋପେ ବର କି ତପେ ବର

ଏକ ଗାଁରେ ଏକ ମହାଦେବ ଥାଆନ୍ତି। ସେ ଗାଁରେ ଗୋଟିଏ ବାହ୍ମଣ ଆଉ କେଉଟ ଯେ ସେ ଦିହେଁଯାକ ଆଣ୍ଠୁକୁଡ଼ା, ଆସି ବୁଢ଼ା ହେଲେ, ଗଛରେ ଫଳ ଫଳିଲା ନାହିଁ। ଦିହେଁଯାକ ମହାଦେବଙ୍କ ପାଖରେ ଅନୁସରଣ କରିଥାନ୍ତି, ଦିନାକେତେ ଅଧା ପଡ଼ିଲେ, ତାଙ୍କୁ ଆଉ କିଛି ଆଜ୍ଞା ହେଉ ନ ଥାଏ। ବାହ୍ମଣ ନିତି କଣ କରେ ନା, ଫୁଲ ବେଲପତ୍ରି ଗଇଶ ଉଆଚାଉଳ ମହାଦେବଙ୍କ ମୁଣ୍ଡରେ ଚଢ଼ାଏ, ନିତି ଗୋମୁଖୀରେ ଅଭିଷେକ କରେ। ମହାଦେବ ତା କଥା ଶୁଣୁ ନ ଥାନ୍ତି। ଦିନେ କେଉଟ ଯାଇଥିଲା ମାଛ ମାରି, ମାଛ ଟୋକେଇକ ଝାମ୍ପି ଉପରେ ମୁଣ୍ଡେଇଥାଏ, ମଦ ପିଇ ଆଖି ରଙ୍ଗ ଟହଟହ କରିଥାଏ, ଟଳମଟଳ ହେଇ ଘରକୁ ଆସୁଥାଏ, ବାଟରେ ପଡ଼ିଲା ମହାଦେବଙ୍କ ଦେଉଳ। ଏ ତ ମଦ ଖାଇ ଚୁର୍, ମନେ ପଡ଼ିଗଲା ଅଧା ପଡ଼ିବା କଥା। ସେଇଥିରୁ ଦେଉଳ ଦୁଆରରେ ଠିଆ ହେଲା, କିଳିକିଳା ପାଟି କର ଉଠିଲା, 'ମହାପ୍ରଭୁ! ଏତେ ଅନୁସରଣ କଲି ନ ଶୁଣିଲ, ହଉ ଏବେ ପଚାରୁଛି, ମତେ ପୁଅ ଦବ, ନା ଏ ଟୋକେଇକ ବାଳିଆମାଛ ତୁମ ମୁଣ୍ଡରେ କୁଢ଼େଇବି?' ଯା କହି ବେଢ଼ା ଭିତରକୁ ପଶିଗଲା ବେଳକୁ ମହାଦେବ ବିଚାରିଲେ, 'କି ରେ, କଥା ତ ସଇଲା! ଏ ତ ମଦ ନିଶାରେ ଭୋଳ ହେଇଛ, ଯାକୁ କଣ ବୁଝେଇଲେ ସମୁଜେଇଲେ ଏ ମାନିବ? ଏଇଲାଗେ ତ ଆସି ମାଛ ଟୋକେଇକ ମୋ ମୁଣ୍ଡରେ ଭୁଷ୍ କରି ଅଜାଡ଼ି ଦବ, ସବୁ ତ ମାରା କରିବ!' ଯା ବିଚାରି ଭିତରୁ ପାଟି କରି ଉଠିଲେ, 'ଆରେ ଯା ଯା, ତୋର ସାତ ପୁଅ ହେବେ।' କେଉଟ କହିଲା 'ଭଲା କିଛି ହଉ', ଯା କହି ଘରେ ଆସି ପହଞ୍ଚିଲା। କେଉଟୁଣୀକି କହିଲା, 'ଆଲୋ, ଆଉ କିଆଁ ବିମୁଖ ହଉଛୁ? ଆମର ସାତ ପୁଅ ହେବେ।' ଏ ବାହ୍ମଣ ନିତି ଯିମିତି ଆସେ, ସିମିତି ଆସି ତହିଁ ଆର ଦିନ ଅଭିଷେକ କଲାବେଳକୁ ମହାଦେବ ସେ କପିଳାସ ବନ୍ଦରରେ ଢୋଳଉଥାନ୍ତି! ପାର୍ବତୀ କହିଲେ, ହଇ ହେ,

ତୁମେ ଗୋଟିଏ ଅଲକ୍ଷଣାଟିଏ, ସବୁ ଅବୁଝାମଣା କଥା ତୁମରିଠେଇଁ! ଏ ବାହ୍ମୁଣ ନିତି ଆସି ଏତେ ଅନୁସରଣ କରୁଛି, ତୁମେ ବସି ଢୋଳଉଛ। କାଲି କେଉଟ ଆସି ମାଛ ଟୋକେଇକ ଅଜାଡ଼ିଲା ବୋଲି ଡରିହରି ତାକୁ ସାତ ପୁଅ ଦେଲ। ଆଜି କାଲି ପରା ଯୁଗ ହେଲାଣି ବାବରା! ଏ ବାହ୍ମୁଣ କଥା କିଛି ଶୁଣିବାକୁ ମନ ହଉ ନାହିଁ?' ମହାଦେବ ପାର୍ବତୀଙ୍କ ଆଡ଼କୁ ତରାଟି କରି ଚାହିଁଲେ, କହିଲେ, 'ଆଜି କାଲି ପରା ମାଇପଙ୍କ କାଳ ହେଲାଣି, ମାଇପେ ଭାରି ଉଲୁକପାତ କଲେଣି। ଆଲୋ, ତୁମ୍ଭର ତ ଅବୁଝାମଣା କଥା, ଯାହା ରାହା ଧରିବ ସେଇଆ। ବାହ୍ମୁଣକୁ ବର ଦେଲି ନାହିଁ ବୋଲି ତ ଫଁ ଫଁ ହଉଛ, ଭଲା ବୁଝନ୍ତ, କାହିଁକି ନ ଦେଲି? ବୁଝିବ ନାହଁ, ସମୁଜିବ ନାହିଁ, ଖାଲି ହାଡ଼ଚିଡ଼ା କଥାଗୁଡ଼ାଏ କହୁଥିବ, ଏଥିକି ଏବେ କିଏ ପାରେ?' ପାର୍ବତୀ କହିଲେ, 'ହଗିଲା ବେଳକୁ ଲାଜ ନାହିଁ, କହିଲା ବେଳକୁ ଲାଜ ଭଳିଆ ଏ ନ୍ୟାୟ ହେଲା। ତୁମେ ଅବୁଝାମଣା ବିଚାର କଲାବେଳକୁ ହାଡ଼ ଚିଡ଼ିଲା ନାହଁ, କଥା ପଦକେ ରଷିଙ୍କ ବାଳ ଛିଡ଼ି ଯାଉଛି। ବାହ୍ମୁଣକୁ କାହିଁକି ଏତେ ସରିକି ଡହଡହ ବାଲିରେ ସନ୍ତୁଳୁଛ କହିଲ ଭଲା!' ମହାଦେବ କହିଲେ, 'ଆଲୋ, କେଉଟକୁ ସାତ ପୁଅ ଦେଲି ଯେ, କିଏ ମାଛ ମାରି ଯିବ, କିଏ ଚୋରି କରିବ, କିଏ ବାଡ଼ି ଯୋଗନୀରେ ଯିବ, କିଏ ଚିରାଦରବା ପିନ୍ଧି ଭିକ ମାଗିବ, ତା ତପସ୍ୟାକୁ ଚାହିଁ ତ ତା ପୁଅ ହେବେ! ବାହ୍ମୁଣ କଥା ଯେ କହୁଛ, ବାହ୍ମୁଣକୁ ତ ଇମିତି ସିମିତି ପୁଅ ଦେଲେ ଚଳିବ ନାହିଁ। ବାହ୍ମୁଣ ତପସ୍ୟାକୁ ଚାହିଁ ପୁଅ ହେଲେ ସିନା ତାକୁ ପୁଅଟିଏ ଦେବ। ତା କପାଳରେ ଯେଉଁ ପୁଅ ଲେଖା ଅଛି, ସେ ପୁଅଟି ଅଳ୍ପେଇଷି ଜୀବ। ତାର ଜମା ବାର ବରଷ ଆୟୁଷ। ମୁଁ ଏବେ ତାକୁ ଇମିତି ତଣ୍ଟିକଟା ପୁଅ ଦଉଛି କିମିତି? ସେଥିପାଇଁକି ମୁଁ ଦୋସନ୍ଧିରେ ପଡ଼ି ଦହଗଞ୍ଜ ହଉଛି। ନଇଲେ ମୁହଁରେ କହିବାକୁ କଣ ମୋ ପାଟି ଛିଡ଼ି ଯାଉଥିଲା କି?' ପାର୍ବତୀ କହିଲେ, 'ଆମର କଣ ଗଲା, ତାକୁ ପୁଅଟିଏ ଦିଅ, ତେଣିକି ତା କଥା ସେ ଜାଣେ, ଆମେ ତ ଏତେ କଥାକୁ ଲଗା ନୋହୁଁ? ସେଣେ ଯେ ବାହ୍ମୁଣୀ ନିତି ତୁମକୁ କେତେ କାଟୁଛି, କେତେ ଶମ୍ପୁଛି। ତୁମେ ମିଣିପେ, ମାଇପଙ୍କ କଥା କାହୁଁ ଜାଣିବ? ତୁମେ ଆଖି ବୁଜି ବସିଥିବ, ଏଣେ ଆମେ ସବୁ କଟା ଶମ୍ପା ଶୁଣୁଥିବୁଁ।' ମହାଦେବ କହିଲେ, 'ହଉ।' ସକାଳୁ ବାହ୍ମୁଣ ପାତ୍ରୀ ଘିନି ଗମ୍ଭୀରାରେ ଗୋଡ଼ ଦେଲା ବେଳକୁ ତାକୁ ଶୂନ୍ୟ ଶବଦ ହେଲା, 'ଯା, ତତେ ବର ମିଳିଲାଣି, ତୋର ପୁଅଟିଏ ହବ। ଏକା ହେଲେ କଣ ହବ, ତା ପରମାୟୁ ବାର ବରଷ। ବାର ବରଷ ପୂରିଲା ବାସି ଦିନ ତାକୁ ଆଉ କେହି ଅଟକେଇ ରଖି ପାରିବେ ନାହିଁ। ଏଥରକ ତୁ ଜାଣୁ, ତୋ ପୁଅ ଜାଣେ।' ବାହ୍ମୁଣ କହିଲା, 'ସେ ତ ଭଲା ପଛ କଥା। ମୁଁ ଏଡ଼େ ଅମୁର୍ହୁକ

ହଉଛି, ଆଗ କରି ପୁଅ ମୁହଁ ଦେଖେଁ ତ।' ଯା କହି ବାହ୍ମୁଣ ଗଲା ତା ଘରକୁ। ଯାଇଁ ଘରଣୀକି କହିଲା। ଘରଣୀ ଏଣେ ପୁଅ ହବ ବୋଲି ବାର ବରଷ ହେଲା ମାଘ ମାସ ସୋମବାର, ରବିନାରାୟଣ ବ୍ରତ କରୁଥାଏ। ତା ବ୍ରତ ଆସି ପୂର୍ଣ୍ଣ ହେଲାରୁ ତାର ମାସ ଗଡ଼ିଲା। ମାସ କେତେ ଗଲାରୁ ପୋଖତୀ ହେଲା, ପୁଅଟିଏ ଜନମ କଲା। ବାହ୍ମୁଣ ଏକୋଇଶାକୁ ମଗାଯଚା କରି ପୋଥିପୂଜାଟି କଲା। ପୁଅକୁ ହଳଦି ତେଲ ଦେଇ ଭାରି ଗେଲବସରରେ ବଢ଼େଇଲା। ପୁଅ ଅଲିଅଳ ହେଇ ବଢ଼ିଲା। ଚାହାଳିରେ ବାପ ନେଇ ଛାଡ଼ିଲା, ଚାରି ଦିନେ ଚାରି ପାଠ ହାସଲ କଲା। ସାତ ବରଷ ପୂରିଲାରୁ ପୁଅ ବେକରେ ପଇତା ଖିଏ ପକେଇଲା। ବାହ୍ମୁଣିଆ ପାଠଶାଠ, କର୍ମକର୍ମାଣି ଜପ ତପ ସବୁ ଟୋକା ସାତ ମଙ୍ଗଳା ଭିତରେ ପାଣି ପରି ମାଡ଼ିଗଲା। ଯେ ଦେଖୁଥାଏ ସେ ଏ ଟୋକାର ବୁଦ୍ଧି ଦେଖି ଜିଭ କାମୁଡ଼ି ପକଉଥାଏ। ପୁଅର ମହାଦେବଙ୍କ ଠେଇଁ ଭାରି ଭକତି। ଦଶ ବରଷ ହେଲାରୁ ପୁଅକୁ ବିଭା କରେଇବ ବୋଲ ବାହ୍ମୁଣ କନ୍ୟା ଖୋଜେଇଲା। କେତେ ଜାତକ ଟିପଣା ପକେଇଲା, ତା ଭିତରୁ ଖଣ୍ଡିଏ ଟିପଣାରେ ରାଜଯୋଟକ ପଡ଼ିଲାରୁ ସେ ପାତ୍ରୀଟିପାଇଁ ମହାପ୍ରସାଦ ନିର୍ବନ୍ଧ ହେଲା, ଦୁଇ ସମୁଧିଯାକ ମାଳି ଟେକା ଟେକି ହେଲେ।

ସେ କନ୍ୟାଟି ବାପ ମାଅଙ୍କର ଗୋଟିଏ ପିଲା। ତା ମା ନିତି ରାତି ଅନ୍ଧାରୁଆରୁ ଉଠି ବାସି ଆଡ଼ତି କରି ବସେ। ଏଣେ ଝିଅଟି କଣ କରେ, ମାଟି ଗୋବରକନାରେ ତୁଳସୀଚଉଁରା ପିଣ୍ଡିଟି ତାତପର୍ଯ୍ୟ କରି ଲିପାପୋଛା କରିଦିଏ। ଚଉରା ଚାରିପାଖଯାକ ନିର୍ମଳ କରି ଛାଞ୍ଚୁଣିରେ ଓଳେଇ ଦିଏ, ଗୋବରପାଣି ମୁନ୍ଦିଏ ଛିଞ୍ଚିଦିଏ। ବୃନ୍ଦାବତୀ ରାତି ଜାଙ୍ଗୁଲ ଜାଙ୍ଗୁଲ ହେଲା ବେଳକୁ ରାଇଜ ବୁଲି ବାହାରନ୍ତି ଯେ, ଯା ଚଉରଟା ଲିପାପୋଛା ହେଇ ଭାରି ଯତନ ଦିଶୁଥାଏ, ସେଠେଇ ଦଣ୍ଡେ ବିଜେ ହୁଅନ୍ତି, ଗଲାବେଳକୁ ବର ଦେଇ ଯାନ୍ତି ଯେ, 'ଏ ତୁଳସୀଚଉରା ମୂଳ ଯେ ଓଳେଇଛି, ସେ ଅଇସୁଲକ୍ଷଣୀ ହେଇଥାଉ।' ଯା କହି ଉଠିଯାନ୍ତି। ଯୋଗତ, ସେଇ ବାହ୍ମୁଣପୁଅଟି ଏ କନ୍ୟାଟିକୁ ବିଭା ହେଲା। ଚାହୁଁ ଚାହୁଁ ଆସି ବାର ବରଷ ପୂରିବାକୁ ଆଉ ପାଞ୍ଚ ସାତ ଦିନ ଅଛି, ବାପ ମା ମୁହଁ ଶୁଖେଇ ଦେଇ ଶକଉଥାନ୍ତି, ପୁଅ ଯେତେ ଖୋଳେଇ ପଚାରେ, ଏ କିଛି କହନ୍ତି ନାହିଁ, ବାଆଁରେଇ ଦିଅନ୍ତି। ଆଉ ଦି' ଦିନ ଅଛି, ବାପ ମା ଭାରି କଇଁ କଇଁ ହେଇ କାନ୍ଦିଲେ। ଏ ଟୋକା ପଛକୁ କହିଲା, 'ତୁମେ କିଆଁ କାନ୍ଦୁଛ, ମରମ ମତେ କହୁନାହଁ, ମୁଁ ଜୀବନ ହରେଇ ଦେବି।' ମା ବାପ କହିଲେ, 'ଗଣ୍ଡି ମୁଣ୍ଡ ଶୁଣିବୁ, କାଲି ଛାଡ଼ି ପରଦିନ ତ ଆମକୁ ଅଥଳ ସମୁଦ୍ରରେ ଭସେଇ ଦେଇ ଯିବୁ!' ଯା କହି ବାହୁନେଇ କାନ୍ଦି କାନ୍ଦି ଲୋତରା କୋତରା ହେଇଗଲେ। ଏ ଟୋକା କହିଲା,

'ଏଇ କଥା ତ, ଯାହା ତ ହବାର ହବ, ମୁଁ ଏକ ସୂତର ବତେଇ ଦଉଛି, କର। ଦିନେ ତ ହେଲେ ମରିବି, ଜାଣି ପାରିଲି ମହାପ୍ରଭୁଙ୍କ ଚକଡ଼ାରେ ପ୍ରାଣ ଛାଡ଼ୁ। କାଲି ସକାଳୁ ଗାଧୋଇ ପାଧୋଇ ଯିବା ମହାଦେବଙ୍କ ଦେଉଳକୁ; ସେଠେଇଁ ମୋ ଆୟୁଷ ଟପି ଯିବାଯାଏ ଏକା ଧ୍ୟାନକେ ମହାଦେବଙ୍କ ଅଭିଷେକ କରୁଥିବି, ତେଣିକି ମୋ କପାଳ। ତୁମେ ଏକା ସେଠେଇଁ ନେଇ ଟୋକେଇକି ଟୋକେଇ ଫୁଲ, ବେଲପତ୍ର, ମାଠିଆକୁ ମାଠିଆ ପାଣି ମୋ ପାଖରେ ପହଞ୍ଚାଉଥିବ।'

ତହିଁ ଆରଦିନ ସକାଳୁ ଉଠି ଟୋକା ସ୍ନାହାନ ପ୍ରକାର କଲା, ସାମସେଇଟିଏ ଧରି ଲମ୍ବେ ଲମ୍ବେ ଦେଉଳକୁ ମୁହିଁଲା, ଯାଇ ପଶିଲା ଦିଅଙ୍କ ଗମ୍ଭୀରା ଭିତରେ; ବସି ଅଭିଷେକ କରୁଥାଏ। ଏଣେ ଦିନେ ଗଲା, ଦି'ଦିନ ଗଲା, ଏ ଟୋକା ଆଉ ତା ଭିତରୁ ପଦାକୁ ବାହାରୁ ନ ଥାଏ। ସିଆଡ଼େ ଚିତ୍ରଗୁପ୍ତ ପାଞ୍ଜି ଫିଟେଇଲା ବେଳକୁ ବାହ୍ମଣ ଟୋକାର ବାର ବରଷ ପୂରି ଗଲାଣି। ଯମରାଜା ପଠେଇଲେ ଦୂତଙ୍କୁ, 'ଯାଅ, ଆଣ ସେ ବାହ୍ମଣ ପିଲାକୁ।' ଯମଦୂତ ଡେଙ୍ଗା ଡେଙ୍ଗା ଅର୍ଘାତିଆଟାମାନ ପୁଞ୍ଜାଏ କି ପାଞ୍ଚଟା ଛନ୍ଦ ଦଉଡ଼ି ଘିନି ବାହାରିଲେ, ବାହ୍ମଣଘରେ ଦେଖିଲା ବେଳକୁ ସେ ଟୋକାର ଅନ୍ତ ମିଳିବାକୁ ନାହିଁ, ଖୋଜୁ ଖୋଜୁ ସୁରାକରେ ବୁଝିଲେ ଯେ ଟୋକା ପଶିଛି ଦେଉଳ ଭିତରେ। କତରା ଘୋଡ଼େଇ ହେଲେ ବି ଯମ ଛାଡ଼ିବ ଭଲେ ? ଯମଦୂତଯାକ ବିଚାରିଲେ, 'ଚାଲ, ଦେଉଳ ଦୁଆରେ ଜଗିଥିବା, ଦେଖିବା ଦେଖି ସେ ଟୋକା କେତେ ପେଖନା ଖେଳିବ ? ଦେଉଳରୁ ବାହାରିଲା ବେଳକୁ ତାକୁ ପଛବୁହା କରି ବାନ୍ଧି ବାହାଦଣ୍ଡା କରି ଘୋଷାରି ନେଇ ଯିବା। ଯା କହି ଦେଉଳ ବାହାରେ ଜଗିଥାନ୍ତି। ମହାଦେବଙ୍କ ଚକଡ଼ାରେ ତ ଯମର ଅଧିକାର ନାହିଁ। ଯମଦୂତ ଭାରି ଅକଳରେ ପଡ଼ିଲେ, ଟୋକା ନିହମାଏ ପଦାକୁ ବାହାରିପଡ଼ିଲେ ସିନା ଏ ଘଡ଼ଘାଡ଼ିଆ କରି ଓଟାରି ନିଅନ୍ତେ, ସେ ତ ପଶିଛି ଗମ୍ଭୀରା ଭିତରେ, ଯମଦୂତ ପାଇକଛା ମାରି ପଦାରେ ବୁଲିଲେ।

ବାୟାର କି ଯାଏ,
ବାଆ କଲେ ବସା ଦୋହଲୁଥାଏ।

ଯମଦୂତ ଯାଇ ପଛକୁ ଯମ ଆଗରେ ଗୁହାରି କଲେ, 'ମଣିମା, ଛାର ଟୋକା ବକଟେ ଆମକୁ ସାତ ତୁଠରେ ପାଣି ପେଇ ଛାଡ଼ିଲାଣି, ମଣିମା, ଇମିତି ଇମିତି ସମାଚାର।' ଯମ ପଛକୁ ଆପେ ମଇଁଷି ଉପରେ ପଲାଣ ପକେଇ ଚଢ଼ି ବାହାରିଲେ। ଯାଇ ପହଞ୍ଚିଲେ ଦେଉଳ ପାଖରେ, ଟୋକା ତ ଲାଗିଛି ଧ୍ୟାନରେ। ଏ ପଦାରେ ରଡ଼ି ପକଉଥାନ୍ତି, ସେ ଟୋକା କହେ, 'ରହ ହୋ। ମୋ ଅଭିଷେକ କଣ ଅଧାପନ୍ତରିଆ

କରି ଛାଡ଼ିଯିବି ? ତୁମର ଯେବେ ଏତେ କରାମତ ଅଛି, ତେବେ ମତେ ଉଠେଇ ନଉ ନାହଁ ? ମୁଁ ଜାଣୁ ଜାଣୁ ଅଧା କରି ଗଲେ ମୋର ଗୋହତ୍ୟା ବ୍ରହ୍ମହତ୍ୟା ପାପରେ ଭାଗୀ ହବ କିଏ ?' ଯମ କହିଲା, 'ଟୋକାଟାଏ, ଗାଲ ଚିପି ଦେଲେ ଜନମଦୁଧ ବାହାରି ପଡ଼ିବ, ତୋର ଫେର ଏଡ଼େ ଗରବ, ଆମେ ଏତେ ସକସ୍ ଫାଟିଫୁଟି ଗଲୁଣି, ତୁ ଟିକିଏ ଚଳ୍କିବାକୁ ନାହୁଁ ! ତୁ ତ ଦେଉଳରେ ପଶିଛୁ; ତୋ ବଖତେଇ ବଳିଆର, ଦଣ୍ଡକେ ସବୁ ରସ ନିକଳି ଯିବ ଯେ !' ଯମ ବହେ ରବେଇ ଖବେଇ ହେଇ ଗଲେ ବାହାରି ।

ଏଣେ ମହାଦେବ ଯାଇଥିଲେ ବୁଲି, ସିଆଡୁ ଆସି ପହଞ୍ଚିଲା ବେଳକୁ ଲାଗିଛି ଏ ନୃତ୍ୟ । ଏ ସବୁ କଥା ଦେଖି ମୁହଁଟା ଅଁଭୁରୁକୁଣ୍ଡା କରି ଘରକୁ ଗଲେ, ପାର୍ବତୀଙ୍କି କହିଲେ, 'ମାନୁ ନ ଥିଲା ପରା ?'

ବିରି ଅଟକାଳି ଖୋଇଛି ଯେ, ରାତିରେ ହଗେଇ ନଉଛି ସେ । ଏବେ ସମ୍ଭାଳ । ହଗିଲାବେଳ କଥା ଛଞ୍ଚେଇ ହେଲାବେଳକୁ ଥାଏ କି ? ପୁଅ ଦେଲାବେଳକୁ କେତେ ନେହୁରା ହେଉଥିଲ, ଏତେବେଳକୁ ଆମର ଟଣାଓଟରା ଲାଗିଛି । ସେତେବେଳକୁ କଥା କହୁଥିଲ ଯେ, ପାଟିରେ ବାଟୁଳି ବାଜୁ ନ ଥିଲା, ଏବେଳକୁ ପାଟିରେ କଣ ମଣ୍ଡା ପଶିଛି କି ? ତୁମେ ତ ନାଟର ଗୋବର୍ଦ୍ଧନ ।' ପାର୍ବତୀ କହିଲେ 'ମଲା, ଏମିତି କିଆଁ ଟାଉଁ ଟାଉଁ କରି କଥାଗୁଡ଼ାକ କହୁଛ ମ ? ରାଜ୍ୟଯାକ ବାସ୍ତୁରାଙ୍କ ଭଳି ବୁଲି ବୁଲି ଆସି ପହଞ୍ଚିଲେ, କାଣୀ ବିଲେଇ କୁଜୀ ଅସରପା ଉପରକୁ ହେଲା ଭଳିଆ ଆଉ ତ କାହାକୁ ପାଇଲେ ନାହିଁ, ବାହୁଣ ଟୋକା ଉପରେ ତାନ ବାହାର କରୁଛନ୍ତି । ତୁମେ ତ ଯିବ ଶୋଇବ, ତୁମର ଏତେ ଗହୀରରେ ଚାଷ କିଆଁ ?' ମହାଦେବ ତୁନି ହେଇ ଗଲେ ।

ଏଣେ କଣ ହେଇଥାଏ ନା, ଯମ ଦେଉଳ ପାଖରୁ ଫେରି ଗଲାରୁ ଯାଇ ପହଞ୍ଚିଲେ ଇନ୍ଦ୍ରଙ୍କ ପାଖରେ । ଇନ୍ଦ୍ର ଦେଖିଲାକ୍ଷଣି କହିଲେ, 'କି ହୋ, ତୁମେ କୁଆଡ଼େ ?' ଯମଙ୍କ ସାଙ୍ଗରେ ଦୂତଯାକ ତ ଥାନ୍ତି, ଚିତ୍ରଗୁପ୍ତ ଥାନ୍ତି, ପଣ୍ଡା ମଇଁଷି ଥାଏ । ଯମ କହିଲେ, 'ନିଅ, ତୁମ ପାଞ୍ଜିପତ୍ର ନିଅ, ମୁଁ ତ ଆଜିଯାଏ ରାଜତ୍ୱ କଲି ଯେ ମୋ ନାଁ ଶୁଣି ପିମ୍ପୁଡ଼ିଠଉଁ ରଜା ପର୍ଯ୍ୟନ୍ତ ଡରରେ ଥରହର କମ୍ପୁଥିଲେ । ମୁଁ ଦାଣ୍ଡକୁ ବାହାରିଲେ ଗର୍ଭିଣୀ ଗାଈ ବାଟ ଛାଡ଼ି ଦଉଥିଲା, ଆଜି ମୋ ବାରବରଷ ତପସ୍ୟା ଶୁଖୁଆପୋଡ଼ାରେ ଶେଷ ! ମୁଁ ଆଜି ଛାର ବାହୁଣଟୋକା ଖଣ୍ଡକୁ ତ ପାରିଲି ନାହିଁ, ଏଣିକି ଆଉ କଣ ମହତ ସାରିବାକୁ ରଜା ହେବି ?' ଯା କହି ପାଞ୍ଜିବିଡ଼ାକ ଇନ୍ଦ୍ରଙ୍କ ଆଡ଼କୁ ଫୋପାଡ଼ି ଦେଇ ଥକାମରା ହେଇ ବସିଗଲେ । ଇନ୍ଦ୍ର ପଚାରିଲେ, 'କି ହୋ, କଣ ?' ଚିତ୍ରଗୁପ୍ତ

କହିଲେ, 'ଇମିତି, ଏକ ବାହ୍ମଣଟୋକାର ବାର ବରଷ ଆଜି ପୂରିଲା ଯେ ଯମଦୂତଙ୍କୁ ସେ ଭୁରୁଡ଼େଇ ଦେଲା, ଯମରଜାଙ୍କୁ ପାସଙ୍ଗରେ ପକେଇବାକୁ ନାହିଁ, ମହାଦେବଙ୍କ ଗମ୍ଭୀରାରେ ପଶିଛି; ଯେ ଯାଉଛି, ତାକୁ ତେଢ଼ି ଦଉଛି।' ଇନ୍ଦ୍ର କହିଲେ, 'ଓହୋ! କାଳ ତ ଆସି ଲଟାରେ ପଶିଲାଣି। ଚାଲ, ଯିବା ବ୍ରହ୍ମାଙ୍କ ଛାମୁକୁ।' ବ୍ରହ୍ମା ଏ କଥା ସବୁ ଶୁଣିଲେ, ଡକେଇଲେ ମହାଦେବଙ୍କୁ। ମହାଦେବ ଢଳିଢଳିକା ଆସି ପହଞ୍ଚିଲେ। ବ୍ରହ୍ମା, ଇନ୍ଦ୍ର ଦିହେଁ ତାଙ୍କୁ କହିଲେ, 'ଏ କେଉଁ ନିଶାପ, ତୁମ ଯୋଗୁଁ କଣ ଏ ସଂସାର ବୁଡ଼ିଯିବ!' ମହାଦେବ କହିଲେ, 'ଆରେ, ମତେ ସିନା ଦୋଷ ଦଉଛ, ମୋର ଚାରା କଣ? ମାଇପଙ୍କ ଦାଉରୁ ଏଣିକି ଆଉ ଦାଣ୍ଡରେ ମୁଣ୍ଡ ଟେକି ଚାଲି ହବ ନାହିଁ। ଇମିତି ଇମିତି ସମାଚାର।' ସମସ୍ତେ ସାଙ୍ଗ ହୋଇ ବାହାରିଲେ ବିଷ୍ଣୁଙ୍କ ପାଖକୁ। ଏ ସବୁ ଯାଇ ବୈକୁଣ୍ଠରେ ପହଞ୍ଚିଲା ବେଳକୁ ଲକ୍ଷ୍ମୀ ସାଆନ୍ତାଣୀ ଏ ବିଚାର ସବୁ ଜାଣି ସାରିଲେଣି। ବିଷ୍ଣୁ ବସିଥିଲେ ମଣୋହିରେ। ଖାଇ ସାରି ଆଞ୍ଚୋଇଲେ, ଲକ୍ଷ୍ମୀ ବିଡ଼ିଆ ଦେଇ ପଣନ୍ତ କାନିକି ଦୋହଡ଼ି କରି ବେକରେ ପକେଇ ଠିଆ ହେଲେ। ବିଷ୍ଣୁ କହିଲେ, 'କି ହୋ, ଆଜି ମୁହଁ ଶୁଖେଇଛ କାହିଁକି?' ଲକ୍ଷ୍ମୀ କହିଲେ, 'ଯେବେ ଆଜି ମହତ ରଖିବ ତ କହିବି, ନଇଲେ ଆଉ କୋଉ ଗୁଣକୁ ମୁଁ ମୁହଁ ଦେଖେଇବି? ଜାର ମହୁରା ଖାଇବି।' ବିଷ୍ଣୁ କହିଲେ, 'ଏଡ଼େ କଥା କିଆଁ କହିଲ, ତୁମ କଥା ମୁଁ ଭାଙ୍ଗି ଦିଏ କେଉଁ ଦିନ? କଣ କହୁ ନାହିଁ?' ଲକ୍ଷ୍ମୀ କହିଲେ, 'ମୁଁ ନିତି ରାତିରୁ ଉଠି ବୁଲି ଗଲାବେଳେ ଗୋଟିଏ ବାହ୍ମଣର ତୁଳସୀ ଚଉରାମୂଳ ଲିପାପୋଛା ହେଇ ଗୋବରପାଣି ପଡ଼ିଥାଏ ଯେ ମୁଁ ସେଠେଇଁ ଦଣ୍ଡେ ବସେଁ, ଆସିଲାବେଳକୁ କହେଁ, ଯେ ଯାକୁ ଲିପାପୋଛା କରିଛି, ସେ ଅଇସୁଲକ୍ଷଣି ହେଇଥାଉ। ସେ ବାହ୍ମଣର ଅଭିଆଡ଼ି ଝିଅଟି ତାକୁ ଲିପିଥାଏ। ମୁଁ ତ ଇମିତି ବର ଦେଲି। ଏଣେ ଫେର ସେହି ଝିଅଟି ଗୋଟିଏ ବାହ୍ମଣପୁଅକୁ ବିଭା ହେଲା ଯେ, ତା ପରମାୟୁ ବାର ବରଷ। ତା ପରମାୟୁ ପୂରିଲାଣି, ବାଡୁଅପାଣି ପଡ଼ିବାର ତ ବରଷେ ପୂରି ନାହିଁ, ଆଜିଯାଏ ତ ଗଇଁଡାଳ ଫିଟି ନାହିଁ, ପୁଆଣିଘର ତ କାହିଁବୋଲି କାହିଁ, ସେ ଝିଅଟି ତ ବାଳୁତବିଧବା ହବ, ତେବେ ମୋ କଥା ତ ପାଣିର ଗାର।' ଯା କହୁଁ କହୁଁ ମହାଲକ୍ଷ୍ମୀ କୋହୋରେଇ କରି ସକେଇଲେ। ବିଷ୍ଣୁ କହିଲେ, 'ହଉ, ଯାଅ, ଏଥିପାଇଁ ଏତେ ଭାଳେଣି? ସେ ଝିଅର କାଚ ବଜ୍ର ହେଲେ ତ ନଟ ଯିବ।' ଯା କହି ଦାଣ୍ଡକୁ ବାହାରି ପଡ଼ିଲା ବେଳକୁ ତେତିଶକୋଟି ଦେବତାଯାକ ପାଳଦଉଡ଼ି ଗୋଛାଏ ଲେଖାଏଁ ପକେଇ, ଦାନ୍ତରେ କୁଟା ଦେଇ ଦିହୁଡ଼ିରେ ଠିଆ ହେଇଛନ୍ତି। ଏ ତ ଅନ୍ତର୍ଯ୍ୟାମୀ ପୁରୁଷ, ସବୁ ଠଉରେଇ ସାରିଲେଣି। କହିଲେ 'ଓହୋ! ଆଜି କାହା ମୁହଁ ଚାହିଁ ଉଠିଥିଲି, ମୋର ଆଜି କି ଭାଗ୍ୟ! ଆସ,

ଆସ, ବସ।' ଦେବତାଯାକ କହିଲେ, 'ଅମ ଦେବତାପଣିଆ ଚୁଲିକି ଯାଉ, ତୁମ ରାଜ୍ୟ ଏଣିକି ତୁମେ ବୁଝ, ଆମେ ଗଙ୍ଗାସ୍ନାନ ଫଳ ପାଇଲୁଣି ଯେ।' ବିଷ୍ଣୁ ପଚାରିଲେ, 'କଣ, କଣ?' ନା ଇମିତି ଇମିତି କଥା। ଛାର ଛୁଆ ବକଟେ ସେ ଯେବେ ଡେଢ଼ି ଦେଲା, ଆଉ ଆମେ ସବୁ ଥିଲେ କେତେ, ଗଲେ କେତେ? ବିଷ୍ଣୁ କହିଲେ, 'ଚିତ୍ରଗୁପ୍ତେ! ପାଞ୍ଜିବିଡ଼ାକ ଦେଲ, ଆମେ ଦେଖିବା।' ଯା କହି ପାଞ୍ଜିକି ଚାହିଁଲେ, ପତ୍ରକୁ ଟିକିଏ କପାଳରେ ଦେଲେ, କହିଲେ, ଆରେ ମତେ ଏବେ ଟିକିଏ ଜାଲୁଜାଲୁଆ ଦିଶୁଚି। କିଏ ଅଛ ରେ, ମୋ ପ୍ରଚକ୍ଷୁଖଣ୍ଡ ଆଣିବଟି। ଘର ଭିତରକୁ ଚିତ୍ରଗୁପ୍ତ ପଶିଗଲେ ଚଷମା ଆଣିବାକୁ, ବିଷ୍ଣୁ କଣ କଲେ, ଏଣେ ସମସ୍ତଙ୍କ ସାଙ୍ଗେ କଥାଭାଷା ହଉଥାନ୍ତି, ପାଞ୍ଜି ବିଡ଼ାକ ଧରିଥାନ୍ତି। କାଣି ଆଙ୍ଗୁଠି ନଖ ମୁନରେ 'ବାର' ଡାହାଣ ପାଖରେ ଗୋଟିଏ ମୁଣ୍ଡଳା ବୁଲେଇଦେଲେ। ଖାଲି ଆଖିରେ ଦେଖିଲାବେଳକୁ ଟିକିଏ ରାଞ୍ଜୁରାଞ୍ଜୁଆ ଦିଶୁଥାଏ। ବିଷ୍ଣୁ ପ୍ରଚକ୍ଷୁଖଣ୍ଡିକ ଆଖିରେ ଦେଲେ, ଦଣ୍ଡେ ଗୁମ ଖାଇଗଲେ, କହିଲେ, କି ହୋ! ମୁଁ ଜାଣିଥିଲି, ମତେ ଅବା ଏକା ଚାଳିଶା ଧରିଛି। ଯା କହି ସମସ୍ତଙ୍କ ଆଡ଼କୁ ପ୍ରଚକ୍ଷୁଖଣ୍ଡିକ ବଢ଼େଇ ଦେଲେ। ଖାଲି ଆଖିରେ ଦେଖିଲାବେଳକୁ 'ବାର' ପ୍ରଚକ୍ଷୁ ଦେଇ ଚାହିଁଲାବେଳକୁ ବିଶାଶଏ। ସମସ୍ତେ ଦେଖି ଜିଭ କାମୁଡ଼ି ପକେଇଲେ। ବିଷ୍ଣୁ କହିଲେ, ମୁଁ ସେଇଆ ପଚାରୁଚି, କହ, ବାହ୍ମୁଣପିଲାର ଆୟୁଷ ପୂରିଲାଣି, ସେ କତରା ଘୋଡ଼ି ହଉଚି କିଆଁ? କାଳ ଆସି କଣ ଓଲଟା ହେଲା? ହଇହୋ ଚିତ୍ରଗୁପ୍ତେ! ତୁମେ ତ ଇଲାଗେ ଗୋଟିଏ ବ୍ରହ୍ମହତ୍ୟା ଅପରାଧ ମୁଣ୍ଡେଇ ଥିଲ! ଇମିତି ଅନ୍ଧ ନିଶାପ ହେଲେ ତ ମଞ୍ଚ ଲୋକେ କାଉଳି ହେଇ ମରିବେ! ଯାଅ, ଫେରେ ଇମିତି ଗରହିସାବି କଥା କରିବ ନା ତୁମକୁ ଚାଳିଶା ଧଇଲାଣି, ଏ ପ୍ରଚକ୍ଷୁଖଣ୍ଡିକ ନିଅ, ପାଞ୍ଜି ଦେଖିଲାବେଳକୁ ଏ ଖଣ୍ଡିକ ଆଖିରେ ଦେଇ ଏଣିକି ପଢ଼ିବ। ଏବେ ସମସ୍ତଙ୍କ ମୁହଁ ପାଣି ମୁହଁରେ ମଲା। ବାହ୍ମୁଣପୁଅ ହେଣ୍ଡିଟାଏ ମାରି ଦେଉଳରୁ ବାହାରିଲା। ପୁଅ ବୋହୂ ଦିହେଁଯାକ ଛକୋଡ଼ି ବରଷ ବଞ୍ଚିଲେ, ବାଳଯାକ ଝୋଟପରି ହେଲା, ନାକ ଆସି ତଳେ ଲାଗିଲା, ପୁଅ ନାତି ଅଣନାତି ଘିନି ସୁଖରେ ଘରଦୁଆର କଲେ। ମୁଁ ଗଲାରୁ କଥା ନ କହିଲେ।

■

ପ୍ରଥମ ସଂସ୍କରଣର ଭୂମିକା

ସମସ୍ତ ଦେଶର ସାହିତ୍ୟର ଆଲୋଚନା କଲେ ଦେଖାଯିବ ଯେ ଗାଲଗଳ୍ପ (Fiction) ସାହିତ୍ୟର ଗୋଟିଏ ନିତାନ୍ତ ନଗଣ୍ୟ ଅଙ୍ଗ ନୁହେଁ। ଗ୍ରୀସ୍, ଇଟାଲି, ପାରସ୍ୟ, ଇଂଲଣ୍ଡ ଓ ଜର୍ମାନୀ ଦେଶମାନଙ୍କର ସାହିତ୍ୟଚୟ ଏଥିର ଜ୍ୱଳନ୍ତ ଉଦାହରଣ। ପ୍ରତ୍ୟେକ ଇଂରାଭାଷାଭିଜ୍ଞ ବ୍ୟକ୍ତି Aesop's Fable ସହିତ ନିତାନ୍ତ ଅପରିଚିତ ନୁହନ୍ତି। ନୀତିଶିକ୍ଷାଛଳରେ କେତେକ ଜୀବଜନ୍ତୁଙ୍କର କଥୋପକଥନ ଓ ବ୍ୟବହାର ଉକ୍ତ ପୁସ୍ତକରେ ସନ୍ନିବେଶିତ ହୋଇଅଛି। ଭାରତର ପ୍ରାଚୀନ ସାହିତ୍ୟରେ ବେତାଳପଞ୍ଚବିଂଶତି, ବତ୍ରିଶ ସିଂହାସନ ଓ ହିତୋପଦେଶରେ ମଧ୍ୟ ଏହିପରି କେତେକ ନୀତିଗର୍ଭ ଗଳ୍ପ ସନ୍ନିବେଶିତ ହୋଇଅଛି। କିନ୍ତୁ ଏମାନେ ସ୍ୱଳ୍ପ ବୁଦ୍ଧ ବାଳକବାଳିକାମାନଙ୍କର ସହଜରେ ବୋଧଗମ୍ୟ ହେବା ଦୁରୂହ। କାରଣ ଏଥିରେ କଳ୍ପନାଶକ୍ତିର ବିଶେଷ ପରିଚାଳନା ଓ ପରିଚାଳିତ କଳ୍ପନାଶକ୍ତିର ମାଧୁର୍ଯ୍ୟ ଉପଲବ୍ଧି ଅବଶ୍ୟମ୍ଭାବୀ ହୋଇ ଉଠେ। ଯାହା ହେଉ, ଶୁଷ୍କ ନୀତିଶିକ୍ଷାକୁ ସରସ କରବା ଉପରୋକ୍ତ ପୁସ୍ତକମାନଙ୍କର ପ୍ରଧାନ ଉଦ୍ଦେଶ୍ୟ ମଧ୍ୟରେ ପରିଗଣିତ। ସୁକୁମାରମତି ବାଳକବାଳିକାମାନଙ୍କୁ ଶିକ୍ଷା ଦେବା ଓ ସଙ୍ଗେ ସଙ୍ଗେ ଚିତ୍ତାକର୍ଷଣ କରିବା ଉକ୍ତ ପୁସ୍ତକମାନଙ୍କର ଲକ୍ଷ୍ୟ; କିନ୍ତୁ ଶିକ୍ଷଣୀୟ ବିଷୟ ସର୍ବତୋଭାବରେ ଚିତ୍ତାକର୍ଷକ ହେବା ସର୍ବଦା ଅଶା କରାଯାଇ ନ ପାରେ। ଇଂଲଣ୍ଡର Nursery Tales (ଧାତ୍ର୍ୟାଳୟର ଗଳ୍ପନିଚୟ) ଯେପରି ନିତାନ୍ତ ଅଳ୍ପବୟସ୍କ ବାଳକବାଳିକାମାନଙ୍କର ଉପଯୋଗୀ ବୋଧ ହୁଏ, ତଦ୍ରୂପ ସ୍ୱଳ୍ପବୟସ୍କ ବାଳକବାଳିକାମାନଙ୍କ ମନୋମୁଗ୍ଧକର ଗଳ୍ପ ପ୍ରତ୍ୟେକ ଦେଶର ସାହିତ୍ୟରେ ବିରାଜିତ। ବଙ୍ଗଳାର ଖ୍ୟାତନାମା ଲେଖକ ଶ୍ରୀଯୁକ୍ତ ଲାଲବିହାରୀ ଦେ କିଛିକାଳ ପୂର୍ବେ ବଙ୍ଗଦେଶ ପ୍ରଚଳିତ କାହାଣୀମାନଙ୍କୁ ଇଂରାଜୀ ଭାଷାରେ ପ୍ରକାଶ କରିଥିଲେ। ଉକ୍ତ ପୁସ୍ତକର ଅଧିକାଂଶ ଗଳ୍ପ ବର୍ତ୍ତମାନ ଉତ୍କଳର ଅନେକ ପିତାମହୀ ଓ

ପ୍ରପିତାମହୀଙ୍କର ପ୍ରଧାନ ସମ୍ବଳ। ସ୍ଥାନବିଶେଷରେ ଅଧିବାସୀମାନଙ୍କ ରୁଚିର ପାର୍ଥକ୍ୟ ଅନୁସାରେ ଏକ ଗଳ୍ପ ବିଭାଗବିଶେଷରେ ପରିବର୍ତ୍ତିତ, ପରିମାର୍ଜିତ, ପରିବର୍ଦ୍ଧିତ ବା କର୍ତ୍ତିତ ହୋଇ ଭିନ୍ନ ଭିନ୍ନ ରୂପ ଓ ଅବୟବ ଧାରଣ କରିଅଛି। ଉତ୍କଳଦେଶର ଏକ ଅଂଶରେ ବର୍ଷୀୟସୀମାନଙ୍କ ମୁଖରୁ ଯେଉଁ ଗଳ୍ପଟି ଶୁଣାଯିବ, ତାହା ଅନ୍ୟ ଅଂଶରେ ପ୍ରଚଳିତ ଗଳ୍ପଠାରୁ ଅବଶ୍ୟ କେତେକ ପରମାଣରେ ବିଭିନ୍ନ, ଏଥିରେ ସନ୍ଦେହ ନାହିଁ। କେହି କେହି ଏପରି ମନେ କରି ପାରନ୍ତି ଯେ, କ୍ଷୁଦ୍ରବୁଦ୍ଧି ବାଳକବାଳିକାମାନଙ୍କ ନିମନ୍ତେ କଳ୍ପିତ କାହାଣୀମାନ ସାହିତ୍ୟର ଅଙ୍ଗ ବୋଲି କିପରି ବିବେଚିତ ହେବ? ଏହାର ଉତ୍ତରରେ ଏତିକି ମାତ୍ର ବୋଲାଯାଇ ପାରେ ଯେ, ଦେଶପ୍ରଚଳିତ କାହାଣୀମାନ ଦେଶବିଶେଷର ରୁଚିର ପରିମାପକ ଅଟେ ଏବଂ ଏହି ବାଳଯୋଗ୍ୟ କାହାଣୀମାନ କେତେକ ଏକତ୍ରିତ କରି ସେମାନଙ୍କୁ ମନୋଯୋଗପୂର୍ବକ ପର୍ଯ୍ୟାଲୋଚନା କଲେ ଦେଶୀୟ ସାହିତ୍ୟର ଭଙ୍ଗୀ କେତେକ ଅଂଶରେ ପ୍ରକାଶିତ ହେବ, ଏଥିରେ ଆଉ ସନ୍ଦେହ କଣ? ଦେଶୀୟ ସାହିତ୍ୟର ଉନ୍ନତି କରିବାକୁ ହେଲେ ପୁରାତନ ଓ ଅଧୁନାତନ ଆଚାର, ବ୍ୟବହାର, ରୁଚି, ନୀତି, କଳ୍ପନାଶକ୍ତିର ପରାକ୍ରମ ଜ୍ଞାତ ହେବା ସର୍ବତୋଭାବରେ ଶ୍ରେୟସ୍କର; କାରଣ ତାହା ନ କଲେ ସାହିତ୍ୟର ଇତିହାସ ସର୍ବତୋଭାବରେ ହୃଦୟଙ୍ଗମ କରିବା ଏକାନ୍ତ ଅସାଧ୍ୟ ହୋଇ ଉଠେ। ଅତଏବ ଯେଉଁ ଉପାୟଦ୍ୱାରା ପୁରାତନ ବା ଅଧୁନାତନ ରୁଚି ବା କଳ୍ପନାଶକ୍ତିର ପରିଚାଳନ (ଯତ୍‌କିଞ୍ଚିତ୍ ହେଉ ପଛକେ) ଜଣାଯିବ, ସେଥିରେ ପରିଶ୍ରମ ଯେ ସାହିତ୍ୟ ପ୍ରତି ବୃଥା ଶ୍ରମ, ଏହା ବା କିପରି ବୋଲାଯିବ?

କାହାଣୀଗୁଡ଼ିକ ବାଳକବାଳିକାମାନଙ୍କ ମନୋରଞ୍ଜନ କରିବା ଉଦ୍ଦେଶ୍ୟରେ ରଚିତ ବା କଳ୍ପିତ, ଏଥିରେ ମତଦ୍ୱୈଧ ହୋଇ ନ ପାରେ। କିନ୍ତୁ ଏହା ସର୍ବାଗ୍ରେ ସ୍ୱୀକାର କରିବାକୁ ହେବ ଯେ, ବାଳକବାଳିକାମାନେ ଏହାର ଉଦ୍ଭାବକ ନୁହନ୍ତି। ଏହା ପ୍ରାପ୍ତବୟସ୍କମାନଙ୍କର କପୋଳକଳ୍ପିତ, କିନ୍ତୁ ବିଶେଷତଃ ବୃଦ୍ଧାମାନଙ୍କ ମୁଖରୁ ଏ ଗଳ୍ପମାନ ଶୁଣାଯାଏ ଓ ଏହି ବର୍ଷୀୟସୀମାନେ ଏହି କାହାଣୀମାନଙ୍କର ଉଦ୍ଭାବିକା ବୋଲି ଆମ୍ଭମାନଙ୍କର ଏକାନ୍ତ ପ୍ରତୀତ ହେଉଅଛି।

ପରମ୍ପରାକ୍ରମେ ବୁଢ଼ୀମା, ଆଈମା ଓ ଗ୍ରାମର ଅନ୍ୟାନ୍ୟ ବୃଦ୍ଧାମାନେ ସନ୍ଧ୍ୟାସମୟରେ ସମ୍ମିଳିତ ଓ ଏକାନ୍ତଚିତ୍ତରେ ଅବସ୍ଥିତ ବାଳକବାଳିକାମାନଙ୍କ ନିକଟରେ ଗଳ୍ପଚୟ କହି ଆସୁଅଛନ୍ତି। ମଧ୍ୟ ଏହି ଗଳ୍ପମାନଙ୍କର ଉଦ୍ଭାବନ ବିଷୟରେ କଳ୍ପନାଶକ୍ତିର ନିତାନ୍ତ ଅଳ୍ପ ପରିଚାଳନା ହୋଇଅଛି, ଏହା ସମସ୍ତେ ଉପଲବ୍ଧି କରୁଥିବେ। ପରିଶେଷରେ ସ୍ୱଭାବସୁଲଭ ଚପଳ କାର୍ଯ୍ୟମାନଙ୍କରୁ ବାଳକବାଳିକାମାନଙ୍କୁ ଭୁଲାଇ ନିଶ୍ଚଳଭାବରେ ରଖାଇବା ଏକାନ୍ତ ଅବଶ୍ୟକ ହୋଇ ଉଠେ ଓ ଅନ୍ତତଃ ଅମ୍ଭମାନଙ୍କ

ଦେଶରେ ଏ କାର୍ଯ୍ୟ ଗୃହର ବୃଦ୍ଧାମାନଙ୍କ ଉପରେ ପଡ଼େ। ସେମାନେ ଏଥିର ଉପାୟ ଉଦ୍ଭାବନ କରିବାକୁ ଯାଇ ନିଜର ସ୍ୱଚ୍ଛଶକ୍ତି କଳ୍ପନାପ୍ରସାଦରୁ ଏ କାହାଣୀମାନ ଉଦ୍ଭାବନ କରିଅଛନ୍ତି, ଏହା ଆମ୍ଭେମାନେ ସ୍ଥିର କରୁଁ।

ତାହା ବୋଲି ଯେ ଏହି ଗଳ୍ପମାନଙ୍କରୁ କିଛି ସାରବତ୍ତାର ଉପଲବ୍ଧି ନ ହେବ, ଏମନ୍ତ ନୁହେଁ। ବାଲୋପଯୋଗୀ କାହାଣୀମାନଙ୍କରେ କେବଳ ଯେ କଳ୍ପନାଶକ୍ତି ପରିଚାଳିତ ହୋଇଅଛି, ତାହା ନୁହେଁ। ଏଥିରେ ଆଉ କିଛି ବିଶେଷତ୍ୱ ଅଛି। କାହାଣୀମାନ ଯେପରି ବାଳକବାଳିକାମାନଙ୍କର ଚିତ୍ତାକର୍ଷକ ଓ ସହାନୁଭୂତିବ୍ୟଞ୍ଜକ ହେବ, ଏଥିପାଇଁ ବାଳକବାଳିକାମାନଙ୍କର ଅତି କ୍ଷୁଦ୍ର କଳ୍ପନାଶକ୍ତିର ବେଗ ସଙ୍ଗେ ଏମାନେ ପରିଧାବିତ ହେବା ଏକାନ୍ତ ଅବଶ୍ୟକ। ଏଥିରେ ଅବଶ୍ୟ କୃତିତ୍ୱ ଅଛି; କାରଣ ବାଳକବାଳିକାମାନଙ୍କ ହୃଦୟର ଓ ବୋଧଶକ୍ତିର ଗଭୀରତା ନିରୂପଣ କରି ତଦୁପଯୋଗୀ ଗାଲଗଳ୍ପଚୟ ଉଦ୍ଭାବନ କରିବା କୌଶଳସାପେକ୍ଷ। ଅତଏବ ଆମ୍ଭେମାନେ ସିଦ୍ଧାନ୍ତ କଲୁଁ ଯେ, ଏପରି ଗଳ୍ପମାନ ଯେଉଁମାନଙ୍କ କପୋଳକଳ୍ପିତ, ସେମାନେ ବିଚକ୍ଷଣା-ଅତଏବ୍ ଧନ୍ୟା।

ପାଶ୍ଚାତ୍ୟ ଶିକ୍ଷା ଓ ସଭ୍ୟତାର ବୃଦ୍ଧି ସଙ୍ଗେ ସଙ୍ଗେ ଆମ୍ଭମାନଙ୍କ ଦେଶପ୍ରଚଳିତ କାହାଣୀମାନ ପ୍ରକାଶିତ କିମ୍ବା ଲିପିବଦ୍ଧ ହୋଇ ନ ରହିଲେ ଶୀଘ୍ର ଲୋପ ପାଇଯିବ, ଏପରି ଭୟ ହୁଏ। କାରଣ କ୍ରମଶଃ ପାଶ୍ଚାତ୍ୟ କାହାଣୀମାନ ଏ ଦେଶର କାହାଣୀମାନଙ୍କ ସ୍ଥାନ ଅଧିକାର କରିବ, ପାଶ୍ଚାତ୍ୟ ସଭ୍ୟତାର ବୃଦ୍ଧି ସଙ୍ଗେ ସଙ୍ଗେ ଲୋକମାନଙ୍କର ଓ ବାଳକବାଳିକାମାନଙ୍କର ରୁଚି କ୍ରମଶଃ ପ୍ରାଚ୍ୟ ରୁଚିଠାରୁ ବିଭିନ୍ନ ହୋଇଯିବ, କାରଣ ବାଳକବାଳିକାମାନଙ୍କ ରୁଚି ଦେଶପ୍ରଚଳିତ ରୁଚିର କେତେକ ଅଂଶରେ ପରିମାପକ ଅଟେ। ଅତଏବ୍ ଦେଶପ୍ରଚଳିତ କାହାଣୀମାନ କିପରି ବିନଷ୍ଟ ନ ହୋଇ ଲିପିବଦ୍ଧ ହୋଇ ସାହିତ୍ୟ-ଭଣ୍ଡାରରେ ସୁରକ୍ଷିତ ହେବ, ଏହା ସାହିତ୍ୟଯୋଦ୍ଧାମାନଙ୍କର ଗୋଟିଏ ପ୍ରଧାନ ଉଦ୍ଦେଶ୍ୟ ମଧ୍ୟରେ ପରିଗଣିତ ହେବା ଉଚିତ।

ମୋହର ସ୍ୱୀୟ ଅନୁଭବରୁ ମୁଁ ବୁଝି ପାରିଅଛି ଯେ, ମୁଁ ବାଲ୍ୟକାଳରେ, ଯେତେ କାହାଣୀ ଶୁଣିଥିଲି ଓ ସ୍ମରଣ ରଖିଥିଲି, ବର୍ତ୍ତମାନ ମୋହର ଅଳ୍ପବୟସ୍କ କନିଷ୍ଠମାନେ ସେଥିର ଅର୍ଦ୍ଧେକ ସୁଦ୍ଧା ଜାଣି ନାହାନ୍ତି ଓ ଯେଉଁମାନଙ୍କଠାରୁ ମୁଁ ଏମାନ ଶୁଣିଥିଲି, ସେମାନଙ୍କୁ କେତେକ ଅର୍ଦ୍ଧବିସ୍ମୃତ କାହାଣୀମାନଙ୍କ ବିଷୟ ଜିଜ୍ଞାସା କଲେ, ସେମାନେ ଅନଭ୍ୟାସବଶତଃ ଅନେକ କାହାଣୀ ଆଂଶିକ ଭୁଲି ଯାଇଥିବାର ପ୍ରକାଶ କରନ୍ତି। ଏଥିରୁ କଣ ସ୍ପଷ୍ଟ ପ୍ରତୀୟମାନ ହେବ ନାହିଁ ଯେ, ମୋର ବାଲ୍ୟକାଳର ବାଳକମାନଙ୍କ ଅପେକ୍ଷା ଅଧୁନାତନ ବାଳକମାନଙ୍କର କାହାଣୀ ଶୁଣିବାର ଉତ୍କଣ୍ଠା

କ୍ଷୀଣତର ହୋଇଅଛି ? ମୁଁ ବାଲ୍ୟକାଳରେ ମୋର ପିରାମହୀ, ପିତାମହସ୍ୱସା ଓ ଜେଠେଇଙ୍କଠାରୁ ଅନେକ କାହାଣୀ ଶୁଣିଥିଲି। ଆହା ! ସେ ଦିନ ମନେ ପଡ଼ିଲେ ଅନ୍ତରତମ ପ୍ରଦେଶ ଆନନ୍ଦରେ ନାଚି ଉଠେ। ସନ୍ଧ୍ୟା ହେଲେ କେଡ଼େ ଆଗ୍ରହସହକାରେ 'ସାଇ'ର ବାଳକବାଳିକାମାନଙ୍କ ସମଭିବ୍ୟାହାରରେ ବୁଢ଼ୀ ମା ଓ ଜେଠେଇଙ୍କର ଆଗମନ ସତୃଷ୍ଣ-ନୟନରେ ପ୍ରତୀକ୍ଷା କରିଥାଉଁ। ସେମାନଙ୍କର ନିକଟବର୍ତ୍ତୀ ସ୍ଥାନରେ ବସିବାକୁ ସୁବିଧା ମିଳିଲେ ସେ ଦିନ ନିଜକୁ କୃତକୃତ୍ୟ ମଣୁଥାଉଁ। ଗୋଟିଏ ଗୋଟିଏ ଭୂତ ଓ ରାକ୍ଷସୀର ଗଳ୍ପ ଶୁଣି ଆମ୍ଭେମାନେ ଏତେଦୂର ଭୟବିହ୍ୱଳ ହେଉ ଯେ, ଦିନେ ଦିନେ ରାତ୍ରରେ ନିଦ୍ରା ସୁଖରୁ ବଞ୍ଚିତ ହେଉ ଓ କଳ୍ପନାଦେବୀ ଆମ୍ଭମାନଙ୍କୁ ରାତ୍ରରେ ଏକାକୀ ଦେଖି ତାଙ୍କର ଅଭିନବ ଚିତ୍ରନୈପୁଣ୍ୟ ପ୍ରକାଶ କରନ୍ତି।

ଆଉ ଗୋଟିଏ କଥା ଏଠାରେ ଅବତାରଣା କରିବା ଆବଶ୍ୟକ- ଆମ୍ଭମାନଙ୍କ ଦେଶରେ ଓ ବିଶେଷତଃ ସ୍ତ୍ରୀମାନଙ୍କ ମଧ୍ୟରେ ରୁଚି ନିତାନ୍ତ ପରିମାର୍ଜିତ ନୁହେଁ। ଏପରି ସ୍ଥଳରେ କାହାଣୀମାନ ଯେପରି ଭାବରେ ବୃଦ୍ଧାମାନଙ୍କ ମୁଖରୁ ଶୁଣାଯାଏ, ସେମାନେ ଅବିକଳ ଲିପିବଦ୍ଧ କଲେ ତାହା ପରିମାର୍ଜିତ ରୁଚିର ବିରୁଦ୍ଧ ହୋଇ ଉଠିବାର ସମ୍ଭବ; କିନ୍ତୁ ଉକ୍ତ ଗଳ୍ପମାନ ପରମାର୍ଜିତ କରିବାକୁ ଗଲେ କାହାଣୀମାନଙ୍କର ଅକୃତ୍ରିମ ମନୋହାରିତ୍ୱ ଓ ସରସତାରେ ବାଧା ପଡ଼େ। ଅତଏବ ଏହା ଗୋଟିଏ ଗୁରୁତର ପ୍ରଶ୍ନ। ଏହାର ମୀମାଂସା ସଚିନ୍ତ ଅନୁଶୀଳନସାପେକ୍ଷ। ବର୍ତ୍ତମାନ ଦେଖାଯାଉ, ଆମ୍ଭେମାନେ ଏ ଜଟିଳ ବିଷୟ ମୀମାଂସା କରିବାରେ କେତେଦୂର ସମର୍ଥ ହେବୁଁ।

ପୂର୍ବେ ଆମ୍ଭେମାନେ ଦେଖେଇଅଛୁଁ ଯେ, ଦେଶପ୍ରଚଳିତ କାହାଣୀମାନ ଦେଶପ୍ରଚଳିତ ରୁଚିର ପରିମାପକ ଅଟେ ଓ ଏମାନ ପ୍ରକାଶ କରିବାଦ୍ୱାରା ଦେଶପ୍ରଚଳିତ ରୁଚିର ମାର୍ଗ ସହଜରେ ବୋଧଗମ୍ୟ ହେଲେ ଦେଶୀୟ ସାହିତ୍ୟର କିୟଦଂଶରେ ଉପକାର ସାଧିତ ହେବ। କିନ୍ତୁ ବର୍ତ୍ତମାନ ଦେଖାଗଲା ଯେ, ଆମ୍ଭମାନଙ୍କ ଦେଶପ୍ରଚଳିତ କାହାଣୀମାନ ପ୍ରକାଶ କରିବା ପୂର୍ବରୁ ସେମାନଙ୍କୁ ମାର୍ଜିତ କରିବା ଏକାନ୍ତ ଆବଶ୍ୟକ; କିନ୍ତୁ ମାର୍ଜିତ କରିବାକୁ ଗଲେ ଆମ୍ଭମାନଙ୍କର ପ୍ରଥମ ଉଦ୍ଦେଶ୍ୟ ନଷ୍ଟପ୍ରାୟ ହୁଏ। ଏପରି ସ୍ଥଳରେ ଆମ୍ଭମାନଙ୍କର କର୍ତ୍ତବ୍ୟ ଯେ ନିତାନ୍ତ ଅପରିମାର୍ଜିତ ରୁଚିସିଦ୍ଧ ଅଂଶମାନ ପରିବର୍ତ୍ତନ କରି ଗଳ୍ପମାନଙ୍କର ଗ୍ରାମ୍ୟ ମଧୁରତା ରକ୍ଷା କରି କାହାଣୀମାନଙ୍କୁ ମୁଖ୍ୟ ଲକ୍ଷ୍ୟକୁ ପୂର୍ବ ପରି ରଖି ଉକ୍ତ କାହାଣୀମାନଙ୍କୁ ପ୍ରକାଶ କରିବା। କିନ୍ତୁ ଏଥିରେ ବିଶେଷ କୃତିତ୍ୱ ଅବଶ୍ୟକ। କେଉଁ ଅଂଶ ପରିତ୍ୟାଗ କରିବାକୁ ହେବ, କେଉଁ ଅଂଶ ମାର୍ଜିତ କରିବାକୁ ହେବ ଓ କେଉଁ ଅଂଶ ପରିବର୍ଦ୍ଧିତ କରାଯିବ, ଏହା ଲୋକବିଶେଷଙ୍କର ରୁଚି, ପାଣ୍ଡିତ୍ୟ ଓ ଶକ୍ତିର ପରିମାଣ ଉପରେ ନିର୍ଭର କରେ। ଏ ବିଷୟରେ ସୀମ

ନିରୂପଣ କରିବା ଆମ୍ଭମାନଙ୍କର ସାଧ୍ୟାୟତ୍ତ ବୋଲି ମନେ ହୁଏ ନାହିଁ। ତେବେ ଏତିକି ମାତ୍ର ବୋଲାଯାଇ ପାରେ ଯେ, ଭିନ୍ନ ଭିନ୍ନ ଲେଖକ ପରିଶ୍ରମ କରି ଏମାନ ସଂଗ୍ରହ କଲେ ସର୍ବସାଧାରଣ ଲେଖକମାନଙ୍କର ପଟୁତା ଓ ଅପଟୁତା ନିଷ୍ପତ୍ତି କରିଦେବେ ଓ ସର୍ବସାଧାରଣଙ୍କ ଦ୍ୱାରା ସମାଦୃତ ସର୍ବୋଚ୍ଚ ଲେଖକଙ୍କୁ ଏ ବିଷୟରେ ଅନୁକରଣ କରିବାକୁ ହେବ।

ମୁଁ କେତେକ କାହାଣୀ ସଂଗ୍ରହ କରିଥିଲି। ପରେ ଦେଖିଲି ଯେ ପରିମାର୍ଜିତ ନ ହେଲେ ଉକ୍ତ କାହାଣୀମାନ ପ୍ରକାଶଯୋଗ୍ୟ ହେବ ନାହିଁ। ଚେଷ୍ଟା କରି ଦେଖିଲି ଯେ, ଗଳ୍ପର ଗ୍ରାମ୍ୟ ମାଧୁରୀକୁ ଅକ୍ଷୁଣ୍ଣଭାବରେ ରଖିବାକୁ ଗଲେ ଗଳ୍ପନିହିତ ରୁଚି ପରିବର୍ତ୍ତନ କରିବାର କ୍ଷମତା ମୋର ନାହିଁ କିମ୍ବା ରୁଚିପରିବର୍ତ୍ତନ କଲେ ଗଳ୍ପର ମଧୁରିମା ରହି ପାରୁ ନାହିଁ। ଏପରି ଦ୍ୱିଧା ଘଟନାସ୍ଥଳରେ ହତାଶ ନ ହୋଇ ଚେଷ୍ଟା କରିବା ଆବଶ୍ୟକ। ଯାହା ମୋହର ଚେଷ୍ଟା ସାଧନ କରି ପାରି ନାହିଁ, ତାହା ସମୟକ୍ରମେ ସାଧିତ ହୋଇ ପାରେ ଓ ଯାହା ମୋହର 'କୀଟସ୍ୟ କୀଟ' ବୁଦ୍ଧିର ଅସାଧ, ତାହା ଅନ୍ୟ କୌଣସି ବ୍ୟକ୍ତିଙ୍କର ସହଜସାଧ। ଏହି କ୍ଷୁଦ୍ର ରଚନାଟି ଲେଖିବାଦ୍ୱାରା ମୁଁ ଯଦି ଜଣେ ସୁଦ୍ଧା ସାହିତ୍ୟସେବକଙ୍କ ହୃଦୟରେ କାହାଣୀଲିଖନଲିପ୍ସା ଜାଗ୍ରତ କରି ପାରିବି, ତେବେ ମୋର ଉଦ୍ଦେଶ୍ୟ କେତେକ ଅଂଶରେ ସାଧିତ ହୋଇଅଛି ବୋଲି ନିଶ୍ଚିନ୍ତ ହେବି। ପ୍ରକାଶ ଥାଉ କି, ବିଭିନ୍ନ ଅଞ୍ଚଳରେ ପ୍ରଚଳିତ ଭାଷାଗତ ବୈଷମ୍ୟ (dialectical peculiarities) ହେତୁରୁ କଷ୍ଟକର କାହାଣୀମାନଙ୍କୁ ସର୍ବବାଦସମ୍ମତ ଭାଷାରେ ଲେଖିବା କଷ୍ଟକର ହୋଇ ଉଠେ। ଏଥି ପ୍ରତି ରଚକମାନଙ୍କ ଦୃଷ୍ଟି ରହିବା ଏକାନ୍ତ ଆବଶ୍ୟକ।

ପରିଶେଷରେ ବକ୍ତବ୍ୟ ଏହି ଯେ ମୁଁ ଏ ପ୍ରବନ୍ଧ ଲେଖିବାପରେ ସ୍ଥିର କଲି ଯେ ଉତ୍କଳଦେଶ ପ୍ରଚଳିତ କାହାଣୀମାନ ଦୁଇ ଭାଗରେ ବିଭକ୍ତ ହେବାର ଯୋଗ୍ୟ। ପ୍ରଥମ ବାଳୋପଯୋଗୀ କାହାଣୀ, ଦ୍ୱିତୀୟ ବୃଦ୍ଧୋପଯୋଗୀ କାହାଣୀ। ଦ୍ୱିତୀୟ ପ୍ରକାର କାହାଣୀରେ ସାରବତ୍ତାର ମାତ୍ରା ସୁପରିସ୍ଫୁଟଭାବରେ ବିଦ୍ୟମାନ। 'ଚାରି ମହାଜନପୁଅକଥା' ଦ୍ୱିତୀୟ ଶ୍ରେଣୀର। କୌଣସି ସାରବାନ୍ ଉଦ୍ଦେଶ୍ୟ ଘେନି ଏ ଶ୍ରେଣୀର କାହାଣୀମାନ କଳ୍ପିତ। ସଂକ୍ଷେପରେ କହିବାକୁ ଗଲେ ସବୁ କାହାଣୀର ମୂଲ୍ୟ ଅଛି।

ଦ୍ୱିତୀୟ ସଂସ୍କରଣର ଭୂମିକା

କାହାଣୀର ପ୍ରଥମ ସଂସ୍କରଣ ପ୍ରକାଶିତ ହେବା ସମୟରେ ଏଥି ପ୍ରତି ଲୋକଙ୍କର ଯେଉଁ ପରମାଣରେ ଆଦର ଥିଲା, ଏଥି ମଧ୍ୟରେ ତାହା ଅନେକ ପରିମାଣରେ ବଢ଼ିଅଛି । କାହାଣୀଗୁଡ଼ିକ ସାହିତ୍ୟର ଅଙ୍ଗ ବୋଲି ବର୍ତ୍ତମାନ ସାହିତ୍ୟକ୍ଷେତ୍ରରେ ଗୃହୀତ ହୋଇଅଛି ଏବଂ ସେଗୁଡ଼ିକ ସରଳ ଗ୍ରାମ୍ୟଭାଷାରେ ଲିପିବଦ୍ଧ ହେବାର ଆବଶ୍ୟକତା ଅନେକ ବ୍ୟକ୍ତି ସ୍ୱୀକାର କରିଅଛନ୍ତି । ଏହିଗୁଡ଼ିକ ଲିପିବଦ୍ଧ କରିବା ଯୋଗୁଁ ମୁଁ ଉତ୍କଳର ରାଜା ମହାରାଜା ଓ ସାହିତ୍ୟରଥିମାନଙ୍କଠାରୁ ଆରମ୍ଭ କରି କୁଟୀରବାସୀ ପର୍ଯ୍ୟନ୍ତ ସମସ୍ତଙ୍କଠାରୁ ଆଶାତିରିକ୍ତ ସହାନୁଭୂତି ପାଇଅଛି ଓ ସେଥିଯୋଗୁ ସମସ୍ତଙ୍କୁ ମୋର କୃତଜ୍ଞତା ଅର୍ପଣ କରୁଅଛି । ପ୍ରଥମ ସଂସ୍କରଣ ପରି ଏହି ସଂସ୍କରଣ ଆଦୃତ ହେଲେ ଶ୍ରମ ସାର୍ଥକ ମଣିବି । ପ୍ରଥମ ସଂସ୍କରଣରେ ୧୦ ଗୋଟି କାହାଣୀ ପ୍ରକାଶିତ ହୋଇଥିଲା । ଏ ସଂସ୍କରଣରେ ଆହୁରି ୧୧ ଗୋଟି ଏପରି ସର୍ବ ସୁଦ୍ଧା ୨୧ ଗୋଟି କାହାଣୀ ପ୍ରକାଶିତ ହେଲା । ଏଗୁଡ଼ିକ "ଉତ୍କଳ ସାହିତ୍ୟ"ରେ ପୂର୍ବେ ପ୍ରକାଶିତ ହୋଇଥିଲା । କଳେବର ବୃଦ୍ଧି ଭୟରେ ଆଉ କେତେଗୋଟି କାହାଣୀ ଏ ପୁସ୍ତକରେ ସନ୍ନିବେଶିତ ହୋଇ ପାରି ନାହିଁ । ଭବିଷ୍ୟତରେ ସେଗୁଡ଼ିକ ପ୍ରକାଶ କରିବାର ବାସନା ରହିଲା । ଇତି ।

ଗୋପାଳଚନ୍ଦ୍ର ପ୍ରହରାଜ

BLACK EAGLE BOOKS

www.blackeaglebooks.org
info@blackeaglebooks.org

Black Eagle Books, an independent publisher, was founded as a nonprofit organization in April, 2019. It is our mission to connect and engage the Indian diaspora and the world at large with the best of works of world literature published on a collaborative platform, with special emphasis on foregrounding Contemporary Classics and New Writing.

www.ingramcontent.com/pod-product-compliance
Lightning Source LLC
Chambersburg PA
CBHW020229120726
47903CB00008B/2604

9 781645 604068